PACTE
AVEC LE VAMPIRE

COLLECTION TERREUR
dirigée par Patrice Duvic

JEANNE KALOGRIDIS

PACTE AVEC LE VAMPIRE

Les journaux de la famille Dracul

RIVAGES / EFFROI

Titre original :
Covenant with the Vampire
The diaries of the Family Dracul

Traduit de l'américain
par Daniel Bismuth

Certains détails concernant l'arbre généalogique de la famille Dracul ont été puisés dans : A la recherche de Dracula *de Radu Florescu et Raymond T. McNally (Robert Laffont, 1973).*

ISBN : 2-266-07439-3

Pour S.

REMERCIEMENTS

J'ai une dette immense envers :

Mon éditrice et âme sœur en damnation, Jeanne Cavelos, pour sa sainte patience, la constance de ses encouragements, et pour avoir toujours cru que ce manuscrit si longtemps attendu se matérialiserait un jour sur son bureau.

Mon agent, Russell Galen, pour son professionnalisme exemplaire, et pour avoir suggéré que je m'essaie au roman historico-fantastique.

Ma cousine, Laeta Kalogridis, dont le soigneux travail de révision a puissamment contribué à la mise en forme du livre.

Ma chère amie, Kathleen O'Malley, qui, par ses commentaires, a profondément influé sur la conduite du récit.

Toby et Ilona Scott, qui ont mis spontanément à mon service leur connaissance de la Roumanie.

Et, tout particulièrement, aux deux hommes dont l'amour constant a fait aboutir tous mes efforts : mon père, Irwin, et mon bien-aimé mari, George.

ARBRE GÉNÉALOGIQUE DE LA FAMILLE DRACUL

VLAD L'EMPALEUR (Dracula)
(1431-1476)
mariage avec Cneajna, princesse de Transylvanie
(suicide, 1462)

Mihnea « le Mauvais » (143?-1510)
m. Smaranda (sans enfant)
m. Voica

Milos — Ruxandra — Mircea II
m. Maria Despina

Petru le Boiteux (?-1594)
m. Maria Amirali (sans enfant)
m. Irina la Gitane
m. Maria (dame d'honneur circasienne)

Stefanitsa

Alexandru* — Maria* — Mircea (1590-1640) — Petru* — Elena
m. Elisabeth de Hongrie

Maria* — Mircea* — Petru — Bogdan, premier à prendre le nom de «Tsepesh» (1616-1672)
m. Ilona

Elisabeth — Bogdan* — Radu Tsepesh (1647-1699) — Milos*
m. Ana

Ana — Radu* — Petru* — Vlad Tsepesh (1699-1724)
m. Catherine (sans enfant)
m. Maria d'Amlash

Vlad* — Mircea Tsepesh (1697-1750)
m. Suzana Rosetti (suicide, 1718)
m. Gavrila Radescu

Maria* — Ana — Mihnea Tsepesh (1721-1778)
m. Maria Tsamblac

Suzana* — Vlad* — Mircea — Alexandru Tsepesh (1760-1811)
m. Elena ? (suicide, 1795)

Ion* — Maria* — Elena* — Petru Tsepesh (1791-1845) — Radu — Alexandru*
m. Vera Vitez

Stefan* — Zsuzsanna* — Arkady Tsepesh (1820-)
m. Mary Windham

Stefan George Tsepesh (1845-)

---

* Morts en bas âge ou affligés à la naissance de difformité physique ou mentale.

Le diable est un ange, lui aussi.

Miguel de Unamuno

Dieu, en qui je n'ai pas foi, viens à mon secours ! Je ne crois pas – ni n'ai jamais cru – en Toi, mais si je dois accepter un Mal aussi infini que celui que j'incarne actuellement, alors je prie que le Bien infini existe Lui aussi, et qu'Il ait pitié de ce qui subsiste de mon âme.

Je suis le loup. Je suis Dracul. Le sang des innocents souille mes mains, et maintenant j'attends de le *tuer...*

1

Le journal d'Arkady Tsepesh

5 avril 1845. – Père est mort.

Mary dort à présent depuis des heures, couchée dans l'ancien lit à roulettes que mon frère Stefan et moi-même partagions quand nous étions enfants. La malheureuse; elle est si exténuée que la lueur de la bougie ne trouble pas son sommeil. Que c'est insolite de la voir étendue là, auprès du petit fantôme de Stefan, environnée des reliques de mon enfance, à l'abri des hauts murs de ce manoir vétuste dont les corridors bruissent encore des ombres de mes ancêtres... Comme si mon présent et mon passé venaient d'entrer en collision...

Quant à moi, je suis assis à l'ancien pupitre en bois de chêne où j'ai appris l'alphabet, passant parfois ma main sur sa surface irrégulière, entaillée par des générations de jeunes Tsepesh turbulents. L'aube pointe. Par la fenêtre donnant sur le nord, je puis voir, se détachant sur la pâleur grise, les majestueux remparts du château de famille où Oncle demeure aujourd'hui encore. Je considère mon bel héritage et je pleure – doucement, pour ne point éveiller Mary, mais les larmes n'atténuent pas la tristesse; seul le fait d'écrire apaise le chagrin. Je vais donc inaugurer ce journal en relatant ces journées douloureuses, ce qui m'aidera à mieux me remémorer Père au cours des prochaines années. Je dois préserver dans mon cœur la vivacité de son souvenir, de façon à ce qu'un jour je puisse tracer à l'intention de mon enfant encore à naître un portrait fidèle de son grand-père.

J'avais tant espéré qu'il vivrait assez longtemps pour voir...

Non. Plus de larmes. Ecris! Tu peinerais Mary si, en s'éveillant, elle te voyait dans un tel état. Elle a suffisamment pâti à cause de toi.

Ces jours derniers, nous n'avons cessé de nous déplacer, ballottés d'un bout à l'autre du continent, que ce soit en bateau, en diligence ou en train. Curieusement, je n'ai pas tant éprouvé la sensation de retraverser l'Europe que celle de remonter le temps, comme si j'avais laissé mon présent en Angleterre et allais maintenant me replonger, d'une façon aussi prompte qu'irrévocable, dans un obscur passé ancestral.

Dans le wagon-lit trépidant qui nous éloignait de Vienne, j'étais étendu auprès de mon épouse, observant les jeux de lumière et d'ombre sur le store baissé, quand je fus soudain transpercé par l'effroyable certitude que l'existence heureuse que nous avions menée à Londres ne nous serait jamais restituée. Désormais, plus rien ne me rattachait au présent, plus rien, si ce n'étaient l'enfant et Mary. O Mary, mon ancre de salut, qui dormait à poings fermés; Mary, toujours contente de son sort, à l'indéfectible loyauté et aux croyances inébranlables... Elle était couchée sur le flanc, unique position dorénavant confortable en ce septième mois de grossesse, et l'albâtre de ses paupières frangées d'or dérobait l'océan bleuté de ses yeux. A travers le tissu fin et blanc de sa chemise de nuit, j'ai contemplé son ventre tendu – quel indiscernable avenir renfermait-il? – puis j'ai avancé une main, délicatement, pour ne pas la réveiller – ému au point de verser de subites larmes de gratitude. Elle est si solide, si calme; aussi placide qu'une mer étale. A moi d'endiguer le jaillissement de mes émotions, de peur que leur intensité ne la submerge. J'étais pourtant persuadé d'avoir laissé en Transylvanie cet aspect de ma personnalité – cette part de moi-même adonnée aux idées noires et à la désespérance, cette part n'ayant jamais connu de réel bonheur, jusqu'au jour où je quittai ma terre natale. Avant mon départ pour l'Angleterre, je noircissais des cahiers entiers de poèmes sombres et mélancoliques, écrits dans ma langue d'origine; une fois là-bas, je renonçai pour de bon à la poésie. Depuis, dans ma langue d'adoption, je ne me suis plus essayé qu'à la prose.

C'était une vie différente, somme toute... Ah! mais mon passé fait maintenant figure d'avenir!

Ainsi donc, bercé par le roulis du train de Vienne, étendu auprès de mon épouse et de mon enfant à naître, j'ai pleuré;

de joie, puisqu'ils étaient avec moi; de crainte, car l'avenir pouvait ternir cette joie. Mais aussi d'anxiété quant aux nouvelles qui m'attendaient en ce manoir niché sur les hauteurs des Carpathes.

Chez moi.

Cependant, pour être tout à fait honnête, je ne puis dire que l'annonce du décès de Père a constitué un choc. J'avais éprouvé une forte prémonition de sa mort sur la route de Bistritsa (Bistritz, plutôt; je vais tenir ce journal entièrement en anglais, afin de ne pas oublier cette langue trop rapidement). Une étrange appréhension m'envahit à l'instant où je mis le pied dans la diligence. Je ressentais déjà une certaine inquiétude (le télégramme de Zsuzsanna nous était parvenu plus d'une semaine auparavant, et, dans l'intervalle, nous n'avions eu aucun moyen de savoir si l'état de Père s'était aggravé ou amélioré), inquiétude qui ne fut guère dissipée par la réaction de notre cocher, un vieillard bossu. A peine l'eus-je avisé de notre destination qu'il me dévisagea et, se signant, s'exclama :

– Juste ciel! Vous êtes un Dracul!

La sonorité de ce nom odieux me fit rougir de colère.

– Un Tsepesh, le repris-je froidement, sachant néanmoins l'inutilité de ce correctif.

– Comme il vous plaira, mon bon monsieur. Veuillez seulement me rappeler au bon souvenir du prince!

Là-dessus, il se signa derechef, cette fois d'une main tremblante. Ensuite, quand je lui eus appris que le prince – mon grand-oncle – avait prévu d'envoyer une calèche à notre rencontre, il se fit larmoyant et nous supplia d'attendre le lendemain matin!

J'avais oublié les superstitions et les préjugés qui sévissent chez les plus rustres de mes compatriotes. En vérité, j'avais même oublié ce que c'était d'être redouté et secrètement honni en qualité de *boier* – de membre de l'aristocratie. Ayant souvent critiqué Père pour le profond dédain qu'il témoignait envers les paysans dans ses lettres, j'eus honte de voir éclore pareil sentiment en moi-même.

– Ne soyez pas ridicule, répliquai-je au cocher d'un ton cassant, car il ne m'avait pas échappé que Mary, malgré son ignorance de la langue, avait perçu un certain effroi dans l'intonation du vieux paysan et nous observait tous deux avec un intérêt teinté de perplexité. Il ne vous arrivera aucun malheur.

– Ni à ma famille ? Jurez-le, mon bon monsieur... !

– Ni à votre famille, je le jure, répondis-je laconiquement avant d'aider Mary à monter dans la diligence.

Tandis que le vieillard reculait lentement en s'inclinant et en proclamant : « Dieu vous bénisse, Monsieur, ainsi que la dame ! », je tentai d'endormir la curiosité légèrement soucieuse de mon épouse en lui expliquant qu'une superstition locale proscrivait toute traversée nocturne de la forêt. Du moins était-ce vrai.

C'est ainsi que nous nous acheminâmes vers les Carpathes. Certes, l'après-midi touchait à sa fin, et nous étions déjà épuisés par une journée entière de voyage, mais le caractère pressant du télégramme de Zsuzsanna (sans compter l'insistance déployée par Mary pour que nous allions au-devant de l'équipage dépêché à notre intention) nous poussa à prendre la route.

Comme nous contournions des collines verdoyantes et boisées, parsemées de fermes formant parfois quelque hameau rustique, Mary nota le charme de la campagne avec un plaisir sincère qui me réconforta – car je ne me sens pas peu coupable de l'avoir entraînée dans un pays où, selon toute vraisemblance, elle sera toujours une étrangère. J'avoue qu'après des années passées dans une capitale enfumée et populeuse, j'avais oublié la beauté de ma terre natale. Ici, l'air est pur et doux, vierge de tout relent citadin. C'est le début du printemps, les pâturages sont déjà verts et les arbres fruitiers commencent juste à fleurir. Quelques heures après notre départ, le soleil entama son déclin, jetant un éclat rosé sur les cimes neigeuses des Carpathes, et je retins mon souffle devant leur splendeur grandiose. Je dois admettre que mon appréhension croissante ne m'empêcha point de ressentir un farouche orgueil ainsi qu'un poignant désir de me retrouver enfin chez moi, désir dont j'avais oublié jusqu'à l'existence.

Chez moi... Une semaine auparavant, ces deux mots eussent désigné Londres...

A l'approche du soir, une atmosphère lugubre empreignit la campagne et s'insinua dans mes pensées. Je me pris à ruminer sur la lueur craintive entrevue dans l'œil de notre cocher, sur l'hostilité et la superstition manifestes dans ses gestes et ses paroles.

Le changement du paysage refléta mon état d'esprit. Plus

nous progressions dans les montagnes, plus la végétation des bas-côtés devenait enchevêtrée et rabougrie. Nous entamions une montée assez rude quand j'aperçus un verger de pruniers morts dont les troncs déjetés et noirs se découpaient sur le mauve évanescent du crépuscule, tandis que leurs branches difformes s'élançaient vers le ciel en une imploration muette. Ces silhouettes courbées par le vent et les intempéries m'évoquèrent celles des paysannes d'autrefois, lorsqu'elles s'échinaient sous des fardeaux trop lourds pour leurs épaules. La contrée paraissait de plus en plus ingrate. « Ingrate à l'image de ses habitants », pensai-je, « lesquels sont d'ailleurs plus perclus de préjugés que d'infirmités physiques. »

Se peut-il que nous soyons véritablement heureux parmi eux?

Peu après, la nuit tomba, et les vergers cédèrent la place à de hautes futaies. Le défilé monotone des arbres noirs sur le fond, plus noir encore, des montagnes, les cahots de la diligence, tout cela me fit sombrer dans un mauvais sommeil.

Je ne tardai pas à rêver :

Mes yeux d'enfant contemplaient les superbes sapins dominant la portion de forêt obscurcie par l'ombre du château de Grand-Oncle. Leurs cimes empalaient des brumes flottantes; à leur base, l'air humide et frais sentait la pluie et la résine. Une brise tiède souleva ma chevelure puis agita les feuilles et les herbes qui luisaient, parées de gouttelettes ensoleillées.

Un cri juvénile rompit le silence. Me tournant, j'aperçus Stefan, mon frère aîné, debout dans la lumière diaprée. C'était un joyeux petit garçon de six ans; ses yeux noirs, un peu bridés, brillaient de malice, tandis qu'un sourire de lutin fendait son visage auquel de bonnes joues roses et un menton en pointe donnaient une forme de cœur. Auprès de lui se tenait un énorme chien gris; c'était Shepherd, le dogue anglais mâtiné de loup, qui avait pour ainsi dire grandi avec nous.

Après m'avoir fait signe de le suivre, Stefan s'en fut à toutes jambes vers le cœur de la forêt, Shepherd sautant allégrement à ses côtés.

J'hésitai, pris d'une peur soudaine, mais me raisonnai aussitôt : qu'avions-nous à craindre tant que Shepherd nous escorterait? Existait-il compagnon et protecteur plus farouchement loyal? De surcroît, je savais, avec la certitude propre aux rêveurs, que notre père se trouvait non loin de là et qu'il veillerait à ce qu'aucun malheur ne nous arrive.

Je m'élançai donc à la poursuite de mon frère, mi-riant, mi-criant à l'injustice : en effet, Stefan étant mon aîné d'un an, ses jambes étaient plus longues que les miennes, ce qui le favorisait grandement dans notre course. A un moment, il s'arrêta, jeta un coup d'œil par-dessus son épaule puis, satisfait de me voir distancé, il repartit et disparut dans le sous-bois chatoyant.

Je filai tête baissée, m'efforçant d'éviter les branches basses qui se tendaient pour griffer mes joues avant d'asperger mes épaules des gouttes de la dernière pluie. Plus j'avançais dans la forêt, plus la pénombre s'épaississait, et plus les ramilles giflaient mon visage. Bientôt, mes yeux s'emplirent de larmes et mes éclats de rire se transformèrent en halètements saccadés. J'avais beau presser l'allure, repoussant les branches maîtresses qui semblaient maintenant être des goules résolues à s'emparer de moi, je ne parvenais à rattraper ni mon frère ni le chien. Le rire limpide de Stefan ne cessait de s'éloigner.

Aiguillonné par une panique sourde, je courus à travers bois durant ce qui me parut être une éternité. Soudain, le rire de mon frère se brisa, et un son mat retentit, aussitôt suivi d'un cri strident. Il y eut un silence, le temps d'un battement de cœur, puis j'entendis un faible grondement qui ne présageait rien de bon. Le grondement se changea en un véritable rugissement, et Stefan hurla de douleur. Appelant mon frère, je me ruai vers l'endroit d'où provenait ce tumulte...

Et me figeai d'horreur quand, ayant atteint une clairière illuminée par les rayons du soleil qui filtraient à travers la brume et les frondaisons, je surpris un spectacle hideux : Shepherd recouvrant le corps immobile de Stefan, ses robustes mâchoires refermées sur son cou. Flairant ma présence, l'animal leva la tête, emportant ainsi un lambeau de chair tendre entre ses crocs. Du sang dégoulinait de son mufle argenté.

Je vis ses yeux. Ils étaient pâles, incolores. Auparavant, j'y avais toujours perçu la bienveillance naturelle du chien; maintenant, je n'avais plus devant moi que les yeux blancs d'un loup, d'un prédateur.

A ma vue, l'animal montra ses dents et émit un grognement hostile. Lentement, très lentement, il se ramassa sur lui-même – puis bondit, traversant les airs sans effort en dépit de sa masse. Pétrifié de terreur, je laissai échapper un gémissement plaintif.

Il y eut alors une détonation dans mon dos, un glapissement devant moi, et le chien tomba mort sur le sol. Quand je me tournai, mon père était là. Promptement, il abaissa le canon de son fusil de chasse et se précipita vers Stefan. Hélas, tout était perdu : la gorge de mon frère avait été déchiquetée par Shepherd – Shepherd qui, jusque-là, s'était toujours montré gentil. J'enjambai le tronc sur lequel Stefan avait trébuché et me penchai pour examiner la pierre que sa tête avait heurtée.

Alors, dans l'atroce clarté qui caractérise les cauchemars les plus terrifiants, je vis mon frère en train de mourir.

La petite plaie de son front avait abondamment saigné, mais ce n'était rien comparé à sa gorge : elle avait été si meurtrie que la peau avait été entièrement arrachée et pendait à présent de son cou en un lambeau sanguinolent, révélant le muscle écarlate, le cartilage et l'os.

Le pire, c'était qu'il vivait encore, luttant pour expulser un dernier hurlement – un dernier souffle. Ses yeux écarquillés par l'épouvante fixèrent les miens en une imploration silencieuse. Un bouillonnement de petites bulles vermeilles affluait de son larynx dénudé, chacune miroitant comme un prisme sous les rayons atténués du soleil. On eût dit une centaine de minuscules arcs-en-ciel surgis d'une mer de sang. Tout près, des gouttelettes d'un pourpre étincelant ployaient les brins d'herbe.

J'émergeai brusquement de cette terrible vision lorsque le cocher arrêta les chevaux. Sans doute m'étais-je assoupi quelque temps, puisque nous avions déjà franchi le col de Borgo et étions maintenant parvenus au lieu du rendez-vous. Apparemment, Mary m'avait imité, car elle sembla un instant aussi désorientée que moi; toutefois, nous reprîmes vite nos esprits et rassemblâmes nos bagages en attendant l'arrivée de la calèche d'Oncle.

Quelques minutes plus tard, nous entendîmes un grondement de roues et un martèlement de sabots. La calèche émergea des brumes de la forêt, tirée par quatre étalons noirs comme du charbon, magnifiques et nerveux; les yeux exorbités et les naseaux frémissants, ils s'ébrouèrent quand le conducteur mit pied à terre pour venir nous saluer. Le vieux Sandu étant décédé depuis deux ans, je vis un nouveau domestique inconnu de moi, un homme aux cheveux châtain clair, au visage narquois, d'un abord froid et rebutant. Je ne m'enquis point de Père, et lui-même s'abstint de me fournir la moindre information; sans doute était-il préférable d'apprendre des mauvaises nouvelles de la bouche d'un membre de la famille que par l'entremise de cet étranger taciturne et déplaisant. Dès que nos malles furent installées, nous prîmes place dans la calèche en nous enveloppant de couvertures; la nuit avait fraîchi. Puis, dans un silence apathique, Mary et moi fîmes route vers notre demeure. Cette fois, au lieu de sommeiller, je décidai de réfléchir au cauchemar que je venais de faire.

Si seulement ce n'avait été qu'un rêve...

De fait, il s'agissait d'un souvenir enseveli dans ma mémoire, peut-être exhumé par l'odeur familière du sapin. Ce drame s'était réellement produit lors de ma cinquième année quoique en réalité, je ne me fusse pas approché suffisamment près pour examiner mon pauvre frère ensanglanté. En réalité, j'avais perdu connaissance à l'instant où mon père s'était agenouillé devant son fils agonisant en poussant un hurlement de détresse.

Des années plus tard, lorsque Père se fut quelque peu remis de la mort tragique de Stefan (et que son sentiment de culpabilité se fut estompé... oh, comme il s'en voulut de s'être fié à l'animal!), il me parla de ce qui avait pu provoquer un tel accès de férocité chez Shepherd. D'après lui, Stefan avait trébuché, s'était cogné la tête et avait saigné d'abondance. Certes, ce chien avait toujours été loyal et affectueux, mais l'odeur du sang avait ranimé ses instincts de prédateur – de loup. Aussi n'était-ce pas la faute de Shepherd, insista Père; le responsable c'était lui, pour avoir cru l'animal capable de dominer la dualité de sa nature.

*
* *

Le souvenir de la mort de Stefan accrut mon anxiété, et je fus persuadé que de funestes nouvelles nous attendaient au terme de notre voyage. Hélas, cette prémonition devait se révéler exacte. Après un trajet interminable sur de sinueux chemins de terre, nous arrivâmes au domaine de mon père à peu près vers minuit. Le cocher et moi-même aidâmes Mary à descendre de la calèche. (Elle parut plutôt interloquée par les dimensions et la *grandeur* du manoir, certes bien éloignées de notre humble appartement londonien. Sans doute me suis-je montré un tantinet évasif à propos de notre patrimoine. Que dira-t-elle demain matin, au lever du soleil, en découvrant l'écrasante magnificence du château?) J'avoue que je pris peur quand un énorme saint-bernard dévala les marches de pierre pour nous accueillir avec force aboiements, mais j'oubliai le chien lorsque mon frère mort apparut sur le perron.

Stefan se tenait debout, la frange ébouriffée de ses cheveux de jais contrastant avec son front d'albâtre diaphane. Malgré vingt années révolues, il était resté un petit garçon de six ans, au visage grave. Lentement, il leva la main, comme pour nous souhaiter la bienvenue. Je battis des paupières, mais son spectre subsista; alors, je remarquai des taches rouge foncé – presque noires au clair de lune – sur sa paume livide ainsi que sur le tissu blanc de sa chemise déchirée, et je compris seulement que son mouvement, loin de constituer un geste de salut, avait pour but d'exhiber ces traces sanglantes.

Sous mes yeux, il tendit son bras puis, de ses petits doigts dégoulinants de sang et de rosée, désigna un objet situé derrière nous. Convaincu que Mary et le cocher ne partageaient point ma vision, je jetai un regard furtif par-dessus mon épaule et n'aperçus qu'une infinité de sapins sombres.

Me retournant, je vis Stefan descendre les degrés vers nous; il continuait de montrer la forêt de façon silencieuse mais insistante.

Pris d'un soudain vertige, je laissai échapper un cri et fermai les yeux. Dans mon pays ont cours les légendes des *moroï* – ces morts sans sépulture que l'existence d'un péché secret ou d'un trésor caché voue à errer sur la terre, jusqu'à divulgation de la vérité. Je savais que le cœur juvénile et vaillant de Stefan n'avait recelé aucun péché, et je ne pouvais l'imaginer en possession d'un quelconque trésor. Dès lors, je fus certain que cette apparition n'était due qu'à la fatigue nerveuse du voyage et à l'appréhension des nouvelles à venir. Je suis un homme moderne qui place son espoir dans la science plutôt qu'en Dieu ou en Satan.

Ouvrant les yeux, je vis, non pas Stefan, mais Zsuzsanna sur le perron.

A sa vue, mon cœur se serra de douleur; Mary, elle, porta une main gantée à ses lèvres et émit une plainte navrée. D'emblée, nous sûmes que Père était mort. Zsuzsanna arborait le deuil; ses yeux étaient rouges et gonflés. Bien qu'elle s'efforçât de sourire, sa joie de nous voir fut aussitôt éclipsée par une expression de tristesse.

Ah, ma chère sœur, que vous avez vieilli durant mes quelques années d'absence...!

Je suis son cadet de deux ans seulement, mais aujourd'hui on pourrait croire que quinze années nous séparent. Sa chevelure – noire de jais comme celle de Stefan et la mienne – présente maintenant des mèches argentées sur les tempes et le sommet de la tête; son visage est ridé et émacié. Comprenant combien la disparition de Père l'avait affectée, j'éprouvai un cuisant remords en songeant qu'elle seule avait dû en supporter le poids entier.

Je me précipitai vers elle, traversant l'endroit précis où, quelques secondes auparavant, m'était apparu le fantôme de Stefan. Elle parvint à descendre une marche avant que je lui donne l'accolade. Alors, sa gaieté d'emprunt s'évanouit totalement, et nous sanglotâmes sans retenue dans les bras l'un de l'autre.

– Kasha, fit-elle. Oh, Kasha...

La simple sonorité du surnom qu'elle me donnait autrefois m'emplit d'émotion. (C'était une plaisanterie entre nous; la *kasha* est une sorte de bouillie d'avoine qui me répugnait particulièrement et que notre vieille cuisinière russe me servait chaque jour au petit déjeuner. Enfant, j'avais usé des méthodes les plus ingénieuses pour m'en débarrasser et faire croire à la cuisinière que je l'avais mangée.) Zsuzsanna semblait si légère dans mes bras, si frêle, si exsangue que, en dépit de mon propre chagrin, je ressentis une vive inquiétude à son égard. Depuis que ma sœur était venue au monde affligée d'une déviation de la colonne vertébrale et d'une jambe infirme, elle n'avait jamais joui d'une bonne santé.

– Quand cela s'est-il passé, Zsuzsa? demandai-je dans notre langue maternelle, sans même me rendre compte que je n'employais plus l'anglais – comme si je n'étais jamais parti pour Londres, comme si, au cours de ces quatre dernières années, je n'avais jamais oublié que j'étais un Tsepesh.

– Ce soir, répondit-elle. Juste après le coucher du soleil.

Je me souvins alors du rêve que j'avais fait dans la diligence.

« Vers midi, il a perdu connaissance et ne s'est plus éveillé. Mais auparavant, il a dicté ceci à ton intention... »

Tout en tamponnant ses yeux avec son mouchoir, elle me tendit une lettre pliée que je glissai dans la poche de mon gilet.

A cet instant, le saint-bernard monta l'escalier pour rejoindre sa maîtresse; j'eus un mouvement de recul involontaire.

Zsuzsanna comprit, bien sûr; elle avait sept ans lorsque s'était produit le tragique accident.

– N'aie pas peur, me rassura-t-elle en se penchant pour caresser l'animal. Brutus est de pure race et d'une grande douceur.

(Brutus! A-t-elle la moindre idée de ce que suggère ce nom?)

Puis elle se redressa et, d'une démarche claudicante, entreprit de descendre les marches restantes vers Mary qui s'était tenue à l'écart, soucieuse de préserver l'intimité de nos retrouvailles.

« Mais suis-je impolie! s'exclama-t-elle en anglais. Voilà ma chère belle-sœur que je n'ai jamais vue! Bienvenue chez nous... »

Après mes années passées à Londres, son accent me sembla très prononcé; j'enregistrai aussi le léger étonnement de Mary, elle qui, habituée à lire la prose précise et poétique de Zsuzsanna, s'attendait manifestement à ce que son anglais parlé fût aussi parfait que celui de sa correspondance.

En dépit de la gêne occasionnée par son état, ma femme gravit les premières marches avec plus d'aisance et grâce que ma sœur, se portant prestement à sa rencontre afin de lui épargner une fatigue supplémentaire.

– Vos lettres charmantes vous ont déjà rendue chère à mon cœur, fit Mary après avoir embrassé Zsuzsanna. J'ai l'impression que nous sommes amies depuis des années. Comme je suis heureuse de vous voir enfin malgré ces tristes circonstances!

Ma sœur prit Mary par la main et nous conduisit dans la maison, à l'abri du froid nocturne. Une fois dans le salon principal, elle nous décrivit d'une voix entrecoupée de sanglots et de soupirs l'évolution de la maladie de Père ainsi que ses derniers jours. Nous conversâmes une bonne heure, puis Zsuzsanna insista pour nous montrer notre chambre – mon ancienne chambre – car l'épuisement de Mary était patent. Après avoir veillé à ce que ma femme fût bien installée, je partis voir Père en compagnie de Zsuzsanna.

Nous empruntâmes l'aile est et traversâmes le petit pré accidenté séparant le manoir de la chapelle familiale – ou plutôt de ce qui avait été la chapelle, car Père, en agnostique confirmé, avait encouragé ses enfants à faire montre de scepticisme vis-à-vis des prétentions de l'Eglise. Avant même que nous n'eûmes ouvert la porte de bois massif, j'entendis flotter dans la nuit fraîche les voix hésitantes et douces des femmes qui chantaient le traditionnel cantique funèbre qu'on nomme ici le *Bocete* :

Père, cher père, lève-toi, lève-toi;
Sèche les yeux de ta famille éplorée!
Eveille-toi, éveille-toi de ta transe,
Dis un mot, darde un regard...

A l'intérieur, les ornements du christianisme – icônes, statues et croix – avaient été depuis longtemps ôtés de l'autel, mais on n'avait pu les effacer des murs, car chaque surface libre resplendissait de mosaïques byzantines représentant des saints; sur le plafond de la haute coupole, où était suspendu l'immense candélabre, le Christ en personne fixait le sol de son regard impartial. Dès l'entrée, j'aperçus les images préférées de mon enfance : Etienne le Martyr (que j'avais toujours identifié à mon frère Stefan), la calamiteuse Chute des Cieux de Lucifer, le vaillant saint George terrassant le Dragon éternellement affamé.

L'édifice ne tient plus lieu ni de mausolée ni d'église. On en a fait un endroit où les membres de la famille peuvent s'isoler et méditer à loisir; d'ailleurs, il y règne encore une atmosphère de spiritualité propice à la révérence et au recueillement. Père y avait passé de longues heures au cours des lugubres années qui avaient suivi la mort de son fils aîné.

Nous nous rendîmes au fond de la salle, où des plaques d'or portant gravées des inscriptions signalaient l'emplacement des cryptes où gisaient nos ancêtres. Des générations de Tsepesh reposaient ici, en si grand nombre que la chapelle n'en pouvait contenir plus; un siècle et demi auparavant, il avait fallu ériger un nouveau site funéraire entre le manoir et le château. En passant devant les défunts, je les sentis me suivre du regard, je perçus leurs murmures approbateurs dans le frôlement des vêtements de Zsuzsanna et des miens, et j'éprouvai à nouveau cette curieuse hypersensibilité à l'écoulement du temps dont j'avais fait l'expérience dans le train de Vienne – à la différence que, cette fois, je ne me déplaçais plus à rebours des siècles; maintenant, j'allais de l'avant, comme engendré à cet instant précis par mes ancêtres, émergeant de l'histoire, me dirigeant, aussi vite que Stefan et Shepherd, vers ma vie présente. Vers ma destinée.

Comme le petit Stefan tant d'années auparavant, Père reposait près de l'autel, dans un cercueil ouvert, en bois de cerisier poli, drapé de noir et entouré de quatre rangées de bougies flamboyantes. Deux gros cierges brûlaient dans de massifs chandeliers de cuivre à chaque extrémité de la bière. A la tête du cercueil, chacune d'un côté, deux femmes vêtues de deuil chantaient pour mon père, lui rappelant tout ce qu'il laissait derrière lui, comme si elles croyaient sincèrement qu'il allait s'éveiller, persuadé de demeurer en ce monde. Parvenu à un mètre d'elles, j'hésitai, soudain réticent à la perspective d'être confronté à l'objet de mon affliction devant témoins.

– Laisse-moi, Zsuzsa, dis-je. Va te reposer. Tu t'es occupée de lui durant toutes ces années; je le veillerai cette nuit.

Dans notre pays, la coutume veut que les hommes s'asseyent auprès du mort – cela s'appelle « tenir la *priveggia* » – car certains ignorants croient, du moins je le suppose, qu'il faut protéger l'âme du défunt de voleurs éventuels. Mon père eût sans doute désapprouvé l'idée de se conformer à cette tradition de paysans superstitieux, mais à ce moment-là je désirais l'honorer, me montrer respectueux à son égard – lui être de quelque secours, même s'il était trop tard – et je ne voyais pas d'autre manière de lui rendre hommage. C'était un homme bon, tolérant, et je savais qu'il m'eût permis de veiller ainsi avec un sourire amusé, attendri et indulgent.

Cependant, tant le chagrin va de pair avec l'irrationalité, je fus terriblement irrité par la présence des chanteuses. Il m'était loisible d'honorer mon père en suivant une coutume qu'il dédaignait; il était inacceptable que des personnes extérieures à la famille en fissent autant.

Zsuzsanna ne s'opposa point à ma demande; toutefois, avant de prendre congé, elle s'approcha de moi et me dévisagea un instant. A la lueur des bougies, ses yeux reflétèrent un étrange mélange d'affection et d'abattement.

– En début de soirée, un domestique a apporté une lettre d'Oncle, dit-elle.

Puis elle prit une feuille glissée dans sa ceinture et la déplia devant mes yeux. Rédigée d'une écriture véloce, en pattes de mouches, la lettre disait ceci (du moins selon ce que je me souviens de ma traduction) :

Ma très chère Zsuzsanna,

Par la présente, laisse-moi t'adresser mes condoléances les plus sincères. Je compatis profondément à ton malheur car, comme tu le sais probablement, nul être au monde ne me fut plus proche que ton père. Sans sa gestion avisée et brillante de l'intendance du domaine, je n'aurais pas survécu, mais le fait d'évoquer cet aspect de nos rapports me semble les rabaisser, car ils représentaient beaucoup plus que cela. Bien que Petru fût mon neveu, je l'aimais comme un frère – et toi ainsi qu'Arkady comme mes propres enfants. Crois-moi, tant que j'aurai un souffle de vie, vous ne manquerez de rien, ni n'aurez rien à craindre ! Après tout, vous êtes les derniers dépositaires du nom Tsepesh, et vous incarnez l'espoir de notre orgueilleuse lignée. Si jamais vous aviez besoin ou envie de quelque chose, faites-moi l'honneur de me le demander, et vous serez exaucés.

Toutes mes salutations et condoléances à notre cher Arkady qui nous est enfin rendu, ainsi qu'à son épouse. J'espère que leur voyage s'est déroulé sans heurts et d'agréable façon. Quel dommage que la joie de leur retour – et venue – au pays doive être ternie par semblable tragédie !

J'ai engagé des pleureuses qui vont chanter le Bocete *pour ton père ; je t'en prie, ne te tracasse pas pour les détails. Tout le nécessaire sera fait. Cette nuit, si tu le permets, je viendrai rendre un ultime hommage au défunt. Comme ce sera à une heure très tardive, je ne dérangerai personne ; je te demande seulement de laisser ouverte la porte de la chapelle.*

Ton oncle affectionné,

V.

Je hochai la tête pour indiquer que j'avais fini ma lecture. Zsuzsanna replia la lettre, la remit à sa ceinture, et nous échangeâmes un regard de connivence ; elle avait voulu me prévenir que je risquais d'être dérangé dans ma solitude. Puis elle se haussa sur la pointe des pieds et me donna le baiser du soir, se tournant d'abord vers le cercueil de Père comme pour lui adresser un ultime regard.

Je restai immobile et silencieux, prêtant l'oreille au chant, aux pas irréguliers et traînants de Zsuzsanna sur la pierre froide, au grincement des gonds de fer, à la fermeture de la porte de bois massif.

Je me tournai alors vers les femmes.

– Vous pouvez disposer, leur dis-je.

Les yeux de la plus jeune s'écarquillèrent de frayeur, mais elle continua de chanter, tandis que l'aînée, les paupières baissées dans la même attitude de crainte obséquieuse que j'avais observée chez le cocher, me répondait :

– Nous n'oserions pas, Monsieur! On a loué nos services pour que nous chantions le *Bocete*, et si le cantique devait cesser, ne fût-ce qu'un instant, l'âme de votre père ne trouverait jamais le repos approprié!

– Vous pouvez disposer, répétai-je, trop accablé de chagrin pour entamer une argutie.

– Monsieur, le prince nous a alloué une somme généreuse. Il serait fâché si nous...

– En vertu du pouvoir qui m'est conféré, je vous relève de votre engagement!

Puis, d'un geste ample, si brusque que les deux femmes reculèrent, je leur désignai la porte.

– Si le prince doit se fâcher, il devra se fâcher contre moi!

Dans un bruissement de jupes noires, les chanteuses se hâtèrent de gagner la porte, non sans me décocher chacune un regard empreint d'une terreur muette.

J'étais enfin seul. Je pris une respiration et m'avançai le long du cercueil pour contempler feu mon père bien-aimé. C'était un bel homme, de grande taille, mais, comme Zsuzsanna, il avait vieilli de plusieurs décennies durant mes années d'absence; sa chevelure noire, dotée de reflets bleutés, abondamment grisonnante lors de mon départ pour l'Angleterre, avait à présent entièrement blanchi, et de nombreuses rides d'inquiétude sillonnaient son front. Sa vie avait été marquée par une suite de tragédies; à cause des mariages consanguins entre familles *boier*, la folie et les malformations avaient décimé les Tsepesh des dernières générations. Son grand-père, sa mère et une de ses sœurs moururent en état de démence; deux de ses frères et son autre sœur succombèrent à diverses maladies congénitales ainsi qu'à la phtisie. Petru et son frère cadet, Radu, furent les seuls de leur génération qui échappèrent à la malédiction familiale et parvinrent à l'âge adulte. Ensuite, il y eut l'invalidité de Zsuzsanna (déviation de la colonne vertébrale et atrophie d'une jambe) qui la voua irrémédiablement au célibat, son propre veuvage et, finalement, la mort de Stefan... J'eus un vif accès de remords et de tristesse en comprenant que mon départ pour l'Angleterre avait sans nul doute accru son sentiment d'abandon. Il était mort sans avoir eu le bonheur de porter les yeux sur son petit-enfant.

(Cher enfant à naître, si seulement tu avais pu constater par toi-même la douceur de ton grand-père, sa bonté d'âme, la profondeur et la constance de son amour ! Comme il t'aurait choyé, toi, son seul petit-enfant, comme il se serait réjoui de sculpter des jouets de bois à ton intention, ainsi qu'il le fit pour Zsuzsanna, Stefan et moi-même ! Pour te représenter son visage, il te suffit de regarder celui de ton père ; mes traits acérés, taillés à la serpe, sont les siens, tout comme ma chevelure de jais, et cela bien que mes yeux soient de couleur noisette, un mélange des yeux verts de mon père, et de ceux, bruns, de ma mère. J'aimerais pouvoir te dire que j'ai connu ta grand-mère, mais les uniques souvenirs que j'en garde proviennent d'anecdotes que Père m'a racontées ; elle est morte peu après ma naissance.)

Je me suis penché pour contempler son visage livide, cireux, aux traits anguleux et tirés. Ses yeux étaient clos, et j'ai laissé échapper un sanglot poignant en me rendant compte que jamais plus je ne plongerai mon regard dans ces yeux verts, si beaux et si pénétrants. J'ai pleuré amèrement en pressant ma joue contre sa poitrine inerte et, tel un enfant, je l'ai supplié de rouvrir ses yeux, rien qu'une fois – une fois encore.

J'ignore combien de temps dura ma prostration ; je sais seulement que, à un certain moment, je pris conscience qu'un objet froid et métallique égratignait ma joue. Levant la tête, je découvris un grand crucifix d'or, fixé à un chapelet qu'on avait passé autour du cou du défunt. A l'évidence, c'était l'un de ces domestiques superstitieux – ou l'une des chanteuses – qui l'avait placé là, sachant fort bien qu'un tel acte eût profondément offensé Père. Pris de fureur, je l'arrachai. Le cordon cassa net : une partie des perles tombèrent dans le cercueil, les autres s'éparpillèrent sur le sol. Je jetai le reste à travers la pièce ; le crucifix heurta le mur de pierre avec un petit tintement.

Après avoir fulminé quelques instants, je réussis à me calmer; quiconque avait pris cette initiative, avait cru bien faire, voilà tout... Lentement, je ramassai la croix et les perles, je les glissai dans ma poche de gilet, puis je m'assis sur le banc le plus proche de la bière. Ensuite, je sortis la lettre de Père et la dépliai. Rédigée de main d'artiste par Zsuzsanna, elle contenait ces mots :

Mon très cher Arkady,

Quand tu liras ceci, je serai mort. (Ici, une tache humide sur le parchemin, à l'endroit où courait l'encre.) *De tout mon cœur, j'eusse aimé que toi, ton épouse et ton enfant, vous puissiez retourner en Angleterre afin d'y mener la vie que tu as toujours souhaité mener. Mais sans toi, sans personne pour régir le domaine, ton oncle est démuni. Pour le bien de la famille, tu dois prendre ma place et faire tout ce que demande le prince. Cela est inévitable; il n'y a point d'alternative.*

Quelques malheurs qu'il puisse t'arriver, souviens-toi toujours d'une chose : je t'aime de toute mon âme, et ton oncle, à sa façon, t'aime autant. Puisse cette certitude te soutenir lorsque viendra le temps des épreuves.

Adieu ! Que toute mon affection te soit acquise, ainsi qu'à ma belle-fille et à mon petit-enfant que je ne verrai jamais.

Père.

J'ai pleuré un certain temps. Honnêtement, je ne puis dire que la requête de mon père – que je le remplace – m'ait surpris; Mary et moi avions évoqué cette question depuis notre réception du télégramme de Zsuzsanna. Lors de mon départ pour l'Angleterre, j'avais la ferme intention de revenir au pays dès mes études terminées afin de seconder Père dans l'intendance du domaine; cependant, à cette époque, j'avais présumé qu'il survivrait à son oncle et hériterait de la propriété, tout comme, à présent, je m'attendais à en hériter moi-même un jour prochain. Puis, dans l'intervalle, je m'étais accoutumé à ma nouvelle patrie, j'étais tombé amoureux d'une jeune Anglaise, je m'étais marié et j'avais complètement oublié mes obligations familiales.

Désormais, l'oubli n'est plus de mise. Notre lignée a connu maintes épreuves causées par les mariages consanguins; il y a eu des enfants difformes, maladifs, comme Zsuzsanna, de nombreux cas de folie, et notre famille s'est amenuisée au cours des siècles jusqu'à l'époque où mon père et son frère furent les seuls membres aptes à en perpétuer le nom. Par bonheur, Père a épousé une étrangère, une robuste Russo-Hongroise. Ensuite, Oncle et lui-même eurent la bonté de m'adresser leur bénédiction quand je leur ai annoncé mes fiançailles avec Mary. Mais si Oncle devait mourir avant la naissance de mon enfant, je serais le dernier descendant mâle de la famille Tsepesh – ou Dracul, pour user de l'exécrable nom dont les paysans nous ont affublés. Aussi est-ce bien le moins que j'élève mes enfants ici et que je leur apprenne à aimer ce pays comme je l'aime – comme mon père, son propre père et tous mes ancêtres l'ont aimé avant moi. Nous occupons cette terre depuis presque quatre cents ans. Je ne puis l'abandonner; la céder à des étrangers est impensable.

Il n'empêche : aussi fier que je sois de mon héritage, je me sens intensément coupable d'avoir demandé à ma femme de renoncer à l'Angleterre et de s'installer à demeure dans cette contrée aussi reculée qu'isolée. De son côté, Mary soutient qu'elle a toujours su qu'il en serait ainsi; elle affirme s'y être pleinement préparée. Cela n'apaise guère mon trouble. Il me serait impossible d'être heureux ici si Mary ne l'était pas.

Et pourtant, dans la chapelle silencieuse et assombrie, à la seule lueur des luminaires funèbres, je fis un serment solennel – une ultime promesse à Père, nonobstant un retard de plusieurs heures : je resterai ici, selon sa volonté, et je m'occuperai d'Oncle. Mary et moi allons donc élever l'enfant dans le domaine que Père aimait tant, et je ne négligerai point de lui enseigner ce qui a trait à son grand-père ainsi qu'à tous les Tsepesh l'ayant précédé dans la mort.

Ainsi ai-je pleuré mon père sur l'inconfortable banc de bois où, avant moi, des générations de Tsepesh se sont assis pour veiller leurs chers disparus. Quelques heures passèrent; je m'assoupis et sombrai derechef dans ce rêve angoissant où je me voyais, encore enfant, poursuivre Stefan à travers la forêt.

Je fus éveillé en sursaut par un hurlement affreux, désagréablement proche. Au même instant, la lourde porte de bois s'ouvrit dans un gémissement. Pour la première fois depuis des années, il me fut donné de voir mon grand-oncle Vlad.

(Cher enfant, ton arrière-grand-oncle Vlad, qui aura quitté

ce monde quand tu seras en âge de lire ces mots, était un reclus passablement excentrique. Je soupçonne que sa conduite ressortissait, de façon héréditaire, à une sorte de folie douce. Vlad étant affligé d'agoraphobie, il sortait rarement du château; il tenait toute fréquentation en horreur, hormis celle de mon père. Pour cette raison, ce dernier a pris en charge les affaires du domaine, et c'était presque toujours lui qui traitait avec les domestiques. Cependant, V. se montrait avec nous d'une générosité frôlant la prodigalité. Il nous rendait visite les jours de fête et d'anniversaire; à ces moments-là, il tenait à merveille son rôle d'oncle gentil et attentionné; il nous comblait de cadeaux. Non content de pourvoir à l'éducation de mon père, il défraya aussi la mienne, puis sauva la vie de Zsuzsanna en faisant appel aux meilleurs médecins de Vienne chaque fois qu'elle fut malade.

Hélas, les excentricités de mon grand-oncle ont suscité maintes rumeurs chez les domestiques et parmi la population superstitieuse du bourg. Ces racontars ont déclenché une profonde suspicion de la part des paysans à l'encontre de notre famille; je suis sûr que tu en entendras parler).

A l'évidence, nous fûmes aussi surpris l'un que l'autre de nous voir. Sa silhouette endeuillée, hautaine et léonine, s'attarda un moment sur le seuil. Il me faut reconnaître qu'au fil des ans j'avais oublié la singularité et la sévérité de son apparence; aussi fus-je de prime abord intimidé à sa vue, comme cela avait si souvent été le cas durant mon enfance : en effet, il était épouvantablement pâle (ainsi qu'il convient à un reclus), si pâle qu'on avait peine à distinguer son front de sa chevelure blanchie et drue. De la même teinte étaient sa longue moustache aux pointes tombantes et ses sourcils broussailleux. Cette pâleur exceptionnelle se trouvait accentuée par sa cape noire et ses yeux vert sombre – des yeux de la couleur de la forêt, saisissants, immémoriaux, irradiant une vive intelligence.

A les contempler, je me sentis à la fois attiré et repoussé. Mais soudain ils s'adoucirent en me reconnaissant et s'emplirent d'une bonté extraordinaire; alors, du spectre inspirant l'effroi que je venais de voir, Vlad se transforma en l'oncle affectueux dont j'avais souvenance.

Reprenant mon souffle, je compris que ma prière enfantine avait été exaucée. J'avais oublié combien frappantes étaient les ressemblances dans notre famille, mais, à présent, c'étaient bien dans les yeux de mon père que mon regard se trouvait replongé. Puis Oncle ouvrit la bouche, et ce fut la voix de mon père que j'entendis.

– Arkady! s'exclama-t-il. Toi dont le nom signifie « Paradis »! Que c'est bon de te revoir... Et comme je regrette les circonstances de nos retrouvailles...

– Vlad! fis-je en me levant. Cher Oncle!

Nous allâmes l'un vers l'autre, nous nous serrâmes les mains puis échangeâmes le traditionnel baiser sur chaque joue, coutume dont j'étais déshabitué après mes années passées à Londres. A bien y penser, Vlad doit être maintenant très âgé car, aussi loin que je m'en souvienne, je revois sa chevelure argentée et sa démarche circonspecte propre aux vieillards. En tout cas, sa poigne, quoique glacée, se révéla d'une grande fermeté, démentant sa fragilité apparente. Par quelque miracle, à moins que ce ne fût une défaillance de ma mémoire, il n'avait point vieilli. Sans cesser de nous tenir les mains, nous nous fixâmes droit dans les yeux; j'eus la sensation de scruter les âmes de tous mes ancêtres, dorénavant amalgamées en une seule chair.

– Pardonne-moi de t'avoir dérangé, dit-il. Je ne m'attendais pas à te trouver ici.

– Tu ne me déranges pas le moins du monde.

– Et comment se porte ta chère épouse?

– Bien. Elle se repose.

– Cela est bon, fit-il avec gravité. Nous devons tout faire pour préserver sa précieuse santé, eu égard à l'enfant qui va naître.

Son regard balaya la chapelle paisible et vide.

– Mais où sont les pleureuses? Celles que j'ai payées pour chanter le *Bocete*?

– Elles sont parties. Je les ai congédiées. La faute entière m'en revient. J'espère que tu n'es pas contrarié, mais j'avais envie de silence.

– Bien sûr, répondit-il d'un ton compréhensif tout en levant la main comme pour écarter cette question. Mais que tu as changé depuis la dernière fois! Te voilà devenu un homme... Et tu ressembles plus que jamais à ton père...

Il recula d'un pas pour mieux me dévisager et prit une respiration malaisée.

« C'est vrai. Tu as son visage, sa chevelure », ajouta-t-il de manière approbatrice, puis (mais sans doute n'est-ce qu'un simple effet de mon imagination) son intonation laissa transparaître une certaine déception : « Mais tes yeux ont en eux quelque chose de ta mère. »

Il me considéra un instant encore avant de se tourner vers le cercueil.

« Et voilà notre Petru..., soupira-t-il tandis qu'un air de tristesse passait sur son visage.

– Oui », fis-je en regagnant le banc afin de le laisser se recueillir un moment.

Il porta une main à son visage et ferma les yeux.

– Existe-t-il quelque chose de plus horrible que la mort? s'exclama-t-il avec une douleur si profonde que de nouvelles larmes me montèrent aux yeux. N'est-ce pas terrible de savoir qu'il nous a quittés à jamais?

Il abaissa son bras, s'approcha de la bière d'un pas respectueux, prit la main de mon père et, d'une voix basse et fervente, murmura : « Ah, Petru! Ta chair s'est-elle déjà refroidie à ce point? » Puis, s'inclinant, il porta la main du mort à ses lèvres et y déposa un baiser avant d'ajouter : « Parfois, j'ai le sentiment d'avoir trop longtemps foulé cette terre. Trop souvent, j'ai vu périr des êtres aimés... Trop souvent, j'ai embrassé le visage d'un cher disparu... »

Il tenta de replacer la main de Père avec dignité mais, succombant enfin à son chagrin, il s'affaissa, appliqua sa joue sur la poitrine du défunt, tout comme je l'avais fait, et chuchota : « Petru! Petru! Mon seul ami véritable... »

Puis il fondit en larmes. Je fermai les yeux et me détournai, car le simple fait d'assister à ses souffrances décuplait les miennes; il paraissait si frêle et si pathétique, ainsi effondré sur la bière, que je ne pus m'empêcher de songer que bientôt – bien trop tôt – lui-même reposerait dans son propre cercueil.

Finalement, il parvint à se ressaisir puis, se redressant, il abaissa son regard vers mon père et proclama, avec une conviction si puissante et si passionnée que les parois de pierre renvoyèrent l'écho de sa voix (et je fus certain qu'elle portait par-delà la mort, que mon père et tous mes ancêtres l'entendirent également) : « Sur le nom de Tsepesh, je te jure que ta loyauté sera dûment récompensée! »

Cela dit, il vint s'asseoir à mon côté, et nous veillâmes en silence. Peu après, les hurlements des loups reprirent, si proches que je ne pus me retenir de lancer un regard anxieux en direction de la fenêtre obscurcie. Oncle s'en rendit compte et m'adressa un sourire faible mais rassurant.

– N'aie crainte, Arkady. Ils ne te feront pas de mal.

Toutefois, cette sonorité s'imprima dans mon esprit et, quelques moments plus tard, je recommençai à rêver de Stefan et de Shepherd ; je repris ma course cauchemardesque à travers la forêt infinie. Je courus des heures et des heures, hurlant le nom de mon frère tandis que des loups grondaient au loin ; quand je parvins enfin à mon épouvantable destination, ce fut pour voir le corps meurtri de Stefan ; puis Shepherd leva son mufle sanglant et me regarda...

Soudain, mon père s'interposa entre nous, faisant dos à la bête en toute confiance. Il agrippa mon poignet et le tourna, découvrant ainsi la partie tendre de mon avant-bras. Je n'opposai aucune résistance ; n'était-ce pas mon père bien-aimé ?

Aie confiance, dit-il. *Il ne te sera fait aucun mal...*

Sa main se dressa, dardant un éclair argenté qui vint s'abattre sur ma chair nue. Je poussai un cri, surpris par la douleur.

Sentant le contact d'une main froide sur mon épaule, je m'éveillai en sursaut – et me trouvai face aux yeux blancs d'un loup.

– Réveille-toi donc, Arkady, me dit Oncle d'un ton rogue. Tu es en train de rêver.

Je clignai mes paupières, et les yeux du loup devinrent ceux de mon père, eux-mêmes incrustés dans le visage blême d'Oncle. Au-dehors, les ténèbres allaient céder la place à l'aube.

– Il faut que je rentre, dit Oncle.

Je me levai et l'accompagnai à la porte, le remerciant d'avoir veillé avec moi, mais il m'intima silence d'un geste et répondit : « C'est bien le moins. » Puis il s'interrompit et, pour la première fois de la nuit, je décelai une légère hésitation dans son attitude.

– A propos, fit-il enfin, ton père a-t-il jamais évoqué devant toi l'éventualité que tu lui succèdes ?

– Oui, répondis-je. C'était convenu. J'ai toujours eu l'intention de revenir un jour ou l'autre pour m'occuper du domaine. D'ailleurs, je serais fort honoré d'être ton représentant.

– Ah ! C'est excellent ! Mais ne parlons point affaires alors que nos cœurs sont affligés...

Il posa ses mains sur mes épaules, et nous prîmes congé l'un de l'autre selon la coutume avant d'aller chacun notre chemin dans la nuit qui se retirait.

Le retentissement lointain de nouveaux hurlements me fit presser l'allure en direction du manoir, et je traversai d'un bon pas le pré humide de rosée. Comme j'approchai de l'aile est, j'aperçus une forme sombre qui bougeait sur ma gauche, un peu en contrebas ; croyant qu'il s'agissait d'un loup errant – ou peut-être même d'un ours égaré – qui courait vers moi, je fus pétrifié de panique.

Ce n'était ni l'un ni l'autre. Lorsque mes yeux se furent habitués à l'obscurité et que je pus suivre le déplacement de la forme, je vis la petite silhouette sanguinolente de Stefan se matérialiser sous le clair de lune déclinant.

Mon frère mort se tenait à l'autre extrémité de l'aile est qui surplombe la forêt séparant le manoir du château ; il leva un bras décharné et désigna les cimes des sapins d'un geste enveloppant.

Nos yeux se rencontrèrent. Il me considéra avec une solennité empreinte de réprobation – ce n'était plus le lutin espiègle ; ses yeux marron foncé (ceux de ma mère), immenses et en forme d'amande, légèrement bridés, étaient incrustés dans une tête d'enfant trop grosse encore pour son corps ensanglanté. Sous son menton pendait un lambeau de peau luisant d'un éclat sombre. La lune renforçait la blancheur de l'os que révélait sa blessure à la gorge. De son index, il montra à nouveau les arbres lointains puis tapa silencieusement du pied, reproduisant ainsi ce mouvement d'impatience si particulier que je n'avais vu accompli par personne d'autre depuis une vingtaine d'années.

Gémissant de terreur, je tombai à genoux et cachai mon visage dans mes mains. Je restai immobile quelques minutes avant d'oser jeter un coup d'œil entre mes doigts tremblants.

Stefan avait disparu. Je me remis debout, brossai hâtivement les brins d'herbe humides qui s'étaient collés à mon pantalon, et me dépêchai de regagner le manoir.

*
* *

A présent, j'écris. De quelque côté que je porte mon regard, j'appréhende de voir Stefan – que ce soit dans le lit, à côté de mon épouse, ou à l'extérieur de la chambre, dans le corridor. Je sais que son apparition est simplement le fruit de mon chagrin, mais je ne puis empêcher mon esprit de ressasser ces légendes des *moroï*.

Que veux-tu que je découvre, petit frère? Quel trésor demeure enfoui dans la forêt?

J'ai écrit ce qui précède à un rythme fébrile. C'est encore le matin, mais le soleil est déjà haut dans le ciel. Mary dort toujours; la pauvre! si fatiguée! Je vais aller m'étendre auprès d'elle – et prier pour ne point rêver de loups.

2

Journal
de Zsuzsanna Tsepesh

6 avril. – Comme j'écris ceci à minuit passé, il doit s'agir en fait du 7 avril. Je suis si avide de sommeil, si lasse. Après la mort de Père, j'ai passé toute la nuit à pleurer dans mon lit ; d'ailleurs, la nuit suivante n'a guère été plus reposante. Et tout à l'heure, alors que le doux sommeil approchait enfin, voilà que Brutus m'a réveillée par ses aboiements ! Il ne cessait de se précipiter sur la fenêtre. Présentement, il est calme mais, s'il recommence, j'irai l'enfermer dans la cuisine avant qu'il n'éveille la maisonnée entière.

Quand j'ai regardé vers la fenêtre, j'ai cru voir s'y refléter le visage d'Oncle – mais ce n'était que la rémanence d'un rêve. Brutus était si excité qu'à la fin je suis allée ouvrir les volets par acquit de conscience ; alors, j'ai vu une forme grise qui courait ventre à terre à travers le pré : un loup.

Pensant que je serais incapable de me rendormir après une telle frayeur, l'idée m'est venue de m'asseoir pour raconter l'arrivée de Kasha et Mary, mais voilà que la fatigue reprend le dessus. Au lit maintenant ! Fais de beaux rêves, Brutus !

Le journal de Mary Windham Tsepesh

7 avril. – Cette région est belle, étrange et sauvage, à l'image de ses habitants ; et, parmi ces derniers, il semblerait que les membres de la famille de mon mari soient les plus étranges de tous.

Je ne me sens pas peu coupable de m'exprimer ainsi. Cependant, d'une manière ou d'une autre, je dois décharger mon esprit de tout ce que je viens de découvrir. Le problème, c'est que je ne peux pas en parler à mon cher mari – et moins encore à ses proches. Toutefois, maintenant que j'ai commencé à écrire, je suis tentée d'attribuer mes mauvaises impressions à des troubles de perception inhérents à mon état. Peut-être que toutes les futures mères connaissent ce genre d'égarements...

C'est inepte ! Jamais je n'ai été délicate, ni sujette aux maladies dites nerveuses. Arkady tire fierté de ma pondération – et ce à juste titre. Je suis issue d'un peuple réputé pour son sang-froid. J'aime mon mari pour son ardeur, sa passion et les déclarations audacieuses qui, contrairement à moi, lui viennent si spontanément aux lèvres. La plupart du temps, je lui envie ces qualités.

Mais son grand-oncle et sa sœur les possèdent à un degré insensé.

Je ne puis rien dire à mon pauvre Arkady ; il est déjà suffisamment affecté par le décès de son père, et je suis déterminée à ne pas aggraver son chagrin – chagrin que je ne comprends que trop, étant devenue orpheline à l'âge de treize ans. J'ai quatre sœurs et trois frères, et pourtant, après que Père et Mère eurent connu une mort prématurée dans l'incendie, nous avons tous grandi séparément chez des parents éloignés. Cela faisait si longtemps que je désirais retrouver une vraie famille que j'ai eu les larmes aux yeux quand, à Londres, j'ai reçu les lettres charmantes du père d'Arkady, de sa sœur et de son grand-oncle qui m'accueillaient parmi eux. Je me suis sentie honorée d'être admise dans une lignée remontant à plusieurs siècles; je me suis sentie bénie. J'ai eu la certitude que mes enfants grandiraient la tête haute.

Dès mon arrivée en Transylvanie, la beauté luxuriante du paysage m'a séduite et, aujourd'hui encore, chaque fois que je regarde les alentours, j'ai le souffle coupé par la magnificence du domaine familial. J'ai peine à croire que j'en suis partie prenante, qu'on me considère dorénavant comme la maîtresse de ce spacieux manoir érigé il y a quatre cents ans. A l'instant, il me suffit de lever les yeux de mon cahier pour apercevoir l'étendue floconneuse des cerisiers et des pruniers en fleurs qui s'interrompt à flanc de montagne, juste au-dessous de la forteresse princière dont la noble silhouette se détache sur la chaîne des Carpathes. Si je me tourne vers la fenêtre opposée, je vois des bergers aux costumes pittoresques qui font paître leurs troupeaux dans les vastes pâturages qui bordent la forêt touffue; ce panorama ne doit guère différer de celui que contemplaient les occupants de cette pièce durant les siècles précédents. Arkady m'a appris qu'il y avait aussi un vignoble. Sur la route de Bistritz, avant de descendre dans la vallée abritant le village, il a désigné l'immensité des champs de son grand-oncle, en me disant que, l'automne venu, ils seraient tout dorés de blé. Le domaine des Tsepesh pourvoit aux besoins de la localité entière, avec générosité semble-t-il, car les paysans d'ici me paraissent beaucoup mieux vêtus et nourris que dans d'autres parties de cet empire.

Je suis émue – et anxieuse de me montrer digne de cette famille. En traçant ces mots, j'éprouve encore une pointe de culpabilité, car ils n'ont rien exigé de moi. D'ailleurs, qu'ont-ils fait d'autre que m'accueillir à bras ouverts? Il m'a suffi de voir Zsuzsanna pour être transportée de sympathie à son égard. Elle est si gentille; c'est une créature si frêle, si esseulée – et puis elle est infirme, comme tant de gens de cette région semblent l'être. Selon Arkady, cet état de fait, découlant de leur isolement ainsi que d'unions consanguines, constitue l'une des raisons pour lesquelles sa noble lignée est menacée d'extinction. J'ai eu de la peine pour Zsuzsanna, en l'imaginant désormais seule dans cette grande demeure lugubre. J'étais attristée par la mort de son père, mais heureuse que nous soyons venus. Je crois que rien ne la réjouirait plus que d'être la tatie d'une ribambelle d'enfants (et rien ne me plairait autant que d'en être la maman). Elle-même a quelque chose d'enfantin, ayant été, comme les siens, par trop longtemps coupée de tout contact extérieur. Bien que Zsuzsanna soit extraordinairement intelligente – elle pratiquait l'anglais avec son frère – « pour s'amuser » – avant le départ de celui-ci pour l'Angleterre, et ses lettres attestent qu'elle a hérité, comme Arkady, du brio poétique de sa mère – elle est aussi incroyablement naïve.

Mais le grand-oncle, Vlad...

De lui, je ne sais que dire, sauf qu'il m'effraie, me répugne et me charme tout à la fois. Pour rien au monde, je ne voudrais qu'il approche mes enfants. Peut-être mon souhait sera-t-il exaucé, car il semble terriblement pâle et affaibli ; de plus, selon Arkady, il aurait atteint un âge incalculable.

Au départ de Bistritz, j'ai décelé une certaine crainte chez le vieux cocher, crainte que je retrouve ici chaque jour dans les yeux de Dunya, ma femme de chambre, ou dans ceux des autres domestiques. Lorsqu'il nous arrive de les croiser, ils rentrent les épaules et évitent notre regard. Après avoir vu le prince, je comprends pourquoi. Il émane de lui quelque chose de terriblement troublant, voire d'effrayant. Je ne saurais définir cette impression, qui a tout à voir avec l'instinct, et rien avec la raison. Même le chien Brutus la ressent ; il fuit la présence du prince.

Mais il n'en va pas ainsi pour Arkady et Zsuzsanna. Ils le considèrent avec amour et dévotion, parlent de lui avec une vénération que d'autres réservent à Dieu, et minimisent d'un haussement d'épaule ce qu'ils appellent ses « petites excentricités ». Vlad n'a même pas assisté à l'enterrement, mais nul n'en a pris ombrage. C'est comme s'il les avait magnétisés.

En revanche, le lendemain soir de notre arrivée, il a participé à la *pomana* de Petru – le traditionnel « dîner pour les morts » –, à l'occasion de laquelle tous les mets préférés du défunt sont préparés : en la circonstance, on nous servit donc un plat appelé *mamaliga* (un porridge de farine de maïs, très épicé, cuit au four et couronné d'œufs pochés), du chou farci et du poulet au paprika. Ce fut une petite cérémonie des plus mélancoliques. Arkady, Zsuzsanna et moi, nous attendions dans l'immense salle à manger, tristes bénéficiaires d'un excès d'opulence, environnés de candélabres d'argent à cent branches, d'un service de table d'or pur et du cristal le plus finement taillé, dont chaque facette reflétait le scintillement de mille langues de feu. Nous étions placés à une longue table de bois massif qui eût aisément convenu à une trentaine de convives. Au fond de la salle se trouvait une seconde table, d'une longueur identique mais d'une hauteur moindre; j'en déduisis qu'elle était jadis destinée aux enfants. Je ne pus m'empêcher d'être peinée en songeant que la famille se réduisait désormais à notre trio, plus l'oncle. Visiblement, je ne fus pas la seule à qui vint cette pensée, car Zsuzsanna, se tournant vers Arkady, lui demanda avec une gaieté contrainte et languissante : « Te souviens-tu, Kasha, lorsque nous étions enfants et que l'oncle Radu venait de Vienne nous rendre visite ? »

Mon mari hocha la tête puis, d'une voix encore altérée par le chagrin, répondit : « Je m'en souviens. Il venait avec nos cousines.

– Six filles », renchérit sa sœur avec un sourire hésitant. Dans ses grands yeux noirs l'éclat de larmes retenues vint concurrencer la lueur des bougies. A ma connaissance, la *pomana* est censée être une réjouissance en mémoire des événements heureux de la vie du défunt, mais Zsuzsanna paraissait chanceler au bord d'un précipice intérieur, partagée entre l'envie de rire et celle de pleurer. « Elles étaient toutes si gaies, si vives ! Nous allions nous asseoir avec elles, là-bas, à la petite table », expliqua-t-elle en montrant le fond de la salle. « Alors, elles commençaient à chanter pour les adultes. T'en souviens-tu ? » D'une voix limpide et, ma foi, fort agréable, elle fredonna le début de ce qui sonna à mon oreille comme une comptine transylvanienne. « Ensuite, Papa faisait signe aux autres adultes d'entonner le refrain. » Puis elle continua de chantonner, tandis qu'une larme coulait sur sa joue. Quand elle eut fini, son sourire s'était quelque peu affirmé. Avec la même gentillesse impulsive qui me fait aimer son frère, elle se tourna vers moi et s'exclama : « Comme je suis contente que vous soyez venue ! Cela m'attristait que notre famille soit si disséminée, mais bientôt cette maison résonnera à nouveau de rires d'enfants ! »

Emue, je me suis penchée pour atteindre sa main frêle et la serrer. Avant que j'aie pu répondre, Arkady se tourna et Zsuzsanna jeta un coup d'œil hâtif vers l'entrée. Comprenant que le prince venait d'arriver, je suivis leur regard, curieuse de voir enfin le bienfaiteur qui s'était montré si généreux envers sa famille et moi-même.

J'eus peine à réprimer un sursaut, tant son apparence était macabre. Certes, à le voir immobile dans l'embrasure de la porte, avec sa haute stature et son port altier, tout en lui respirait le prince. Mais il semblait émacié, famélique, et son visage était d'une blancheur si horrible qu'on l'eût dit exsangue. Par contraste, Zsuzsanna, si pâle et lasse qu'elle fût, eut soudain l'air d'une rose épanouie. Ma première impression fut qu'il souffrait d'anémie ou qu'il était miné par quelque autre maladie tout aussi redoutable. Son teint blême se confondait quasi parfaitement avec sa chevelure d'argent et, à la lueur tremblotante des bougies, sa peau paraissait singulièrement phosphorescente. Je me pris à imaginer que, si nous avions soufflé toutes les lumières, plongeant ainsi la salle dans l'obscurité, il eût brillé comme une luciole. Toutefois, en dépit de sa lividité, ses lèvres étaient rouges, charnues, et quand il les desserra pour nous adresser un sourire, je vis étinceler l'ivoire de dents pointues et anormalement longues.

Chose étrange, ni Arkady ni sa sœur ne parurent troublés par l'insolite apparence de leur oncle ou par l'effrayant magnétisme de ses yeux – des yeux qui me toisèrent avec une acuité de prédateur. Je frissonnai, aussi transie que si un brusque courant d'air froid avait traversé la salle, et une pensée intruse me vint à l'esprit : *Il a faim. Il a terriblement faim.*

Il resta sans mot dire dans l'entrée, comme statufié, jusqu'au moment où Zsuzsanna s'exclama enfin : « Oncle ! Oncle ! » avec une excitation et une jubilation telles qu'on eût pu croire que son père venait de ressusciter. Puis elle entreprit de reculer sa lourde chaise, semblant vouloir se précipiter vers lui comme une petite fille. « Je t'en prie, entre donc ! »

A son invitation, il franchit le seuil et s'avança dans la salle. Arkady et Zsuzsanna se levèrent pour échanger des baisers avec lui, un sur chaque joue. Il s'attarda auprès de Zsuzsanna, lui prit la taille, puis...

Que Dieu me pardonne mes mauvaises pensées si cet

homme est innocent, mais les hallucinations et les commérages ne sont pas mon fort. Je sais ce que j'ai vu. Elle leva vers lui des yeux adorateurs, et il la regarda avec une indéniable concupiscence. Un instant, il parut sur le point de perdre toute maîtrise de lui-même, puis, jetant un coup d'œil oblique, il surprit mon regard désapprobateur et pinça les lèvres.

Soumise à l'inquisition de ces yeux verts, j'éprouvai une confusion subite. Durant quelques secondes, l'emprise de mon esprit sur la réalité vacilla comme la lueur des bougies. Une nouvelle pensée supplanta la précédente, mais elle aussi me parut m'être communiquée du dehors : *Sans doute te méprends-tu. Regarde, il a simplement pour elle un amour paternel...*

Son regard exerçait sur moi l'effet d'une marée. Je me sentis tour à tour étrangement attirée, étrangement repoussée. Les battements de mon cœur s'accélérèrent – d'émoi ou d'effroi, je ne parviens toujours pas à le démêler – et l'enfant s'agita en moi. Instinctivement, je posai une main sur mon ventre. Ce voyant, il se dirigea vers moi, saisit mon autre main et se pencha pour y déposer un baiser.

Son contact fut si glacial que je m'efforçai de réprimer un tressaillement, mais je dus y renoncer en sentant ses lèvres s'écarter et sa langue effleurer le dos de ma main, comme s'il goûtait ma peau à la façon d'un animal. Puis il se redressa, et je vis repasser une lueur de convoitise dans ces yeux de charmeur de serpents.

Mais tu te méprends...

– Chère Mary, dit-il avec un accent anglais exagérément marqué, et d'une voix si mélodieuse, si musicale, si enchanteresse enfin, que je me sentis fondre, regrettant amèrement d'avoir pensé de telles horreurs d'un vieil homme aussi bienveillant et généreux. Il considéra mon ventre puis, avec un empressement décuplé (on eût dit qu'il me déclarait sa flamme), il ajouta : « Chère Mary, quel plaisir de faire votre connaissance ! »

Ses mains, immenses et froides, m'étreignaient toujours. Je ne souhaitais rien tant que me dégager et essuyer le dos de ma main sur mes jupes, mais je demeurai poliment immobile tandis qu'il enveloppait ma silhouette d'un regard appréciatif.

– Arkady avait raison d'insister sur votre beauté. *Des saphirs à la place des yeux, des fils d'or en guise de cheveux...* Quel trésor !

Rougissante, je balbutiai un remerciement embarrassé. Un tel langage me parut d'une galanterie outrée, mais Zsuzsanna et Arkady arboraient des sourires approbateurs, comme si le comportement de leur grand-oncle, loin d'être celui d'un voluptueux, était tout à fait bienséant. J'en conclus que l'étiquette variait grandement, selon qu'on fût en Transylvanie ou en Angleterre.

Ayant épuisé sa faconde en langue anglaise – sans doute son petit compliment poétique avait-il été minutieusement répété –, Vlad recourut au roumain, et Arkady traduisit : « Quel plaisir de faire enfin votre connaissance, et de vous remercier de vive voix pour la joie que vous apportez à notre famille ! Comment vous sentez-vous après ce long voyage ?

– Tout à fait bien, Monsieur », répondis-je.

Puis je prêtai l'oreille aux sonorités étranges, sifflantes, dont usait Arkady pour transmettre ma réponse à Vlad. Ayant un peu étudié le français et le latin, je parvins à saisir quelques bribes de sens. A la vérité, je me sentais fort mal : prise d'un soudain vertige, je ne désirais rien tant que me rasseoir.

– Cela est bon ! s'exclama Vlad avec chaleur. Nous devons prendre grand soin de vous et veiller à ce que votre santé soit toujours bonne ; n'allez-vous pas donner naissance au dernier descendant des Tsepesh ?

Durant le reste de la soirée, Vlad s'exprima surtout en roumain, et Arkady traduisit, bien que nous prîmes parfois l'initiative de communiquer directement l'un avec l'autre en un allemand approximatif. Par souci de commodité, je rapporte ici notre conversation comme si elle s'était entièrement déroulée en anglais.

Je le remerciai pour ses aimables lettres, et nous échangeâmes quelques affabilités avant de passer à table. Le chien Brutus, qui était resté couché en boule aux pieds de Zsuzsanna, grogna de façon peu charitable à l'adresse de Vlad ; il sortit de la salle en catimini et ne réapparut plus de toute la soirée.

Disons-le : Vlad se révéla aussi charmant qu'il avait paru effrayant. Il fit un petit discours sur son défunt neveu, si émouvant et si sincère que tous quatre en eûmes les larmes aux yeux. Puis le dîner fut servi, chacun d'eux narra de touchantes anecdotes sur Petru, et l'on porta de nombreux toasts. Pour ma part, je ne fis que tremper mes lèvres dans mon verre de vin car, en règle générale, l'alcool ne me convient guère, et moins encore depuis le début de ma grossesse – et je fus frappée de voir que Vlad faisait de même : il portait son verre à sa bouche, mais il feignait de boire. D'ailleurs, il s'abstint également de manger, quoiqu'il levât sa fourchette à plusieurs reprises. A la fin du repas, il n'avait rien avalé. Plus étrange encore : personne, sauf moi, ne parut s'en apercevoir, pas plus les domestiques que Zsuzsanna ou mon mari. Sur le moment, je pensai qu'ils toléraient cette conduite comme une petite excentricité princière de plus, mais quand, plus tard, j'en fis timidement remarque à Arkady, il sembla persuadé que je plaisantais : « Si Oncle a dîné? *Et comment!* Je l'ai vu manger et boire de mes propres yeux! »

Jugeant tout cela fort bizarre, je n'ai pourtant point cru bon d'insister, de peur qu'il ne m'imaginât troublée, voire perturbée, par ma grossesse.

Est-ce le début de la folie que de se croire l'unique personne saine d'esprit?

Au cours du dîner, Vlad présenta à Arkady une lettre, écrite en anglais, qu'il lui demanda instamment de traduire. Je compris que ce courrier émanait d'un gentleman britannique qui, avant le décès de Petru, avait envisagé de séjourner au domaine. Selon moi, les circonstances ne s'y prêtaient guère, mais Arkady traduisit volontiers la lettre et promit à son oncle de l'aider à rédiger la réponse. Sur ce, Vlad se tourna vers moi.

– Je tiens à ce que ce soient vous deux qui m'aidiez à apprendre l'anglais! déclara-t-il en souriant.

Flattée, je répondis : « Et vous devrez m'aider à apprendre le roumain. »

Non, répliqua Vlad, cela ne serait point nécessaire; en effet, maintenant que Petru n'était plus là, il avait l'intention de faire un voyage en Angleterre. Petru s'était toujours senti très attaché à sa terre, expliqua-t-il, mais lui-même avait envie de voir du pays. La Transylvanie était une région superstitieuse, reculée, fort petite de surcroît, et le village devenait un lieu trop retiré, surtout depuis que tous ces paysans partaient pour les villes. Il avait l'impression de ne plus pouvoir se contenter des rares distractions que lui procuraient ses visiteurs : d'ailleurs, ces derniers ne lui dépeignaient-ils pas invariablement la façon dont changeait – et à un rythme toujours accru – le « monde au-delà de la forêt »?

– Mieux vaut suivre le mouvement que de végéter dans cette morne contrée! fit-il d'un ton énergique. La survie est réservée à ceux qui s'adaptent aux exigences de l'époque!

Le déplacement, s'empressa-t-il d'ajouter, aurait lieu dans un an ou deux, lorsque l'enfant serait en âge de voyager. A ce moment-là, lui-même parlerait sans doute couramment l'anglais.

– Tout cela est très bien, fis-je en pensant que la mentalité progressiste d'Arkady était manifestement héréditaire. Je serai très heureuse – et privilégiée! – de vous servir de mentor et de cicérone. Mais comme ensuite nous reviendrons en Transylvanie, il serait bon que j'apprenne la langue...

– Ah, mais voilà qui n'entre pas dans mes projets! objecta-t-il. Car j'entends m'installer, et peut-être de façon définitive, en Angleterre – même si, bien sûr, de temps à autre, je reviendrai faire un séjour nostalgique dans le domaine familial...

A vrai dire, je me réjouissais déjà à la perspective de retourner dans mon pays natal. Mais, à ces paroles, Zsuzsanna bondit de sa chaise avec une brusquerie qui nous fit tous sursauter. « Je l'interdis! » s'écria-t-elle en usant d'un curieux mélange d'anglais et de roumain, comme si elle ne pouvait décider si c'était Vlad qui devait comprendre sa protestation, ou moi. (Je me borne donc à consigner ce qui m'a paru constituer l'essentiel de son propos). « Vous n'avez pas le droit de partir! Vous savez que je suis trop faible pour voyager avec vous! Et si vous me quittez, je mourrai! »

En un éclair, Vlad se tourna vers elle. La lueur des bougies se refléta dans ses yeux qui s'embrasèrent comme ceux d'un animal, et la fureur crispa son visage, accentuant la dureté de ses traits au point que je crus entrevoir la figure d'un véritable monstre. Mais il se ressaisit aussitôt et prononça des paroles apaisantes d'un ton posé. Plus tard, quand je demandai à Arkady ce qui s'était passé, il me répondit que Vlad avait rassuré Zsuzsa : tant qu'elle ne serait pas suffisamment vaillante pour être en mesure de nous accompagner, nous ne partirions pas; et si elle continuait de se sentir faible, il ferait venir un médecin qui la soignerait.

Zsuzsanna fondit alors en larmes.

– Comment pouvez-vous songer à partir? demanda-t-elle d'une voix tremblante. Père est ici. Stefan est ici. Tous nos souvenirs sont ici.

Vlad continua de se répandre en propos réconfortants, et Zsuzsanna, enfin calmée, accepta de se rasseoir. Le dîner se poursuivit sans autre incident et se conclut dans la plus grande cordialité. Toutefois, j'étais profondément troublée.

J'ai vu comment il la regarde – et comment *elle* le regarde. Elle est éperdument amoureuse de lui, et je crains que Vlad ne soit pas homme à ne pas tirer parti de ce genre de situation. Mon bon mari est loin de se douter de tout cela, et je ne sais comment lui en parler.

Le journal d'Arkady Tsepesh

7 avril. – Maudits paysans! Maudits soient-ils! Maudits soient-ils, eux, leurs superstitions et leur stupidité! Qu'ils aillent tous en enfer!

J'ai peine à décrire ce qui s'est passé – c'est trop monstrueux, trop douloureux, trop grotesque. Et pourtant il le faut; quelqu'un doit témoigner du mal qu'engendre l'ignorance.

Hier, nous avons enseveli Père auprès de Stefan et de Mère, dans le caveau de famille situé sur le tertre séparant le manoir du château. Au début, je n'avais pas envie que Mary vienne, car elle paraissait éteinte, fatiguée, et la journée, quoique printanière, s'annonçait venteuse et froide. Mais elle insista, affirmant que c'était bien le moins qu'elle pût faire pour le beau-père qu'elle n'avait jamais eu le bonheur de rencontrer. Le mausolée lui fit forte impression, et elle s'arrêta devant le mur extérieur afin d'y lire la liste des personnes inhumées. Pour ma part, en dépit de mon chagrin, je ressentis une pointe d'orgueil en contemplant le caveau seigneurial, surtout quand j'eus constaté la lisibilité de toutes les inscriptions – y compris des plus anciennes, lesquelles remontent au début du XVIIIe siècle; on les avait gravées avec amour dans le marbre blanc, sans oublier les dates, afin que le nom de l'aïeul ne se perdît point dans la nuit des temps. (Un jour prochain, je montrerai à Mary la chapelle, avec ses cryptes du XVe siècle).

La cérémonie, fort simple, eut lieu à midi. Nous avons placé Père dans une petite alcôve, à côté de Stefan et de la mère que je n'ai jamais connue. Selon ses vœux, il n'y eut ni prêtre, ni lecture de la Bible, ni service funèbre. On déverrouilla la grande porte du caveau; les domestiques transportèrent le cercueil à l'intérieur et le déposèrent sur un catafalque entouré de cierges allumés et décoré de fleurs blanches et odorantes. Après être entrés à notre tour, nous dîmes nos derniers adieux, puis je prononçai un bref discours, non sans éprouver une fois encore le regard et la présence palpable de mes ancêtres; je m'attendais à moitié à voir le petit Stefan parmi l'assistance clairsemée. Vlad ne vint pas, ce qui n'étonna personne, quoiqu'il ait fait envoyer un autre duo de pleureuses, une plaque mortuaire en or (portant, superbement gravée, l'inscription suivante : « PETRU TSEPESH, Bien-Aimé Père, Mari et Neveu ») et une belle couronne de roses rouges pour orner le cercueil, que nous avons d'ailleurs laissée dans le caveau avec Père.

Le reste de la journée se déroula paisiblement. Depuis mes notations précédentes, Mary et moi avons évoqué plusieurs fois la conversation avec Vlad pendant la *pomana* avant d'aborder le vif du sujet : dois-je ou non prendre la succession de Père à la tête du domaine? En fin de compte, mon épouse a presque réussi à apaiser la culpabilité que j'éprouve à lui demander – à elle, tellement citadine! – de passer le restant de ses jours au cœur de la forêt des Carpathes, région sauvage s'il en est. Le centre postal le plus proche se trouve à Bistritz, ville qui, avec ses quelques échoppes, peut difficilement rivaliser avec Londres; le simple fait d'envoyer ou de recevoir du courrier exige un trajet de huit heures en voiture (sans parler du retour!) sur des routes de montagne sinueuses. Quand viendront les tempêtes hivernales, nous serons réellement coupés de tout.

D'après Mary, tout cela importe peu, du moment qu'elle est à mon côté. Quant à moi, je ne parviens pas à me représenter la bonne action (que j'aurais donc accomplie durant ma jeunesse) qui m'a valu une épouse aussi gracieuse.

Ce matin, Mary se réveilla physiquement exténuée; aussi décida-t-elle de rester au lit une bonne partie de la journée. Pour ma part, je me suis reposé, j'ai lu un roman anglais choisi dans la riche bibliothèque de Père puis j'ai décidé d'aller au château ce soir pour m'entretenir avec V. J'eus encore à combattre quelques accès de tristesse, mais je compris que ce n'était pas le désœuvrement qui allait les dissiper. Je souhaitais me consacrer à quelque chose, et je savais que mon cœur en serait d'autant plus rasséréné s'il s'agissait d'une occupation que Père eût approuvée.

Aussi, peu avant le coucher du soleil, me suis-je mis en route pour le château. Cela prend à peine un quart d'heure pour monter la pente douce et verdoyante qui va vers le sud – le temps qu'il faut à un citadin pour se dégourdir les jambes. A l'ouest, la lumière du soleil filtrait à travers les branches des sapins; l'air était empli des effluves tièdes et subtils du printemps ainsi que du doux pépiement des oiseaux. En dépit de cet environnement idyllique, je sentis un malaise poindre en moi, mais il me fallut entendre les aboiements frénétiques d'un chien du manoir pour en déterminer la cause : j'avais complètement oublié que les loups rôdaient à la tombée de la nuit.

Ce n'était pas aussi dangereux qu'en hiver, lorsqu'ils se regroupent en bandes meurtrières, mais la simple pensée d'en rencontrer un, fût-il solitaire, me fit presser le pas. Néanmoins, comme je me l'étais promis, je m'autorisai un détour par le mausolée afin de passer un moment de recueillement devant le tombeau de Père.

Cependant, comme j'approchai de la clôture de fer noir, je distinguai à travers les barreaux un spectacle insolite : juste derrière la grille grande ouverte gisaient les dépouilles de deux loups. Aussitôt, je devinai qu'il s'était passé quelque chose – quelque chose d'effroyable. Je courus à toutes jambes vers la grille. Les loups étaient couchés sur le flanc, côte à côte, les yeux voilés par la mort; le crâne de l'un avait été fracassé, une croûte de sang séché recouvrait le ventre de l'autre. A l'évidence, ils avaient attaqué quelque visiteur, lequel les avait abattus avant de s'enfuir, omettant dans sa hâte de refermer la grille.

Mais ce n'était pas tout : quittant les loups des yeux, je m'aperçus que la porte du caveau avait été déverrouillée et était restée ouverte. Horrifié, j'allai voir. L'entrée était encombrée par le corps d'un troisième loup, abattu lui aussi! Je l'enjambai et me précipitai vers l'alcôve où reposait Père.

Quelqu'un avait pénétré par effraction dans le mausolée, et la sépulture de Père – son lieu de repos éternel! – avait bel et bien été profanée. On avait écarté sans ménagement les magnifiques roses rouges, qui jonchaient maintenant le sol de marbre blanc. Quant au cercueil, ses fixations avaient été dévissées puis jetées au hasard; le couvercle de bois avait été soulevé et placé contre le mur le plus proche. Le revêtement de plomb avait été découpé puis retiré.

A l'intérieur, la dépouille de mon père gisait, épouvantablement mutilée. Dans son thorax était fiché un pieu, qu'on semblait avoir enfoncé avec une massette. Sa bouche avait été ouverte, et quelque chose de blanc (que je pris d'abord pour un mouchoir) y était placé. Et son cou...

Oh, mon Dieu! Stefan! Père!

L'auteur de cette ignominie avait réussi à trancher le cou aux trois quarts, mais il s'était interrompu avant de parachever la décapitation. Père étant décédé depuis deux jours, il avait peu saigné, et son expression demeurait celle d'un dormeur serein. Mais le poids du crâne, que ne retenaient plus les muscles du cou, avait fait rouler la tête légèrement en arrière, et le menton s'était rehaussé, révélant ainsi, juste au-dessous de la mâchoire, une plaie béante et cramoisie qui formait un sourire grimaçant. Le profanateur avait entaillé la chair si profondément que j'aperçus, émergeant du magma rouge et violacée des muscles et des veines, le haut de l'épine dorsale. Un instant, j'eus l'impression d'être ramené deux décennies en arrière, contemplant une fois encore la gorge déchiquetée de mon frère Stefan.

Ce spectacle infiniment choquant provoqua en moi une vision bouleversante, que j'aurais pu néanmoins prendre pour un simple rêve éveillé si sa netteté ne m'avait pas convaincu de sa véracité :

Une nouvelle fois, j'eus cinq ans; levant la tête vers mon père, je le vis distinctement comme il était à cette époque, plus jeune, avec des cheveux noirs. Une lueur vacillante, semblable à celle d'une bougie, me permettait de discerner de la tendresse et de l'affliction dans ses yeux alors qu'il tenait mon petit bras maigre dans sa main large. Je me rendis compte qu'il ne se trouvait plus dans la forêt scintillante de pluie, avec le chien-loup grondant dans son dos, mais dans un endroit vaste et sombre, peuplé d'ombres mouvantes. Quelque chose d'argenté étincelait tout près de son visage. Je levai les yeux au ciel, aussi vulnérable qu'Isaac au moment où Abraham leva le couteau.

Soudain, un étau enserra mes tempes avec une force si implacable que je pris ma tête dans mes mains; l'image s'évanouit, aussitôt remplacée par une pensée impérieuse : *C'est sûrement la folie.*

Je m'effondrai sur le sol de marbre et vidai mon estomac.

Ensuite, je dus perdre connaissance, car je ne me rappelle rien. Plus tard, lorsque je parvins enfin à me relever et à me tenir sur mes jambes flageolantes, je remarquai les instruments de la profanation : une lourde massette de fer, une scie rouillée et, plus loin, quelques têtes d'ail éparpillées. Vraisemblablement pris de frayeur, le violateur avait abandonné son attirail et s'était enfui avant d'avoir terminé sa tâche.

Un nouveau type d'affolement s'empara de moi – une malencontreuse combinaison de fureur et d'hystérie. S'il m'avait été donné de rencontrer le coupable à ce moment précis, je l'aurais tué sans autre arme que mes propres mains. Comme il était hors de question que je retourne au manoir dans l'immédiat – mon Dieu, non! (D'ailleurs, je n'ai point touché mot de tout cela à Mary, ni n'ai l'intention de le faire, car le choc causé par cette annonce ne manquerait pas de les ébranler gravement, elle et l'enfant) –, j'ai monté la côte sud en courant comme un fou et suis arrivé hors d'haleine devant la lourde porte du château, juste au-dessous de la grande arche de pierre. J'étais convaincu que seul V. pourrait m'aider; seul V. comprendrait.

Je me suis jeté sur le battant clouté puis j'ai cogné dessus avec violence, sans me soucier des contusions infligées à mes poings à force de les abattre sur les caboches. N'entendant nulle réponse, je commençai à hurler le nom de mon oncle.

Après ce qui me parut durer une éternité, la porte s'entrouvrit lentement, d'à peu près trente centimètres; puis elle ne bougea plus. Dans la pénombre, je vis une servante replète, aux cheveux blancs, vêtue à la façon traditionnelle des paysannes, c'est-à-dire d'un long tablier blanc, garantissant le devant du corps ainsi que le dos, porté sur une robe de couleur vive. Je remarquai sur sa poitrine un grand crucifix d'or. Elle m'examina avec un dépit et un embarras non dissimulés.

– Vlad! m'exclamai-je. Je dois voir Vlad sur-le-champ!

Elle s'avança pour répondre. A la lueur du soleil couchant, je pus constater que sa chevelure n'était point blanche, mais d'une blondeur constellée d'argent sur les tempes. En outre, elle n'était pas si âgée que je l'avais cru de prime abord; elle semblait plutôt souffrir, aussi bizarre cela soit-il, du même vieillissement précoce que mon père et ma sœur. Sa physionomie me parut vaguement familière, mais, entre mon chagrin récent et la frénésie dont j'étais alors saisi, j'avais complètement oublié, jusqu'à l'instant où j'écris ces mots, qu'elle avait assisté la veille à l'enterrement de Père. A présent, je me souviens aussi d'avoir vu son visage parmi ceux des autres servantes au cours de mon enfance.

– Le *voievod* ne reçoit personne, fit-elle.

– Il me recevra, moi! répliquai-je d'un ton indigné. Mon père...

Au bord des larmes, je m'interrompis, incapable d'évoquer ce qui s'était passé.

Elle m'adressa un regard myope, émit un petit hoquet de surprise et porta une main à ses lèvres.

– Mais vous êtes le fils de Petru! Pardonnez-moi, mon bon monsieur, mais ma vue est basse; autrement, je vous aurais reconnu tout de suite. Vous lui ressemblez tant! Entrez, je vous prie...

Et, d'un geste, elle me convia à l'intérieur.

– Je dois voir mon oncle sur-le-champ, parvins-je à dire, ce à quoi elle répondit :

– Hélas, mon jeune monsieur, ce n'est pas possible. Il n'est pas encore levé.

– Eh bien, allez le réveiller! tonnai-je.

Ses yeux gris pâle s'écarquillèrent.

– Ce n'est pas possible non plus, Monsieur, dit-elle d'un ton laissant transparaître son étonnement devant mon ignorance. Nul ne peut troubler son sommeil à présent. Seul Laszlo est autorisé à le voir ou à lui parler. Cependant, il va bientôt se lever, et je sais qu'il vous recevra. Laissez-moi vous conduire dans son salon, où vous pourrez l'attendre de manière confortable.

Ma nervosité était telle que je ne protestai pas. Je la laissai me mener à travers d'étroits corridors, sa main s'appuyant parfois doucement sur mon coude afin de m'indiquer la direction, jusqu'à un escalier de pierre en colimaçon. Bien que j'eusse joué durant des années à l'ombre du château, j'y étais rarement entré, et cette impression de nouveauté, s'ajoutant à ma fébrilité, porta mon désarroi à son comble.

Quand nous arrivâmes au salon, lequel, quoique dépourvu de fenêtres, était bien agencé et agréablement chauffé par un feu ronflant de cheminée, j'étais si paniqué que je ne compris point qu'on m'invitait à m'asseoir, et la pauvre femme dut littéralement me pousser dans un fauteuil situé près de l'âtre.

– Arkady Tsepesh, dit-elle en se penchant vers moi.

Je sursautai en entendant l'écho d'une voix étrange qui répétait mon nom. Me voyant surpris, elle ébaucha un sourire. « Je connaissais votre père, mon jeune monsieur, expliqua-t-elle. Il était très bon pour moi et parlait souvent de vous. » Son expression s'assombrit. « Cela me fait de la peine de vous voir si tourmenté à son propos. Je ne puis m'attarder ici longtemps – le maître va bientôt venir – mais laissez-moi aller chercher quelque chose qui vous remettra d'aplomb. Du thé? Quelque chose de plus fort, peut-être?

– Du brandy.

– Nous n'avons que de la slivovitz, Monsieur.

– Va pour la slivovitz », fis-je.

Mais comme elle se redressait et s'apprêtait à partir, je tendis le bras et effleurai son épaule; elle se tourna. « Vous connaissiez bien mon père? »

Elle hocha la tête de façon triste et solennelle. Bien que je fusse encore en état de choc, la compassion que je lus dans ses yeux gris m'alla droit au cœur. « Quel est votre nom?

– Masika, mon jeune monsieur.

– Vous vous exprimez avec un accent russe, Masika, mais votre nom est hongrois.

– Mon père était russe, Monsieur.

– Et... son nom...? » demandai-je, lui suggérant ainsi de me faire connaître son patronyme. En effet, quoique désemparé, je souhaitais être poli avec elle, tout comme – et avec quelle bienveillance! – elle l'était avec moi.

Un rougissement envahit ses joues rondes.

– Ah, Monsieur! Masika tout court... Je ne voudrais pas me donner des grands airs avec vous. Je ne suis qu'une vieille domestique.

– Vous étiez une amie de mon père. S'il vous plaît. J'aimerais savoir.

Ses pommettes s'empourprèrent, mais elle répondit avec déférence :

– Ivan, Monsieur.

– Ah, Masika Ivanovna, vous ne pouvez imaginer l'horreur de ce que je viens de voir!

A cette simple évocation, je portai une main à mon visage et m'efforçai de réprimer mes larmes. Elle s'agenouilla auprès de moi et, comme l'eût fait une mère, me prit la main. D'une voix étranglée, j'entrepris de raconter, sans donner de détails, la profanation du tombeau de Père.

Les yeux de Masika Ivanovna s'humectèrent; ses traits se durcirent et son expression devint indéchiffrable. Un moment, elle tapota ma main en silence. Quand elle s'exprima enfin, ce fut avec une conviction fervente :

– Je comprends qu'un tel spectacle vous ait fendu le cœur; moi-même, je suis bouleversée après vous avoir entendu. Mais, mon jeune monsieur, il est une chose que vous ne devez jamais oublier : votre père repose dorénavant parmi les morts bienheureux, et rien ni personne ne peut venir troubler son sommeil. Il est au ciel.

Je me serais volontiers élevé contre cette dernière affirmation de Masika Ivanovna, mais la précédente me fut d'un certain réconfort, ainsi que sa sollicitude sincère et maternelle. Elle entrouvrit les lèvres comme pour parler, puis hésita; on eût dit qu'elle souhaitait ajouter quelque chose, mais qu'elle ne pouvait se résoudre à l'énoncer.

– Qu'y a-t-il? demandai-je doucement.

Elle tressaillit et m'adressa un coup d'œil; dans son regard se lut un regret teinté de crainte.

– Rien! répondit-elle en voilant sa frayeur d'un mouvement de paupières. Rien du tout... A présent, mon jeune monsieur, permettez-moi d'aller chercher la slivovitz avant l'arrivée du prince.

Elle se leva en étouffant un gémissement de lassitude et s'empressa de quitter la pièce.

Après m'être essuyé les yeux avec mon mouchoir, je m'efforçai de me ressaisir et d'organiser mes pensées tout en contemplant le feu. Je ne sais exactement pourquoi je me suis précipité chez Oncle pour demander son aide... Certes, en principe, nous autres les Tsepesh détenons toujours certains droits régaliens sur la paysannerie, mais leur étendue s'est singulièrement rétrécie en ces temps modernes. Bien que Bibescu, *domnul* de Valachie, reconnaisse le pouvoir princier de V., la Transylvanie se trouve à présent placée sous la férule autrichienne, et les poursuites contre les criminels ressortissent généralement aux autorités de Bistritz. Cependant, il n'y a pour ainsi dire jamais eu de crime sur nos terres, et nous n'avons jamais été agressés de façon aussi personnelle.

Pour la mémoire de Père, je ne puis laisser impunis de tels

agissements, même si je dois traquer moi-même le coupable. J'ai le sentiment que la malheureuse dépouille de Père symbolise l'opprobre que la paysannerie déverse sur le nom de notre famille depuis maintenant quatre siècles... Aussi, je jure avec véhémence de mettre un terme définitif à leurs affronts; je les forcerai à respecter le nom de Tsepesh!

Bientôt, Masika Ivanovna revint, m'apportant la slivovitz dans une jolie coupe de cristal taillé. Elle me la tendit en accomplissant une petite révérence puis, après un hâtif : « Que Dieu vous réconforte, mon jeune monsieur », elle se tourna pour prendre congé.

J'eus le temps de saisir sa main.

– Restez un moment, je vous prie.

Outre que sa présence m'apaisait, je désirais la questionner sur les derniers jours de Père au manoir – et sur ce qu'elle s'était retenue de me dire.

Elle se raidit de panique, et ses yeux se posèrent involontairement sur la porte opposée à celle, encore ouverte, que nous avions empruntée. Gentiment, mais fermement, elle se dégagea de mon étreinte.

– Oh, Monsieur! Cela m'est impossible. Le soleil est sur le point de se coucher, et je dois me dépêcher de rentrer chez moi.

Je lâchai sa main. Si je n'avais pas surpris son regard anxieux en direction de la porte close, j'aurais supposé qu'elle devait rentrer à pied à travers la forêt et qu'elle éprouvait une crainte raisonnée des loups; cependant, comme des pas sonores s'approchaient de ce côté-là, elle se signa, passa l'autre porte et la referma avec un claquement peu cérémonieux.

Ce bruit retentissant ranima mon angoisse et ma fureur. Du fait des manies bizarres d'Oncle, et à cause d'une équivoque sur notre nom de famille, les paysans le regardent comme un monstre redoutable; ils ont bâti d'innombrables légendes autour de son personnage, sans manquer d'y incorporer leurs superstitions ridicules – ces mêmes superstitions qui leur ont fait commettre ce crime hideux à l'encontre de feu mon malheureux père! Un instant, ma sympathie spontanée pour Masika Ivanovna céda la place à un sentiment de haine. Nonobstant sa gentillesse, elle aussi craignait Oncle et croyait probablement que ce qui s'était passé dans le caveau était nécessaire au repos paisible de l'âme de Petru.

La porte s'ouvrit dans un grincement, et Oncle s'avança, tête haute, non sans grâce, mais toujours avec cette apparence de faiblesse et cette pâleur inquiétante qu'il avait montrées au cours des deux soirées précédentes. A ma vue – ou plutôt, dès qu'il perçut mon agitation –, ses sourcils buissonneux et blancs se soulevèrent d'ahurissement (au-dessus de ces yeux qui ressemblaient tant à ceux de Père ; et, de nouveau, il s'exprima de la voix harmonieuse de Père, rendant ainsi d'autant plus douloureuses les nouvelles que je devais lui annoncer.)

– Arkady ! Mon cher neveu ! Je ne m'attendais pas à te voir si tôt. Mais que se passe-t-il ? Tu ne me parais pas dans ton assiette...

Vivement, je portai la coupe à mes lèvres et bus une longue gorgée. La slivovitz piqua mes narines, embrasa ma langue puis enflamma ma gorge – mais, somme toute, le goût n'en était pas si désagréable. Réprimant une soudaine envie de tousser, je déclarai (avec un détachement qui m'étonna moi-même) : « La crypte de Père a été profanée. Ils ont mutilé la dépouille avec... »

Il leva une main pour m'intimer silence, incapable d'en entendre plus ; puis il se tourna vers le foyer, se voûta et agrippa sa poitrine du côté gauche. Croyant qu'il subissait une attaque, je me redressai pour poser ma coupe et me lever. « Comment ai-je pu assener d'aussi funestes nouvelles à un vieil homme fragile ? » me demandai-je, pris d'un remords cuisant. Mais ce n'était qu'un accès de chagrin. Deux longues minutes, Oncle resta immobile, sans prononcer mot. Je me laissai retomber dans le fauteuil et repris une ample gorgée de slivovitz.

Enfin, il s'exprima, d'une voix si basse qu'on eût dit un chuchotement – une voix que je ne reconnaissais plus, aussi dure et froide que le marbre du caveau. « Qu'ils soient maudits ! », fit-il en détachant chaque syllabe, sans cesser de contempler l'âtre. « Qu'ils soient *maudits...* » Soudain, il tournoya sur lui-même et me fit face avec une telle brusquerie que j'eus un mouvement de recul et renversai un peu de liqueur sur mon gilet. Les traits de son visage anguleux se crispèrent, et ses yeux – ce n'étaient plus les yeux de Père, mais ceux de Shepherd se vautrant sur Stefan – brûlèrent d'une rage si démente et si pernicieuse que j'en fus épouvanté. « Ils me le paieront ! Comment osent-ils penser que je puisse... ! » A cet instant, il parut noter mon embarras, car son expression se détendit peu à peu, pour ne plus laisser transparaître qu'une simple amertume; il se tourna à nouveau vers la cheminée.

– J'aimais ton père, dit-il. Je ne puis souffrir qu'on le maltraite, même maintenant.

– Bien sûr. Je suis navré d'apporter semblables nouvelles, car je sais combien cela te peine. Mais j'ai pensé que, peut-être, tu serais capable d'aider à découvrir qui...

Une deuxième fois, il leva la main pour m'intimer silence.

– Pas un mot de plus! Je veillerai à ce que l'auteur de cette infamie soit traduit en justice. Ne te soucie plus de cela un seul moment.

– Comment faire? Il m'est impossible de comprendre qu'on puisse commettre un acte aussi abject. Cela dépasse tout simplement mon entendement.

Là-dessus, je vidai la coupe de cristal.

Les lèvres de V. se contractèrent comme s'il réprimait une expression de dégoût – ou d'amusement. Il se dirigea vers un fauteuil rembourré datant apparemment de plusieurs siècles, à dossier droit, recouvert de brocart filé d'or, et s'y installa, tel un roi, saisissant les accoudoirs de ses mains puissantes. On eût vraiment dit un prince montant sur son trône.

– Qu'y a-t-il à comprendre? L'ignorance des paysans les mène à l'insanité.

– Sans doute suis-je encore sous le coup de ma découverte. J'ai toujours cru à la bonté foncière du peuple.

V. pinça les lèvres; son intonation dénota une ironie acerbe que je jugeai troublante.

– En ce cas, tu as beaucoup à apprendre sur l'humanité, Arkady... Ainsi que sur toi-même...

Ces paroles me vexèrent passablement, et celles qui suivirent n'arrangèrent rien :

« S'adresser à un domestique en usant de son patronyme! A-t-on jamais entendu cela! Un sang royal coule dans tes veines, Arkady. Tu es un Tsepesh, le petit-neveu d'un prince! »

Je rougis. D'une façon ou d'une autre, il avait espionné ma conversation avec Masika Ivanovna. Avait-il aussi entendu ce que celle-ci avait dit de Père?

V. dut deviner ma gêne, car il adopta aussitôt un ton plus chaleureux :

– Allons! C'est comme si c'était arrangé! Laisse-moi m'occuper de ce problème, et parlons de choses plus gaies. Puis-je me rendre utile en quelque autre domaine? Ta chère femme se repose-t-elle bien après les événements éprouvants de ces derniers jours?

Soudain, la slivovitz me monta à la tête; je ressentis un léger éblouissement; un frisson brûlant parcourut ma colonne vertébrale, s'attarda dans mes jambes puis vint picoter mes pieds. Je me détendis un peu, comprenant que V. changeait si rapidement de sujet dans le seul but de m'aider à dissiper mon état de choc; il voulait simplement distraire mes pensées de Père.

– Oui, répondis-je, plus calmement.

En vérité, j'étais soucieux au sujet de Mary. L'éreintement consécutif au voyage et le choc occasionné par la mort de Père l'avaient proprement exténuée. De surcroît, le matin même, j'avais eu l'impression, malgré ses dénégations, qu'elle était tracassée par quelque chose.

« Mais elle est encore un peu lasse, ajoutai-je, voyant que V. m'écoutait avec gravité. Il faut dire que toutes ses forces ont été mises à contribution ces temps-ci.

– Si elle est toujours fatiguée demain, je ferai le nécessaire pour qu'un médecin réside au manoir, dit V. Et il y restera pour veiller à ce qu'elle se rétablisse parfaitement après la naissance de l'enfant. »

Je m'évertuai à lui remontrer que de telles dépenses exigeaient ma participation, mais il leva une troisième fois sa main impérieuse.

– Affaire réglée! fit-il. C'est bien le moins que je puisse faire pour le petit-enfant de Petru... Et pour son fils.

Rassuré de le voir reprendre son urbanité, je décidai de lui avouer le motif initial de ma visite :

– Avant de faire cette terrible découverte dans le caveau, je comptais t'annoncer mes projets concernant la succession de Père.

Ce à quoi il répondit aussitôt :

– Oui, oui, bientôt, quand tu te seras remis de la disparition de ton père! Mais pas maintenant... Pour l'instant, il est encore un peu trop tôt pour parler affaires... Et puis, ne viens-tu pas de subir un autre choc, tout aussi brutal?

– Non, répondis-je fermement. Un dérivatif me serait du

plus grand secours. En outre, cela me réconfortera de savoir que j'exauce les vœux de Père. Il était fort anxieux qu'on veille sur toi et sur tes affaires.

A cela, les yeux de V. s'embrumèrent.

– Ah! Décidément, ton père était bien nommé : Petru, le Roc! Vraiment, il était comme un roc pour moi, toujours inaltérable, toujours stable... Quant à toi, Arkady... Tu dois savoir que j'aime les enfants de Petru comme si c'étaient les miens.

Il prononça ces paroles avec une sympathie et une conviction telles que j'éprouvai un débordement d'affection à son égard. Certes, il est bizarre, il est très âgé, il a des manies étranges, mais il s'est toujours montré excessivement généreux envers notre famille. Ses dehors altiers laissent parfois transparaître une silhouette pathétique... En effet, malgré son opulence, il a toujours été si seul, si isolé, si dépendant de mon père... et maintenant de moi. A présent, ne suis-je pas son unique lien avec le monde extérieur?

Puis nous parlâmes affaires, ce qui éloigna nos pensées de l'horrible forfait que j'avais constaté. Oncle promit de me montrer dès le lendemain soir le bureau de Père, où étaient rangés tous les registres et les livres de comptes. Il me pria de venir plus tôt, afin que je pusse faire la connaissance des domestiques (qu'il n'avait d'ailleurs lui-même jamais vus, à l'exception de Laszlo, le cocher). Apparemment, il importe que je m'entretienne avec le garde et que je fasse la tournée des champs, car Oncle ne sait même pas où en sont les semis de printemps. Il est vraiment incapable de se débrouiller seul.

En revanche, il a fait preuve d'une grande vivacité pour me dicter une lettre destinée à un nommé Jeffries, lettre que j'ai rédigée en roumain puis traduite en anglais. Il semble beaucoup tenir à ce que ce gentleman vienne le plus vite possible, maintenant que l'enterrement a eu lieu. V. est peut-être un reclus, mais un reclus avide de bonne compagnie, au-delà du cercle de famille! J'ai proposé de porter la lettre à Laszlo, et de lui dire d'aller la poster à Bistritz, puisque je devais passer devant l'office des domestiques en repartant, mais V., pliant la lettre sans la signer, m'a répondu qu'il préférait en instruire lui-même son cocher.

Et voilà – j'ai succédé à mon père. En fin de compte, la discussion avec Oncle fut brève. J'ai eu l'impression que ma simple présence le rendait quelque peu nerveux, et je crois même qu'il était impatient de me voir partir. En prenant congé, je lui ai fait part de mon inquiétude au sujet des loups et j'ai demandé s'ils constituaient toujours un danger, comme quand j'étais enfant. V. a répondu que c'était encore le cas; d'ailleurs, au lieu de me faire reconduire au manoir par Laszlo, il a décidé que je disposerai dorénavant de la calèche et d'un équipage de deux chevaux pour moi seul, afin de pouvoir aller et venir à ma guise à toute heure de la journée.

Et je suis parti, bien plus calme qu'à mon arrivée. Cependant, sur le chemin du retour, je suis passé devant le caveau de famille. L'obscurité dissimulait le théâtre de l'horrible profanation, mais je fus à nouveau envahi par le chagrin et la colère.

Comment puis-je supporter de vivre parmi ces gens, sachant les atrocités dont ils sont capables?

Le journal de Mary Windham Tsepesh

7 avril; suite et fin. – Cet après-midi, j'ai tenté une fois encore de lier conversation avec Dunya, ma femme de chambre. A l'instar de la plupart des paysannes de la région, elle est de petite taille mais de constitution robuste. Comme ses congénères, Dunya porte le double tablier blanc et, dessous, une robe d'étoffe grossière, qui ne cache pas ses chevilles et s'avère on ne peut plus impudique lorsque l'éclairage s'y prête. Il semblerait que les femmes d'ici soient un tantinet cavalières sur le chapitre des sous-vêtements.

Dunya a le teint clair, et sa chevelure brune, presque noire, prend des reflets roux au soleil. Si l'on ajoute à cela son nom, je suis portée à lui attribuer des origines russes. Elle ne doit pas avoir plus de seize ans mais paraît intelligente et réfléchie, même si, à l'exemple des autres domestiques, elle répugne à croiser mon regard. Cependant, je perçois chez elle une sorte d'assurance innée; aussi, tout à l'heure, pour savoir si l'attitude craintive des domestiques constituait une particularité transylvanienne, ou si elle était inspirée par quelque chose d'autre, j'ai décidé d'approcher Dunya pendant qu'elle faisait la chambre. Elle eut un petit sursaut quand je prononçai son nom; je dus réprimer un sourire amusé.

Comme moi, elle parle un peu allemand, aussi lui dis-je : « Dunya, j'ai pour habitude d'entretenir des relations d'amitié avec mon personnel. Je vous en prie... N'ayez pas si peur de moi. » La pauvreté de mon allemand exigeait que je sois brève et directe.

Elle fit une révérence et répondit : « Merci, *doamna.* » (J'ai appris que ce mot signifiait « Maîtresse » en roumain.) « Mais je n'ai pas peur de vous.

– Tant mieux, répliquai-je. Mais il est clair que vous redoutez quelqu'un. Qui ? »

Son visage blêmit, et elle lança un regard par-dessus son épaule, comme si elle craignait qu'on nous espionnât. Puis elle s'approcha – un peu trop si l'on se réfère aux manières anglaises mais, en observant mon mari et les siens, j'ai remarqué que les Transylvaniens préfèrent se parler de beaucoup plus près que nous autres Britanniques – et chuchota : « Vlad. Le *voievod*, le prince. »

Me mettant au diapason de Dunya, je posai à voix basse une deuxième question, quoique certaine d'en connaître déjà la réponse.

– Pourquoi ?

Elle se signa avant de souffler à mon oreille :

– Il est *strigoï* !

– *Strigoï* ?

C'était à l'évidence un mot roumain, mais je ne l'avais jamais entendu auparavant.

– Qu'est-ce ?

Dunya parut surprise de mon ignorance et refusa de répondre ; elle se contenta de froncer les lèvres et de secouer la tête. Quand je réitérai ma question, elle se hâta de quitter la chambre.

Journal de Zsuzsanna Tsepesh

8 avril. – Je suis méchante, méchante! – une mauvaise femme nourrissant de mauvaises pensées. Mon cher Papa vient à peine d'être enterré – et voilà que j'ai déjà fait un rêve abominable!

Je ne sais pas même prier correctement. Papa méprisait tant l'Eglise qu'il n'a jamais permis à ses enfants d'en apprendre les rites. Kasha et lui ont peut-être raison d'affirmer que Dieu n'existe pas. Ils sont si intelligents, tous les deux; mais moi, je ne le suis pas (il m'arrive de penser que ma pauvre cervelle est aussi déformée que ma colonne vertébrale), et j'ai désespérément besoin d'un réconfort divin.

Aussi, ce matin, je me suis mise à genoux au pied de mon lit (comme j'ai vu les paysans le faire devant les autels du bord des routes) et j'ai tenté de demander pardon. J'ignore si j'y ai réussi – le simple fait de m'agenouiller m'a donné un étourdissement; je me suis sentie si faible ces jours derniers, minée, sans doute, par le chagrin – mais j'avais l'impression qu'il me fallait, d'une façon ou d'une autre, soulager ma conscience avant de revoir Kasha, ainsi que cette bonne et forte nature qu'est Mary.

En me relevant (la tête me tournait tant que j'ai dû agripper la colonne du lit pour ne pas retomber sur mes genoux), j'ai éprouvé l'irrésistible impulsion de tout coucher par écrit – de me confesser, pour ainsi dire. Je n'ai pas de prêtre; aussi ce journal me tiendra-t-il lieu de confessionnal, quand bien même mes joues s'embrasent à la pensée de consigner de telles horreurs.

Avant-hier soir, nous avons célébré la *pomana* de Papa.

C'était la première fois depuis des semaines que je voyais Oncle; sa gentillesse et sa prévenance sont sans doute à l'origine de mon rêve. J'ai souffert d'une grande solitude pendant les années d'absence de Kasha. Papa a été bien malheureux lui aussi, et puis si malade, et puis tellement absorbé par les affaires du château, que je me suis sentie vraiment très seule; sans les lettres de Kasha et les rares visites d'Oncle, je crois que je serais devenue folle.

D'ailleurs, peut-être le suis-je un peu devenue. Après le départ de Kasha, j'ai continué, pendant un certain temps, à m'adresser à lui comme s'il était encore là (mais toujours hors de portée de voix des servantes! Elles ont trop peur de nous pour qu'on puisse en faire des confidentes; en outre, n'ont-elles pas déjà suffisamment matière à commérages?). De même, depuis peu, j'ai commencé à parler au petit Stefan. Parfois, j'imagine qu'il nous accompagne, Brutus et moi, dans les couloirs, puis qu'il s'assied auprès de moi, le chien couché à nos pieds, pendant que je fais de la broderie. (Comme ça, si on m'entend parler, je peux toujours prétendre que je m'adresse à Brutus.)

Parfois, je fais comme s'il était l'enfant que je n'aurai jamais.

Oh, c'est déjà bien assez pénible d'être contrefaite et souffreteuse! Mais la pire douleur réside dans la certitude d'être à jamais privée de l'amour d'un mari – et d'enfants. Je suis contrainte de mener une existence solitaire et de puiser mon seul réconfort dans l'affection de mon frère et la tendresse de mon oncle, aussi platoniques l'une que l'autre. Et maintenant, il me suffit de songer au bonheur affiché par mon frère et sa jeune épouse – et de me remémorer les petites attentions d'Oncle à l'égard de Mary lors de la *pomana* – pour me sentir percluse de jalousie!

Que Dieu me sauve de mon méchant cœur!

L'autre nuit, Brutus a continué d'aboyer et, hier soir, il a commencé cinq minutes seulement après que j'eus sombré dans le sommeil! Alors, ouste! A la cuisine! Quand je me suis glissée à nouveau dans mon lit, j'étais si fatiguée que je suis aussitôt tombée dans les bras de Morphée.

Je fus éveillée par un tambourinement à la fenêtre de ma chambre. Ou plutôt, j'ai été éveillée *en rêve* par un bruit similaire – doux mais insistant, comme si un oiseau battait des ailes contre le carreau. La nuit étant exceptionnellement froide, j'avais fermé la fenêtre avant de me coucher. En rêve, donc, je me suis levée pour voir d'où provenait le bruit, nullement effrayée, ni même curieuse, comme si je savais exactement à quoi – ou à qui – m'en tenir; on m'eût dite irrévocablement attirée.

Après avoir ouvert les volets, j'ai soulevé le châssis de la fenêtre. Là, je n'ai rien vu – rien qu'un rayon de lune qui, pénétrant la chambre, est venu dessiner un cercle d'or pâle sur le sol. A l'intérieur du cercle, des particules scintillantes se mirent à flotter – tout d'abord avec lenteur, puis en un tourbillon de plus en plus rapide, jusqu'à ce qu'une forme naisse de leur amalgame.

Eblouie par tant de mouvement, je fermai les yeux. Quand je les rouvris, Oncle se tenait debout dans le cône de lumière. Tout à coup, il me revint à l'esprit que c'était le même rêve que les deux nuits précédentes : chaque fois, j'avais vu le visage d'Oncle à la fenêtre. Mais maintenant, en l'absence de Brutus, il était libre d'entrer.

D'une certaine façon, il paraissait plus jeune, plus beau. Cela non plus ne me surprit pas : je n'éprouvai nul choc, nulle frayeur, nul sentiment d'inconvenance de le voir dans mon boudoir au milieu de la nuit. Non; en femme dépravée que je suis, je m'avançai, l'enlaçai hardiment et lui chuchotai : « Oncle! Je suis si heureuse que tu sois venu! »

Il se tenait parfaitement immobile et droit, comme s'il répugnait à bouger. Sous mes mains, je sentis ses muscles – qu'il est fort, quel que soit son âge! – se raidir et devenir de pierre. Nous gardâmes le silence un moment; nous nous regardâmes simplement droit dans les yeux (la beauté des siens suffirait à rendre toute femme envieuse, tant ils sont irisés, profonds, d'un vert si fabuleux derrière leurs paupières lourdes). Au clair de lune, sa peau rayonnait d'une blancheur éclatante, comme si elle eût abrité un foyer irradiant.

Puis il dit : « Zsuzsa, je crains que cela ne soit une grave erreur. Je vais m'en aller...

– Non! » suppliai-je, tout en resserrant mon étreinte, de peur qu'il ne se désintégrât aussitôt en particules scintillantes. « C'est ce que *moi* je veux! Ne le vois-tu pas? C'est *moi* qui t'ai attiré ici, nuit après nuit! Je ne te demande qu'une chose : embrasse-moi! »

Sous la fine soie de son manteau, je sentis ses muscles tressaillir puis se détendre. Alors, il porta une main transie par la nuit à ma joue et la caressa. Hypnotisée, je le fixai dans les yeux et je vis ses pupilles s'embraser – comme si la forêt qu'elles abritaient venait d'être consumée par les flammes.

« Je t'en prie », chuchotai-je, tandis qu'il se penchait pour presser ses lèvres contre ma joue. Oh, que ces lèvres semblaient froides! Mais c'était un froid qui brûlait tant que je m'affaissai – et trouvai le soutien d'un bras aussi inflexible que l'acier.

– J'ai si faim, Zsuzsa, soupira-t-il. Je ne puis résister plus longtemps...

Ses lèvres m'effleurèrent, et je sentis la chaleur de son haleine sur ma peau; je le guidai alors le long de ma mâchoire et, passé la douce inclinaison de mon menton, jusqu'à la chair tendre de mon cou. A peine s'y fut-il attardé que je me mis à trembler de pure extase. De sa main libre, il dénoua le ruban qui retenait le col de ma chemise de nuit, et le blanc tissu vaporeux retomba autour de ma taille. Je suis pâle; ma peau n'a jamais vu le soleil, mais la sienne était plus pâle encore et, quand la lune transperça les nuages, elle étincela de particules d'or puis d'un feu rose et bleu comme une opale.

Juste au-dessous de ma poitrine immaculée, il fit une coupe de sa main, plus blanche encore (que Dieu me pardonne! Mais le simple fait d'écrire ces mots me fait succomber; en moi, la honte le dispute au ravissement. S'il était ici à présent, comme j'aurais plaisir à guider sa main!), puis ses lèvres rouges et froides frôlèrent ma peau, franchirent le creux de ma clavicule et s'insinuèrent entre mes seins. Là, il s'arrêta un instant, le temps que j'enfouisse mes doigts dans sa chevelure drue et le presse fortement contre moi. Soudain, il se redressa, tremblant comme s'il ne pouvait souffrir une plus longue privation, et fixa ses lèvres sur mon cou. Je sentis sa langue parcourir ma peau avec douceur, de la presque langueur, puis je sentis la pression de ses dents.

Prêt à fondre sur moi, il attendit.

Je suis une oie blanche. J'ignore tout de la vie et de l'amour, aussi les détails subséquents de mon rêve sont-ils vagues. Je sais seulement que je perçus une douleur vive, puis une onde de chaleur enchanteresse, comme si, en présence d'une ardeur aussi animale, je fondais comme cire au soleil. Je sentis que lui et moi ne faisions qu'un, que la quintessence de mon être s'enflait comme une vague et affluait vers lui avant de culminer et de se briser. Poussant un cri, je me délivrai totalement de la chemise de nuit, l'entourai de mes bras puis de mes jambes, et m'agrippai si fort à lui qu'il n'y eut plus un millimètre de vide entre nos deux corps.

Combien de temps dura cette extase, je ne puis le dire, mais je sais que je suis restée longuement bouleversée dans ses bras, à l'écoute du plaisir languissant qui s'enflait au rythme des battements de mon cœur. Quand il se retira, j'eus l'impression que, pour mon bien, il avait préféré demeurer au seuil de l'assouvissement plutôt qu'apaiser son désir.

A présent, les joues me brûlent comme une jeune mariée au souvenir de sa nuit de noces! La scène avait une telle apparence de réalité que, même maintenant, je me demande avec embarras si cela s'est passé ou non. Ce matin, je me suis éveillée en frissonnant, dans une tenue et une position des plus indécentes. Les draps repoussés au pied du lit ne me couvraient point et, non loin de la fenêtre, ma chemise de nuit n'était plus qu'un linge informe sur le sol.

Je me sens plus proche d'Oncle que jamais, comme si lui et moi partagions réellement cet ignoble et merveilleux secret.

A écrire ces mots, je me sens aussi impudente qu'une catin. Ai-je dit que je voulais le pardon? Non! Plus maintenant! Mon existence a été si stérile, si triste; que cela soit le mal suprême ou non, que cela soit dû à la maladie, à la folie, à l'égarement, que sais-je, pas question de renier la joie la plus radieuse qu'il m'a été donné de connaître! Assurément, un tel bonheur vaut d'encourir les tourments de l'enfer. Ce soir encore, Brutus restera dans la cuisine, et je dormirai – « rêverai, peut-être » – la fenêtre ouverte.

S'il part en Angleterre, j'en mourrai!

3

Lettre à Matthew P. Jeffries
(dictée puis traduite du roumain)

7 avril

Cher ami,

Bienvenue dans les Carpathes. J'ai été vivement désappointé d'apprendre l'ajournement de votre venue, mais, en fin de compte, cela ne pouvait mieux tomber; nous avons eu des malades au château, et il est aussi bien que votre visite ait été reportée.

Désormais, les choses se présentent parfaitement ! J'ai reçu votre lettre de Vienne annonçant votre arrivée à Bistritz dans la soirée du 8. Dormez bien cette nuit-là, car le lendemain matin, 9 avril, la diligence pour la Bucovine partira à 8 heures. Mon cocher vous attendra au col de Borgo et vous conduira jusqu'ici.

Votre projet d'article pour le Times *excite fort mon intérêt. Je serais heureux de pouvoir vous fournir toutes informations utiles, et je me réjouis d'avance des conversations que nous aurons à ce sujet.*

En espérant que la fin de votre voyage se déroulera sans autre difficulté, je vous souhaite de passer un agréable séjour dans mon beau pays.

Votre ami,
Vlad Dracula

Le journal de Mary Windham Tsepesh

8 avril. – Mon Dieu, que vais-je dire à mon mari? J'ai l'impression qu'un événement terrible vient de se produire – événement qui, ajouté à la mort de son père, va encore accroître son accablement. J'incline à croire qu'il s'est pris de querelle avec Vlad – à moins qu'il n'ait fait quelque affreuse découverte au château.

En tout cas, sa découverte ne peut guère être plus affreuse que la mienne.

J'avais tout de suite deviné que Zsuzsanna s'était amourachée de son oncle – et qu'il ne faisait rien pour la décourager; au contraire, il attisait sa flamme... Mais si je m'étais doutée...!

Hier soir, mon pauvre Arkady était si remué qu'il est resté lire au salon et n'est venu se coucher que peu avant l'aube. Comme j'ai pris l'habitude du bruit de sa respiration et du contact de son corps chaud auprès de moi dans le lit, son absence m'a rendue nerveuse à mon tour. J'ai bien songé à allumer la lampe et à reprendre mon journal, mais j'avais déjà tellement écrit et lu hier que mes yeux étaient fatigués. Pensant alors qu'un peu d'air frais m'aiderait à m'endormir, je me suis levée dans le noir pour entrebâiller la croisée. Là, saisie par le spectacle de la lune qui, presque parvenue à sa plénitude, voguait parmi les nuages, je me suis assise sur la banquette de velours située juste sous la fenêtre, dans un petit renfoncement faisant office d'alcôve. La lune brillait tant que le paysage était illuminé comme en plein jour.

L'agencement du manoir fait que notre chambre à coucher est juste en face de celle de Zsuzsanna; seul un petit pré nous en sépare et, d'ici, il me serait facile de lancer un caillou chez elle. Chaque chambre possède une fenêtre panoramique offrant une vue magnifique; toutefois, à l'abri de nos épais rideaux, nous jouissons d'une intimité complète, de même que Zsuzsanna grâce à ses volets.

Toujours est-il que, cette nuit, écartant les rideaux pour contempler la lune, j'aperçus une forme qui traversait le pré, en direction de la fenêtre de Zsuzsanna. Pensant que c'était l'un de ces loups contre lesquels Arkady me met si souvent en garde, je me suis collée au carreau pour mieux voir. Loin d'avoir peur – les rideaux me cachaient fort bien, et je doutais que l'animal pût atteindre l'étage d'un bond –, j'étais dévorée de curiosité car, en tant que citadine, je n'avais jamais vu un loup auparavant, sauf dans les livres d'images.

Mais, distraite par un mouvement à la fenêtre de Zsuzsanna, je n'eus pas le temps de fixer mon attention sur l'objet de mon intérêt. Je la vis tirer les volets et ouvrir la croisée, laissant le clair de lune affluer dans sa chambre.

Prise de frayeur, j'allais l'avertir d'un cri quand je remarquai quelqu'un à côté d'elle dans la petite alcôve, tout près de la banquette. Comment il était arrivé là, je l'ignore, mais je le reconnus tout de suite : c'était Vlad.

Sous mon regard horrifié, ils s'enlacèrent; ensuite, Vlad tendit la main vers le col de la chemise de nuit de Zsuzsanna, il défit le ruban puis, quand le vêtement glissa...

En écrire plus me soulève le cœur. Incapable de soutenir un tel spectacle, j'ai fermé les rideaux et je suis retournée au lit.

J'ai à peine dormi. Je me sens tiraillée. Arkady est déjà suffisamment rongé par quelque souci secret. L'informer d'une telle scène reviendrait simplement à transférer mon dilemme sur ses épaules surchargées. Cependant, je ne parviens pas à décider s'il convient d'aborder cette question avec Vlad ou Zsuzsanna, ou s'il est préférable de passer cet épisode sous silence.

Mon pauvre chéri; vous avez tant souffert ces temps derniers. Est-ce cela qui vous tourmente? Etiez-vous déjà au courant?

Le journal d'Arkady Tsepesh

9 avril. – Je commence à croire que tous les gens du château sont atteints de folie douce.

Hier, j'y suis allé tôt afin de me familiariser avec les affaires d'Oncle. Bien sûr, je n'ai parlé ni à Zsuzsanna ni à Mary de la monstruosité qui s'est déroulée dans le caveau de famille; elles n'eussent pas tenu le choc. D'ailleurs, moi-même ne me sentais pas en mesure de contempler à nouveau le site de cette horreur mais, en me rendant chez Oncle, j'ai éprouvé la subite nécessité de faire un détour par le caveau de famille.

Ce que j'y ai vu a pacifié mon cœur. Le couvercle du cercueil de Père avait été revissé, les roses tendrement replacées, et le sol de marbre nettoyé; les abominables instruments de la profanation (la scie et la massette) avaient disparu; bref, tout était comme auparavant. Je ressentis une profonde gratitude envers Oncle qui, pour régler cet horrible problème, avait surmonté son propre chagrin, dissipant du même coup le mien et protégeant le reste de la famille.

Une fois au château, ma mélancolie fut momentanément ravivée par le spectacle du secrétaire de Père; le meuble était resté exactement comme il l'avait laissé, dans un petit bureau de l'aile est, doté d'une vue magnifique sur les Carpathes. Tout était propre et bien rangé; je n'ai eu aucun mal à trouver tous les livres de comptes, et j'ai vite oublié ma tristesse en m'absorbant dans le travail.

En toute honnêteté, je fus étonné par l'étendue des biens de V. Vu son opulence, il a beaucoup moins de domestiques qu'on pourrait s'y attendre : seulement trois femmes de chambre, une cuisinière, un palefrenier, un jardinier, l'économe et, bien sûr, le cocher antipathique – Laszlo. Une conversation avec le garde champêtre m'a appris une chose des plus déconcertantes : nos terres sont cultivées par des *rumini*, c'est-à-dire de véritables serfs, sur lesquels Oncle détient encore l'ancien *droit du seigneur*[1] ! En règle générale, le féodalisme est un système injuste, en faveur du seigneur qui possède la terre ; le serf lui verse une dîme pour la cultiver, puis encore 10 % du produit, ce à quoi vient s'ajouter le *bir*, une taxe personnelle d'un montant relativement important, pour « frais de protection ». Toutefois, dans le cas de V., les *rumini* n'acquittent aucune dîme ; ils versent seulement 5 % du produit de chaque moisson, plus un *bir* annuel de quelques sous (comme si nous redoutions encore les maraudeurs turcs et, pour une somme aussi infime, allions offrir asile à tous les *rumini* dans l'enceinte du château des Tsepesh durant toute une guerre !). Autre surprise : Oncle possède la majeure partie du village et ne perçoit pourtant aucun loyer. Une seule disposition paraît l'avantager : les serfs sont corvéables à merci. Aujourd'hui, l'un d'eux se trouvait devant l'entrée du château, occupé à enduire un muret de mortier. Il s'inclina poliment à mon approche mais, dès que je fus passé, je l'entendis pester en sourdine : d'après ce que je compris, il avait dû délaisser quelque tâche pressante pour se plier au bon vouloir du *voievod*, du prince. Visiblement, il œuvrait à contrecœur, ce qui ne me plut guère, eu égard à la générosité de V.

Tout de même... Penser que le féodalisme est encore vivace à notre époque... ! A l'évidence, V. ne reçoit qu'une fraction de ce qui devrait lui revenir. Ce n'est pas ainsi qu'on fait du profit ; il lui serait plus rentable de délivrer les serfs de leurs obligations, de les rengager comme ouvriers agricoles pour un salaire inférieur, plus raisonnable, puis d'encaisser les gains de la vente des récoltes. Je crains que sa bonté extravagante n'ait incité les serfs à l'abuser.

Mais cela ne me gêne pas autant que la notion même de féodalisme, laquelle suggère que V. « possède » de droit les paysans et leurs habitations. Nul homme n'a le droit d'exercer pareil contrôle sur autrui. Il serait bien plus juste pour tout le monde d'adopter le système prônant un bon salaire pour une bonne journée de travail.

---

1. En français dans le texte.

Je fus également surpris par le montant des gages (beaucoup plus élevés que ceux qu'un valet expérimenté reçoit en Angleterre) versés aux domestiques. Voilà qui explique d'autant moins leur attitude distante, quoique polie, à mon égard. Tout à l'heure, j'ai ressenti à nouveau leur hostilité sous-jacente, mais je ne parviens toujours pas à démêler s'ils me méprisent, me craignent – ou les deux. Seule Masika Ivanovna est d'un bon naturel; cela est heureux car, en tant que femme de chambre, elle a en charge l'aile est (où se trouve mon bureau) et l'aile ouest (où Oncle demeure). Nonobstant leur jeunesse, Ana et Helga, les deux autres femmes de chambre, témoignent le même abord froid et rébarbatif que Laszlo.

Cependant, l'équilibre mental de Masika Ivanovna commence à me poser question. Il règne une atmosphère étrangement désagréable dans ce château, due sans doute aucun au ressentiment exhalé par les domestiques ainsi qu'aux singulières habitudes d'Oncle, et je soupçonne que des décennies de service dans cet endroit n'exercent pas un mince effet sur une mentalité de paysan superstitieux. Tout à l'heure, après m'être présenté aux domestiques dans l'aile principale, j'ai regagné le bureau de Père pour travailler encore un peu. Un moment plus tard, Masika Ivanovna apparut – pour vaquer au ménage quotidien, supposai-je. D'un air embarrassé, elle se livra à un simulacre d'époussetage général qui me sembla s'éterniser; à la longue, j'interrompis ma tâche pour lui demander si elle avait quelque chose à me dire.

Elle suspendit son geste, et son expression se troubla, comme si elle hésitait devant une décision difficile. Finalement, elle abaissa son chiffon, se dirigea vers la porte restée entrouverte et jeta un regard suspicieux dans le sombre corridor, s'attendant manifestement à trouver quelqu'un caché dans le noir. Puis elle répéta le procédé avec les fenêtres! Une fois rassurée, elle s'avança si près de moi que nos visages ne furent plus séparés que de la largeur d'une main.

– Il faut que je vous parle, mon jeune monsieur! chuchota-t-elle. Mais vous devez jurer de ne jamais révéler à quiconque ce que je vais vous dire, car cela nous coûterait nos vies, à moi et à mon fils!

– Vos vies? demandai-je, décontenancé par ce langage étrange. De quoi parlez-vous donc?

Alarmée par le ton normal que j'avais adopté, elle porta un doigt à ses lèvres pour m'indiquer de parler moins fort.

– Jurez d'abord ! Jurez devant Dieu !

– Je ne crois pas en Dieu, répliquai-je quelque peu fraîchement. Mais je vous donne ma parole de gentilhomme que je ne rapporterai à personne ce que vous me révélerez.

Le front plissé d'anxiété, elle scruta mon visage. Ce qu'elle y discerna parut la satisfaire, car elle finit par hocher la tête.

– Vous devez partir sur-le-champ, mon jeune monsieur ! fit-elle à voix basse.

– Partir ? demandai-je sur le ton de l'indignation.

– Oui ! Vous devez partir et retourner en Angleterre ! Aujourd'hui même, avant le coucher du soleil !

– Et pourquoi le faudrait-il ?

Elle ne répondit pas tout de suite, apparemment incapable de trouver les mots adéquats ; j'en tirai aussitôt avantage :

– En aucun cas, je ne le puis. Ma femme est à moins de trois mois de sa délivrance ; je crains que notre récent voyage ne l'ait déjà assez perturbée.

La détermination de ma voix sembla l'effrayer ; ses yeux s'emplirent de larmes. Consternée, elle se laissa tomber à genoux devant ma chaise, ses mains crispées dans un geste de supplication faisant penser au Christ priant à Gethsémani.

– Je vous en conjure.... Que ce soit en souvenir de votre père, alors ! Partez vite !

– Mais pourquoi ? répétai-je en la prenant par le coude afin qu'elle se relevât. Pourquoi devrais-je partir ?

– Autrement, il sera trop tard. Et vous, votre femme et votre enfant serez exposés à un danger terrible. A cause du Pacte...

C'était absurde ; néanmoins, ses paroles déclenchèrent quelque chose dans ma mémoire. Le visage de Masika Ivanovna s'estompa. De nouveau, je fus un enfant de cinq ans, levant des yeux confiants vers son père tandis qu'une lame argentée fendait l'air en décrivant un arc étincelant.

Tout à coup, des doigts invisibles enserrèrent mon crâne dans un étau d'acier qui masqua l'image. Je portai une main à ma tempe et songeai : *Je deviens fou...*

Non. Non. Ce n'est qu'une attaque de nerfs, provoquée par la mort de Père et ma terrible découverte.

Une forme bougea dans l'embrasure de la porte. Levant la

tête, je vis Laszlo, le cocher, qui ôtait son couvre-chef. J'ignore depuis combien de temps il se tenait là. Il n'a pas méchante allure – d'âge moyen, il présente la physionomie typique du paysan hongrois, avec ses cheveux châtain clair, son teint pâle, ses traits arrondis, débonnaires, et son nez rubicond trahissant une certaine intempérance – mais une aura déplaisante l'entoure, quelque chose qui serait comme la quintessence de ce qui afflige ce château.

Suivant mon regard, Masika Ivanovna se tourna et vit notre visiteur. Je ne pense pas qu'elle eût été plus terrifiée si le diable en personne était apparu. Tremblante, les yeux écarquillés, elle tressaillit d'un air coupable et se signa à sa vue; puis elle se leva et s'empressa de sortir, oubliant complètement de prendre congé de moi.

Laszlo la regarda partir avec un petit sourire poupin, empreint de condescendance, comme s'il comprenait très bien sa réaction et la jugeait, somme toute, fort divertissante. Ensuite, il m'expliqua qu'il était simplement venu se présenter, conformément à l'usage, et qu'il me proposait ses services; Oncle m'ayant fait don de la calèche, j'eus le plaisir de lui répondre que je m'en passerai.

L'entretien avec Masika Ivanovna me laissa en proie à un vague trouble; cependant, je m'efforçai de l'écarter de mon esprit et je poursuivis tranquillement mon travail jusqu'à la fin de l'après-midi. En début de soirée, je rejoignis Oncle au salon. Après l'avoir informé de l'état actuel de ses affaires, je l'ai chaleureusement remercié de s'être occupé de la sépulture de Père. Mais, plus tard, nous manquâmes nous quereller à propos des *rumini* – des serfs.

D'un ton pressant, je lui conseillai d'abolir entièrement le régime féodal et de verser de bons appointements aux serfs, ce qui leur bénéficierait tous, à eux comme à lui-même. Pour un homme aussi intelligent, il manifesta une surprenante étroitesse de vue; il ne voulut pas même m'entendre. Sa générosité à l'égard de la famille et des domestiques constituait un point d'honneur, une question d'orgueil, de tradition – et, selon lui, rien n'importait plus que la tradition de la famille Tsepesh.

– Eh bien, envisageons le problème sous un autre angle, fis-je, songeant précisément à en appeler à sa générosité. Le féodalisme est tout simplement immoral. Les serviteurs t'appartiennent; tu disposes de leurs vies; ils ne peuvent quitter le village sans ta permission et doivent venir travailler au château quand bon te semble. Ce sont des êtres humains et, en tant que tels, ils ont le droit d'être leur propre seigneur – leur propre maître.

– Il ne s'agit pas ici de moralité, répliqua-t-il d'un ton ferme, laissant transparaître un certain dédain pour mon ignorance. Il s'agit de notre tradition familiale, laquelle doit rester immuable. Un jour, Arkady, quand tu seras plus âgé et plus avisé, tu comprendras.

A cet instant, je crains d'être sorti de mes gonds et d'avoir adopté un ton assez vif.

– Jamais la tradition des Tsepesh ne sera aussi importante que les droits des êtres humains!

Ce fut comme si je l'avais frappé en plein visage. Une fureur froide, carnassière, naquit dans ses yeux, qui parurent capter une seconde le feu qui rougeoyait dans la cheminée. Il ébaucha un mouvement vif, animal, dans ma direction – mouvement qu'il réprima sur-le-champ; néanmoins, je redevins instantanément l'enfant paniqué qui s'était recroquevillé, réduit à l'impuissance, en voyant bondir Shepherd.

Puis, clignant des paupières, je vis que son regard était certes assez froid, mais tout à fait placide; je compris qu'il était resté paisiblement assis dans son fauteuil – qu'il n'avait jamais bougé. Une voix intérieure me chuchota : *C'est ton imagination enfiévrée...*

– Tu ne dois pas parler ainsi de nous autres les Tsepesh, déclara-t-il à mi-voix. Il arrive que tu tiennes trop de ta mère; elle était trop opiniâtre, trop irrespectueuse de nos coutumes. Je crains que tu n'aies hérité d'elle plus que les yeux.

Peut-être avait-il raison; je l'ignore, n'ayant pas connu Mère, mais c'est vrai que, contrairement à Père et à Zsuzsanna, j'ai toujours été obstiné et impatient. Face à la menace, je combats; aussi, malgré le mécontentement d'Oncle et ma vision fugace autant qu'inquiétante, ne cédai-je pas d'un pouce.

– Je n'entends aucunement être irrévérencieux, répondis-je, et j'aime ma famille ainsi que ses traditions. Mais, que je sache, le féodalisme n'est point particulier aux Tsepesh. En pratique, ce régime s'apparente à l'esclavage; il est donc immoral.

Sa colère s'atténua, mais ses yeux conservèrent une lueur

singulièrement féroce qui me troubla plus encore que son accès de rage imaginaire. Il sourit; ses lèvres charnues et rouges révélèrent deux rangées de dents bien plantées, étonnamment belles et intactes.

– Ah, mon bon Arkady! soupira-t-il. J'ai foulé si longtemps cette terre que j'en suis lassé, mais ton innocence enfantine me procure l'impression de rajeunir. Que c'est revigorant de voir quelqu'un de si idéaliste, d'une naïveté aussi charmante! Ton père était semblable quand il venait me voir : toujours débordant de passion et empli de principes!

Soudain, son expression se chargea de sévérité.

« Mais bientôt – comme ton père, et le sien avant lui – tu en viendras à comprendre la fausseté de ton jugement. »

J'essayai d'aiguiller à nouveau la conversation sur les *rumini*, mais il refusa d'approfondir cette question et commença à parler de ses projets personnels; il comptait toujours se rendre en Angleterre à la fin de l'année prochaine, lorsque Zsuzsanna serait guéri et l'enfant, en âge de voyager. Je lui promis de contacter des notaires en vue de l'acquisition d'une propriété.

Tout pénétré que je sois de sa générosité, je ne pus m'empêcher à ce moment-là d'être fort agacé par sa condescendance envers Mère et ce qu'il appelle ma « naïveté »; sans doute l'aristocratie n'a-t-elle pas trouvé meilleure défense que d'insulter les personnes professant le progrès et l'égalitarisme. Dorénavant, je garderai mes opinions pour moi – après tout, Oncle est mon aîné, et un prince, pas moins! – mais, lorsque le domaine entrera en ma possession, comme cela ne peut manquer d'arriver dans quelques années, je veillerai à ce que les choses se passent différemment.

Aussi ai-je tenu ma langue, et nous avons rapidement achevé le travail de la soirée. Quand je suis rentré au manoir, à 9 heures, Mary était déjà au lit, et je l'ai vite rejointe. J'ai passé une nuit agitée, peuplée de mauvais rêves.

***

Le lendemain – 9 avril, c'est-à-dire aujourd'hui – fut beaucoup plus agréable. De retour au château dans l'après-midi, j'ai constaté que Laszlo avait amené un invité; il s'agit de M. Jeffries, le jeune homme anglais qui visite la région. Selon toute apparence, l'aubergiste de Bistritz est un de nos lointains parents, car il signale systématiquement l'intérêt historique du château aux voyageurs étrangers et leur en recommande le séjour ; ensuite, Oncle leur fournit gracieusement le gîte et le couvert. Quant à Père, son rôle consistait à entretenir une correspondance avec les futurs visiteurs puis à être leur cicérone.

Je n'ai pu m'empêcher d'estimer singulier qu'un homme répugnant à être vu par ses propres domestiques ou toute personne extérieure à sa famille ouvrît aussi volontiers sa demeure à de parfaits inconnus. Cependant, la venue du voyageur m'a réjoui, car j'étais déjà impatient d'avoir des nouvelles de l'Angleterre, ce pays que je pensais être le mien il n'y a pas si longtemps.

Je suis allé voir M. Jeffries dans la chambre d'hôte de l'aile nord. C'est un homme à l'abord sympathique, de grande taille, maigre, avec une chevelure blond pâle, tout ébouriffée, et un teint laiteux qui s'empourpre facilement. Il fut très content et soulagé de savoir qu'il y avait quelqu'un qui parlait anglais au château car, jusqu'ici, il avait été contraint de recourir à ses vagues notions d'allemand pour communiquer avec Helga ; aucun autre domestique ne connaissant l'anglais ou l'allemand, il était tombé dans cet affligeant état de *désocialisation* qu'éprouvent les personnes incapables de s'exprimer en pays étranger. (Cela me rappela mes premiers temps à Londres.) En revanche, il fut désappointé d'apprendre que Vlad ne parlait pas anglais, mais que c'était moi (et Père avant moi) qui avais traduit toutes ses lettres, car il avait projeté de l'interviewer ; dès lors, l'entretien allait nécessairement se dérouler en allemand. Cela le réconforta grandement de m'entendre offrir mes services d'interprète.

Bien que son métier soit le journalisme, il vient d'une famille de commerçants, apparemment fort aisée au demeurant, puisqu'il arbore une magnifique montre de gousset en or, incrustée d'un « J » en argent ou en or blanc, et, au petit doigt, une bague, en or également, ornée du même motif. Je ne pus m'empêcher d'être secrètement amusé en voyant un roturier faire à ce point étalage de sa parentèle. Quelle peut bien être l'origine d'une telle fierté ?

Mais qu'écris-je ? Ma dispute avec Oncle date seulement d'hier, et me voilà déjà posant au snob aristocrate ! Roturier, M. Jeffries l'est sans doute, mais cela ne l'empêche pas d'être bien éduqué et fort intelligent ; en outre, il possède un regard vif, fureteur, auquel rien n'échappe, et manifeste une curiosité inlassable – autant de précieuses qualités pour un chroniqueur.

J'ai trouvé sa compagnie si agréable que je lui ai fait faire moi-même le tour du château, à l'exception, bien sûr, des appartements privés d'Oncle, qu'on ne visite pas. Comme nous montions l'escalier de pierre en colimaçon, je lui dis : « J'ai donc traduit la lettre que Vlad vous a fait parvenir à Bistritz ; ainsi, vous comptez écrire une sorte d'article pour le *Times* ? Et vous souhaitez interviewer Oncle ? En quoi consisterait précisément l'article ? Un condensé de l'histoire de la Transylvanie ? Un récit de voyage ? »

A mes paroles, le visage de M. Jeffries s'illumina ; sa physionomie est mobile, merveilleusement expressive.

– Pas exactement, répondit-il. Cela concernerait plutôt le folklore de votre région. Votre oncle en connaît long sur ces fascinantes superstitions...

– Oui, répliquai-je avec raideur. Nous savons tous ce que les paysans racontent.

Sans doute y eut-il une nuance d'irritation dans ma voix, car Jeffries adopta aussitôt un ton précautionneux :

– Certes, toutes ces légendes sont du dernier ridicule. Je suis sûr que votre famille les juge fâcheuses autant qu'amusantes. Rassurez-vous, je suis un esprit rationnel, et j'entends bien prendre ces superstitions pour ce qu'elles sont, à savoir un fatras d'absurdités, et démontrer qu'aucune vérité ne les soustend... Dites-moi, d'après ses lettres, votre oncle me paraît être la crème des hommes, n'est-ce pas ? Quelle gentillesse ! Quelle obligeance !

– C'est tout lui ! fis-je avec soulagement. Il est très généreux envers sa famille. Certes, il est un peu reclus...

– Cela se conçoit. Pourquoi fréquenterait-il des gens qui le tiennent pour un monstre ?

Ces mots me persuadèrent de la grande perspicacité de mon interlocuteur. Il avait raison, bien sûr ; cela expliquait parfaitement pourquoi V. voyait volontiers sa famille et Laszlo, tout en répugnant à côtoyer les domestiques. La pénible incertitude suscitée par le sinistre avertissement de Masika Ivanovna ainsi que par l'intransigeance de V. envers les *rumini* se dissipa sous l'éclairage dispensé par la logique résolument optimiste de Jeffries.

Aussi lui fis-je part du désir d'Oncle de s'installer en Angleterre; plus je décrivais ce projet (et songeais à m'éloigner de ces mornes parages peuplés de paysans superstitieux), plus cette perspective me souriait. Nous tombâmes vite d'accord sur un point : comparée au reste du monde qui ne cessait de changer, la Transylvanie était une contrée vraiment arriérée. Puis, de but en blanc, Jeffries me demanda si nous souffrions de solitude; je reconnus que le village se mourait à petit feu et que notre isolement constituait l'une de mes principales préoccupations.

Notre conversation roula sur des sujets plus gais, et nous en vînmes à évoquer l'Angleterre tandis que je l'emmenai dans le salon de l'aile sud, où une grande fenêtre révèle une vue impressionnante : à environ trois cents mètres au-delà du vaste précipice cernant notre nid d'aigle, une large et sombre forêt de sapins s'étend jusqu'à l'horizon.

– Seigneur! fit Jeffries en prenant toute sa respiration. Cela doit bien faire un à-pic de mille cinq cents mètres!

Selon toute apparence, il appréhendait l'altitude car, fouillant sa poche de gilet, il en sortit un mouchoir avec lequel il essuya son front soudain perlé de sueur. (J'avoue avoir réprimé un sourire condescendant en apercevant le « J » brodé sur le tissu.)

Après l'avoir assuré qu'il y avait moins de mille cinq cents mètres, je lui expliquai comment le château avait été construit sur un sommet entouré d'un précipice sur trois côtés (est, sud et ouest), de façon à ce qu'on pût le défendre plus aisément des envahisseurs – notamment des Turcs venant du sud. Il m'écouta avec un vif intérêt et commença même à jeter des notes sur un calepin; toutefois, comprenant que la vue vertigineuse l'incommodait réellement, je décidai de le faire descendre au rez-de-chaussée de l'aile centrale pour lui montrer l'immense salle de séjour où, des siècles auparavant, mes ancêtres avaient reçu d'autres invités de marque.

Jeffries fut frappé de l'excellent état de conservation des meubles et des splendides tapisseries de brocart, dont certaines étaient filées d'or. Quand nous arrivâmes devant le portrait plus grand que nature qui, au-dessus de la cheminée, dominait le vaste mur, il prit une respiration et tourna vers moi un visage surpris :

– Ça alors... Mais c'est vous!

J'esquissai un fin sourire tandis que l'écho de ses paroles se perdait sous la voûte.

– Il s'en faut. Cette peinture date du XVe siècle.

– Mais voyez donc! insista Jeffries avec enthousiasme. Il a exactement votre nez! ajouta-t-il en montrant celui, long et aquilin, du modèle. « Votre moustache! Vos lèvres! » poursuivit-il en désignant la moustache noire (beaucoup plus fournie que la mienne, cela soit dit en toute impartialité) qui tombait sur une lèvre vermeille à souhait. « Et puis... Mais oui... Votre sombre chevelure, aussi... »

A cet instant, sa voix se fit traînante, car il était parvenu aux yeux.

– Comme vous pouvez le voir, fis-je sans cesser de sourire, ses cheveux étaient frisés et descendaient jusqu'aux épaules, alors que les miens sont taillés très court, dans le style moderne.

Jeffries contemplait toujours le tableau; tout à coup, il s'esclaffa :

– Oui, mais il suffirait d'une bonne coupe! Ah, ah!

– Enfin, il y a le problème des yeux. Les siens sont vert sombre; les miens, noisette.

Après m'avoir lancé un regard vérificateur, il en convint :

– Oui, vous avez raison. Les yeux sont très différents. Les siens sont plutôt froids et vindicatifs, ne trouvez-vous pas? Mais quant à la couleur, les vôtres contiennent beaucoup de vert. En fin de compte, la similitude reste remarquable.

– Ce n'est rien comparé à sa ressemblance avec Vlad. Cela dit, bien sûr, les yeux d'Oncle respirent l'aménité...

– Tenez, je vais mémoriser chaque trait de son visage! s'exclama Jeffries. Ainsi, quand je verrai votre oncle, je m'en souviendrai et je comparerai les deux!

Puis il s'inclina pour examiner la plaque de cuivre située au-dessous du portrait.

– Vlad Tepes? s'enquit-il en prononçant « Teh-pehs ».

– Tsepesh, le repris-je. Ne voyez-vous pas le petit signe, la cédille, là, juste au-dessous du T et du S? Cela modifie la prononciation.

– Tsepesh, répéta Jeffries tout en inscrivant le nom sur son calepin. Un fameux gaillard, dirait-on!

Je me cambrai d'orgueil.

– Le prince Vlad Tsepesh. Né en décembre 1431. Première

prise de pouvoir en 1456. Mort en 1476. L'homonyme de mon oncle.

– L'homonyme?

Jeffries cessa de griffonner; figeant son crayon sur le papier, il m'adressa un regard perplexe.

– Euh... Il y a peut-être quelque chose que je n'ai pas très bien saisi à propos des noms roumains.

– Sur quoi butez-vous? L'épellation?

– Non, non, cela je l'ai parfaitement compris. Mais...

Il sortit une feuille de sa poche, la déplia et me la montra.

– Par quel nom devrai-je l'appeler? demanda-t-il.

La lettre traduite par mes soins avait été paraphée par Oncle, de sa main délicate et circonspecte; quand je lus la signature, je restai sans voix. J'ignore si Jeffries nota mon trouble car j'eus tôt fait de me ressaisir; je lui rendis la feuille avec un sourire forcé.

– Oncle a une propension au canular, prétendis-je. Ainsi lui arrive-t-il d'utiliser ironiquement le surnom dont les paysans l'ont gratifié.

De fait, c'était bien un surnom, mais pas celui d'Oncle. Il avait été attribué à l'homme du portrait par des *rumini* emplis de crainte.

– Si ce surnom convient à mon hôte attentionné, fit Jeffries, je l'appellerai ainsi. Mais pourriez-vous m'expliquer...

– Dracula, articulai-je.

Ayant prononcé ce nom honni avec dégoût, je désignai le tableau et ajoutai : « Voyez-vous le dragon, en bas, sur la droite? »

Jeffries se pencha pour scruter le bouclier de Vlad; l'objet supportait un dragon ailé, dont la queue fourchue se recourbait autour d'une double croix.

– Le père de Vlad – Vlad II – fut, en tant que suzerain, admis par l'empereur de Hongrie dans une confrérie secrète de chevaliers connue sous le nom d'Ordre du Dragon, poursuivis-je. Il utilisait cet emblème sur ses boucliers et sa monnaie. A cause de cela, les *boiers* – les nobles – commencèrent à le surnommer *Dracul*, c'est-à-dire « le Dragon », bien que lui-même ne se soit jamais appelé ainsi, sauf par jeu. Malencontreusement, en langue roumaine, le mot *dracul* signifie également « le Diable »; à force d'entendre ce nom, les paysans superstitieux vinrent à penser que Vlad II, déjà réputé un tyran affreusement cruel, avait accédé au pouvoir parce qu'il s'était allié avec Satan; ils crurent également que l'Ordre du Dragon regroupait des personnes qui s'adonnaient à la magie noire. Vlad III – dont vous voyez là le portrait – fut plus sanguinaire et plus redouté que son père, ce qui n'est pas peu dire. Les gens du commun le surnommèrent alors *Dracula*, c'est-à-dire « le Fils du Diable », le suffixe-*a* marquant la filiation. Aujourd'hui encore, les paysans craignent notre famille pour ce motif, et ils persistent à nous appeler Dracul. Ils l'entendent comme une insulte, et non comme un honneur.

– Si je vous ai offensé, veuillez accepter toutes mes excuses, dit Jeffries d'un ton sincèrement contrit.

Ce qui ne l'empêcha pas d'épiloguer.

« J'imagine que tout cela n'a pas peu chagriné votre famille. Néanmoins, il est clair que votre oncle observe un admirable sens de l'humour à cet égard; autrement, vu la nature de mon futur article, il n'aurait jamais signé aussi facétieusement. »

Ses manières étaient si aimables que je parvins à garder un semblant de sourire.

– Je crains de ne point partager le sens de l'humour d'Oncle en ces matières.

Toutefois, je ne lui dévoilai pas l'entière vérité : puisque le surnom employé pour désigner le reste de la famille était Dracul, sans le suffixe-*a*, selon la logique des paysans, Oncle eût dû – même facétieusement – signer « Vlad Dracul ». Car *seul* le Fils du Diable – seul l'homme du portrait, né quatre siècles auparavant – pouvait briguer le nom de « Dracula ».

– Puis-je m'enquérir de l'autre symbole que voilà, au bas du tableau, sur la gauche, à l'opposé du bouclier au dragon? demanda Jeffries en montrant une tête de loup située au-dessus d'un serpent lové.

– Ce sont nos armoiries. Très anciennes. Si le dragon symbolisait le règne de Vlad, le loup, lui, représente notre lignée. Les Daces, qui habitaient le pays avant la conquête romaine, se qualifiaient eux-mêmes d' « hommes-loups ».

« Tiens, tiens... » Une lueur d'intérêt passa dans ses yeux clairs; il continuait de griffonner. « Ces vieux Daces... Des légendes ont couru sur eux, non? Comme quoi ils avaient la faculté de se transformer en d'autres créatures... En loups, je crois?

– Autant de superstitions ridicules, bien sûr.

– Bien sûr. » Le sourire de Jeffries était radieux. « Tout cela n'est que superstition. Mais n'est-ce pas fascinant d'observer comment les légendes se développent à partir d'un fait réel ? »

Je dus lui concéder ce point.

– Et le serpent ? enchaîna-t-il. Pensez-vous que les paysans l'auraient vu et que cela les aurait fait songer à nouveau au diable ?

– Il se peut. Mais seul un ignorant aurait ce genre d'idée. Durant l'époque préchrétienne, on vénérait les serpents comme des créatures détenant le secret de l'immortalité ; en effet, lorsqu'ils se dépouillent de leur vieille peau, ils « meurent » puis « renaissent ». Pour ma part, j'y ai toujours vu le symbole du fervent désir de perpétuer notre lignée.

La visite se poursuivit, et notre conversation porta sur d'autres sujets. Je traçai l'histoire de notre famille puis contai le règne du premier Vlad Tsepesh, notamment ses victoires sur les Turcs, avant d'énumérer ses illustres descendants essaimés dans toute l'Europe de l'Est. Jeffries fut très impressionné et consigna minutieusement chaque détail. Me prenant à espérer que l'article serait à la fois exact et captivant, je lui demandai s'il serait assez aimable pour m'envoyer copie du produit fini, afin que je puisse le traduire en roumain et instruire ainsi mes compatriotes – quoique ceux à qui cette lecture serait le plus profitable soient analphabètes. Il fut d'accord.

Puis nous évoquâmes à nouveau les paysans et leurs superstitions. Jeffries m'avoua que, dans la minute suivant son arrivée, l'une des femmes de chambre – « une courtaude blonde, d'âge moyen », en qui il me fut facile de reconnaître Masika Ivanovna – avait ôté le crucifix qu'elle portait en sautoir et le lui avait tendu d'un air implorant. Il l'avait mis par complaisance mais Masika n'était pas plus tôt partie qu'il l'avait enlevé. « Je suis de confession anglicane ; ce serait déplacé », m'expliqua-t-il d'un ton laissant néanmoins entendre qu'il pratiquait uniquement par habitude et déférence à l'égard de sa famille, et non par croyance. Nous conclûmes notre discussion sur les autochtones en tombant d'accord sur une chose : L'unique solution, c'était l'instruction publique.

Sa compagnie se révéla si agréable que je le priai de venir dîner au manoir (il finit par accepter quand je lui fis miroiter une visite de la chapelle et du caveau de famille). Je laissai un mot pour Oncle dans le salon, promettant de lui rendre son invité pour neuf heures du soir.

Jeffries m'a donc accompagné au manoir. Mary et moi avons passé une soirée fort agréable en sa compagnie. Résultat : je ne l'ai pas ramené au château avant une heure très tardive.

Mais l'aube approche, cela fait des heures que j'écris, et je suis épuisé. Maintenant, au lit! La suite à plus tard.

Le journal
de Mary Windham Tsepesh

9 avril. – Je suis allée me coucher tôt, laissant Arkady savourer la charmante compagnie de notre visiteur, M. Matthew Jeffries, un Anglais qui séjourne au château. Quand je les ai laissés, ils riaient aux éclats dans la salle à manger tout en dégustant cigares et spiritueux. Je suis contente qu'Arkady ait trouvé un peu de joie en la société de cet homme; il en a bien besoin, le pauvre chéri, tout comme, pour ma part, j'ai besoin de délester mon cœur en écrivant.

Hier soir, après avoir surpris Zsuzsanna et Vlad à flirter, je me suis sentie très troublée; cependant, je n'ai rien dit à Arkady qui m'a semblé encore plus abattu que moi. J'ai décidé d'aborder délicatement la question avec Zsuzsanna en premier, car je crains que cette innocente ne se soit laissé entraîner par son grand-oncle, lequel est nécessairement plus au fait qu'elle des choses de ce monde. Qui sait? Peut-être ne se rend-elle même pas compte de l'inconvenance de sa conduite... Vlad étant l'aîné et le plus sensé des deux, c'est donc lui qu'il faut blâmer.

Mais Zsuzsanna ne s'est pas montrée au petit déjeuner, ni au repas suivant. Arkady était si préoccupé qu'il n'a même pas noté l'absence de sa sœur. Pour ma part, songeant à ce que j'avais vu la veille au soir, j'ai senti mon inquiétude s'accroître; aussi, en début d'après-midi, suis-je allée frapper à la porte de sa chambre.

D'une voix faible, elle m'a priée d'entrer; je l'ai trouvée encore au lit, en chemise de nuit, sa longue chevelure brune déployée sur la blancheur des oreillers. Elle a les grands yeux d'Arkady, à la différence que les siens sont très noirs;

aujourd'hui, ils étaient cernés de bistre, ce qui accentuait sa pâleur. En outre, son visage livide me parut douloureusement hagard; ses lèvres et ses joues avaient perdu tout incarnat.

– Chère Zsuzsanna! fis-je en me hâtant auprès d'elle. Votre compagnie me manquait, et je suis venue voir comment vous vous portiez. Etes-vous souffrante?

– Non, ma bonne Mary! Seulement un peu lasse. Je n'ai pas bien dormi la nuit dernière.

Sa réponse me fit rougir, mais je ne pense pas qu'elle l'ait remarqué. Elle sourit et étreignit ma main; les siennes étaient froides. Supposant que son teint blême témoignait d'une indisposition féminine, je n'ai pas insisté pour en connaître la cause, mais je crains que sa mine défaite ne soit aussi causée par quelque langueur amoureuse mêlée de culpabilité. A la contempler ainsi réfugiée contre ses oreillers, si menue et si frêle, il était impossible de la considérer comme une adulte responsable; même sa voix et son expression étaient celles d'une enfant.

– Avez-vous mangé? demandai-je. Ou puis-je aller vous chercher quelque chose?

– Oh non! J'avais une faim de loup! Dunya m'a apporté deux plateaux, et j'ai tout mangé. Tout cela par la faute de Brutus!

Elle tendit la jambe et donna une bourrade affectueuse au chien qui était couché dans une attitude de satisfaction au pied du lit; à son nom, il remua la queue. « Il a aboyé toute la nuit, m'empêchant ainsi de dormir. J'ai dû l'enfermer dans la cuisine, et il y restera cette nuit encore!

– Peut-être serait-il plus sage de lui permettre de rester, dis-je en épiant sa réaction. Après tout, s'il aboie, c'est seulement pour vous protéger. »

Elle s'esclaffa puis ouvrit de grands yeux innocents.

– Me protéger? Et de quoi? Des rats des champs?

– Des loups, répondis-je d'un air sombre. Je crois en avoir vu un rôder près de votre fenêtre la nuit dernière. Il vous faut faire attention.

S'ensuivit un silence embarrassé; Zsuzsanna plissa les yeux puis me jeta un regard appuyé avant de prétendre porter son attention au chien. Elle le caressa plusieurs secondes sans mot dire.

Soudain, elle fondit en larmes et tourna vers moi un visage décomposé tout en agrippant mon bras de ses deux mains.

– Je vous en prie... Ne retournez pas en Angleterre! Dites-lui... Je vous en prie! Si vous m'abandonnez tous, j'en mourrai! Vous ne devez pas me quitter – aucun de vous!

Puis elle pleura avec le désespoir farouche d'un enfant.

C'est un euphémisme de dire que je fus prise de court par une réaction aussi épidermique; néanmoins, je l'interprétai aussitôt comme un évident aveu de culpabilité – et d'amour. Peu lui importait qu'Arkady et moi partions; mais que son grand-oncle fasse de même la tuerait.

– Allons, ma chère, fis-je avec douceur, il n'est pas question que nous vous abandonnions. Vous ne devriez pas même songer à ce genre de choses.

– Dites-lui! Dites-lui! répéta-t-elle d'une voix étranglée, tout en serrant mon bras si éperdument que je dus lui promettre incontinent :

– Oui, c'est entendu, je le lui dirai, et très bientôt.

Il est sûr qu'elle ne faisait pas référence à son frère en disant « lui ». Je ne sais que trop bien de qui elle parlait.

Sa réaction m'incite à craindre que son sentiment de culpabilité n'ait occasionné chez elle une sorte d'épuisement nerveux. Je me suis assise un moment à son chevet et l'ai calmée – en prenant garde de ne plus évoquer ce que j'avais vu, de peur de provoquer un autre débordement de sa part. La malheureuse a suffisamment souffert et, à présent, je ne puis rien faire si ce n'est soulever le problème avec mon mari – ou avec Vlad lui-même.

Mais je suis une nouvelle venue dans la famille; ce n'est guère mon rôle de semoncer le patriarche. Je dois aviser Arkady – et vite. Cependant, bien que mon mari ne soit pas parti pour le château avant le milieu de l'après-midi, je n'ai pu me résoudre à l'entretenir, faute d'avoir trouvé les mots adéquats.

Toutefois, il m'était intolérable que cette malheureuse Zsuzsanna se laissât abuser plus longtemps – surtout dans l'état d'hébétude où elle se trouvait. Je décidai donc de parler à Arkady ce soir, dès son retour. En attendant, je passai le reste de l'après-midi à choisir soigneusement les phrases qui, hélas, n'allaient pas manquer de lui briser le cœur.

Aussi ne sais-je ce qui l'emporta en moi, du désagrément ou du soulagement, quand, au bout de quelques heures seulement, je vis revenir mon mari avec M. Jeffries! Arkady était si content d'avoir un visiteur (et ici je dois reconnaître qu'en dépit de mon accablement j'ai, moi aussi, apprécié sa compagnie, laquelle constitua un agréable dérivatif à mes soucis) que je n'ai pu me résoudre à gâter sa bonne humeur. Nous avons dîné tôt avec notre invité. Comme je m'y attendais, Zsuzsanna ne descendit pas, mais Dunya nous apporta un message de sa part, expliquant qu'elle était toujours indisposée.

D'après ses dires, M. Jeffries est un journaliste qui vient de retourner sur le Continent après un voyage d'information aux Etats-Unis. Au cours du repas, il nous dressa un tableau pittoresque de la situation de ce pays; les Américains ont élu un nouveau président, James Polk, et ils seraient sur le point d'annexer un nouvel Etat, portant le nom exotique de « Texas ». L'esclavage est autorisé au Texas, ce qui génère là-bas nombre de controverses. Non seulement les abolitionnistes du Nord et les propriétaires de plantations du Sud bataillent à ce propos, mais un pays voisin leur dispute la possession de tout ce territoire; selon M. Jeffries, la guerre entre les Etats-Unis et le Mexique est imminente. Les Américains sont également impliqués dans un différend avec l'Angleterre quant à l'emplacement de la frontière nord-ouest du Canada. Tout bien considéré, ces gens me semblent constituer une flopée de mauvais coucheurs, brutaux de surcroît, et je m'estime bienheureuse d'habiter cette paisible Transylvanie. M. Jeffries nous fit rire en parlant du nez pour imiter l'accent américain. Arkady s'est bien détendu; il en avait besoin après toute cette tension...

Après le dîner, M. Jeffries rappela à Arkady sa promesse de l'emmener visiter la chapelle, et je dis que je voulais les accompagner, n'ayant jamais vu l'endroit moi-même. Tous deux me regardèrent d'un air ennuyé, puis Arkady marmonna quelque chose concernant l'heure tardive (les huit coups venaient à peine de sonner) et le fait que mon état exigeait le repos. Je pointai un peu vivement l'inanité d'un tel argument, ne demandant qu'un instant pour aller chercher mon châle; ce à quoi M. Jeffries sourit et déclara d'un ton malicieux que, question indépendance, je n'aurais aucune peine à en remontrer aux Américains – et nous tous trois de rire à nouveau.

En vérité, je n'avais aucune envie de rester seule à me tracasser sur ce que j'allais dire à Arkady quand notre invité prendrait congé; pas plus que je ne désirais me morfondre dans la chambre où, vraisemblablement, je me serais rongé les sangs pour Zsuzsanna tout en scrutant sa fenêtre.

La chapelle ne ressemble en rien à celles que j'ai vues en Angleterre, mais, plus que partout ailleurs dans le pays (du moins ce que j'en ai vu), s'y révèle l'influence turque; ses murs intérieurs sont couverts de mosaïques et de peintures byzantines représentant des saints – il y en a littéralement des milliers. Au-dessus de l'autel, une haute coupole où est suspendu un candélabre majestueux. Dans le fond du vaste sanctuaire se trouvent de grandes cryptes; les noms des personnes inhumées sont gravées sur des plaques d'or.

Pour ma part, j'eus le souffle coupé par la magnificence des décorations murales, mais M. Jeffries, lui, sembla surtout se passionner pour les cryptes; de fait, il s'agit de compartiments creusés dans le mur, ressemblant aux alvéoles d'une ruche, qu'on a enduits de chaux, scellés avec des pierres puis décorés avec les plaques. Rendus muets par la beauté du sanctuaire et son atmosphère de recueillement, nous lûmes les noms des ancêtres d'Arkady, puis M. Jeffries sortit un petit carnet de son gilet et commença de prendre des notes.

Un moment plus tard, il se tourna vers Arkady et s'adressa à lui d'une voix étouffée dont l'écho se perdit dans la voûte :

– J'oubliais de vous demander une chose... tout à l'heure, lorsque nous étions devant le portrait de Vlad Dracula...

A ces mots, je fus prise de curiosité et lui décochai un regard interrogateur car j'avais auparavant entendu un nom similaire – Dracul – dans la bouche des domestiques et du vieux cocher de Bistritz. M. Jeffries se corrigea aussitôt, non sans lancer un coup d'œil navré à mon mari.

– Pardonnez-moi, je voulais dire « Vlad Tsepesh »... Au fait, ce nom, « Tsepesh », a-t-il une signification quelconque?

Nous tournant le dos, Arkady contemplait les cryptes. L'intonation distante de sa réponse me fait à présent comprendre qu'il ruminait ce je-ne-sais-quoi qui le tourmente depuis quelques jours – un je-ne-sais-quoi que, néanmoins, je crois en rapport avec le château et la mort de son père.

– Empaleur, répondit-il avec flegme.

Je m'aperçus alors qu'il avait complètement oublié ma présence. A bien des égards, il ressemble à sa sœur; comme elle, il est sujet à des rêveries, aussi subites que profondes, qui le retranchent totalement du présent.

« Guère plus noble quant au sens que le nom " Dracul ", du moins les paysans ne le prononcent-ils pas avec la même aversion, poursuivit-il. En outre, on n'y saurait déceler une quelconque allusion au surnaturel. A l'époque, l'empalement était une forme d'exécution très commune. »

M. Jeffries arqua un sourcil clair et incrédule; d'un pas, il vint se placer auprès d'Arkady. Là, suivant son regard, il vit une plaque d'or portant gravée l'inscription VLAD TEPES.

– Vraiment? fit-il. La plupart des historiens indiquent que c'était pratique commune uniquement chez les Turcs. Les paysans prétendent que Vlad emprunta leurs méthodes et transforma tout cela (d'un mouvement du bras, il montra le paysage en son entier) en une véritable forêt de pals. Selon eux, l'odeur...

Ici, M. Jeffries s'interrompit, comme scandalisé de ses propres paroles, et se tourna vers moi.

« Oh, chère madame Tsepesh, je vous demande pardon! Que je suis discourtois de vous effrayer en mentionnant des événements aussi terribles... »

Je me pris à rire gaiement, bien que je n'eusse jamais entendu parler de tout cela et que je fusse fascinée d'horreur. Arkady sortit alors de sa songerie et nous fit face, consterné lui aussi que de telles choses fussent évoquées en ma présence.

– Monsieur Jeffries, dis-je, sachez que je n'ai rien d'une demoiselle sujette aux pâmoisons.

Arkady rougit, s'approcha pour prendre ma main et me regarda avec sollicitude.

– C'est vrai, dit-il en s'adressant à Jeffries. Mary est la personne la plus pondérée que je connaisse. Je lui suis constamment reconnaissant de ce trait de caractère. C'est une qualité inestimable en ces lieux où l'on est environné de superstitions et de sombres légendes.

– Mon cher, objectai-je d'une voix douce, vous ne devriez pas me cacher ces choses-là sous prétexte de me protéger. Comment pourrai-je combattre les curieuses croyances des domestiques si je n'en sais rien?

Puis, me tournant vers Jeffries, j'adoptai un ton dégagé :

– De qui parliez-vous?

– De Vlad Dracul... Encore pardon, madame! De Vlad Tsepesh, que les paysans appellent Dracul.

– Le prince? demandai-je.

Jeffries dodelina de la tête, comme s'il hésitait à se prononcer.

– Son homonyme, fit-il enfin.

Il feuilleta son carnet, comme pour y vérifier un fait, puis releva les yeux.

« Né en 1431. Prétendument décédé en 1476, quoique les paysans ne soient pas de cet avis. »

Arkady désigna la plaque au bas de la crypte.

– Vous voyez ici sa sépulture.

– Mais n'a-t-il pas péri dans cette région du Sud qu'on nomme la Valachie? Là où il régnait?

– Exact, répondit mon mari. Mais, peu après sa mort, la famille est remontée vers le nord, jusqu'en Transylvanie, emportant ses restes avec elle. Ce n'était pas une pratique rare.

L'intonation de M. Jeffries se teinta de scepticisme :

– Vous savez bien qu'il n'est pas enseveli ici. C'est un leurre, de façon à ce que ceux qui voudraient profaner sa dépouille ne puissent la trouver.

Mon mari se tourna vers son visiteur en plissant les yeux; un petit sourire ironique errait sur ses lèvres.

– Monsieur, il est clair que vous en connaissez plus sur le sujet que vous ne voulez le dire.

Il s'interrompit et fixa à nouveau la crypte.

« Mais c'est encore exact. Il est enterré au monastère de Snagov, dans sa Valachie natale.

– Les paysans en disconviennent derechef, monsieur. Ils prétendent que la dépouille ne gît pas non plus à Snagov. C'est peut-être pour cette raison qu'ils le disent *strigoï* – et accusent votre grand-oncle de...

- *Strigoï!* répétai-je, incapable de me contenir en reconnaissant le mot que Dunya avait employé avant-hier. Je vous en prie, que signifie donc ce mot? »

Arkady me jeta un coup d'œil appuyé, manifestement désolé d'apprendre que j'avais déjà entendu ce terme. Jeffries, lui, me regarda droit dans les yeux avant de répondre :

– Il s'agit d'un vampire, madame. Les paysans disent que votre grand-oncle, tout bienveillant et attentionné qu'il soit, est en fait Vlad l'Empaleur, également connu sous le nom de Dracula, né en 1431. Selon eux, il a conclu un Pacte avec le Diable afin d'obtenir l'immortalité, et les âmes d'innocents en sont le prix.

Là-dessus, il s'esclaffa comme si cette idée était proprement désopilante. Arkady et moi ne l'imitâmes point.

Comprenant la gêne suscitée par ses propos, il aborda aussitôt un sujet plus léger et, peu après, nous quittâmes la chapelle.

Quand je laissai mon mari et son invité dans la salle à manger, ils étaient engagés dans une conversation animée portant sur M. Edgar Allan Poe, la toute dernière coqueluche littéraire de l'Amérique. Son poème, *Le Corbeau*, était-il ou non une œuvre aussi géniale qu'on le clamait?

J'allai donc dans ma chambre, pensant qu'Arkady serait de retour lorsque j'aurais fini de consigner ce qui précède, et que je pourrais tout lui raconter. Cependant, 11 heures vont sonner, et il n'est toujours pas rentré. Je suis fatiguée, je tombe de sommeil, mais je ne peux détacher mon regard des épais rideaux qui masquent la fenêtre; je ne peux m'empêcher de m'inquiéter de ce qui se passe de l'autre côté.

Les paysans ont raison; Vlad *est* un monstre. Ils ignorent simplement l'espèce à laquelle il appartient.

4

Journal de Zsuzsanna Tsepesh

10 avril. – Je meurs d'amour.

Une autre nuit de rêves; ce matin, je suis si faible que j'ai peine à soulever ma plume. Après chaque phrase, je dois m'interrompre pour me reposer. Mon dos est terriblement endolori, tout au long de ma colonne vertébrale. Plus étrange encore : parfois, j'ai l'impression que mes muscles et mes os remuent – comme s'ils bougeaient sous ma peau.

Il est venu à nouveau. Il est venu et, cette fois, je l'attendais devant la fenêtre ouverte. Cette fois, j'ai dénoué le ruban moi-même, après quoi, je l'ai gentiment laissé m'ôter la fine chemise de nuit. J'ai frissonné au contact du tissu sur ma peau; puis j'ai frissonné en sentant sur ma chair dénudée la fraîcheur de la nuit, suivie de la froideur de ses mains et de l'ardeur de son souffle.

Aujourd'hui, il s'est montré aussi tendre que l'autre nuit – et deux fois plus audacieux. Il a fait glisser la chemise de nuit jusqu'à mes chevilles, sans cesser de presser ses lèvres contre ma peau, tandis que le tissu découvrait la courbe de mon épaule, ma poitrine, mes côtes; parfois, il entrouvrait la bouche pour goûter ma chair avec sa langue. Je rougis d'écrire que, loin de s'en tenir là, il s'est mis à genoux et a prolongé son baiser sur la douce pente de mon ventre, puis plus bas...

Je sentis une bouffée de chaleur et un fourmillement, d'abord à la base de mon épine dorsale, puis jusqu'au sommet de mon crâne – et au-delà. J'eus l'impression d'avoir été morte auparavant et d'être, pour la première fois, éveillée à la vie – par un baiser. Je baissai les yeux vers mon sauveur agenouillé et j'enfouis mes doigts dans l'épaisse crinière de ses cheveux argentés.

Puis il effleura de ses lèvres la cuisse de ma jambe atrophiée. Au début, je fus cramoisie d'embarras; durant ma vie d'adulte, jamais je n'ai permis à quiconque de toucher, ni même de voir, mon membre malade. J'ai voulu me dégager, mais il m'a retenue, le caressant et l'embrassant tendrement, amoureusement...

Non. Ce fut bien plus que cela; il l'embrassa avec une adoration respectueuse et pure. A cet instant, je l'aimai comme un dieu.

Sa bouche atteignit l'extrémité de mon malheureux pied bot; puis il se redressa, me prit dans ses bras et dit :

– Zsuzsanna! D'après le pacte que j'ai conclu avec ton père, je dois m'occuper de toi aussi longtemps que tu vivras. Toujours selon ce pacte, je ne suis pas censé entretenir de tels rapports avec toi. Mais tu es trop souffreteuse pour supporter le voyage jusqu'en Angleterre – où je suis pourtant déterminé à me rendre. Aussi est-ce la seule manière dont tu puisses m'accompagner. Comprends-tu?

– Oui, chuchotai-je, sans comprendre un traître mot de tout cela. En vérité, je ne souhaitais qu'une chose : demeurer dans son étreinte pour toujours.

Il esquissa un sourire.

– Au cours de toutes les années de mon existence terrestre, toi seule, parmi tous les membres de la famille, m'a aimé spontanément...

– Non, murmurai-je. Je te vénère. Quand j'étais malade, tu m'as sauvé la vie. Nul ne m'a jamais traitée avec autant de bienveillance; personne, toi excepté, ne m'a jamais prise en considération. Pour les autres hommes, je suis invisible; toi seul me vois.

Une satisfaction royale empreignit ses traits; je compris que mes paroles lui avaient agréé.

– Ta dévotion m'a amené à rompre le pacte familial, et je dois en payer le prix. Dès à présent, j'en instaure un autre qui remplacera l'ancien. Je ne te quitterai jamais; au contraire, je te ferai mienne en nous liant l'un à l'autre pour toujours.

Comme je le priai d'en faire ainsi sur-le-champ, il secoua tristement la tête.

« J'avais espéré que le Pacte fût scellé cette nuit même,

mais il ne peut en être ainsi. Je suis encore par trop affamé. Bientôt, ce sera possible... Très bientôt. »

Et avec la rapidité d'un serpent, il appliqua ses lèvres sur mon cou.

Ce fut comme si la soudaineté du geste m'avait éveillée d'une transe. Ses dents percèrent ma chair en me causant une vive douleur; je poussai un cri puis, emplie d'une crainte farouche et irraisonnée, je luttai pour échapper à son étreinte de fer. Je me recroquevillai et m'efforçai de le repousser en bourrant de coups de poings son torse large et ferme mais, d'une simple main passée derrière mon dos, il écrasa mon corps contre le sien puis l'enserra au point que j'eus le souffle coupé. Je sentis une pression sur mon cou; c'étaient sa langue et ses lèvres qui s'affairaient voracement avec le même doux bruit de succion qu'un bébé produit en tétant le sein de sa mère.

Renonçant à combattre, je tombai en pâmoison. A cet instant, le plaisir suave de la nuit précédente m'envahit à nouveau; et plus je m'abandonnais, plus ce plaisir augmentait, jusqu'à ce que je fusse incapable de réprimer mes gémissements. Bientôt, des ténèbres veloutées vinrent m'envelopper, et je ne fus plus consciente que du contact de sa langue et de ses lèvres; mon sang affluait vers lui, au rythme lent de nos deux cœurs battant à l'unisson.

L'extase s'accrut au point de devenir insupportable, et je criai grâce. A ce moment, il se retira et me laissa retomber, quasiment inerte, dans ses bras. J'étais trop faible pour tenir debout, trop faible pour distinguer quoi que ce fût, mais je l'entendis clairement dire de sa voix grave :

« Assez. Trop, peut-être...! »

Il me porta jusqu'au lit, m'étendit puis ramena d'un geste doux les couvertures sur moi. J'eus l'impression qu'il partait, mais je ne pus pas même ouvrir les yeux pour le regarder s'en aller. Je suis restée ainsi un long moment, sentant à chaque souffle que je n'aurais plus la force de respirer à nouveau, sentant qu'une légère onde de plaisir accompagnait les battements de mon cœur – et croyant à chaque fois que ce serait le dernier.

Par-dessus tout, je fus stupéfaite de constater que la mort pût constituer une expérience sensuelle aussi exquise.

Mais je ne mourus point. Je dormis et, tard dans la matinée, à mon réveil, je découvris une fois encore la chemise de nuit sur le sol, non loin de la fenêtre. J'étais trop lasse pour la récupérer, et Dunya l'a trouvée en venant m'apporter mon petit déjeuner ; elle me l'a tendue avec une moue scandalisée – pendant que je m'efforçai honteusement de dérober ma nudité sous les draps.

Dunya soupçonne quelque chose; mais Mary, je le crois, *sait*, quoiqu'il soit impossible de connaître les rêves d'autrui. Tout à l'heure, j'ai essayé de communiquer par la pensée avec Vlad, afin de l'avertir que certaines personnes pourraient être tentées d'intervenir. Sans doute sont-elles choquées, horrifiées.

Je n'en ai cure.

Je ne comprends pas ce qui m'arrive; je ne suis plus certaine de savoir ce qui est réel ou non. Je suis si faible, si troublée; je pense que je suis malade – que je vais mourir. Et je le répète : je n'en ai cure. Si la mort est ainsi, alors la mort n'est que joie! Pour la première fois de mon existence chétive et misérable, je suis heureuse. Je ne veux point de Dieu. Je ne veux point de pardon.

Je veux seulement qu'il revienne.

Le journal de Mary Windham Tsepesh

10 avril. – Mon Dieu, faites que je sois folle ! Je vous en supplie, faites que je sois une femme rendue hystérique par sa grossesse, une femme qui voit des choses parce qu'on a empli son esprit d'histoires effrayantes...

Le comble de l'horreur, c'est que je sais qu'il n'en est rien ! Je suis certaine de ce que j'ai vu – et pourtant c'est impossible !

Il est maintenant une heure et demie du matin. Je viens d'entendre mon mari et M. Jeffries partir en calèche ; Arkady ne sera pas de retour avant vingt bonnes minutes, plus longtemps s'il converse encore un peu avec son invité, dont la compagnie semble lui avoir fait tant de bien ce soir. Je dois écrire tout cela – je *dois* faire quelque chose – sous peine de perdre la tête. Ma main tremble tellement que j'ai peine à me relire.

Bien sûr, je ne pus m'endormir après avoir fini de consigner les événements de la veille, quoiqu'il fût minuit passé. Je me suis littéralement battue avec les draps. Mon malaise provenait d'une part d'un problème de digestion, d'autre part de l'impossibilité, vu la grosseur de mon ventre, de trouver une position propice au sommeil. Mais en vérité j'étais surtout inquiète : je me demandais si je devais parler à Arkady dès son retour, après qu'il eut raccompagné M. Jeffries, ou bien s'il valait mieux attendre le matin ; en outre, je m'interrogeais sur ce que je devais exactement lui dire.

De même, j'eus bien du mal à maîtriser ma curiosité quant à ce qui pouvait se passer de l'autre côté de nos rideaux. « Allons ! » pensai-je, « Zsuzsanna m'a sûrement comprise à demi-mot lorsque j'ai fait lugubrement allusion au loup qui rôdait près de sa fenêtre; sans doute va-t-elle prévenir Vlad que sa chambre ne peut plus constituer un lieu de rendez-vous. » J'allai jusqu'à espérer que mon avertissement détourné suffirait à la convaincre de mettre un terme à leur liaison secrète.

Tant bien que mal, je réussis à clore mes paupières. Peut-être ai-je somnolé – bien que ma mémoire me certifie que je suis demeurée parfaitement consciente. Toujours est-il que je m'abîmai dans une étrange rêverie (je pourrais presque parler de transe) et me retrouvai en train de fixer deux grands yeux qui flottaient, comme suspendus dans les douces ténèbres.

Derrière de lourdes paupières d'une pâleur de neige, ils étaient de toute beauté et avaient l'aspect d'émeraudes vert foncé; leurs pupilles étaient dilatées, brillantes et noires. Je les reconnus d'emblée : c'étaient ceux de Vlad, et ils semblaient exercer le même hypnotisme ensorcelant que j'avais éprouvé lors de la *pomana* – sauf que cette fois, étant assoupie, j'y cédai quelques instants. Cet abandon fit s'évanouir mon malaise et occasionna un état de langueur fort agréable que je répugnai à troubler.

Cela ne dura qu'un moment; puis, ma combativité naturelle reprenant le dessus, j'ouvris les yeux et secouai la tête pour éclaircir mes idées.

Tout à coup, je compris que je ne m'étais pas endormie. Ce constat alarmant – et peut-être faut-il y ajouter l'inquiétude provoquée par les anecdotes que M. Jeffries avait contées dans la chapelle – fit s'accélérer les battements de mon cœur. Mue par une appréhension inexplicable, je gagnai la banquette de l'alcôve puis entrebâillai timidement les rideaux, juste assez pour voir la fenêtre de Zsuzsanna sans être vue.

La lune était pleine et brillait dans un ciel sans nuages, illuminant la campagne comme s'il faisait jour. Bien que les couleurs fussent toutes réduites à des nuances de gris aussi subtiles que variées, je voyais clairement chaque brin d'herbe et chaque fleur sauvage du petit pré séparant notre fenêtre de celle de Zsuzsanna.

Je sus que Vlad était là – je le sus, quoique, maintenant encore, je ne puisse dire comment cette conviction me vint à l'esprit. Je le sus, avant même de voir si les volets et la croisée de Zsuzsanna étaient à nouveau ouverts. Sa lampe étant éteinte, je distinguai avec difficulté l'intérieur de la chambre; mais à environ un mètre des volets béants, j'aperçus des ombres qui semblaient lutter dans l'obscurité, une forme blanche contre une forme noire, et je sus avec cette même certitude incompréhensible que c'était la silhouette pâle de Zsuzsanna qui se découpait sur la cape de Vlad.

Combien de temps suis-je restée à la fenêtre, je ne saurais le dire avec exactitude; selon moi, des heures, mais seulement quelques minutes, d'après la pendule. En tout cas, je suis restée immobile et j'ai observé les ombres jusqu'à l'instant où elles se sont dérobées à ma vue en reculant dans la chambre assombrie – vers le lit.

Au bout d'un moment, l'ombre la plus sombre réapparut; elle franchit agilement le rebord de la fenêtre et atterrit sur l'herbe, quelques pieds plus bas, avec la souplesse d'un adolescent.

C'était Vlad. Je le vis de façon nette et indubitable, car sa chevelure argentée et sa peau blanche luisaient au clair de lune. Tel un voleur faisant retraite, il lança un coup d'œil furtif par-dessus son épaule puis commença de courir.

Il passa très près de ma fenêtre, et je reculai au plus vite; retenant ma respiration, je refermai les rideaux de manière à ménager une fente minuscule contre laquelle j'appliquai aussitôt un œil. Je le vis s'incliner – se ramasser, pour ainsi dire – puis entreprendre de continuer sa progression sur quatre pattes, par petits bonds, tel un animal; sa cape commença de rétrécir.

Et là, sous mes propres yeux...

C'est impossible. Impossible. C'est de la folie, et pourtant je me sais absolument saine d'esprit.

Ce fut comme d'observer la croissance d'un enfant, mais si grossièrement accélérée que la métamorphose se produisant d'ordinaire durant plusieurs années se déroula en quelques secondes. Sous mes propres yeux, ses jambes se raccourcirent, ses bras s'allongèrent, son nez et sa mâchoire saillirent, s'étirèrent jusqu'à former une longue et fine gueule garnie de canines acérées. Le tissu de sa cape et de son pantalon parut se fondre dans sa chair, puis changer de couleur et de texture, jusqu'au moment où la soie noire se transforma en une fourrure gris argent.

Devant mes yeux, il se changea en un grand loup gris.

J'étouffai un cri d'effroi. Je ne pense pas avoir fait beaucoup de bruit ; néanmoins, Vlad – le loup – s'arrêta et tourna la tête en direction de notre fenêtre qu'il fixa de ses grands yeux pâles.

Ensuite – mais cette partie est peut-être purement imaginaire – je vis ces lèvres canines se retrousser, découvrant des crocs pointus, puis s'incurver légèrement, reproduisant ainsi le rictus carnassier que Vlad m'avait adressé lorsqu'il avait prolongé son étreinte avec Zsuzsanna pendant la *pomana*.

Jamais de ma vie je n'avais été aussi près de m'évanouir. Je lâchai les rideaux, reculai vers le mur en chancelant et m'y appuyai, craignant de ne pouvoir tenir debout.

Ayant enfin repris mes esprits, je n'eus qu'une hâte : m'installer au secrétaire pour écrire ce qui précède, de peur de me convaincre le matin venu que tout cela n'avait été qu'un cauchemar.

Au loin, j'entends la calèche d'Arkady qui approche. Toute la soirée, je me suis tellement tourmentée en me demandant ce que je devais lui révéler sur Zsuzsanna et Vlad...

Que vais-je lui dire maintenant ?

Que vais-je dire ?

Le journal d'Arkady Tsepesh

10 avril ; fin de soirée. – Jeffries a disparu. Je pense qu'ils l'ont tué.

Je l'ai raccompagné au château très tard – vers une ou deux heures du matin. Je n'ai pas voulu déranger Oncle, même si je me suis douté qu'il devait être encore debout à ce moment de la nuit ; d'ailleurs, Jeffries m'assura qu'il lui transmettrait mes excuses pour avoir retenu son invité bien plus longtemps que mon mot ne l'indiquait. Ne me sentant pas en droit d'accaparer à nouveau la compagnie de Jeffries au détriment d'Oncle, je me contentai de lui proposer de venir prendre le thé au manoir en milieu d'après-midi.

En début d'après-midi, je pris la calèche pour aller chercher Jeffries au château. A mon entrée dans la cour, je croisai Laszlo qui sortait en voiture, un gros ballot posé sur le siège du passager. Mon apparition sembla l'effaroucher ; il fouetta aussitôt les chevaux et partit à fond de train.

J'interprétai sa hâte et sa répugnance à m'adresser la parole comme une manifestation d'antipathie et n'en fit pas grand cas, pas plus d'ailleurs que du ballot – jusqu'au moment où je pénétrai dans la chambre d'hôte. Jeffries s'était volatilisé ; je vis bien ses bagages, son calepin, ainsi que la lettre, soigneusement pliée, d'Oncle, mais une inspection du château se révéla infructueuse. Il demeura introuvable, et aucun domestique ne reconnut l'avoir vu. En désespoir de cause, je les convoquai un à un dans mon bureau pour les questionner, mais personne ne parut savoir quelque chose de la mystérieuse disparition du visiteur. (Hélas, Masika Ivanovna ne s'est pas présentée au château aujourd'hui, car son fils est mort. J'en saurai bientôt plus à ce propos, puisque je compte assister à l'enterrement).

J'interrogeai Laszlo en dernier, quelques heures plus tard, lorsqu'il rentra enfin au château. Ce faisant, je remarquai avec horreur qu'une chaîne de gousset en or dépassait d'une poche de son gilet; j'exigeai qu'il sortît la montre et me la présentât.

Laszlo m'obéit, et je tressaillis en détectant le « J » majuscule. Quelle effronterie! Il alla même jusqu'à m'exhiber la montre avec une main qui, à présent, s'ornait de la bague en or de Jeffries!

Hors de moi, je hurlai :

– Ainsi, vous osez voler un invité de cette maison! Vous êtes congédié! Veillez à ne jamais remettre les pieds dans le domaine!

Il haussa son menton flasque dans un mouvement mêlant l'insolence à l'impénitence.

– Oh, je ne m'en irai pas comme ça, Monsieur. Le *voievod* y veillera. En outre, vous n'avez pas qualité pour me renvoyer.

Sa morgue me mit en rage; une bouffée de colère empourpra mon visage.

– J'en doute! m'écriai-je. Nous verrons ce que Vlad dira quand je lui aurai expliqué que vous n'êtes qu'un voleur!

– Je ne suis pas un voleur, répliqua-t-il. Les morts n'ont rien à eux.

Mon cœur se glaça. Je revis le regard terrorisé de Masika quand elle avait perçu la présence de Laszlo. Et maintenant, son fils était mort.

– Qu'est-ce à dire, Laszlo? Que M. Jeffries est mort?

– Je n'ai rien dit.

– Je vais en parler à Oncle de ce pas, le menaçai-je – ce à quoi il m'opposa une sorte de gloussement. Puis il tourna les talons et, sans même m'en demander la permission, se dirigea vers la porte.

Et alors...

Alors, je vis sur sa manche de couleur blanche une tache rouge de la taille d'une grosse pomme. Un horrible frisson me parcourut; je ne sais comment l'expliquer, mais je fus aussitôt persuadé que Jeffries était mort – et que j'avais son meurtrier devant moi.

« Laszlo! » fis-je.

Il s'arrêta puis, tournant la tête, me jeta un regard défiant par-dessus son épaule.

« Qu'est-ce donc? Vous seriez-vous blessé? »

Je m'avançai vers lui et saisis l'extrémité de sa manche entre mon pouce et mon index afin de mieux examiner la tache.

C'était du sang – aucun doute là-dessus – qui commençait à brunir, mais dont la teinte encore assez claire attestait la fraîcheur. Laszlo considéra sa manche puis dégagea son bras d'un geste brusque. Toutefois, il avait un peu perdu de son arrogance.

– Absolument pas, daigna-t-il enfin répondre. J'ai tué une poule ce matin. Pour la cuisinière.

Et il s'empressa de quitter la pièce.

Bien que son explication parût plausible, je ne pus me défaire de mes appréhensions. Soudain, je me rappelai le ballot qu'il avait transporté tout à l'heure sur le siège de sa voiture.

Je me ruai à sa suite et dévalai l'escalier, comptant l'interroger sur le contenu dudit ballot, mais il avait déjà disparu. Je me rendis alors dans la cuisine; là, j'appris par la bande que la cuisinière préparait un ragoût d'agneau et n'avait aucun souvenir que Laszlo eût tué une poule à sa demande.

Comment un meurtrier peut-il être téméraire, cynique et impudent au point de se pavaner avec les effets de la victime tout en faisant allusion au crime?

Seul un fou est capable d'un tel comportement.

Ces révélations étaient trop bouleversantes pour que je les garde par-devers moi. Dès que V. fut levé, j'allai le rejoindre dans son salon. Ana avait allumé le feu et les chandeliers, si bien qu'une chaleur douillette régnait dans la pièce. Les mains sur les accoudoirs, droit et majestueux comme un roi sur son trône, Oncle était assis dans l'une des deux ottomanes faisant face à la cheminée. Entre celles-ci, sur la table basse, un plateau d'argent supportait un petit verre de cristal et un carafon de slivovitz, douceur destinée sans doute au – malheureux? – Jeffries.

Dès que j'eus fermé la porte derrière moi, V. bondit de son fauteuil avec une alacrité exceptionnelle et me fit violemment face; ses yeux exorbités paraissaient darder des flammes. Avant que j'eusse pu énoncer un mot, il tonna :

– Jamais tu ne dois emmener un invité hors de ce château sans ma permission expresse! Jamais! Comprends-tu?

Je fus si éberlué que la parole me fit défaut quelques secondes. Ce n'étaient plus la voix de mon père, les yeux de mon père, mais la voix d'un prince autoritaire et les yeux de l'impitoyable Empaleur représenté dans le tableau.

Loin de présenter sa pâleur habituelle, son visage était empourpré de fureur, de sorte que ses blancs sourcils tranchaient affreusement sur son front rose, tandis qu'une teinte plus rose encore empreignait ses joues et l'arête effilée de son nez aquilin. Ses lèvres cramoisies étaient crispées, l'inférieure révélant une rangée de dents acérées et scintillantes de blancheur. Il s'était déplacé si rapidement, et avec une telle énergie, que je crus avoir affaire à un autre homme. D'ailleurs, des mèches gris fer étaient apparues sur ses tempes.

Il avait rajeuni. Je battis des paupières, mais l'hallucination subsista. Le changement était minime mais indéniable – et tout à fait inconcevable, aussi inconcevable que les apparitions de Stefan. Sentant ma tête enserrée dans l'étau de douleur qui m'était à présent familier, je grimaçai, portai une main à ma tempe et entendis des paroles tout à fait distinctes, comme si je les chuchotais à ma propre oreille :

Sans doute deviens-tu fou.

– Je suis navré, balbutiai-je. Je ne le ferai jamais plus. C'était simplement que M. Jeffries était de si bonne compagnie...

– Jure-le! Jure que tu ne commettras plus jamais semblable faute! Jure-le maintenant!

– Je te jure de ne jamais recommencer, murmurai-je, véritablement effrayé – non par l'emportement extravagant de V., mais par l'incompréhensible dérèglement de mes perceptions.

Sa colère s'atténua aussitôt. Il se redressa; son corps vigoureux se détendit. « Bien. Bien. » Il hocha la tête avec un air de satisfaction lugubre. « J'accepte la parole d'un Tsepesh. » Puis son intonation s'adoucit, et il désigna le fauteuil près du sien. « Maintenant, assieds-toi, mon neveu, et dis-moi ce que je peux faire pour toi. »

Je traversai le salon et m'assis de biais sur le bord du fauteuil afin de lui faire face; posant mes mains sur l'accoudoir, je le fixai d'un regard incertain, m'efforçant de ne pas paraître ébahi par son rajeunissement, léger mais indubitable. J'étais si médusé que je ne savais par où commencer, mais V. me sourit et dit :

« Excuse-moi pour ce coup de sang, Arkady. N'ayant instauré que fort peu de règles pour les personnes à mon service, j'entends du moins qu'elles soient respectées. Rien ne provoque plus mon ire que de les voir transgressées. »

Puis il remplit le verre de slivovitz et me le tendit. « Bois. »

De mauvais gré, je pris le verre, avalai une petite gorgée et le posai sur la table basse.

« A la bonne heure, fit V. avec sa sollicitude habituelle. Pardonne mon accès de mauvaise humeur, je t'en prie ; je vois bien que cela t'a perturbé, et telle n'était pas mon intention. Parle-moi, Arkady. Dis-moi quel service je puis te rendre.

– Je suis venu au sujet de M. Jeffries », hasardai-je timidement.

Voyant que cela ne suscitait chez lui qu'un intérêt poli, je me fis plus hardi : « Il a disparu sans laisser la moindre trace, en abandonnant toutes ses affaires derrière lui. »

V. sourcilla.

– Vraiment ? fit-il d'un ton moyennement surpris.

Son expression devint pensive et son regard se perdit dans le feu ; le flamboiement du foyer avivait la coloration de son teint. Son courroux s'était estompé, mais point la rougeur de ses joues ; on eût dit que sa crise de colère lui avait procuré une vitalité permanente.

« Voilà qui est bien singulier, ajouta-t-il dans un murmure. Enfin, sans doute ne dois-je pas me sentir offensé par ce brusque départ... Les Anglais ont des mœurs étranges, n'est-ce pas ? »

Exaspéré, je fis clapper ma langue.

– J'ai vécu quatre ans chez eux. Il n'entre pas dans leurs habitudes de disparaître subitement. Je crains qu'il ne lui soit arrivé quelque chose d'effroyable.

Il me fixa, perplexe de me voir aussi affligé.

– Qu'est-ce qui te fait dire une chose pareille ? Que peut-il donc arriver à un invité ici, sous mon toit ?

– Peut-être... Peut-être lui a-t-on fait du mal... Peut-être même l'a-t-on tué.

A ces mots, V. éclata de rire. Mes joues et ma nuque s'empourprèrent de colère et d'embarras ; s'en rendant compte, il mit un terme à son hilarité puis adopta un ton paterne et apaisant :

– Mon cher neveu... Tu as été soumis à de terribles tensions au cours de ces derniers jours. Est-ce cela qui te fait aboutir à ce genre de conclusion? Certes, l'homme est parti précipitamment, mais comment peut-on affirmer qu'il lui soit arrivé malheur? Peut-être a-t-il simplement décidé de retourner à Bistritz... Et, dans sa hâte, il aura oublié sa malle... A moins qu'il n'ait eu quelque motif de prendre la clef des champs... Peut-être qu'il est allé bêtement se promener seul dans la forêt et qu'il s'est fait égorger par les loups. Qui sait? Peut-être n'est-il pas journaliste comme il le prétend... Il pourrait s'agir d'un criminel ou d'un assassin qui espère se soustraire à la justice.

Ma voix trembla à la fois d'irritation (car V. mettait en doute mon équilibre mental) et d'appréhension (peut-être n'avait-il pas tort) quand je répondis :

– S'il avait décidé de retourner à Bistritz, il eût demandé à Laszlo de l'y accompagner; en outre, il eût pris ses affaires. Justement, il se trouve que Laszlo portait aujourd'hui même sa montre et sa bague. Il n'eût osé se livrer à un tel larcin s'il n'avait su que Jeffries ne reviendrait pas.

– M. Jeffries a peut-être donné ces objets à Laszlo.

– Je ne crois pas... Je crois... Je crois qu'il les a volés après l'avoir tué.

– Tué?

Soucieux de ne point s'esclaffer à nouveau, V. se permit toutefois d'exprimer son incrédulité par un second haussement de sourcils.

– Arkady, je t'assure que les domestiques n'oseraient jamais nuire à l'un de mes invités. Comme tu as pu le voir, je suis très protecteur à leur égard.

– La plupart des domestiques n'agiraient sans doute pas ainsi. Mais je crois Laszlo capable d'un tel forfait. Tout à l'heure, quand je l'ai accusé d'avoir volé la montre et la bague, il m'a répondu que les morts n'avaient rien à eux. De surcroît, il y avait du sang sur sa manche – du sang frais. Et ce matin, lorsque je l'ai croisé dans la cour, son expression m'a paru des plus suspectes; d'ailleurs, il y avait un gros ballot sur le siège du passager.

Après m'avoir écouté avec attention, V. adopta l'intonation patiente d'une personne s'évertuant à raisonner un fou :

– Arkady, le fait de transporter un ballot dans la voiture est certainement explicable. De même, cette histoire de sang...

Je l'interrompis.

– Laszlo a menti à propos de la tache de sang. Il a prétendu avoir abattu une volaille pour la cuisinière, mais elle a certifié n'en rien savoir.

V. reprit :

– Mais es-tu vraiment sûr que la montre et la bague appartenaient à M. Jeffries? Et que tu ne te sois pas mépris sur la réponse de Laszlo? J'ai la conviction que tout cela n'est qu'un malentendu...

– Je me rappelle fort bien ce que m'a dit Laszlo. D'ailleurs, la montre et la bague de Jeffries portent son initiale. Toute la journée d'hier, je les ai vues sur lui.

– En es-tu vraiment sûr?

– Sûr et certain, répondis-je.

Mais une incrédulité manifeste persistait dans les yeux de V.

– Je vois, dit-il posément.

Il se détourna pour contempler le feu. Sachant qu'il me jugeait irraisonnable, je luttai pour rester maître de moi, de peur d'être amené à m'exprimer vivement, ce qui eût confirmé son impression. Après un certain temps de silence, il demanda : « Que crois-tu qu'il faille faire?

– Se rendre à Bistritz pour expliquer nos soupçons aux autorités. Leur dire qu'il est nécessaire de lancer une enquête sur la disparition de M. Jeffries. »

V. médita mes paroles un long moment. Puis il adopta un débit si lent et un ton si caressant que j'eus sur-le-champ la sensation de retomber en enfance, blotti dans mon lit, j'écoutais Père me raconter un conte de fées de sa voix douce et endormante.

– Arkady... Je te demande de réfréner tes impulsions et de me faire confiance. Je t'assure qu'il n'est rien arrivé à M. Jeffries, et que tes conclusions sont... prématurées. Tu as subi de très fortes tensions ces temps-ci; tous ces chagrins ont peut-être faussé ton jugement. Attendons deux jours. Dans l'intervalle, l'énigme de la disparition de M. Jeffries sera sûrement résolue. Sinon, tu seras notre détective. Tu es brillant; tu as la tête bien faite. Je me fie à toi pour dissiper ce mystère; tu verras qu'à la fin la justice triomphera. Seulement, point n'est besoin de déranger les autorités. Promets-tu d'avoir confiance en moi?

Pendant qu'il parlait, je fus pris d'étourdissement; je ressentis cette même souffrance qui enserrait mon crâne – et cette même certitude de perdre la raison. Peut-être *avais-je* été fou de soupçonner Laszlo en me fondant sur d'aussi minces présomptions; peut-être ne pouvais-je plus me fier à ce que mes propres yeux avaient vu. Après tout, V. n'était-il pas assis là, juste devant moi, soudain rajeuni de dix ans?

– Je le promets, dis-je d'un ton morne.

V. refusa de discuter des affaires du domaine et déclara que j'avais grand besoin de rentrer tôt pour me reposer. Aussi pris-je congé de lui.

En passant devant la chambre d'hôte, je m'aperçus qu'elle ne contenait plus aucun objet personnel de l'ex-occupant; on eût dit que celui-ci n'avait jamais existé – qu'il n'était jamais venu.

Je quittai le château, le cœur lourd à la pensée de ce qui avait pu arriver à l'infortuné Jeffries, l'esprit troublé par toutes les choses que j'avais vues – des choses à la fois réelles et irréelles.

Comment discernerai-je la différence?

Sur le chemin du manoir, comme la calèche traversait le tertre, je fus tiré de mes rêveries anxieuses par des hennissements de crainte; j'eus tôt fait d'apercevoir ce qui avait affolé les chevaux : c'était un grand loup gris qui courait par bonds dans la même direction que nous (d'ailleurs, il semblait venir lui aussi du château). Je lâchai un peu les rênes, et les chevaux reconnaissants accélérèrent l'allure; m'étant assez ressaisi pour savoir où je me trouvais, je ne pus m'empêcher de lancer un regard par-dessus mon épaule droite et de contempler la beauté nacrée de la lune qui voguait au-dessus des futaies.

Je ne l'admirai qu'une poignée de secondes, mais j'eus le temps d'apercevoir quelque chose de petit et de pâle commençant à se détacher sur le fond sombre de la forêt; avant même de l'observer, je sus que c'était Stefan. Le souvenir de la mutilation de Père étant encore très vif à mon esprit, je me sentis incapable de revoir le visage et la gorge de mon frère; aussi fixai-je mon regard sur sa chemise de linge blanc (portant une grande tache noire de forme asymétrique) que le rayonnement du clair de lune imprégnait d'un halo satiné.

Stefan leva un bras et désigna la forêt – dans la même direction que les deux fois précédentes.

Irrésolu, intrigué, apeuré, j'obtins des chevaux rétifs qu'ils se dirigent vers l'apparition. A mon approche, Stefan disparut – et réapparut plus loin, en lisière de la forêt, presque caché par les ombres des hauts sapins.

Je pressai les chevaux. A nouveau, Stefan disparut et réapparut – cette fois à l'intérieur de la forêt ; il me fit signe d'y pénétrer.

Je pris une respiration et décidai de le suivre ; les chevaux avancèrent, non sans renâcler afin d'exprimer leur désapprobation devant ma témérité. Le passage entre les arbres était étroit, et des branches éraflèrent les côtés de la calèche, répandant ainsi leur senteur résineuse. Dès l'instant où nous entrâmes sous le couvert, la panique et le regret me saisirent ; en effet, les arbres étaient si rapprochés, et leur feuillage si dense, que je me vis plongé dans une obscurité totale ; par contraste, le tertre avait paru éclairé comme en plein jour. Seuls le frôlement des branches et l'odeur de sapin me révélaient où j'étais.

Aveuglé, j'arrêtai les chevaux puis tentai de déterminer l'emplacement des troncs d'arbres afin de pouvoir faire demi-tour en toute prudence. Mais soudain, au milieu des ténèbres, la menue forme de Stefan apparut derechef devant nous, luisant de la même radiance que la lune et illuminant le sentier menant à elle.

Une fois encore, je suivis mon frère. Mais avant d'arriver à l'endroit où il se tenait, je distinguai un bruit dans le sous-bois, un faible grognement – une tache mouvante. Aussitôt, je fis tourner bride aux chevaux. La calèche vira dans la direction opposée, si rapidement qu'une des roues quitta le sol ; je faillis perdre mon équilibre et tomber – ce qui se fût révélé fatal.

La forêt devint noire comme du charbon. Je n'y voyais goutte, mais je sentis la tension dans les rênes quand les chevaux se cabrèrent, j'entendis leurs hennissements qui couvraient les grondements des loups. Je tirai le plus fort possible, mais les chevaux étaient trop paniqués pour obéir. Les loups bondirent, visant la tête ; j'entendis les claquements de leurs mâchoires, le son mat de leurs pattes quand ils retombaient sur le sol ; je reculai quand l'un d'eux bondit sur la calèche, si près que je sentis son haleine brûlante contre mon visage ; puis je perçus le déplacement de l'air lorsque ses dents se refermèrent sur le vide.

Cette scène horrible ne dura que quelques secondes, mais une éternité parut se passer avant que je trouve le fouet et galvanise les chevaux qui poussaient des cris éperdus. Nous sortîmes au galop du couvert et retrouvâmes le clair de lune qui illuminait le tertre. Au début, les loups suivirent, mordant encore les jarrets des chevaux terrifiés, mais ils renoncèrent bientôt et regagnèrent la forêt à toute vitesse.

Les chevaux et moi tremblions de façon incontrôlable lorsque nous retrouvâmes le manoir. Par miracle, aucun d'eux n'était gravement blessé. Néanmoins, je me sentis terriblement coupable quand je vis leurs bouches ensanglantées; le palefrenier étant déjà couché, je pansai leurs plaies, tout en parlant doucement pour les calmer – quoique j'incline à croire que cet acte calma plus mes nerfs que les leurs. Je leur promis que nous ne nous hasarderions plus jamais dans la forêt sans nous munir de l'arme de Père.

Je ne pouvais promettre de ne pas y retourner du tout. Stefan compte sur moi. Ce soir, une force maléfique a voulu m'empêcher de découvrir ce qu'il désirait que je trouve.

Mais tout cela est irrationnel! Les apparitions de mon frère mort ne sont rien de plus que le résultat du surmenage et de l'imagination. Cependant, l'illusion est si puissante qu'il est difficile d'y résister...

Commotion et chagrin m'ont-ils mené à deux doigts de la déraison? J'ai l'impression de chanceler au bord d'un précipice. J'ai vu mon frère mort se matérialiser devant moi; j'ai constaté l'incroyable rajeunissement de V. J'ai senti les serres de la folie agripper mon crâne. Comment puis-je être vraiment sûr d'avoir vu Laszlo avec la bague de Jeffries? D'avoir aperçu le ballot à côté de lui? D'avoir examiné le sang sur sa manche? Comment puis-je être certain que Jeffries lui-même a existé?

Non. Non. Je ne dois point douter, ou je *vais* devenir fou. Stefan est une hallucination – irrésistible mais irréelle; mais je sais que j'ai vu Laszlo porter la bague, et je sais que je ne me suis pas mépris sur sa réplique impertinente et compromettante.

Quand j'entrai dans la maison, j'avais maîtrisé mon tremblement et recouvré un certain calme – et tant mieux, car Mary était encore debout. Je la crois tourmentée à mon sujet – j'ai bien tenté de lui cacher les événements choquants des jours derniers, mais je crois m'y être mal pris. Ce petit froncement qui réunit presque ses sourcils lorsqu'elle est particulièrement préoccupée a réapparu. Elle m'a annoncé avec ménagement que Zsuzsanna semble être atteinte de quelque maladie inconnue ; et bien qu'elle en soit évidemment affligée, je n'ai pu m'empêcher de sentir qu'elle me cachait quelque chose d'autre par peur de m'inquiéter. Je crains vraiment qu'elle ne soit malheureuse ici – à moins qu'elle ne soit tracassée par autre chose.

Ensuite, elle m'a demandé si j'avais des soucis. J'ai fait de mon mieux pour la rassurer, mais je ne crois pas qu'elle m'a cru.

Nous nous sommes couchés tôt. Contrairement à mon habitude, je n'ai pas pris le temps de consigner les incidents de la journée dans mon journal. Tant d'émotions m'avaient brisé.

Une fois au lit, Mary m'a réconforté en prenant ma main et en la plaçant sur son ventre afin que je puisse sentir l'enfant bouger en elle. Ce petit polisson – bien précoce, ma foi ! – décochait de tels coups de pied que nous oubliâmes nos ennuis et éclatâmes de rire. Bientôt, mon hilarité m'amena au bord des larmes, car je sentis une résurgence de ce bouleversant flot d'amour et de gratitude que j'avais éprouvé en regardant Mary dormir dans le train de Vienne.

Je me suis vite endormi – pour me réveiller une heure tard ; j'avais rêvé de Shepherd : il levait sa tête sanglante pour me regarder avec des yeux blancs de loup. Redoutant de sombrer à nouveau dans ce cauchemar, je me suis levé pour écrire tout ce qui précède à la lumière de la lampe.

O Mary ! O cher enfant à naître ! Dans quelle maison de fous vous ai-je entraînés ?

5

Le journal de Mary Windham Tsepesh

11 avril au matin. – La nuit du 9 au 10, j'ai à peine dormi, mais j'ai fait semblant d'être en plein sommeil quand Arkady est rentré. Trop bouleversée pour assimiler ce que j'avais vu, j'ai passé toutes ces heures étendue auprès de lui, à écouter sa respiration et à prier Dieu que, le matin venu, je comprenne avoir été victime d'un simple cauchemar.

Ces jours-ci, je prie souvent en secret. Arkady connaît ma foi en Dieu. (Quels sourires de tolérance n'échangeons-nous pas, chacun retranché dans ses propres convictions, lorsque l'un d'entre nous s'exprime sur la religion!) Non pas le Dieu acariâtre, courroucé, de l'Eglise d'Angleterre, lequel vouerait mon mari aux peines de l'Enfer pour incroyance. Le Dieu auquel j'adresse mes prières est sage et tendre, bien trop subtil pour Se préoccuper des mesquineries humaines (lois, rivalités, conflits) – ou pour S'offusquer de l'indifférence d'Arkady au point de le condamner au tourment éternel.

Mais que ce Dieu-là paraît éloigné d'ici! Bien que, en mon for intérieur, je n'aie jamais cru au Diable, nul étranger ne peut manquer de ressentir en ces parages le joug de quelque puissance maligne. D'ailleurs, Dieu semble ne plus entendre mes prières. Je me suis réveillée avec une certitude affligeante : ce que j'avais vu n'était pas un rêve.

Loin de là; les indices s'accumulent. Je prie pour que ce que j'ai appris aujourd'hui soit erroné, mais mon cœur et mon esprit sont partagés. Mon esprit sait que tout cela est déraisonnable – et entièrement faux; mon cœur, lui, sent que tout cela est vrai. Cependant, je ne puis troubler le deuil d'Arkady en l'avisant de choses aussi terribles et extravagantes avant d'être moi-même certaine de leur réalité.

Hier, Zsuzsanna ayant de nouveau manqué le petit déjeuner, je suis encore allée lui rendre visite dans sa chambre. J'allais frapper, quand la porte s'ouvrit ; c'était Dunya, un plateau à la main, qui allait sortir. Cette fois, au lieu de courber la tête comme à son habitude, elle croisa mon regard ; le sien était si terrifié et si désespéré que je lui demandai en allemand :

– Dunya ! Quelque chose ne va pas ?

Au-dessous de ses sourcils froncés qui jetaient des reflets fauves, ses yeux trahissaient une angoisse extrême. Quand elle me fit signe de me taire et, d'un hochement de tête, m'indiqua de reculer dans le corridor, j'obéis sans lui poser de question. Elle plaça son plateau en équilibre sur une main, ferma doucement la porte de l'autre, fit quelques pas puis lança un coup d'œil par-dessus son épaule afin de s'assurer que je la suivais.

Enfin, elle s'arrêta, me fit face et, se penchant au-dessus du plateau, chuchota d'une voix rauque :

– Il l'a fait ! Il a rompu le *Schwur* !

– Je ne comprends pas, dis-je, n'ayant jamais entendu ce mot auparavant. Qui a fait ce dont vous parlez ?

– Vlad, répondit Dunya en jetant un regard anxieux aux alentours.

Nul doute qu'elle se fût signée si le plateau ne lui avait pas encombré les mains.

« La *domnisoara* ! La demoiselle ! Elle est mal en point ! Très mal en point !

– Zsuzsanna ? m'enquis-je en lançant un coup d'œil à la porte de la chambre. Est-elle souffrante ? »

Dunya hocha vigoureusement la tête.

– Très mal en point.

A ce moment-là, j'étais encore indécise quant à la signification qu'il convenait d'attribuer aux événements de la nuit précédente ; je me plaisais à croire que mon esprit avait élaboré une sorte de métaphore visuelle. En définitive, le fait que Vlad eût dévoyé sa propre nièce (sans compter ses manières galantes avec moi) ne marquait-il pas clairement sa tendance à la lubricité, voire à la bestialité ? Soudain, je rougis en pensant que Dunya était informée des visites nocturnes de Vlad, et je fus d'autant plus consternée d'apprendre la détérioration de l'état nerveux de Zsuzsanna, lequel n'avait sans doute pas d'autre cause. Bientôt, les nouvelles se répandraient dans le manoir, puis dans tout le village.

– Il faut que je lui parle sur-le-champ, dis-je en me tournant pour gagner la porte.

Aussitôt, j'entendis derrière moi la voix sifflante de Dunya :

– *Frau* Tsepesh! *Doamna!* Vous devez me croire! Il l'a mordue. Je sais que votre mari n'y croira pas mais, si l'on veut être en mesure d'aider la demoiselle, il faut absolument qu'une personne du manoir y croie!

Ces mots me pétrifièrent. Il y eut un cliquetis d'assiettes; avec une lenteur infinie, je me retournai pour regarder Dunya. Elle posa le plateau à terre, se signa et se précipita vers moi dans une attitude si suppliante que je crus qu'elle allait se jeter à mes pieds.

– Que voulez-vous dire? demandai-je doucement, de peur que Zsuzsanna n'entendît. Que voulez-vous dire par : « Il l'a mordue »?

D'un doigt, Dunya désigna son cou, juste au-dessus de la clavicule.

– Ici, répondit-elle. Il l'a mordue ici.

J'eus l'impression qu'on venait d'illuminer les ténèbres où, jusque-là, ma vie s'était déroulée. Je me raidis en songeant aux paroles espiègles de M. Jeffries : *Un vampire, madame... et les âmes d'innocents en sont le prix...*

– *Strigoï*, murmurai-je, sans même me rendre compte que ce mot franchissait mes lèvres.

Dunya hocha de nouveau la tête, éperdument soulagée d'avoir été enfin comprise.

– *Strigoï*, oui! Oui! Il faut aider la demoiselle!

Je ne suis pas sûre de ce que j'ai pensé à ce moment précis. Je ne sais qu'une chose : quand je tournai la poignée, je sentis mon cœur battre d'appréhension à l'idée de ce que j'allais trouver derrière la porte.

Un silence si funèbre régnait dans la pièce qu'un pressentiment m'envahit dès que j'eus franchi le seuil. L'atmosphère semblait oppressante, glaciale, aussi suffocante que dans le caveau de famille durant l'enterrement de Petru. Je crus déceler une faible odeur de pourriture. Cette impression lugubre fut sans doute le fait de mon imagination; peut-être y entrait-il aussi un certain sentiment de répugnance : Vlad ne se trouvait-il pas là seulement quelques heures auparavant?

Zsuzsanna était alitée, sa brune chevelure déployée sur les oreillers. Posté sur le plancher, Brutus avait calé sa grosse tête carrée à la tête du lit, contemplant le visage de sa maîtresse avec une expression soucieuse et attentive. Quand j'entrai, sa silhouette respirant l'anxiété et la mélancolie se tourna vers moi ; puis il gémit doucement, comme pour implorer de l'aide.

A la vue de Zsuzsanna, je portai mes mains à mes lèvres et réprimai un sursaut d'horreur.

Elle ressemblait à un cadavre vivant – aussi pâle que ses oreillers et sa chemise de nuit. Ses yeux sombres étaient entourés de cernes violacés ; sa peau, à présent grisâtre, s'était tendue, faisant ainsi ressortir ses pommettes saillantes, hautes et sculpturales, son nez mince et effilé, ses immenses yeux sombres, légèrement en amande sous les traits noirs de ses sourcils, ce qui lui donnait une apparence singulièrement féline, tandis que son extrême pâleur lui conférait une beauté étrange et morbide.

Son visage présentait la physionomie cireuse et pincée des morts. Seuls ses yeux semblaient vivre, brillants, limpides, emplis d'une excitation insolite. Elle n'était pas tant appuyée que couchée sur ses trois oreillers, respirant par à-coups tout en s'efforçant d'écrire sur un cahier supporté par un plateau. Ce simple effort semblait outrepasser ses forces.

Mon apparition la fit tressaillir. Avec une promptitude qui l'épuisa manifestement, elle tourna son petit cahier face au plateau (j'eus néanmoins le temps de remarquer qu'il était rédigé en anglais ; sans doute comptait-elle ainsi le rendre indéchiffrable pour les domestiques indiscrets). Levant les yeux vers moi, elle m'adressa un sourire étincelant ; ses gencives grises avaient régressé, ce qui faisait paraître ses dents anormalement longues.

Je lui rendis son sourire en essayant de dissimuler mon horreur, non sans mal car son visage m'évoqua invinciblement une tête de mort grimaçante. Je fus consternée de voir que son état s'était dégradé aussi vite ; la veille, elle m'avait semblé légèrement lasse, mais ce n'était rien comparé à son exténuation actuelle ; maintenant, elle se trouvait véritablement au seuil du trépas.

– Zsuzsanna ! m'exclamai-je. Mais que vous est-il arrivé, ma pauvre amie ?

Elle ne se redressa point – cela lui était impossible – mais se borna à prendre une respiration suffisante pour émettre un chuchotement :

– Je l'ignore. Je me sens si faible, et mon dos m'élance affreusement.

A cet instant, il me sembla – cela ne se peut, bien sûr – que ses épaules étaient presque symétriques; auparavant, l'une n'était-elle pas plus haute que l'autre de quelques centimètres?

« Mais tout va bien, Mary, ajouta-t-elle. Je ne m'en fais pas... »

Puis elle sourit à nouveau; une lueur de folie béate passa dans ses yeux.

– Ne parlez pas, ordonnai-je. Vous êtes trop faible.

Je me tournai vers Dunya, qui m'avait suivie. Elle regardait Zsuzsanna avec un air de conviction horrifiée. A la voir joindre ses mains frêles et crispées sur sa poitrine, on l'eût dite en train d'accomplir une prière muette.

– Dunya, dis-je, demandez à un domestique d'aller chercher un docteur.

– Je n'ai pas besoin de docteur, chuchota Zsuzsanna.

Nous ne prêtâmes nulle attention à une objection aussi ridicule.

– Le docteur le plus proche habite Bistritsa, répondit Dunya. S'il se déplace immédiatement, il arrivera ici dans la soirée. Le problème, c'est qu'il n'est pas très brillant. Il s'en trouve un meilleur à Cluj, mais le trajet est trop long.

Elle s'interrompit, baissa d'un ton, puis, avec une certitude absolue, affirma : « Je sais comment lui venir en aide. »

Je sourcillai, redoutant que son intervention n'agaçât la malade. Je ne voulais parler ni de Vlad, ni de superstition (ni de cette chose impossible que je venais pourtant de voir) en présence de Zsuzsanna, laquelle n'était déjà que trop fantasque.

– Dans ce cas, demandez à l'un des hommes d'aller chercher le docteur de Bistritz.

Dunya hocha la tête puis, avant de s'en aller, décocha un dernier regard à Zsuzsanna. Dans ses yeux jeunes et intelligents se mêlèrent fureur, crainte et aversion; on eût dit une femme venant d'être violée et se jurant de ne jamais pardonner.

Quand elle fut partie, je m'assis au bord du lit, en prenant garde de ne pas déséquilibrer le plateau supportant la plume et l'encrier. Le pauvre Brutus me fit un câlin, et je caressai sa bonne grosse tête, mais les replis froncés de sa figure soucieuse subsistèrent. Zsuzsanna ne se redressait toujours pas; cependant, elle saisit le cahier retourné d'une main preste et le cacha sous les couvertures, comme si elle craignait que je ne m'en empare pour le lire.

J'eusse aimé. J'étais désespérément curieuse d'en connaître le contenu.

Posant avec douceur une main sur son bras, je plaçai l'autre sur son front. Il n'était absolument pas chaud – ce qui me surprit, car je m'attendais à ce que l'éclat de ses yeux fût causé par un accès de fièvre – mais plutôt froid, et je songeai involontairement à l'étreinte glacée des mains de Vlad lors de la *pomana*. A mon contact, elle se rétracta un peu; bien qu'elle continuât de sourire faiblement, il était clair que ma présence l'importunait.

– Je n'ai pas besoin de docteur, répéta-t-elle. J'ai simplement besoin de repos et de solitude.

– C'est absurde, répliquai-je d'un ton ferme. Zsuzsanna, vous êtes souffrante. Votre état nécessite des soins.

Pensant au plateau que Dunya avait remporté, je me rendis compte rétrospectivement que Zsuzsanna n'y avait pas touché.

– Avez-vous mangé quelque chose?

Elle secoua la tête puis, à bout de forces, la reposa sur l'oreiller.

– Je ne peux pas. Cela représente un tel effort...

En réponse, je jetai un coup d'œil interrogateur sur son nécessaire à écrire.

– Eh bien moi, je vais aller vous chercher quelque chose à la cuisine. Du bouillon, par exemple – quelque chose qui se digère facilement.

Puis j'entrepris de me lever.

A cet instant, Zsuzsanna porta distraitement une main au col de sa chemise de nuit; elle tira le ruban, le défit à moitié puis palpa du bout des doigts la peau ainsi découverte. Le beau linge de coton blanc bâilla, ce qui me permit d'entrevoir une petite marque rouge sur son cou, juste au-dessus de la clavicule.

– Ma chère, vous vous êtes grattée, dis-je.

Puis, sans réfléchir, je soulevai le tissu pour examiner la plaie. En voyant la blessure de plus près, ma deuxième impression fut qu'elle s'était accidentellement percé la peau avec une broche. De fait, il y avait deux marques rouge sombre, de très petite taille et parfaitement rondes, avec de minuscules points blancs en leur centre, à l'endroit précis où la peau avait été piquée. Juste au-dessous de l'une des plaies, une goutte de sang noir avait séché et formait à présent une croûte.

Ma troisième impression consista en un souvenir visuel et auditif : Vlad, debout à la fenêtre de la chambre de Zsuzsanna, se penchant pour l'étreindre ; et Dunya disant : *Il l'a mordue...*

C'était, bien sûr, autant ridicule qu'impossible. Mon esprit se cabra devant une telle idée et écarta aussitôt cette éventualité, mais j'ôtai ma main aussi rapidement que si j'avais débusqué un serpent. Je me rassis sans quitter les plaies des yeux, et mon cœur commença de battre à tout rompre ; un sentiment d'effroi indicible m'envahit. Dans mon ventre, l'enfant fit un mouvement brusque et violent.

« Un animal, me dis-je. Ces marques sont d'un animal. »

Brutus l'avait peut-être égratignée... Mais non, c'étaient bien des traces de piqûres, et je me refusais à croire que cette douce et tendre créature eût mordu sa maîtresse. En outre, les marques ne correspondaient point, ni en dimension ni en forme, aux crocs d'un chien – pas plus, à ma connaissance, à ceux de n'importe quel animal.

Mais, à bien considérer leur taille et leur écartement, elles pouvaient avoir été causées par une bouche humaine – ou inhumaine...

Ma consternation dut être patente. Zsuzsanna abaissa ses lourdes paupières aux cils charbonneux et m'adressa un regard oblique. Elle porta à nouveau sa main sur les plaies, son regard se perdit dans la vague, et son expression...

Son expression, pendant qu'elle promenait ses doigts sur les marques, dépassa en étrangeté tout ce que je venais de voir. Ses lèvres pâles se desserrèrent, sa poitrine commença de s'animer, sa respiration s'accéléra ; elle écarquilla les yeux d'émerveillement – ou plutôt de joie – puis les plissa avec une sensualité maligne. Langoureusement, voluptueusement, elle inclina sa main, laissant ses doigts effleurer la courbe d'un sein, et demeura absorbée dans l'extase intime que lui procurait sa révélation ; on eût dit que je n'étais pas là.

Elle est folle, pensai-je – mais elle n'est sûrement pas la seule. Vlad est-il plus sain d'esprit? Le suis-je moi-même, de tenir pour vraies ces anciennes légendes et superstitions?

Au travers de son épaisse et longue frange de cils, elle me décocha un autre regard oblique; ses lèvres esquissèrent un rictus narquois qui me fit songer à son grand-oncle lors de la *pomana* – et au loup qui était passé devant ma fenêtre.

– Ce n'est qu'une petite piqûre d'épingle, Mary. Ne vous en faites pas pour ça.

– Oui... Bien sûr... Vous avez certainement raison, balbutiai-je.

Puis, me levant, je lui murmurai : « En tout cas, laissez-moi aller vous chercher quelque chose à la cuisine. Vous avez besoin de vous sustenter. »

Et je me levai, impatiente d'être délivrée de l'atmosphère écœurante et méphitique de cette pièce. Je franchis le seuil, fermai la porte derrière moi et inspirai une profonde bouffée de l'air plus pur du corridor.

Tremblante et bouleversée, j'inclinai la tête et pris appui d'une main contre le mur; un moment plus tard, sentant une présence à l'extrémité du corridor, je me tournai et vis Dunya.

– J'ai envoyé Bogdan chercher le docteur, dit-elle.

Ses yeux dénotaient une certaine crainte, elle-même éclipsée par un autre sentiment, plus intense : la détermination; celle-ci s'exprimait aussi bien dans les fermes contours de sa mâchoire carrée que dans la rectitude de son maintien. Bien que Dunya fût une minuscule jeune fille, plus petite que moi d'une bonne tête, il en émanait néanmoins une impression de grandeur.

Soudain, elle crispa ses poings; à cet instant, son opiniâtreté foncière l'emporta sur la timidité inhérente à sa condition sociale, et je fus réconfortée par l'énergie de son expression.

Me redressant, je décidai d'arrêter de trembler comme une feuille. Il n'est rien que je haïsse plus que la faiblesse; eussé-je été faible après la mort de mes parents, je n'aurais jamais survécu. Dunya et moi échangeâmes un regard lugubre.

– J'ai vu son cou, fis-je.

Dunya hocha la tête; elle m'avait parfaitement comprise.

– Ce matin, j'ai encore trouvé Brutus dans la cuisine. Je l'ai libéré afin qu'il puisse remplir sa tâche.

Elle prit une respiration puis se hâta d'ajouter : « Il a rompu le *Schwur*. »

Elle parut penser que ses mots se passaient d'explication. Tout d'abord, je fus perplexe, croyant qu'elle parlait du chien – puis une mystérieuse certitude s'installa en moi, et je compris – à sa façon d'abaisser furtivement ses paupières et d'adopter un ton moins sonore, à sa manière de regarder craintivement par-dessus son épaule – qu'elle se référait à Vlad.

– J'ignore le sens de ce mot, dis-je, non sans me rappeler qu'elle l'avait déjà employé en sortant de la chambre de Zsuzsanna.

– *Schwur, Bund!*

Dunya soutenait mon regard ; le sien était sombre, résolu. A l'évidence, elle estimait que l'importance du problème rendait superflu tout témoignage de soumission.

« Il l'a rompu ; si nous ne l'arrêtons pas, la demoiselle mourra.

– Alors, nous devons l'arrêter », répliquai-je, ne sachant plus que croire ; une seule chose demeurait certaine : Vlad avait nui à Zsuzsanna, et tout devait être fait pour qu'il ne recommençât jamais. « Mais qu'est-ce que le *Schwur*? demandai-je.

– D'après le *Schwur*, tant que nous lui obéissons, il ne nous fait aucun mal. »

Puis elle émit un soupir bref et douloureux tandis que son regard se perdait dans le lointain, comme pour scruter quelque objet non identifiable.

« Je ne comprends pas pourquoi c'est arrivé, poursuivit-elle. Le fait d'être *strigoï* ne l'a jamais empêché de se comporter de manière honorable. Il ne s'en est jamais pris aux siens. Cependant, s'il l'a mordue... »

Elle leva rapidement les yeux vers moi ; son regard était de nouveau habité d'une lueur craintive.

« Personne n'est plus en sûreté ici, *doamna*! Pas même vous ni votre mari... »

Je ne discernai aucune logique dans ces paroles, et une centaine de questions, plus légitimes et raisonnables les unes que les autres, se pressèrent simultanément dans mon esprit, mais elles furent effacées par une simple pensée, une pensée unique, irrésistible, dévorante, qui me saisit corps et âme et sembla ne plus jamais vouloir relâcher son emprise :

Mon enfant. Mon enfant. Mon enfant...

La seule idée de voir ce monstre poser une main sur mon

bébé fit que j'eus la chair de poule sur la nuque et les bras; puis un frisson d'abord glacial, ensuite brûlant, me parcourut des pieds à la tête. Je crus défaillir; sans savoir comment, je parvins à rester debout. A ce moment, je me permis d'entrer dans le monde magique et superstitieux de Dunya, et tout m'apparut clairement – trop clairement.

Je sus alors pourquoi Vlad avait mordu sa nièce, pourquoi il souhaitait sa disparition. Je m'en étais déjà doutée pendant la *pomana*, en surprenant le rougeoiement furieux de ses yeux, lorsque Zsuzsanna avait désapprouvé d'un cri son départ pour l'Angleterre. Jamais il ne permettrait à quiconque, pas même à une parente bien-aimée, d'aller contre sa volonté.

Tant que nous lui obéissons...

Je commençai de penser à haute voix.

– Vous disiez que Zsuzsanna mourra si nous ne mettons pas un terme aux agissements de Vlad.

– Elle mourra en effet, confirma Dunya. Puis elle deviendra *strigoï* à son tour. N'avez-vous pas remarqué qu'elle commence à changer, *doamna*? Déjà son dos se redresse un peu. Mais jamais une telle chose n'a été permise... Point d'autre *strigoï* que lui, pour le bien du peuple!

Je portai une main à mon front, dans l'espoir de rafraîchir mes pensées fiévreuses; je me rappelai alors les épaules dorénavant symétriques de Zsuzsanna.

– Que pouvons-nous faire?

– Laissez-moi apporter mon aide, *doamna*. Nous pouvons protéger sa chambre de façon qu'il ne puisse y entrer. La nuit dernière, elle a enfermé le chien dans la cuisine, prétextant qu'il la dérange avec ses aboiements.

– En ce cas, nous devons veiller à ce qu'il dorme avec elle ce soir.

– Oui. Mais il existe d'autres moyens pour éloigner le *strigoï* de sa chambre.

– Lesquels?

Je recouvrais en partie mon jugement. Quoi que fasse Dunya, ce devrait être suffisamment discret pour que mon mari ne s'en rende pas compte et ne se mette point en colère. Certes, j'étais terriblement effrayée, mais, ne sachant toujours pas que croire, je ne voulais rien faire qui ajoutât au chagrin d'Arkady.

– Le *Knoblauch*, répondit-elle. J'en accrocherai à sa

fenêtre. Et le crucifix autour du cou... Et puis veiller à ce que le chien dorme avec elle... Voilà, c'est tout ce que nous pouvons faire... Du moins, dans l'immédiat... Mais cela suffira – aussi longtemps qu'elle vivra. Cependant, *doamna*, il y a un chose que vous devez savoir : Dorénavant, et dans les années à venir, si jamais elle devait tomber malade et mourir...

Elle s'interrompit, peu disposée à énoncer ce qu'elle pensait constituer l'évidence même. Déroutée et ne comprenant absolument pas où elle voulait en venir, je fronçai les sourcils à son intention. Finalement, comme le silence se prolongeait, je demandai :

– Si elle devait tomber malade et mourir?

– Eh bien, elle deviendrait *strigoï*, comme lui. Toutefois, il existe un moyen d'empêcher cela – et d'épargner sa vie.

Elle se tut à nouveau, et je dus la presser :

– Et qu'est-ce donc?

– Il faudrait le tuer, *doamna*, avec le pieu et le coutelas. C'est la seule manière.

***

Je ne sais que dire, que penser, que ressentir. Parfois, je me moque intérieurement de moi-même pour avoir ainsi cédé à la ridicule requête de Dunya, et je pense : si j'ai rêvé de Vlad de façon aussi horrible, c'est simplement parce que je suis consternée d'avoir surpris son commerce avec Zsuzsanna. Ce n'est que cela, plus mon impressionnabilité exacerbée par les superstitions des paysans, la fatigue nerveuse du voyage et le décès du père d'Arkady. Les hommes ne se métamorphosent pas en loups. Quant à Zsuzsanna, elle s'est simplement piqué de façon fortuite le cou avec une épingle; c'est d'ailleurs ce qu'elle a dit.

D'autres fois, je pense : je sais ce que j'ai vu devant la fenêtre de Zsuzsanna; j'étais alors aussi éveillée que maintenant. Je me rappelle l'attrait hypnotique des yeux de Vlad – et la répugnance que j'ai éprouvée. Je me rappelle le contact glacial de sa langue sur ma peau.

Il n'existe aucune épingle, aucune broche, aucun chien qui fasse semblables marques.

Quand le docteur est arrivé, j'ai songé : « *Voilà un homme instruit*. Il va expliquer les marques, l'affaiblissement subit de

Zsuzsanna, après quoi il démontrera que mes inquiétudes n'étaient qu'un fatras d'absurdités. »

C'était un homme d'âge moyen, de classe moyenne, apparemment intelligent et rationnel. Cependant, à peine l'eus-je accueilli dans le vestibule que je perçus son malaise; ensuite, lorsque je l'ai mené à la chambre de la malade et que j'ai évoqué les marques sur sa gorge, ce malaise diffus s'est mué en une appréhension palpable. Après avoir examiné Zsuzsanna, il a établi une ordonnance concernant son régime et lui a fait boire une potion soporifique; mais lorsque je l'ai questionné candidement dans le corridor, il est resté évasif sur les causes de sa maladie et a évité de croiser mon regard.

Du moins ne s'est-il pas signé comme les domestiques.

Finalement, quel mal y a-t-il à laisser Dunya faire à son idée, tant qu'Arkady n'en est pas informé? Dès que celui-ci fut parti pour le château et que le docteur eut achevé sa consultation, Dunya et moi nous sommes mises à l'œuvre. Sous l'œil du malheureux Brutus qui se tenait couché, avec ses bonnes grosses joues posées sur ses pattes, nous avons festonné la fenêtre de sa maîtresse de couronnes d'ail – le *Knoblauch* – tandis qu'elle-même restait étendue, blême et immobile comme un cadavre grâce au sédatif du docteur. Maintenant, les aboiements ne la dérangeront plus.

Lorsque nous eûmes achevé cette tâche insolite et que nous nous fûmes dirigées vers le lit où gisait Zsuzsanna afin de placer le crucifix autour de son cou meurtri, Brutus ne nous a témoigné aucune hostilité; au contraire, il a remué sa queue de manière approbatrice.

Vu l'heure déjà tardive, j'ai demandé à Dunya si elle souhaitait dormir au manoir. Elle a répondu ne pas pouvoir – son vieux père se serait fait un sang d'encre –, aussi ai-je prié l'un des hommes de la raccompagner à sa maison. Elle a promis de rester la nuit prochaine pour veiller sur Zsuzsanna en compagnie de Brutus. Je ne sais pourquoi, sa présence m'est d'un immense réconfort. Dès son départ, l'effroi m'a ressaisie.

Cependant, le retour d'Arkady me fit oublier toutes mes préoccupations, car lui-même semblait en proie à une terrible nervosité. Je finis par lui demander directement ce qui le tourmentait. Ce n'était rien, répondit-il; sur le chemin du retour, un loup s'était approché fort près de l'attelage, leur occasionnant ainsi, à lui et aux chevaux, une bonne frayeur; mais il m'assura que les loups isolés étaient peureux; jamais ils n'attaqueraient sans la protection de leur meute.

Je ne le crus pas entièrement. J'eus l'impression qu'il y avait du Vlad là-dessous.

D'autres fois, je pense : « Ce n'est que le chagrin. Il vient juste de perdre son père. Donne-lui le temps de retrouver ses esprits; ne le presse pas. »

Je ne puis tout de même pas lui dire : « Toutes les légendes sont vraies; votre oncle est un vampire et, si nous ne le tuons pas, votre sœur en sera bientôt un... »

Hier soir cependant, j'ai déniché un volumineux dictionnaire allemand-anglais dans la bibliothèque. Après m'être installée dans un fauteuil de deux siècles mon aîné, j'ai posé le gros livre sur mes genoux, l'ai ouvert puis ai trouvé les mots *Schwur* et *Bund.*

Pacte.

De quelle alliance sacrilège peut-il s'agir?

Le journal d'Arkady Tsepesh

11 avril. – Un jour a passé, et toujours aucun signe de Jeffries.

Je ne dors guère. Quand c'est le cas, je me vois en rêve, haletant de panique dans la forêt, pris au piège de ses ténèbres dévorantes, voué à subir éternellement le fouettement cuisant des rameaux de sapins qui cinglent mon visage, la chaleur de l'haleine des loups, le claquement de leurs mâchoires avides parmi les hennissements des chevaux. Je tire les rênes de toutes mes forces – en vain. La calèche roule en traçant un cercle interminable; les branches continuent de me gifler; les chevaux ne cessent jamais leurs cris déchirants – ni les loups leurs grondements agressifs. Je sais que je ne parviendrai jamais à sortir de l'immensité sans fin de la forêt.

Jamais.

En rêve, je vois aussi Jeffries, à l'instant même où, par la fenêtre du château donnant sur le sud, il se risque, malgré la hauteur vertigineuse, à contempler la vaste forêt qui s'étend loin au-dessous. Je surprends un rutilement de crainte sur son visage, sur son crâne rose, à l'endroit où se partage sa chevelure blondasse, et sur son front perlé de gouttelettes de sueur qu'il tamponne à l'aide du mouchoir brodé à son initiale. Je vois l'effroi dans ses yeux... Et puis je le vois qui tombe...

... Qui tombe par la fenêtre ouverte, béante. A sa suite, je passe par la fenêtre puis, jouissant de la même sécurité qu'un oiseau en vol, je l'observe qui choit, battant des bras et des jambes, fendant l'air froid de la montagne avec un sifflement aussi aigre que celui produit par des crocs de loup. Il se débat avec une frénésie telle qu'à mi-chute le voilà qui se retourne, me présentant son visage, et je vois ses grands yeux clairs emplis de terreur, ses traits crispés, sa bouche, son rictus ébahi, figé en un cri muet.

Puis il descend, descend, descend... Tout cela dans le plus grand silence, à l'exception du bruissement de ses membres désespérément agités et d'un grondement faible, lointain, extérieur au rêve.

Une longue, très longue, descente.

Enfin, il atteint la forêt; et c'est là que ça devient drôle. Sa chute n'est point amortie par les arbres, ni même douloureusement interrompue dans un bris de rameaux et de brindilles jusqu'à ce que le sol jonché d'aiguilles de pins le reçoive. Non; quand il atteint les cimes des plus hauts arbres, leurs branches fines et pointues transpercent, comme des pieux aiguisés, son torse, son cou et ses bras, ses mollets et une cuisse.

Empalé, déchiqueté, il se balance au vent qui fait ondoyer les frondaisons, les branches sanglantes saillant de son corps comme des pointes de flèches primitives, tel un saint Sébastien moderne.

Puis il sourit (les muscles de son cou se tendent alors autour de la branche qui les transperce, puis se dessinent sous le sang) et lève les yeux vers moi avec cette expression indiscrète à souhait qu'il eut après avoir contemplé le portrait de mon ancêtre.

« Vlad l'Empaleur, dit-il. Vlad le Tsepesh. Né en décembre 1431. Vous êtes un Empaleur, n'est-ce pas? Un des hommes-loups? Etes-vous vraiment sûr de préférer ce nom à celui de Dracul... ? »

Je m'éveille, le cœur battant au point d'avoir la nausée, puis, me rappelant l'éclair de crainte qui passa dans ses yeux quand il se pencha à la fenêtre de l'aile sud, je songe : *Ce n'était pas de l'altitude qu'il avait peur, mais de sa destinée. Il la voyait qui l'attendait en bas.*

Plus j'analyse tout cela, plus je me rends compte qu'il m'est impossible d'aller voir les autorités de Bistritz avec des présomptions aussi minces. *Non habemos corpum*; nous n'avons pas le corps, donc il n'y a point crime. Eu égard à son aveugle loyauté, V. refusera obstinément de soupçonner Laszlo; faute de preuve, il continuera d'affirmer que Jeffries a simplement choisi de disparaître.

Aussi, ce matin, ai-je nettoyé le revolver de Père (un Colt en acier, flambant neuf, la plus récente innovation en matière d'armes à feu et mon ultime cadeau à son intention, envoyé d'Angleterre) avant de l'emporter dans la calèche avec une lanterne.

Puis je suis parti pour le village. J'ai lentement conduit les chevaux le long du bois, opérant toutefois un petit détour dans l'autre sens, vers le château, afin de retourner à l'endroit où Stefan est apparu la dernière fois, mais son fantôme ne s'est pas manifesté.

Il était midi quand j'arrivai au cimetière, juste avant l'enterrement du fils de Masika. Après avoir attaché les chevaux à un piquet situé hors de l'enclos de l'église, j'ai observé de loin la cérémonie paysanne. Il y avait quelque chose de beau et de triste dans sa simplicité spartiate. Six robustes *rumini* portèrent le cercueil de pin sur leurs épaules et le déposèrent à côté de la tombe fraîchement creusée, tandis que toutes les femmes chantaient le *Bocete* de leurs voix hautes et hésitantes. Point de pleureuses rétribuées, point d'élégant caveau de marbre peuplé d'ombres ancestrales, point de plaques en or; seulement une poignée de villageois, un trou profond dans la terre brune, une inscription gravée dans la pierre, que les intempéries rendraient illisible aux yeux de la prochaine génération. On ne ressentait pas non plus l'influence d'une quelconque tradition familiale; Masika Ivanovna, tout de noir vêtue, représentait l'unique parente du jeune homme parmi la maigre assistance; elle fut aussi la seule qui se jeta en larmes sur le cercueil scellé.

Un long moment plus tard, les quelques femmes qui entouraient Masika Ivanovna l'éloignèrent avec ménagement, et le service funèbre put débuter. Le prêtre se plaça derrière la petite plaque de pierre; il récita le Psaume cinquantième [1], puis entonna la liturgie d'une voix apaisante et mélodieuse; de temps à autre, les pleureuses chantaient un répons. Bientôt, le cercueil fut descendu dans la fosse béante puis parsemé de simples roses sauvages et de poignées de terre. Je songeai à la belle couronne de roses écarlates qui avaient exhalé de si suaves effluves, alors qu'elles gisaient, écrasées, sur le sol marmoréen du tombeau de Père.

Quand ce fut fini, les personnes présentes m'évitèrent osten-

1. Ou cinquante et unième, selon les versions. En tout cas, il s'agit du *Miserere* attribué à David *(N.d.T.)*.

siblement ; elles se signèrent et accomplirent ce geste si particulier, supposé conjurer le mauvais œil, l'index et le majeur formant un V dont les pointes furent dardées dans ma direction. L'une des accompagnatrices de Masika Ivanovna siffla en passant devant moi. Cette réaction m'emplit de consternation et d'embarras ; aussi fus-je soulagé quand Masika Ivanovna, ses joues rondes empourprées et luisantes de larmes, s'approcha de moi et m'étreignit chaleureusement les mains.

Nous nous embrassâmes tels des parents depuis longtemps séparés. Rétrospectivement, cela peut paraître bizarre, voire incongru, mais, sur le moment, j'eus l'impression d'être lié à elle par un sentiment très fort et très tendre, ne le cédant en rien à ceux que j'éprouve à l'égard d'Oncle ou de Zsuzsanna.

Tenant toujours mes mains entre les siennes, elle recula et me considéra avec une affection teintée de mélancolie – comme l'eût fait une mère.

– Arkady Petrovitch ! Quelle bonté d'être venu ! Quelle joie de pouvoir poser les yeux sur vous une fois encore !

Sa dernière phrase exprimait une telle irrévocabilité que je répliquai aussitôt :

– Mais vous aurez de nombreuses autres occasions de poser vos yeux sur moi... Au château, n'est-ce pas ?

Ses lèvres se serrèrent ; elle secoua la tête, et je vis dans ses yeux cette même lueur lugubre, mêlant la crainte au regret, que j'avais déjà remarquée quand Laszlo avait interrompu notre entretien dans le bureau de Père.

– Non, répondit-elle à voix basse. Jamais je ne retournerai là-bas.

– Vous êtes submergée de chagrin, Masika Ivanovna. Dans une semaine, deux peut-être, vous vous sentirez assez vaillante pour reprendre votre travail. En outre, n'êtes-vous pas ma seule amie véritable en ce lieu ?

Dégageant mes mains, je sortis de ma poche le grand crucifix d'or que j'avais récupéré le précédent soir dans la chambre d'hôte. Je plaçai l'objet dans sa paume ; elle le regarda avec effarement. « Jeffries n'a pas voulu le porter », expliquai-je, puis, plus bas, j'ajoutai : « Il a disparu.

– Oh, Arkady ! s'exclama-t-elle, si obnubilée par son angoisse qu'elle s'adressa à moi comme à un familier. Ainsi, vous ne comprenez toujours pas ? »

Elle jeta un coup d'œil furtif par-dessus son épaule, en

direction des femmes qui l'attendaient non loin. Puis, se penchant vers moi, comme si elle appréhendait qu'on l'entendît, elle murmura : « Désormais, mon propre sort m'indiffère. J'ai perdu les deux hommes que j'aimais le plus au monde, et peu m'importe de vivre ou de mourir. Cependant, j'ai très peur pour vous; et pour votre femme, votre enfant... »

Mon cœur commença de battre plus rapidement à la pensée qu'on pût croire Mary en danger.

– Mais que craignez-vous donc, Masika? Que quelqu'un s'en prenne à nous?

Laszlo, me dis-je; *elle sait qu'il est un assassin.* Mais ses paroles suivantes ne firent qu'accroître ma perplexité.

– Pas physiquement. Mais il existe des maux bien pires : ceux qu'on inflige à l'âme.

Elle porta ses mains à son visage et émit un petit sanglot d'amertume. « Les miens ont suffisamment duré. Je désire seulement mourir.

– Masika, vous n'avez pas le droit de parler ainsi... »

Faisant comme si je n'avais rien dit, elle tendit la main, effleura ma joue puis me regarda avec tendresse et gentillesse.

– Vous êtes exactement comme votre père quand il était jeune, pétri de bonté et de bienveillance... Mais à présent il est peut-être déjà trop tard pour vous... Trop tard!

– Je ne comprends pas, fis-je, mais elle m'interrompit d'un chuchotement rauque et précipité, comme si elle craignait que je n'essaie de l'arrêter :

– Le Pacte, Arkady Petrovitch! Le Pacte! Venez chez moi pendant la journée, quand il dort. Ce n'est pas prudent de nous entretenir devant tout le monde; il y a ici trop d'oreilles indiscrètes. Aujourd'hui, nous ne pouvons pas parler; ma maison sera bondée. Mais venez vite me voir – dans un jour ou deux. Il faut que nous discutions et...

A cet instant, elle baissa tant la voix que j'eus peine à distinguer ses mots.

« Vous devez lire une lettre de mon fils. Il savait sa fin proche, alors il vous a écrit. Mais pour votre salut comme pour le mien, n'en parlez à personne. Vous devez jurer de garder le secret. Venez, c'est tout...! »

Son insistance était persuasive, mais je ne comprenais pas un traître mot de ce qu'elle disait.

– Mais pourquoi, Masika?

– Parce que...

Masika hésita quelques secondes, levant vers moi des yeux peinés et anxieux, comme si elle redoutait une condamnation. « Parce que j'aimais votre père. Parce que c'est votre demi-frère que nous avons enterrés aujourd'hui. »

Je reculai, proprement commotionné, incapable de répliquer, tandis qu'elle s'empressait de rejoindre les autres femmes. Leurs formes sombres disparurent aussi rapidement que des merles rasant l'herbe ravivée par le printemps.

Quand la dernière pleureuse fut hors de vue, je m'avançai dans le cimetière. Les fossoyeurs commençaient à jeter sur le cercueil de pleines pelletées de terre. Sur la sobre plaque de pierre se lisait ceci :

RADU PETROVITCH BULGAKOV
1823-1845

Bulgakov était le nom de famille de Masika, mais cela ne me mit point de baume au cœur de voir sur la plaque le patronyme russe : Petrovitch, fils de Petru.

Je ne puis décrire comment je me sens à présent – ou comment je me sentis alors. Foudroyé. Blessé. Trahi. Amèrement fâché, contre Masika, contre Père. Contre ce jeune homme – pour être mort avant que je l'aie rencontré.

Reprenant mes esprits, j'avisai l'aîné des fossoyeurs :

– De quoi est-il mort?

L'homme interrompit sa tâche; il me considéra avec une hostilité polie, souleva son couvre-chef informe et essuya son front empoussiéré avec un avant-bras plus crasseux encore.

– Vous êtes un Dracul, monsieur. Vous le savez certainement.

Quoique son ton fût parfaitement courtois, il dénotait pourtant une haine profonde à mon encontre. De la crainte, aussi.

– Un Tsepesh, le repris-je, sans qu'il y eût ni reproche, ni colère dans mon intonation; seul le sincère désir de savoir m'animait. Mais le simple fait de prononcer ce nom suscita en mon esprit l'image soudaine de Jeffries, gisant empalé sur de hautes branches oscillantes; je m'efforçai de réprimer cette vision. « Honnêtement, je l'ignore », poursuivis-je. « Je vous prie... » Je m'interrompis puis, pensant à Laszlo, j'ajoutai : « S'agit-il d'un meurtre? »

Le fossoyeur me fixa en plissant des yeux subitement sceptiques, tentant de jauger ma sincérité. Sans doute finit-il par en être convaincu, car, cessant de m'examiner et reprenant sa besogne, il répliqua :

– Pardi ! On peut le dire, monsieur ! Des loups l'ont égorgé.

6

Journal de Zsuzsanna Tsepesh

12 avril. – Je ne cesse de rêver de ses yeux – ses yeux d'émeraude.

Hier, j'étais certaine d'être à l'article de la mort; aujourd'hui, je me sens un peu plus vaillante; je peux m'asseoir et avaler le bouillon apporté par Dunya. Le fait d'écrire ne représente plus un effort démesuré. Bizarrement, tout cela ne me réjouit pas outre mesure.

Désormais, deux femmes coexistent en mon corps. L'une est la Zsuzsanna que j'ai toujours connue : faible et timorée; la bonne fille obéissant à son père. Celle-ci éprouve de la reconnaissance envers Mary pour sa bonté, et envers Dunya pour avoir pris soin de moi durant ma maladie. Je sais qu'elles m'aiment, qu'elles veulent mon rétablissement, souhait que je désire satisfaire. Celle-ci aime le doux Brutus pour sa présence dévouée à mon chevet; elle est émue jusqu'aux larmes quand, l'air inquiet, il passe sa truffe humide et froide sur ma main, puis lève vers moi ses yeux d'ambre adorateurs. Celle-ci sait qu'elle a failli mourir et en est encore terrifiée.

Mais l'autre...

Ah! l'autre! L'autre se sait en train de changer; et ce changement, elle l'épouse sans réserve! Celle-là est vaillante, passionnée, et n'attend qu'une chose : qu'il revienne nous lier l'un à l'autre pour toujours, comme il l'a promis.

Je sais qu'il tente de venir à moi. Il n'a pas oublié. Je pense qu'il a essayé cette nuit; je me rappelle très vaguement, comme dans un rêve, que Brutus s'est précipité sur la banquette avant d'aboyer férocement. Je me souviens que j'avais suffisamment émergé de ma stupeur artificielle pour sentir que ses yeux désincarnés me fixaient de près, comme s'ils s'étaient glissés dans les ombres profondes et veloutées de mes paupières closes. J'ai voulu parler – en vain; aussi me suis-je contenté de *penser* à lui, et je crois qu'il m'a entendue. Je l'ai avisé de ce qu'elles avaient placé à la fenêtre. Je l'ai mis en garde contre le chien.

Mon Dieu, que cette autre Zsuzsanna hait Mary! Et Dunya! Et ce maudit chien, qui l'éloigne, *lui*, de ma fenêtre! Si je n'étais pas faible au point de ne pouvoir me lever, je les étranglerais jusqu'à ce que mort s'ensuive. Oser nous séparer ainsi! Elles font les innocentes; elles ne parlent jamais de lui, mais elles savent fort bien ce qu'elles font. Elles *savent*, les fieffées menteuses, malgré leurs pleurnicheries! Elle ont libéré le chien de la cuisine puis, s'introduisant ici comme des voleuses afin d'accomplir leur vile besogne, elles ont enguirlandé ma fenêtre de couronnes d'ail pendant mon sommeil.

Elles pensent pouvoir l'arrêter. Les imbéciles!

En dépit de ma faiblesse, je devine l'approche d'une Force que je n'ai jamais connue, j'augure un corps délivré des infirmités qui ont empoisonné ma vie entière. Je sens ma colonne vertébrale qui bouge, se détord, s'allonge; je m'assieds plus haut, plus droit chaque jour. J'éprouve une sourde palpitation dans ma cheville; Dunya et Mary venant de quitter la pièce, je soulève les couvertures pour regarder mon pied : il se redresse, lui aussi! Je souris malgré la douleur. Enfin libre! Enfin forte! Je souhaite la bienvenue à cette autre Zsuzsanna; je me transforme en quelque chose de nouveau, quelque chose de merveilleux. Je ne suis pas sûre de ce qui en résultera; je sais seulement que ce sera, et de loin, préférable à tout ce que j'ai jamais connu. Parfois, ma faiblesse me laisse quelque répit, et j'en capte un aperçu enchanteur. Etre forte, libre, unie à *lui* – *voilà* le Paradis.

Que meure la petite infirme! Que j'en sois enfin débarrassée!

Père et Arkady avaient tort : il existe une autre vie. Non pas la Vie éternelle des chrétiens, peuplée d'angelots assis sur de petits nuages et tirant des accents éoliens quoique mièvres de leur harpe, mais quelque chose de sombre, de profond et d'impétueux, aussi hardi et pur dans l'exaltation de l'Abnégation que Lucifer lui-même!

Elles ne gagneront pas. Il m'instruira et, au moment voulu, je l'appellerai. Il me suffit d'être patiente – et d'attendre...

Le journal de Mary Windham Tsepesh

12 avril. – Je suis très inquiète pour mon mari.

Aujourd'hui, Zsuzsanna est beaucoup mieux. Les remèdes du docteur – ou ceux de Dunya – semblent avoir été suivis d'effet. Sa faiblesse est encore extrême mais, ce matin, quand je suis venue m'enquérir de son état, elle avait réussi à adopter la posture assise, et prenait son petit déjeuner.

La dissipation de mes soucis à propos de Zsuzsanna a entraîné l'atténuation de mes craintes concernant le *strigoï*; du moins en est-il ainsi à la réconfortante lumière du jour. Tant qu'il fait clair, la conversation avec Dunya me paraît curieusement irréelle, comme issue d'un rêve lointain. Il en va de même pour l'image cauchemardesque de Vlad se changeant en loup. Parfois, j'arrive à me convaincre que cette vision était une sorte d'hallucination suscitée par le chagrin, la fatigue du voyage et ma grossesse. Seule une chose demeure indiscutable : Vlad constitue une menace pour Zsuzsanna, et nous devons faire tout notre possible afin de le tenir à distance.

Cependant, la nuit, je rêve des yeux de Vlad – et je sais que tout est vrai. La nuit, je trouve plus difficilement explicable le fait que la colonne vertébrale de Zsuzsanna se soit redressée sous nos yeux.

Aussi continuerai-je à laisser Dunya agir à sa guise. Les guirlandes d'ail resteront autour de la fenêtre (seulement la nuit; nous les avons discrètement retirées ce matin, et tant mieux car Arkady est venu voir sa sœur à midi). Cela ne peut pas faire de mal (et dès que le soleil est couché, je suis même persuadée que c'est très bénéfique). J'allais oublier le plus important : veiller à ce que Brutus demeure chaque soir dans la chambre de Zsuzsanna.

Mais c'est pour Arkady que je m'inquiète le plus en ce moment. J'ai commencé par écrire sur Zsuzsanna dans l'espoir de me calmer, mais me voilà à nouveau proche des larmes. Aujourd'hui, pour la première fois, nous nous sommes querellés.

La faute m'en revient. J'ai été assez sotte pour lui dévoiler prématurément la liaison de Vlad et Zsuzsanna. Cela fait à peine une semaine que Petru est mort, et Arkady a encore du chagrin. C'est bien naturel. Et pourtant...

Pourtant, je ne saurais méconnaître le fait qu'il est devenu morose et renfermé depuis notre arrivée en Transylvanie. Ces temps-ci, il est peu loquace avec moi, alors qu'en Angleterre il appréciait les longues discussions et me consultait sur de nombreux sujets, non sans me dire au préalable : « Vous considérez les choses avec une logique imperturbable, Mary, ce que je ne fais pas. » Il a toujours été sensible (mais d'une façon positive, agréable), débordant de passion et d'énergie.

Maintenant, il est taciturne, replié sur lui-même, maussade. Chaque soir, après son retour du château, il veille tard pour écrire son journal au lieu de venir au lit pour me parler. Arkady est malheureux ici, je le sais; il y a sûrement eu un problème avec Vlad.

Quand je me lève le matin, il dort encore, sa tête brune se détachant sur la blancheur de l'oreiller; son beau visage (avec ses grands yeux, ses sourcils noirs et proéminents, son nez aquilin) pâlit chaque jour un peu plus. Ombres et rides s'accumulent autour de son regard; il a vieilli de dix ans en une semaine. Je ne puis m'empêcher de noter sa ressemblance avec sa sœur – et combien Vlad sollicite leur émotivité.

Je compatis à son sentiment de solitude. Le mari que je connaissais se transforme en un étranger mélancolique et distant. Je crains que cet Arkady ne subsiste, même quand le deuil de son père se sera estompé.

Ce matin, il s'est levé très tard, juste avant l'heure du déjeuner, et nous avons partagé le repas dans un silence presque complet. Il paraissait épuisé, plus nerveusement encore que physiquement, et bien que, à son habitude, il se soit montré aimable à mon égard, ses pensées étaient visiblement ailleurs. Quelque chose le tourmentait, et j'hésitais à l'importuner;

néanmoins, à la fin du déjeuner, j'osai enfin m'ouvrir à lui. Le mauvais état de santé de Zsuzsanna ne pouvait lui être dissimulé plus longtemps; il l'aurait découvert tôt ou tard (même s'il est trop préoccupé pour demander pourquoi elle ne prend plus ses repas avec nous). Etant son frère, il avait le droit le savoir.

– Mon cher, dis-je (assise à l'imposante table qui avait jadis réuni une grande famille, et qui, à présent, semblait tristement disproportionnée pour nous deux), je vous prie de ne point vous effrayer, mais vous devez savoir que l'état de Zsuzsanna a empiré et qu'elle a été gravement malade. Hier soir, nous avons fait venir le docteur de Bistritz.

Il avait commencé à se lever de table. A cette nouvelle, il s'interrompit au milieu de son mouvement et resta pétrifié, les sourcils froncés par l'immense effort qu'il devait faire pour ramener son attention du point infiniment lointain où elle se trouvait quelques secondes auparavant jusqu'aux mots que je venais de prononcer. Ses yeux noisette demeurèrent voilés encore un court instant, puis s'éclairèrent quand, enfin, il enregistra et comprit mon propos. La ride unissant ses sourcils s'approfondit.

– Zsuzsanna est malade?

– Oui, opinai-je, m'efforçant d'adopter un ton sémillant et optimiste. Toutefois, elle va beaucoup mieux aujourd'hui!

Son regard hésitant enveloppa ma silhouette, la table, la salle à manger, le petit pan de lumière prodigué par la fenêtre lointaine.

– Ah bon, fit-il. Enfin, je suis content qu'elle aille mieux. Peut-être devrais-je aller la voir...

– Je pense qu'elle apprécierait votre visite, dis-je en le gratifiant d'un petit sourire encourageant, non sans me féliciter – fine mouche que je suis! – d'être certaine que les gousses d'ail avaient été soigneusement décrochées de la fenêtre puis cachées dans l'armoire. Allons, laissez-moi vous accompagner, ajoutai-je en me levant et en l'entourant de mes bras avant qu'il eût le temps de se mettre complètement debout.

Je voulais m'assurer que Zsuzsanna ne dirait rien de fâcheux en sa présence; sans doute redoutais-je qu'elle eût remarqué l'ail et n'y fît allusion – ou qu'elle ne fondît en sanglots et n'avouât à Arkady son commerce avec Vlad. Je souhaitais que toute nouvelle choquante lui fût annoncée avec le plus grand ménagement.

Nous allâmes dans la chambre de Zsuzsanna. Elle était assise au lit, écrivant son journal; une fois de plus, elle s'empressa de fermer son cahier par crainte des regards indiscrets. Les volets étant ouverts, le soleil affluait dans la pièce, illuminant l'alcôve où j'avais surpris l'étreinte de Vlad et Zsuzsanna. On avait levé le châssis de la fenêtre afin de laisser entrer l'air agréablement chaud pour la saison. La chambre semblait accueillante, plaisante, comme si l'éclat du soleil avait consumé tout maléfice. Même Brutus paraissait rasséréné; il nous reçut en agitant joyeusement la queue. Je détectai une faible odeur d'ail avec un embarras penaud, mais Arkady y parut tout à fait insensible.

Par bonheur, Zsuzsanna ne révéla rien; elle fut douce et prévenante à l'égard de son frère, l'assurant qu'il ne devait pas consacrer un seul instant à se tourmenter pour elle. Le crucifix que Dunya lui avait passé autour du cou était invisible sous le col de sa chemise de nuit, et elle n'en parla point à Arkady.

Tout se passa très bien – jusqu'au moment où nous quittâmes ensemble la chambre. Lorsque nous empruntâmes le grand escalier en colimaçon, Arkady s'effaça afin que je puisse m'appuyer contre la rampe de bois poli. Puis *sotto voce*, comme de peur que sa sœur ou les domestiques n'entendissent, il me demanda : « Tout de même, Zsuzsanna m'a parue bien pâle. De quoi s'agit-il d'après le docteur?

– Peut-être d'une sorte d'anémie », fis-je dans un chuchotement.

Les battements de mon cœur s'accélérèrent tandis que je m'évertuais à trouver les mots adéquats pour aborder délicatement le sujet dont je souhaitais depuis si longtemps entretenir mon mari.

« Mais je crains qu'une composante sentimentale ne soit pas à négliger si l'on souhaite vraiment comprendre son état. »

Au lieu de m'interroger, Arkady me fixa avec étonnement, attendant manifestement que je précise ma pensée, ce qui n'alla pas sans difficulté :

« Je pense... Je crois que votre oncle Vlad n'y est pas étranger.

– Comment cela? »

Son intonation me parut suffisamment neutre pour que je me sente encouragée à continuer; toutefois, à bien y songer, j'aurais dû comprendre qu'il se tenait sur la défensive.

– Elle est bouleversée à la perspective du départ de Vlad pour l'Angleterre, répondis-je, rougissant en dépit de ma résolution.

La ride unissant ses sourcils réapparut ; j'y lus un avertissement de ce qui allait suivre.

– Mais c'est absurde, fit-il, toujours en murmurant, visiblement soucieux des domestiques. Il lui a expliqué très clairement qu'il ne partirait pas sans elle... Qu'il attendrait qu'elle soit en bonne santé. Est-elle tourmentée à l'idée de quitter son pays natal ?

– Pas exactement...

J'hésitai, me demandant à présent si notre conversation devait se poursuivre. Mais Arkady était déterminé à cerner le problème. Une nuance d'impatience s'insinua dans sa voix.

– Eh bien ? De quoi s'agit-il ?

– Euh... Je crois qu'elle a encore peur qu'il l'abandonne.

Je sentis une onde de chaleur envahir mes joues et ma nuque, mais l'impatience d'Arkady éveilla la mienne, et j'eus l'impression d'avoir gardé assez longtemps la vérité pour moi ; mieux valait la dire une fois pour toutes.

« Elle est... Vlad est... Arkady, ils sont épris l'un de l'autre. »

Il eut un mouvement de recul, comme si je l'avais giflé, et se pétrifia à deux marches du palier. Ses lèvres s'entrouvrirent, ses yeux s'écarquillèrent. Lorsqu'il retrouva l'usage de la parole, ce fut d'une voix si basse que j'eus peine à l'entendre :

– Co... Comment ? Que voulez-vous dire ?

– Tard la nuit, je l'ai vu dans sa chambre. Deux fois. Je pense que l'étrange maladie de Zsuzsanna s'explique, du moins en partie, par son sentiment de culpabilité.

Enfin délivrée du fardeau de la vérité, je ressentis une faiblesse subite. Mes joues étaient brûlantes, mais ce fut sur les pommettes d'Arkady que je vis apparaître deux soudaines rougeurs.

Proprement abasourdi, il se détourna de moi, fit face au mur et chuchota :

– C'est impossible. Impossible.

Je descendis malaisément les deux dernières marches puis me tournai pour lever les yeux vers lui.

– Cela me fend le cœur de vous l'apprendre. Vous savez

que je ne dirais jamais des choses aussi horribles si je n'étais certaine qu'elles fussent vraies. Mais, pour le bien de Zsuzsanna, je...

Tandis que je parlais, il porta une main à sa tempe et parut en proie à une douleur telle que je m'avançai vers lui, folle d'inquiétude. Il se ressaisit aussitôt et fut pris d'une soudaine explosion de fureur à mon encontre.

– Comment osez-vous ? s'écria-t-il en vacillant au bord de la marche au point que je craignis qu'il perdît l'équilibre et tombât. Vous ne valez guère mieux que ces paysans qui répandent d'ignobles calomnies sur mon oncle ! Il ne vous a fait que du bien, il vous a donné ce manoir, avec toutes ces richesses – et vous l'attaquez ! Vous êtes une ingrate, madame Tsepesh, et Vlad est un saint ! Un saint !

– Ne haussez pas le ton avec moi, monsieur Tsepesh, répliquai-je, non sans m'emporter quelque peu à mon tour. Je ne suis point une ingrate, pas plus qu'il n'est un saint...

Ses paroles m'avaient piquée au vif – et déconcertée, car je l'eusse cru plus préoccupé de l'honneur de sa sœur que de celui de son oncle.

Je n'avais pas fini de lui répondre qu'il dévala les marches restantes et passa devant moi en m'intimant silence d'un geste de la main. Comme j'allais protester pour enrayer sa colère, il secoua la tête rageusement :

– En voilà assez ! Je n'entendrai plus d'autres mensonges !

Et il partit en furie. J'entendis le bruit de ses pas qui s'éloignaient, tout d'abord assourdi par le tapis, puis résonnant sur les dalles froides. Eût-il réagi comme l'Arkady que j'avais toujours connu, j'aurais été le retrouver sur-le-champ, certaine que de promptes excuses et une réconciliation non moins rapide se seraient ensuivies – mais il s'agissait à présent d'un être au comportement imprévisible. Je décidai de le laisser seul afin qu'il eût le temps de reprendre ses esprits.

Il s'enferma dans l'un des bureaux, n'en ressortit qu'une heure après pour prendre la calèche, sans parler à quiconque, et quitta ainsi le manoir bien plus tôt qu'à son habitude – pour se rendre au château, je le suppose. J'ignore s'il compte rapporter à Vlad ce que je lui ai dit.

Je regrette d'avoir soulevé ce sujet ; il est clair que le chagrin d'Arkady est encore trop récent, trop vivace. Dès lors, comment pourrai-je jamais lui toucher mot de ce que j'ai aperçu devant ma fenêtre – de la transformation, extraordinaire mais véridique, de Vlad en loup ? Comment lui parler des marques sur le cou de Zsuzsanna ? Comment lui expliquer que je suis à moitié convaincue que Vlad est *strigoï* – et en tout cas suffisamment convaincue pour permettre à Dunya l'usage du crucifix et de l'ail ?

J'ai peur. Peur de Vlad, peur pour Zsuzsanna. Peur pour mon enfant qui va bientôt naître.

Mais la chose dont j'ai le plus peur est celle-ci : depuis notre arrivée, mon mari est lentement devenu un inconnu à mes yeux. Et moi aussi je change : la femme sensée que j'étais a cédé la place à une créature apeurée et superstitieuse – surtout lorsque Dunya évoque la lente métamorphose de Zsuzsanna en *strigoï*.

Vlad s'est changé en loup. Que restera-t-il d'Arkady et de moi quand notre transformation sera complète ?

Journal de Zsuzsanna Tsepesh

13 avril. – Cette nuit, il a de nouveau frappé au carreau. Il a frappé, et j'étais prête à le recevoir. J'avais ôté le crucifix de mon cou; j'avais dissimulé l'ail dans l'armoire, comme Mary et Dunya le font chaque matin – elles se croient si finaudes! Ensuite, j'avais débloqué les volets et levé le châssis – mais cela n'a pas suffi car, dès son apparition, Brutus s'est remis à aboyer sauvagement; puis il s'est précipité à la fenêtre, comme s'il avait l'intention de sauter. Rien de ce que j'ai pu dire ou faire ne l'a calmé. Il m'a fallu rabaisser le châssis, refermer les volets et regagner le lit, de crainte que ses aboiements malsains n'éveillent la maisonnée.

J'ai voulu enfermer Brutus à la cuisine, mais Dunya s'y trouvait, couchée à même le sol. Elle a bougé dans son sommeil quand nous sommes entrés, et je me suis hâtée de rejoindre ma chambre avec le chien.

J'ai repris des forces, mais j'ai arrêté de changer. Je n'aime pas ça. Je n'aime pas attendre. Il va falloir faire quelque chose.

Le journal d'Arkady Tsepesh

14 avril. – Enfin, j'ai repris assez de forces pour m'asseoir et écrire. Je ne me rappelle en rien la journée d'hier, à l'exception des traits délicats de Mary, encadrés de boucles dorées qui retombaient et effleuraient mes joues alors qu'elle se penchait vers moi. Son visage, le contact doux et rafraîchissant de ses mains sur mon front, ses murmures de réconfort ; voilà tout ce dont je me souviens. Elle est si bonne, si gentille pour moi. A plusieurs reprises, j'ai voulu lui demander pardon d'avoir haussé le ton à son encontre, mais, chaque fois, elle applique le bout de ses doigts sur mes lèvres et sourit.

Mon Dieu ! Si seulement je pouvais oublier les événements du 12 avril ! Hélas, ils me hanteront pour le restant de ma vie. Où cela mènera-t-il ? Où tout cela mènera-t-il ? Il suffit ; ce n'est pas le moment de songer à l'avenir. Tiens ! voilà que ma main se met à trembler ! Allons, je n'ai qu'à décrire simplement ce qui s'est passé, dans l'espoir, ce faisant, de discerner ce que je dois faire.

Avant-hier, en ce fatidique 12 avril, j'ai appris que ma sœur était malade – qu'elle souffrait d'anémie. Cela constituait déjà une nouvelle passablement consternante, mais, après que j'eus rendu visite à Z., Mary m'a révélé avoir surpris Vlad en pleine nuit dans la chambre de Zsuzsa – et les avoir vus s'étreindre.

J'ai honte d'écrire que j'ai invectivé ma pauvre femme. Il m'a été impossible de croire que de telles horreurs pussent concerner ma sœur et V., notre généreux bienfaiteur à tous. Toutefois, sachant Mary incapable d'un mensonge, je compris qu'elle devait dire vrai ; à cet instant, je ressentis une fois encore la menace imminente d'une crise de folie, et une rage aveugle s'empara de moi. Je me suis rué dans le bureau et m'y suis enfermé, dans l'intention de coucher tout cela par écrit et de dissiper ainsi ma colère – mais mon agitation extrême m'en empêcha. Je sortis du manoir et pris la calèche, sans trop savoir où j'allais.

C'était une chaude journée de printemps. L'aube avait été claire, mais, en début d'après-midi, des nuages de plomb vinrent emplir le ciel, et l'approche d'un orage se fit sentir dans l'air. Une compulsion inexplicable m'amena en bordure de la forêt, à l'endroit où j'avais vu Stefan la dernière fois. Comme je pressais les chevaux entre les arbres, une pluie fine commença de tomber, mais les épaisses frondaisons nous protégèrent. Cependant, nous fûmes mouillés quand même car les branches basses nous aspergèrent de rosée.

Les animaux encensèrent et hennirent leur désapprobation quand ils comprirent que la folie m'avait pris de pénétrer à nouveau dans la forêt. « Je n'ai pas peur », me dis-je ; cependant, j'eus bientôt la bouche si sèche que ma langue adhéra à mon palais. De mes mains légèrement tremblantes, je m'efforçai d'imprimer une tension satisfaisante aux rênes. En effet, je n'avais pas peur, quoique je ne pusse me retenir de lever les yeux vers les cimes des arbres, afin de vérifier si Jeffries ne s'y balançait point au vent.

Il faisait jour et il faisait chaud. Les loups n'attaquent jamais le jour par temps chaud. Pas plus qu'ils n'attaquent isolément ; ils procèdent plutôt par meutes – et, dans ce cas, uniquement durant les nuits d'hiver. Telle est l'opinion populaire prédominante dans la région ; néanmoins, Stefan avait trouvé la mort par une journée d'été radieuse, tué par un demi-loup solitaire. Tout à coup, je songeai au revolver de Père que j'avais posé sur le siège en cas de besoin. Je le plaçai sur mes genoux.

Aucun signe de Stefan. Je menai les chevaux droit devant, avec lenteur, scrutant la pénombre afin d'y repérer la petite silhouette de mon frère mort. Refaisant le trajet dont je me souvenais, nous parvînmes finalement en un lieu que je jugeai être celui de l'attaque des loups.

Les chevaux regimbèrent puis renâclèrent d'impatience et de nervosité. Je les maintins à l'arrêt, cherchant un aulne sous lequel je croyais avoir vu Stefan pour la dernière fois. Je prêtai l'oreille et distinguai un bruissement lointain dans les arbres, causé sans doute par des oiseaux ou des écureuils. Un corbeau croassa, réprobateur; un autre oiseau chanta.

Je guettai ainsi pendant plusieurs minutes, conscient de chaque son environnant, du crépitement assourdi de la pluie sur les arbres, de ma propre respiration. Enfin, lentement, très lentement, Stefan émergea d'un lacis de lumière et d'ombre sépia sur fond de feuilles frémissantes.

Il désigna les confins de la forêt.

Dans un craquement de rameaux rompus, la calèche s'ébranla sur le sol jonché d'aiguilles.

Comme la dernière fois, le spectre de mon frère s'évanouit – et ne réapparut pas avant que j'eusse sensiblement progressé dans la direction indiquée. Alors, il me fit à nouveau signe. Nous continuâmes ainsi une bonne demi-heure.

Enfin, Stefan apparut sans plus faire de geste; il se borna à me fixer avec une attention soutenue – celle d'un être cher qui eût tenté de mémoriser les détails de mon visage en prévision d'une longue séparation.

Puis il disparut.

Perplexe, je regardai autour de moi, sans voir rien d'autre que l'aulne et les sapins. Après une attente de quelques minutes, je glissai le revolver dans la ceinture de mon pantalon et descendis de la calèche. J'attachai les chevaux à une grosse branche puis j'entrepris d'inspecter l'endroit. Il ne présentait aucune particularité; les frondaisons étaient toujours aussi denses, et la terre brune se trouvait presque entièrement recouverte d'un tapis de feuilles mortes et d'aiguilles de pins.

Cependant, comme je me dirigeais vers le grand arbre sous lequel s'était tenu le fantôme de Stefan, le sol s'affaissa soudain, mou et spongieux, sous mes pieds. Je repoussai les détritus humides et découvris une terre fraîchement creusée, plus sombre et plus meuble que celle des abords immédiats.

Les battements de mon cœur s'accélérèrent. Je m'empressai d'écarter le reste des feuilles mortes. Ce faisant, je déterrai quelque chose de dur et de blanc – un fragment d'os, d'un animal, pensai-je. Mais je n'eus pas plus tôt commencé de l'examiner que les chevaux poussèrent des hennissements aigus signalant une panique manifeste.

Levant les yeux, je vis un loup courir ventre à terre entre les arbres, se dirigeant non pas vers la calèche et les chevaux captifs, mais vers moi.

Je me raidis ; une pensée lugubre me traversa l'esprit : Stefan m'avait entraîné ici afin que je subisse le même sort que lui et mon demi-frère ; j'imaginai mon sang qui, mêlé à la pluie fine, allait parer la forêt d'une rosée pourpre.

Le loup bondit. J'ouvris les pans de mon manteau, saisis le revolver et fis feu. A deux mètres de moi, l'animal émit un glapissement strident et s'effondra à mi-bond, au sommet de sa trajectoire, atteint à la jointure de la patte et de l'épaule.

Néanmoins, il se releva et clopina vers moi. Je fus obligé de tirer à nouveau ; la proximité me permettant cette fois de m'y prendre proprement, je logeai une balle juste au-dessus de ses yeux d'une blancheur crue. La créature s'affaissa sur le sol en poussant une plainte qui se termina par un râle d'agonie.

Je ne désirais rien tant que m'affaler contre le plus proche tronc d'arbre afin de maîtriser mes tremblements – mais le sinistre souvenir des deux loups morts derrière la grille de notre caveau me persuada de garder l'arme à la main.

Puis j'entendis un bruit de rameaux brisés et de feuilles froissées ; le deuxième loup apparut quelques secondes plus tard. Je me contraignis à attendre qu'il fût assez près pour être certain de faire mouche et, quand je me préparai enfin à faire feu, je dus neutraliser le tremblement de ma main droite avec la gauche. Le loup chargea, et je pressai la gâchette, mais la pluie éparse qui s'écoulait des ramures avait perlé l'arme d'humidité ; au moment même de la décharge, elle glissa dans ma main, expédiant la balle loin de mon objectif.

Dans la fraction de seconde qui me fut nécessaire pour comprendre que j'avais raté ma cible, je sus que tout était perdu. Le loup sauta à ma gorge. Son corps heurta le mien, éjectant le revolver de ma main. D'immenses pattes s'abattirent sur mes épaules et les clouèrent sur le sol humide. Je m'armai de courage pour supporter la douleur que ces dents cruelles allaient infliger à mon cou, songeant non pas à l'ironie de mon sort, ni à la perfidie du fantôme de mon frère, mais uniquement à Mary et à l'enfant.

Le loup abaissa sa tête vers mon visage et le scruta de ses grands yeux sauvages et incolores ; sa gueule ahanante révéla une longue langue rose et des crocs jaunis, luisants de salive. Il gronda et ouvrit grandes ses mâchoires, prêt à tuer. Je sentis son haleine brûlante sur la peau tendre et dénudée de ma gorge. Suffoquant, je fermai les yeux et me raidis pour affronter la mort.

Puis l'impossible se produisit.

Je sentis un mouvement derrière mes paupières closes, mais cela ne fut point suivi de l'écorchement infiniment douloureux de ma gorge. Tout près de mon cou, la chaleur fut remplacée par la fraîcheur humide de la forêt ; la pression des pattes sur mes épaules cessa.

Ouvrant les yeux, je vis que le loup s'était retiré. A présent, il était assis sur son arrière-train, à mes pieds, tel un chien obéissant et essoufflé, sa langue pendant nonchalamment d'un côté de sa gueule redoutable.

D'un sursaut, je me redressai à demi. Le loup grogna, fit claquer ses mâchoires, se ramassa pour revenir à la charge – mais il se retint au dernier moment, à regret, comme si une barrière invisible et imprévue l'empêchait de s'approcher.

Je ne perdis pas de temps à m'interroger sur la cause de ce phénomène insolite. Avisant le revolver sur le sol, je m'en approchai avec une lenteur sournoise, tandis que le loup grondait de mécontentement – sans bouger toutefois. Enfin, j'atteignis l'arme et fis feu à bout portant sur la créature, en éprouvant cependant un élancement de pitié de la voir aussi soumise. Elle mourut en émettant une douce plainte, la tête enfouie entre ses pattes antérieures.

Ensuite régna le silence – pas même rompu par la course d'un écureuil ou le chant d'un oiseau ; seul le battement doux et régulier de la pluie sur le feuillage se faisait entendre. Le troisième loup n'apparut jamais. Quand mon tremblement se fut atténué, j'évaluai la superficie de la fondrière. Elle était beaucoup moins grande que je ne m'y attendais, à peine un mètre carré – bien trop petite pour abriter un corps. Saisi d'une sombre allégresse qui frôlait l'hystérie, je me surpris à sourire : Et si les légendes des *moroï* étaient vraies ? Et si mon frère m'avait conduit à une cache recelant des bijoux ou des pièces d'or ?

Obnubilé par cette idée, j'entrepris de creuser à mains nues.

Ce fut éreintant. La terre était lourde d'humidité et, au bout d'une heure, deux peut-être, je fus trempé, crotté et fourbu. Il se mit à pleuvoir pour de bon. J'allais renoncer lorsque mes doigts transis rencontrèrent finalement quelque chose de mou et de malléable sous l'eau fangeuse.

On eût dit un tissu épais. Pris de frénésie, je dégageai une quantité suffisante de boue pour déterminer les dimensions du trésor caché : c'était un carré d'environ trente centimètres de côté. Lorsque j'eus assez creusé pour glisser mes doigts au-dessous, je m'aperçus que la toile abritait une boîte de forme parfaitement carrée, manifestement constituée d'un matériau très dur, métal ou bois.

M'agenouillant sur la terre détrempée, je me penchai en avant et insinuai mes doigts, puis mes mains, sous la boîte. Plusieurs moments me furent nécessaires avant d'obtenir la prise et le recul me permettant d'extraire l'objet du sol mouillé; finalement, je tirai d'un coup sec, et la boîte vint dans un bruit de succion.

Je m'accroupis afin d'examiner ma trouvaille : elle avait été enveloppée de plusieurs épaisseurs de fine soie noire, désormais imprégnée d'humidité et d'une saleté immonde, mais trop neuve et en trop bon état pour être restée plus de vingt-quatre heures sous terre. Après m'être hâté de défaire la soie, je découvris une boîte de bois toute simple, dépourvue de vernis, visiblement confectionnée à partir d'un pin de la région, et comportant un grossier loqueteau de cuivre.

Je posai la boîte sur le sol et soulevai le fermoir, éraflant mon pouce sur son bord non poli et acéré sans y prêter attention, tant mon émoi était grand. Après avoir repoussé le loqueteau, je glissai le bout de mes doigts sous le couvercle et entreprit d'ouvrir la boîte. Cela me coûta un effort certain, car le bois avait travaillé sous l'effet de l'humidité, mais je réussis enfin à débloquer le couvercle...

Et hurlai en croisant le regard de Jeffries.

Un regard voilé par la mort.

D'un bond, je fus debout; mes mains lâchèrent la boîte. La tête de Jeffries roula sur les feuilles saturées d'eau avec un craquètement moite et vint s'arrêter, le visage face au ciel, tout au bord du trou béant. Durant sa course, quelque chose tomba de la bouche ouverte, figée dans le même rictus d'angoisse que j'avais vu en rêve. Je tendis la main pour ramasser la chose blanche qui se détachait sur le sol sombre et luisant; c'était une tête d'ail.

Son cou avait été scié exactement comme celui de Père; de même, on avait bourré sa bouche de gousses odorantes. Sa peau m'apparut d'une blancheur inhumaine; elle était précisément de la couleur de la craie, plus pâle encore que les pointes de ses cheveux hirsutes qui saillaient dans toutes les directions.

Le tonnerre gronda tandis que je fixais un regard épouvanté sur la tête coupée. Un nuage creva subitement au-dessus des frondaisons qui m'avaient abrité jusque-là, déversant une violente cascade sur moi ainsi que sur mon regretté convive, lavant la boue qui souillait mon pantalon et mes manches. La pluie martela les yeux écarquillés et aveugles de Jeffries; elle plaqua sa chevelure sur son crâne puis balaya les brindilles terreuses et une feuille d'aulne qui s'était collée sur sa joue marmoréenne.

Un instant, je crus que j'allais vomir; mais ce qui surgit du tréfonds de mon être terrifié se révéla complètement inattendu.

Je me mis à rire.

A voix basse, tout d'abord; puis de façon de plus en plus aiguë, jusqu'au moment où j'atteignis une tonalité hystérique. Rejetant la tête en arrière, je m'esclaffai de plus belle, sanglotant d'hilarité et laissant la pluie se mêler à mes larmes, la laissant cribler mes yeux ouverts (comme elle criblait déjà ceux, éteints, de Jeffries), la laissant emplir ma bouche ricanante... L'instant d'après, j'étais plié quasiment en deux, agité de soubresauts, secoué de haut-le-cœur, toujours soumis aux convulsions de cet accès d'infernale euphorie.

Car j'avais compris : Stefan était apparu pour la première fois *avant* la mort de Jeffries. La venue de ce dernier n'était que pure coïncidence. Sa disparition? Une simple incidence.

Il y avait encore un trésor à trouver.

Et je l'ai trouvé, petit frère! Oh oui, je l'ai trouvé!

Ouvrant les bras, je me livrai à la pluie et me mis à tournoyer tel un enfant qui désire savoir combien de virevoltes il pourra accomplir avant de succomber au vertige. J'ai dansé à travers les broussailles, oublieux des loups, insouciant, piétinant la terre grasse et tapissée de feuilles, m'arrêtant chaque fois que cédait le sol pour creuser dans la boue comme un chien acharné à retrouver un os.

Des os, j'en ai trouvés un plein charnier – et que des crânes! De gros crânes; des petits, aussi... Les enfants en bas âge avaient été enterrés sans aménité; je trouvai leurs têtes dans une sorte de fosse commune. Nombre de ces crânes minuscules étaient de configuration irrégulière et révélaient des difformités flagrantes. Un enfant présentait une tête surnuméraire qui émergeait de son pariétal, comme s'il avait – vainement – essayé de donner naissance à Athéna.

Je cessai d'ouvrir les boîtes après la deuxième – qui contenait la tête moussue d'un homme mort depuis plusieurs mois – mais je poursuivis ma folle excavation, accumulant les coffrets comme autant de trophées. Cependant, après en avoir déterré quelque deux douzaines (sans compter les innombrables crânes de nourrisson), mon énergie délirante s'épuisa, quoique le sol s'affaissât encore en maints endroits autour de moi. Et combien de charniers semblables sont dissimulés dans l'immense forêt?

Comment un seul homme pourrait-il creuser en tant d'endroits? Comment pourrait-il supporter cela?

Mais où sont passés les squelettes – les plus grands, ceux des adultes, et les petits, tout disgraciés, ceux des pauvres enfants dont on n'a pas voulu?

Ah Stefan! je crois que, là aussi, j'ai trouvé la réponse! Il y avait des fragments d'os dans le magma de brindilles, de feuilles et d'aiguilles de pins jonchant le sol. En passant au crible la terre grasse, j'acquis la conviction que les corps avaient été livrés aux loups. Ces fragments étaient tout ce qui subsistait après que les animaux eurent réduits en pièces les ossements les plus gros entre leurs mâchoires puissantes, avides d'accéder à la moelle savoureuse.

Qui saurait dire combien de temps je suis resté là-bas, à fouiller la boue tel un fou? Quel être humain garderait la notion du temps face à tant d'horreurs?

Je ne sais qu'une chose : lorsque je m'effondrai enfin, tremblant, exténué, impuissant à déplacer une autre poignée de terre lourde et molle, je tombai sur le dos et j'aperçus entre les branches une minuscule lézarde de ciel rougeoyant. Je compris que les nuages s'étaient dispersés et que le soleil se couchait.

La suite, je l'ignore; il semblerait qu'une sorte de folie providentielle se soit emparée de moi, réduisant mon esprit à une *tabula rasa*, incapable de se souvenir du passé, incapable de se rattacher au présent. Je ne me rappelle pas avoir remis en place les têtes et les fragments que j'ai découverts (je prie que oui, car cela protégerait le pauvre Jeffries et ses compagnons d'infortune d'autres outrages posthumes), mais, selon toute apparence, j'ai réussi à regagner la calèche (sans doute en rampant) et à la conduire jusqu'au bercail.

Quand je suis rentré, échevelé, trempé, entièrement couvert

de boue, j'étais en proie au délire. D'après Mary, j'ai été malade deux jours durant, avec une fièvre si élevée pendant la nuit du 12 qu'on a craint pour ma vie. Elle semble savoir qu'un événement terrible s'est produit; elle m'entoure de soins affectueux sans me poser de questions.

Comment lui raconter ce que j'ai vu? Mon Dieu, je ne puis supporter de la savoir côtoyant un tel danger...! C'est moi qui l'ai entraînée dans cet horrible théâtre d'horreurs, et si quelque chose devait lui arriver, à elle ou à l'enfant...

Je ne puis en dire plus, car le fait d'écrire favorise le souvenir et la réflexion; or, quand je commence à me souvenir, quand je commence à réfléchir, la démence menace à nouveau...

7

Le journal de Mary Windham Tsepesh

14 avril. – Pendant deux jours, Arkady a été si terriblement souffrant que j'ai eu peur de quitter son chevet, fût-ce pour écrire mon journal.

Jusqu'à maintenant, sa routine consistait à se lever tard, à déjeuner, puis à lire, à écrire, ou à se promener jusqu'au coucher du soleil, heure à laquelle il partait pour le château. En général, il rentrait bien après que je fus endormie.

Mais avant-hier, il est revenu au crépuscule. C'est Ion, le vieux jardinier, qui l'a vu arriver. Alarmé par la façon erratique dont Arkady menait l'attelage (c'est ce qu'il m'a raconté), il s'est précipité dans la maison en criant : « *Doamna ! Doamna !* »

J'étais en train de lire dans l'un des salons, mais l'intonation stridente du vieil homme me fit lâcher mon livre, et je me suis empressée de gagner le vestibule. Je sentis confusément qu'un terrible malheur venait de frapper mon mari.

J'arrivai à temps pour voir Ion qui tenait la lourde porte tandis qu'Arkady entrait d'une démarche chancelante, trempé, souillé de boue, les cheveux ébouriffés, les vêtements chiffonnés. Ses yeux étaient brillants, égarés, ses traits contractés comme s'il souffrait – mais *il riait.* Oui, il riait, d'une façon si malsonnante que mon cœur en fut pétrifié.

Je portai une main à ma gorge, touchant la petite croix d'or cachée sous le col de ma robe, puis, d'une voix presque trop douce pour couvrir son rire hystérique, je l'appelai : « Arkady. »

Il sursauta, leva les yeux, et son regard se fixa sur moi ; aussitôt, son hilarité se transforma en une terreur intense. Il tomba à genoux, enfouit son visage dans ses mains, laissa échapper un gémissement long et faible, puis murmura : « Les crânes! Tous les petits crânes! »

Je m'approchai et appliquai une main sur son front; il était si brûlant que, lançant un coup d'œil à Ion, je lui ordonnai : « Envoyez quérir le docteur sur-le-champ. »

Ion parut comprendre assez bien le mot *doktor*, car il opina du chef et se hâta vers l'office.

A cet instant, Arkady enlaça mes jambes, pressa son visage contre mon ventre et sanglota : « Sa tête! Sa tête! Stefan avait raison! Il y avait un trésor dans la forêt! »

Dunya et une autre femme de chambre (Ilona) apparurent et, à nous trois, nous parvînmes à aliter Arkady. Cette nuit-là, il continua d'avoir la fièvre, et son délire s'aggrava au point que Dunya et moi dûmes tout faire pour l'empêcher de se jeter du lit. Il vociféra des choses horribles et effrayantes à propos d'ossements, de crânes, de M. Jeffries, de Stefan (son frère, qui est mort très jeune) et de loups.

Au pire moment de cette première nuit, il se dressa subitement dans le lit et me regarda avec des yeux si écarquillés que le pourtour de ses iris devint d'une blancheur éclatante. Pantelant, il s'exclama : « Mon Dieu! C'est moi qui ai écrit la lettre qui l'a amené ici! Père et moi! Tous les deux! » Puis il poussa un hurlement d'angoisse qui résonna dans tout le manoir.

Cette nuit-là, je crus qu'il allait mourir. Mais, Dieu soit loué, il survécut et, le lendemain, son état s'améliora un peu, quoiqu'il fût encore sujet à quelques divagations. Dunya insista pour que nous restions à son chevet à tour de rôle; de fait, jugeant que j'avais grand besoin de sommeil, elle a quasiment veillé toute seule. La bonne fille se tourmente pour ma santé. Je me sens épuisée en permanence; chaque jour, l'enfant descend un peu plus.

Aujourd'hui, l'état d'Arkady s'est amélioré. La fièvre a cessé; ses yeux sont clairs, bienveillants, tels que je les ai toujours connus.

Sa sœur va beaucoup mieux, elle aussi. Ce matin, elle a été capable de marcher jusqu'au salon mais, comme nous n'étions guère enclins à lui apprendre tout à trac la maladie d'Arkady, les domestiques et moi-même avons ourdi une sorte de conspiration du silence. Bien que Zsuzsanna soit toujours aussi aimable, elle est quelque peu distante, rêveuse, et il m'arrive de détecter un soupçon de condescendance dans son sourire. En vérité, je ne puis m'empêcher de penser que sa guérison est plus le fait de Dunya que celui du docteur; aussi continuons-nous chaque soir d'enguirlander sa fenêtre de couronnes odorantes, sans oublier de les ranger tôt matin dans l'armoire.

Hélas, un événement navrant s'est produit ce midi, et je ne crois pas que nous pourrons le dissimuler plus de quelques jours à Zsuzsanna. Le temps s'annonçant clément et beau, j'ai laissé Arkady sommeiller paisiblement et je suis allée dans le petit jardin paysager situé près de l'aile est pour profiter des premiers rayons du soleil. En fin de matinée, j'étais encore assise dans la causeuse de fonte, les yeux clos, somnolant dans la chaleur délicieusement répandue par l'astre du jour, quand j'entendis soudain des pas qui s'approchaient. Clignant des paupières, je vis Ion, le jardinier, qui portait le bon gros Brutus dans ses bras, comme si c'eût été un chiot. A ce tendre spectacle, je souris – jusqu'au moment où la tête ballottante du pauvre chien s'inclina dans ma direction, révélant sa gorge sanglante; puis je m'aperçus que son flanc avait été cruellement écharpé.

– Qu'est-il arrivé? m'écriai-je avant de fondre en larmes.

Ion s'arrêta; il considéra tristement l'animal puis secoua la tête. Déplorait-il ainsi le trépas d'un chien aussi gentil – ou son ignorance de la langue allemande? Maintenant encore, je ne saurais le dire.

Malgré mes sanglots, je me désignai tout en m'adressant à lui : « Je me charge de l'apprendre à Zsuzsanna. » Puis je portai mon doigt à mes lèvres, espérant lui faire assimiler que nul ne devait être informé de ce malheur jusqu'à nouvel ordre.

Paraissant comprendre, il opina du chef puis s'éloigna à pas lents, sans doute dans l'intention d'offrir une digne sépulture à l'animal.

J'espère qu'il l'a enterré à proximité d'un jardin ou d'un endroit arboré, bien ensoleillé, avec beaucoup de végétation et plein de petites bêtes à chasser.

Je suis rentrée pour annoncer la triste nouvelle à Dunya. Elle m'a écoutée avec gravité, les lèvres froncées et les yeux emplis de chagrin. Quoique je ne lui aie pas touché mot de mes soupçons quant à la cause de la mort du pauvre Brutus, elle s'est immédiatement proposée comme gardienne de Zsuzsanna cette nuit même.

Je l'ai agréée sur-le-champ.

Tout cela peut sembler aussi niais que superstitieux, mais il se trouve que j'ai assisté à des événements proprement inconcevables d'un point de vue logique; en outre, mon mari a failli devenir fou sous l'emprise d'une terreur secrète. Je connais la raison de la mort de ce pauvre chien; j'en ai même vu la cause directe – quand elle ricanait nuitamment à la fenêtre de ma chambre.

Je prie seulement que Dunya, dotée d'un cœur aussi bon et aussi loyal que Brutus, mais également d'une intelligence bien plus vive, puisse éviter le même sort.

Journal de Zsuzsanna Tsepesh

15 avril – 2 heures du matin. – C'en est fait. Je suis sienne. Mon dos, ma jambe et mon pied me font terriblement mal, mais maintenant je sais qu'il s'agit d'une bonne douleur, comparable aux affres de l'enfantement : elle est temporaire et mène à une issue si merveilleuse que les souffrances seront vite oubliées. Mon corps entier vibre, *chante* avec une puissance incroyable, comme neuve ; une puissance telle, une *vivacité* telle que je n'ai pu dormir, ni même retourner au lit. Après son départ, je suis restée à la fenêtre, sanglante et nue, tendant les bras vers la lune déclinante et l'invitant à danser avec moi, pour rire au nez des étoiles.

Et rire au nez de Dunya, cette stupide et pitoyable créature. Elle dort en ronflant (exactement comme le faisait Brutus), par terre à côté du lit, plongée dans un très profond sommeil. Non mais, regardez-la, avec son affreuse bouche bée, son abject crucifix ! Elle ne s'éveillera pas avant le matin, sourde à mes éclats de rire, mes sarcasmes susurrés à son oreille : *Sotte Dunya, sotte Dunya ! Mon inefficace petit chien de garde !*

Je sais que rien ne peut la tirer de sa torpeur. Maintenant, je sais tout ce que *lui* sait.

Je sais *chaque chose.*

Alors qu'auparavant j'étais une misérable infirme, malaimée, non désirée, me voilà maintenant plus forte et plus belle que vous tous ! Immortelle – parce qu'il m'aime ! Avant cette nuit, je n'avais aucune idée de la profondeur de cet amour ; je suis toujours pétrifiée de respect, bouleversée, stupéfiée au point de ne pouvoir maîtriser mes tremblements.

Oh ! que je l'aime !

Ce soir, elles m'ont parlé de Brutus – Mary et sa petite ombre, Dunya. Une partie de moi (très réduite à présent) a sangloté. Il le fallait bien : elles m'observaient. Elles s'attendaient à me voir terrassée par le chagrin. Je leur ai fait ce plaisir.

Mais j'étais tellement soulagée. Soulagée et heureuse, car je savais ce que cela signifiait : il allait venir cette nuit – cette nuit même! – et je savais ce que j'avais à faire. Et même quand Mary m'a dit que Dunya passerait la nuit dans ma chambre, « pour veiller sur moi au cas où je me sentirais mal », cela ne m'a pas ennuyée une seconde. J'avais confiance en lui. (Mieux vaut Dunya que Mary; car maintenant que je sais tout, je sais aussi que certaines personnes sont plus facilement influençables que d'autres. A cet égard, Mary est l'une des moins faciles à manier – moins encore que ne l'était le jaloux et dévoué Brutus – et il y a toujours le danger qu'elle domine Arkady, lequel est déjà assez difficile à circonvenir, vu l'entêtement qu'il tient de Mère. Mais Dunya, elle, est superstitieuse, et, comme la plupart des gens d'ici, aisément malléable, surtout quand elle dort.)

Aussi, quand tout le monde se fut couché, j'ai attendu, le cœur battant d'excitation, jusqu'à ce que je sente l'approche de ses beaux yeux – de véritables pierres précieuses d'un vert impérissable. Lorsque Dunya a commencé de ronfler sous sa couverture, je sus que l'heure était venue. Je me suis levée en tapinois, j'ai décroché les gousses d'ail entourant la fenêtre et les ai cachées dans l'armoire, non sans grimacer à cause de leur odeur répugnante et de leur contact parchemineux.

Puis je me suis agenouillée sur la banquette pour ouvrir les volets et soulever le châssis; aussitôt afflua l'éclat argenté, stimulant, de la lune et des étoiles. Debout au centre de ce magnifique étang de lumière, je vis des atomes scintillants qui commencèrent de tournoyer en s'irisant comme des bulles de savon sous les reflets du soleil. Ensuite, les particules elles-mêmes se mirent à vibrer, à se déplacer pour m'entourer; alors, elles tracèrent des cercles de plus en rapides, jusqu'au moment où mes yeux accablés furent incapables de les suivre; à cet instant, né de cette danse prismatique et diamantine, Vlad apparut lentement – vague et informe tout d'abord, comme issu d'une rêverie, puis, graduellement, il devint plus consistant, jusqu'au moment où il se tint enfin debout devant moi. Sa peau sans défaut n'était plus si pâle mais, captant toujours la lumière, elle renvoyait de fulgurants miroitements d'un éclat mercuriel, rose et turquoise, qu'on eût dit surgi d'une nacre ou de la plus fluorescente opale. Il était rajeuni ; oui, rajeuni, avec des mèches grises ornant ses tempes, ce qui renforçait à l'extrême sa ressemblance avec Père et avec Arkady. Tendant mes bras, j'atteignis ses mains glacées comme du cristal ; il m'attira à lui.

Nous nous embrassâmes comme il est de coutume dans notre famille – sur chaque joue, en nous serrant les mains de façon cérémonieuse ; puis il passa ses bras autour de ma taille et, lentement, avec douceur, il dénoua le ruban de ma chemise de nuit et fit descendre celle-ci le long de mon corps. Je m'en libérai et la repoussai d'une petite chiquenaude de l'orteil. Plaquant sa main puissante sur mon dos nu, dorénavant quasiment droit, il me pressa contre lui et baisa mes lèvres d'une manière rien moins que familiale, avec sa langue, ses dents – et toute son ardeur.

Défaillant presque à l'idée du plaisir que j'allais savourer, je me dégageai de son étreinte, afin de mieux me montrer à lui : je rejetai en arrière ma tête et mes épaules, de sorte que ma longue chevelure brune retomba à moins d'une dizaine de centimètres du sol ; mon buste pâle, argenté par la lumière des étoiles, s'éloigna de lui, infléchi comme un croissant de lune.

Il cambra son propre corps, tel un cimeterre, contre le mien, et m'embrassa de nouveau, passant une fois de plus ses lèvres – bien moins froides – sur ma bouche, mon menton, la courbe de ma mâchoire, jusqu'au moment où elles atteignirent mon cou mis à nu, offert, et mes plaies, minuscules et élégantes, juste au-dessus de ma clavicule. Sa langue les entoura délicatement, et je tressaillis en éprouvant à cet endroit une sensation de tendresse exquise et fiévreuse. Il ouvrit davantage la bouche ; ses lèvres se pressèrent sur ma peau, et sa langue commença de s'affairer rapidement, avidement, sur les blessures. Je sentis la pression, toujours si douce, de ses dents aiguisées comme des rasoirs sur le centre de chaque incision en voie de guérison ; comme des serpents, elles attendaient de frapper, de s'enfoncer à nouveau dans ma chair.

Tremblante, j'attendis.

Mais il leva la tête et chuchota à mon oreille :

– Non. Tu es encore trop faible. Laisse-moi être le premier cette nuit...

A mon amère déception, il recula, aussi prestement qu'il avait frappé la fois précédente, et relâcha son étreinte. J'émis une faible plainte de désespoir, mais cessai en voyant étinceler la pâle phosphorescence de ses mains sur sa cape noire. Celle-ci tomba à terre, et il s'empressa de déboutonner son gilet puis sa chemise; il ne les ôta point, mais se borna à les retrousser d'une main, révélant un torse large, puissant, qui semblait avoir été façonné dans du marbre, aussi musculeux et inébranlablement ferme que celui d'un jeune dieu romain. Il leva son autre main et passa sur sa poitrine un ongle long, pointu, aussi effilé qu'une lame d'acier, qui lacéra en diagonale sa chair magnifique et laissa une estafilade rouge dans son sillage.

Puis il entreprit d'élargir sa blessure; son regard soutint le mien tandis qu'il trouvait la veine et l'incisait. J'aperçus une lueur fugace de douleur dans ses yeux, mais elle fut vite éclipsée par son excitation grandissante. Mon regard se posa sur la zébrure ensanglantant son torse, et j'en vis jaillir un fluide abondant et pourpre. Perdue dans ma contemplation, je demeurai interdite, stupéfaite, éperdue d'adoration.

Il passa ses doigts sur ma nuque puis, saisissant tendrement ma chevelure, m'attira à lui.

Je bus.

Je bus comme un nouveau-né; je bus comme une amoureuse. Aussi glacé que son contact ait été cette première nuit, aussi fraîche qu'ait été sa peau, ce sang n'en fut alors que plus brûlant – plus brûlant que celui de toute créature. Il réchauffa mes lèvres, ma gorge, fit ruisseler des larmes le long de mes joues jusque dans ma bouche, mêlant ainsi le goût du sel à celui du fer.

Cette saveur! Cette saveur obscure...!

Bruyamment, goulûment, je me mis à l'œuvre, lapant avec un entrain animal; je l'enlaçai et l'attirai plus près de moi, dans un sursaut d'énergie qui lui inspira un petit rire confiant, mais déclencha également le léger mouvement de surprise propre à la personne séduite, troublée au point d'être prise soudainement de faiblesse. Je souris tout en me régalant, distinguant dans ce rire un écho du plaisir doux et langoureux que j'avais connu quand il s'était désaltéré à mon cou. La brusquerie de mon étreinte menaça son équilibre, et il fut forcé de se retenir à moi, appliquant ses paumes sur mon dos, me pétrissant de ses doigts, jusqu'au moment où il les enfonça profondément dans ma chair de peur de tomber.

Tout en buvant, je m'instruisis. Le sang m'ouvrit la perspective des siècles et me fit accéder à la connaissance; je pouvais tout voir maintenant, et je comprenais pourquoi il lui fallait aller en Angleterre.

Le monde change avec une rapidité toujours croissante, selon une progression géométrique. Notre région est reculée; elle a été épargnée depuis quatre cents ans, mais la civilisation approche. Chaque jour, le monde et ses divers gouvernements gagnent du terrain. Avec émoi, il a assisté à l'instauration du joug autrichien, qui marquait l'amorce de la fin de son règne.

Jusqu'ici, il s'est soustrait à leur autorité, mais, tôt ou tard, les Autrichiens tenteront de faire ingérence; et, ce jour-là, la Transylvanie se révélera trop petite. Il sera ardu, voire impossible, d'empêcher les étrangers d'enquêter sur les disparitions des voyageurs solitaires – voyageurs de plus en plus rares au demeurant, mais qui, néanmoins, nous apportent des nouvelles bienvenues de ce monde en mutation. En outre, au fil des générations, la population villageoise diminue et devient de plus en plus difficile à contrôler.

Chaque jour, les Carpathes sont moins sûres, moins nourricières. Aussi, avec la prévoyance astucieuse et patiente du prédateur aguerri, a-t-il envoyé mon frère à Londres, pour y recevoir une éducation citadine, de façon à ce que sa propre acclimatation s'en trouve facilitée.

Tout cela, je le compris avec une clarté éblouissante; et je compris aussi, non sans larmes, qu'il m'avait aimée assez pour mettre en œuvre ce miracle grâce auquel il m'était maintenant possible de l'accompagner en lieu sûr. En Angleterre.

Oh! mais c'était plus que cela – bien plus que cela! Il est resté seul depuis la mort de sa femme, presque quatre siècles auparavant. Mais à présent, entre toutes les femmes, c'est *moi* qu'il a choisie!

Soudain, il fut submergé par une émotion, semblable à la marée rouge sombre à laquelle je m'abreuvais, qui m'engloutit à mon tour, portant sur ses flots la certitude que cet échange nous liait l'un à l'autre pour toujours.

Il m'a choisie pour épouse parce que, *moi*, je l'ai choisi, *lui*. Je l'ai attiré à moi, et il a vu que mon sentiment de solitude trahissait une envie – une faim – plus grande encore que la sienne.

Il m'a choisie parce que moi seule l'ai aimé spontanément; non, cela outrepasse l'amour : je l'ai *révéré* comme il le mérite.

Je bus – et goûtai sa passion, sa volonté rigide; j'éprouvai sa haine des *rumini* – sa souffrance lorsqu'ils le traitent de monstre.

Il n'est ni un monstre ni un diable. Il est un saint, un ange descendu des cieux!

Non; il est plus que cela. Il est un dieu.

Je bus – et sanglotai de tristesse à la pensée des innombrables bien-aimés, morts et enterrés, à la certitude douloureuse que chaque visage juvénile se ridera à son tour, que chaque nouvel amour se desséchera le moment venu puis périra. En quelques secondes, je vis la procession d'une centaine de visages, tous différents, tous identiques, comme ceux d'Arkady et de Père, tous des variations mineures de la gracieuse figure de Vlad. Puis revinrent, encore et toujours, cet amour, cette perte, ce deuil récent, créant une solitude éternelle et plus horrible encore que celle goûtée au cours de ma brève existence de mortelle.

Je bus – et sus que nous ne serions plus jamais seuls.

Tout à coup, il bougea et gémit; ses mains se déplacèrent mollement dans mon dos, essayant faiblement de me repousser. Mue par l'instinct désespéré d'un animal affamé, je pressai mon visage contre sa poitrine et je lapai furieusement le sang qui giclait, brûlant de fièvre, sur sa peau fraîche.

– Zsuzsanna, implora-t-il.

C'était une prière, une supplique; je sentis son incroyable puissance se tarir. Se tarir, et entrer en *ma* possession. Je sentis qu'un pouvoir surhumain parcourait mes veines, et je sus que, l'eussé-je voulu, j'aurais pu briser sa colonne vertébrale comme un simple fétu de paille.

Il me faisait confiance à ce point. Il m'avait tenue dans ses bras avec autant de force, sans jamais me meurtrir.

Je reculai, me redressai, les cheveux dans les yeux, passai ma langue sur mes lèvres, recueillis le sang qui dégoulinait de mon menton en faisant une coupe de mes mains, puis léchai mes paumes comme un chat. Lorsque je levai enfin les yeux, rassasiée, pacifiée, toute-puissante, je vis les siens embrasés d'une lubricité frôlant la folie.

Il me saisit. Oh! il était faible, et j'étais la plus forte, mais je m'inclinai en arrière et me laissai prendre afin que mon extase fût complète. Repoussant ma chevelure, je dénudai mon cou pour lui ; je me tins parfaitement immobile tandis que ses dents ô combien pointues retrouvaient les deux petites marques ; et lorsqu'elles me percèrent à nouveau, je ne poussai aucun cri, ni ne luttai, mais émis un long soupir étouffé.

Cette fois, il ne fut pas longtemps à boire. Il me laissa chancelante, ivre de plaisir, et, quand il se retira, j'étreignis ses mains et m'agenouillai devant lui, le suppliant d'achever ce qu'il avait commencé. Je ne voulais pas rester ici, en arrière, plus longtemps !

Mais il se montra ferme. Il écarta mes mains ; il m'ordonna de rester. A présent, il est mon seigneur, et je ferai comme il l'ordonne ; mais, à ce moment-là, je pleurai en le voyant s'évanouir dans les ténèbres, et je courus à la fenêtre pour l'appeler doucement.

Dès que l'air frais de la nuit toucha ma peau, je fus grisée à nouveau, enivrée de sang, de jouissance et de pouvoir.

Mes sens sont plus affûtés, plus aiguisés. La lumière des étoiles est devenue éblouissante, d'une beauté aveuglante, et la forêt chante de vie ; j'entends chaque insecte qui grésille, chaque animal solitaire qui froisse les feuillages ; je distingue les belles et lointaines harmonies des loups. Le goût de son sang est encore dans ma bouche ; il me semble velouté, plus prononcé, plus entêtant et parfumé que le vin le plus fin. Je puis toujours respirer ses effluves, transportés par une douce brise : amers, âpres, métalliques, mais riches, capiteux et grisants. De temps à autre, j'applique un doigt sur les gouttes sombres qui ornent mes seins de nacre, puis le porte à mes lèvres afin de sentir, d'embrasser, de savourer.

Je suis si *forte*. Je pourrais tuer Dunya pendant qu'elle dort – lui tordre le cou d'une simple torsion de mon poignet.

Mais je n'en ferai rien. Pas cette nuit. Je jouerai le jeu juste un peu plus longtemps, car c'est ce qu'il veut. Je remplirai posément la cuvette avec l'eau de la cruche, je nettoierai le sang répandu sur mes mains et mon visage, sans oublier les gouttes constellant ma poitrine. Je replacerai l'ail à la fenêtre, me glisserai dans ma chemise de nuit puis dans le lit.

Pas encore, cependant. Pas tout de suite. Quelques heures me séparent encore de l'aube ; l'odeur et le goût de son sang sur ma peau sont si suaves...

Le journal de Mary Windham Tsepesh

15 avril. – Arkady sait à quoi s'en tenir sur Vlad. J'ignore comment, mais il est informé.

Je n'ai pas insisté pour obtenir des détails – je n'en connais déjà que trop, eu égard à ma santé mentale – mais, ce matin, nous avons eu un entretien long et fructueux.

Hier soir, il était complètement rétabli et, cette nuit, il a fort bien dormi. Du moins, c'est ce que je crois car, pour ma part, j'ai dormi comme une souche, exténuée par ma veille de deux jours; cependant, quand je me suis brièvement éveillée, émergeant d'un vague cauchemar où Vlad jouait je ne sais quel rôle, je me rappelle avoir été rassurée de voir Arkady dormant comme un bienheureux et ronflant doucement à mon côté. Ce matin, après m'être levée et avoir tiré les rideaux pour faire entrer l'agréable clarté du soleil, je me suis tournée pour assister au réveil de mon mari. Son expression était si contrite et si tourmentée que je lui ai demandé : « Qu'avez-vous, mon cher? Qu'est-ce qui vous préoccupe ainsi? »

Le temps que je retraverse la chambre pour venir m'asseoir auprès de lui sur le lit, il répondit : « Je dois vous demander pardon. »

Je pris sa main – mais j'avoue avoir éprouvé une certaine appréhension en entendant ces paroles qui pétrifieraient le cœur de toute épouse, quelque confiance qu'elle ait en son mari. Puis, me rappelant que nous nous étions disputés deux jours auparavant, je ris.

– Mais Arkady! répliquai-je. J'avais tout oublié! D'ailleurs, vous étiez probablement déjà malade à ce moment-là, et l'on ne saurait vous reprocher d'avoir perdu votre sang-froid. Vous êtes incapable de vous livrer à des agissements qui nécessiteraient mon pardon.

– Il ne s'agit pas de cela, fit-il, d'un ton si sombre que j'eus à nouveau un frisson de crainte. Je souhaite que vous me pardonniez de vous avoir amenée, vous et l'enfant, en... en ce lieu maudit!

Je tressaillis sans mot dire puis l'écoutai et l'observai avec la plus grande attention tandis qu'il poursuivait, en baissant les paupières et en se détournant de moi comme s'il avait honte; il fixa son regard sur les brillants rayons de lumière dorée qui filtraient à travers la fenêtre, et, au-delà, sur les volets encore clos de la chambre de Zsuzsanna.

« J'ai vu des choses horribles. Non! (Voyant que je m'inclinais vers lui pour l'interrompre, il leva une main.) Ne me demandez pas lesquelles! Il m'est impossible d'en parler. Je puis seulement vous dire ceci : je promets de veiller à ce qu'elles cessent bientôt et ne se reproduisent plus jamais. Je m'assurerai qu'il ne vous arrivera rien de mal, à vous comme au bébé..

– Oh, Arkady! m'exclamai-je. Pour votre bien comme pour le mien, il nous faut partir d'ici! Vous devez aviser Vlad que nous ne pouvons pas rester! »

Je ne lui parlai pas de ce que *moi* j'avais vu; j'étais certaine qu'il avait assisté à quelque chose de similaire, et je ne voyais pas pourquoi, sous prétexte de m'épancher, j'aurais alourdi le fardeau des soucis sous lesquels fléchissait déjà son esprit. Désormais, seule une chose comptait : le convaincre de nous emmener tous deux le plus loin possible de cet endroit.

Il dégagea sa main de mon étreinte.

– Mais cela briserait le cœur de Vlad que je les abandonne, lui et Zsuzsanna!

– Peu importe! Dites-lui... Dites-lui que les docteurs vous ont vivement conseillé de changer d'air, eu égard à votre santé. Dites-lui que nous partons seulement quelque temps. Nous pourrions aller à Vienne.

Arkady médita mes paroles et hocha pensivement la tête.

– Oui...

Il croisa mon regard; je souris en notant l'assentiment qui transparaissait dans son attitude et ses yeux.

« Oui, je vais aller le voir aujourd'hui pour lui expliquer tout cela. Je suis sûr qu'il me permettra de faire le nécessaire pour recouvrer ma santé. Que dis-je? Je suis même sûr qu'il m'encouragera.

– Oh, Arkady! » fis-je avec un grand soulagement; puis je tendis les bras vers lui.

Voyant mes yeux emplis de larmes, il m'enlaça si étroitement que je suffoquai; néanmoins, je n'aurais voulu pour rien au monde qu'il desserrât son étreinte. En pleurs, je lui dis que je m'étais tant tourmentée ces jours-ci – tant tourmentée pour lui; je lui dis qu'il avait failli mourir, que je ne pouvais supporter de le voir ployer un jour de plus sous le faix du chagrin et des soucis. Après avoir pleuré lui aussi, il me promit que nous nous échapperions. Ce soir, il parlerait à Vlad – et tout s'arrangerait.

Comme j'ai le cœur léger maintenant! J'ai fait mes malles tout en fredonnant des berceuses, pour moi et l'enfant, puis j'ai étudié mon recueil d'expressions allemandes. A présent, tout semble plus agréable au manoir : même Zsuzsanna paraît remarquablement rétablie; elle a repris des couleurs. Dunya et moi sommes si réconfortées que nous avons transporté un petit matelas pour elle dans la chambre de Zsuzsanna; sa présence, l'ail à la fenêtre, cela devrait suffire à faire échec au mal – quel qu'il soit.

Le journal d'Arkady Tsepesh

15 avril. – Il est très tard, et Mary dort déjà. J'ai allumé un feu dans le salon orienté à l'ouest et, tout en écrivant ceci, j'observe les flammes; par deux fois, je me suis levé pour y jeter la lettre que V. m'a dictée; par deux fois, je m'en suis trouvé incapable, saisi d'un brusque accès de cette migraine désormais familière, puis envahi par le sentiment suivant : En substance, le fait d'incinérer ce document de façon subreptice et déloyale ne revient-il pas à faire litière de mes obligations familiales?

Je suis un homme honnête. Je tiens toute duperie pour méprisable; cependant, si je désire contenter V. tout en veillant à ce que justice soit faite, je ne vois pas d'alternative. Par ailleurs, je ne sais exactement quel langage tenir à Mary; elle paraissait si heureuse, si rassérénée par la perspective d'aller à Vienne. J'avoue avoir éprouvé la même chose. Mais à présent cette issue est condamnée – à moins que je ne contrecarre ouvertement les souhaits d'Oncle. A moins que je ne rompe pour toujours avec la famille.

Autant j'aime Oncle, autant je me sens son obligé, autant je supporte de plus en plus difficilement de pénétrer dans l'enceinte du château. Mon imagination tourmentée ne perçoit plus une vaste demeure ancestrale, mais plutôt un monstre antédiluvien et grimaçant, qui guette mon arrivée afin de me dévorer : chaque fois que j'entre, les têtes de clous coupantes qui constellent la grande porte prennent des allures de crocs acérés, le seuil devient une gueule béante, les corridors sombres et méphitiques se transforment en un long gosier.

Ce soir, au coucher du soleil, lorsque je suis passé entre ces mâchoires avides, avec pour unique protection le revolver de Père dans ma poche de gilet, mes seules pensées allèrent à Jeffries. Où avait-il trouvé la mort? Dans la chambre d'hôte? A l'office? Où bien avait-il été entraîné au-dehors, afin d'être écorché vif dans les confins assombris de la lugubre forêt?

J'entrai donc, inspectant les murs, les planchers, les meubles, à la recherche d'une trace de sang. Gravissant les marches de pierre, j'imaginai la tête de Jeffries dégringolant tout l'escalier, comme pour venir à ma rencontre.

Vous êtes un Empaleur, n'est-ce pas? Un des hommes-loups?

Je montai lentement les degrés et gagnai le bureau de Père, combattant une recrudescence du délire qui s'était emparé de moi dans la forêt jonchée de crânes. Travailler me fut impossible. Je ne m'autorisai même pas à réfléchir, car cela me paraissait constituer un dangereux passe-temps. Je restai simplement assis dans le fauteuil de Père, luttant contre l'effroi glaçant qui menaçait de m'envahir, luttant pour raison garder. Quand je me sentis en possession de mes moyens, si vague que cela fût, je me levai et me dirigeai vers le salon d'Oncle. Je frappai; dès que V. répondit, j'entrai.

Tout semblait comme auparavant. Oncle était assis dans son fauteuil, en face d'une flambée qui répandait une agréable chaleur dans la pièce. Sur la table basse, la slivovitz inentamée emplissait le carafon de cristal taillé dont chaque facette paraissait trembloter à la lueur du feu. Seuls V. et moi avions changé : il avait rajeuni d'une vingtaine d'années; j'avais vieilli d'autant.

C'est impossible – impossible; je deviens vraiment fou.

– Arkady! fit-il d'un ton cordial en se tournant vers moi avec un sourire, lequel céda vite la place à une expression soucieuse.

Le grisonnement de ses tempes s'était accentué, de sorte que, sur les côtés, sa chevelure paraissait presque poivre et sel, et son teint, quoique très pâle encore eu égard à son aversion pour le soleil, dénotait une santé vigoureuse.

« Que tu es blême! Prends place, je te prie », ajouta-t-il en désignant l'autre siège.

Je m'assis, tentant de cacher la nervosité que m'inspirait cette dernière poussée de rajeunissement. Il plissa les yeux, me lança un regard scrutateur puis, me servant une coupe de slivovitz, sourit à nouveau et dit : « Ta charmante épouse nous a fait savoir que tu étais souffrant. Tu vas mieux, j'espère? Tiens, bois donc! Cela te donnera des joues roses... »

Je bus une gorgée. Il me fut impossible d'occulter le tremblement de mes mains, car à peine eus-je éloigné la coupe de mes lèvres qu'un peu de liqueur se renversa, embaumant l'air autour de nous. Je reposai bruyamment la coupe, manquant la briser, tant mon agitation et ma maladresse étaient grandes.

V. m'observait sans se départir de son sourire.

– Ragaillardi?

– Oui, répondis-je dans un souffle chargé d'effluves de slivovitz, car je luttais contre l'envie de tousser que provoquait la sensation brûlante de l'alcool dans ma gorge. Oui, je vais beaucoup mieux. Le docteur a diagnostiqué une fièvre cérébrale, mais maintenant je me sens bien.

– Il en est sûr? Tu es complètement guéri?

Je détournai mon regard et contemplai le feu. Soudain, la pièce me sembla étouffante, surchauffée.

– Oui. Quasiment. Cependant, Mary et lui sont encore inquiets. Le docteur dit que j'ai besoin de vacances, et Mary a suggéré que nous allions passer quelque temps à Vienne. Avec ta permission, bien sûr...

– Non, dit V.

Ma bouche s'ouvrit, et j'émis un petit hoquet. Stupéfait, incapable d'assimiler ce que je venais d'entendre, je fixai mes yeux sur lui. J'espérai à demi qu'il éclatât de rire et expliquât que ce n'était qu'une simple plaisanterie.

Il n'en fit rien. Son intonation fut nette, dure, neutre; son visage, fermé.

« Mary est trop près de la délivrance; elle ne peut prendre le risque d'accomplir un autre voyage. En outre, le bébé doit naître ici, dans la demeure de ses ancêtres, et non à l'étranger, dans quelque hôtel anonyme.

– Mais...

– Elle a besoin de toi, Arkady. Tu ne peux partir sans elle. Et moi aussi j'ai besoin de toi. Au fait, il nous faut écrire – aujourd'hui même – à un notaire londonien pour le charger de nous trouver une propriété convenable. Le temps presse. Il m'est impossible d'attendre encore.

– Je...

– Ce n'est pas tout; des invités vont bientôt arriver à Bistritz. Nous devons écrire une autre lettre et la faire poster demain par Laszlo. Il reste de nombreux détails à régler, Arkady, et je pense que tu avais raison de dire que le travail constituait le meilleur dérivatif à ton chagrin. Aussi, mettons-nous à l'œuvre sans tarder. Mais je te le promets : tu auras tes vacances avec Mary et le bébé. En Angleterre. Nous les prendrons tous ensemble.

– Je ne peux pas rester ici, fis-je en portant à mon front une main aussi frémissante que ma voix. Bon Dieu, je ne peux pas rester...! Je ne peux pas supporter ça plus longtemps! J'ai trouvé... J'ai trouvé la tête de Jeffries, enterrée dans la forêt. »

Puis je portai mon autre main, fébrile elle aussi, à mon front, et, baissant la tête, je fixai mes genoux à travers mes doigts tremblants.

Un long silence s'ensuivit, durant lequel je ne pus me résoudre à changer de position. Même quand V. parla enfin, je ne levai pas les yeux, mais je notai l'intonation morose de sa voix étouffée :

– En es-tu vraiment sûr?

– Comment pourrais-je me méprendre sur une chose aussi horrible, alors que je ne me suis pas trompé en affirmant que Laszlo avait pris la bague de Jeffries? ripostai-je.

– Je vois, dit-il doucement (mais je compris qu'il ne voyait rien du tout – qu'il était incrédule). Dans ce cas, il n'est guère étonnant que tu sois bouleversé. Cela suffirait à rendre fou n'importe qui.

– Oui, murmurai-je tout en pressant avec force mes doigts contre mon front, dans l'espoir d'atténuer leur tremblement.

– C'est terrible, bien sûr.

Il observa une pause.

« Mais, dis-moi, par quel hasard as-tu... as-tu fait cette horrible découverte? Est-ce que tu as vu quelqu'un l'enterrer...?

– Non. »

Ne sachant comment expliquer que j'avais été guidé dans la forêt par un fantôme sans pour autant éveiller, si besoin était, les soupçons de V. quant à mon équilibre mental, j'abaissai mes mains, levai les yeux vers lui...

Et vis Stefan, mon frère mort, assis dans le fauteuil, ses petites jambes maigres se balançant à quinze centimètres du sol, ses mains agrippées aux accoudoirs à la façon coutumière de V.

Avec l'éclat du feu, chaud, orangé et automnal, la blessure béante de sa gorge apparaissait distinctement et, sur le tissu blanc et sali de sa chemise déchirée, je pus voir son sang frais, luisant, d'un rouge vermeil. Comme je restai ébahi, ahuri, le sourire espiègle de Stefan s'élargit en une grimace moqueuse et malveillante.

Je fermai les yeux et les couvris de mes mains, incapable de parler.

Sentant qu'une main frôlait ma manche, je sursautai de peur – et me trouvai face aux yeux vert sombre d'Oncle. Une fraction de seconde, je crus voir errer sur ses lèvres une rémanence du rictus maléfique de Stefan. Je battis des paupières puis m'aperçus que son visage présentait une expression soucieuse et attentionnée.

– Arkady, fit V. d'une voix apaisante. J'ai eu tort d'insister. A l'évidence, tu es trop bouleversé pour évoquer ce sujet maintenant. Nous n'avons pas besoin de discuter de ces choses pour l'instant.

D'une saccade, je m'avançai jusqu'au bord du fauteuil, incapable de comprendre son calme face à une révélation aussi macabre; je ne savais qu'une chose : je frôlais l'abîme de la folie, et une simple chiquenaude suffirait à m'y précipiter.

– Je ne puis rester! Ne comprends-tu pas, Oncle? *Quelqu'un,* ici même, au château...

– Tu veux parler de Laszlo, me coupa-t-il d'un ton gentil, très rassurant – et tout à fait sceptique.

– Oui! m'exclamai-je, m'empourprant de colère. Laszlo, donc! Il a assassiné ton invité. Je ne puis demeurer ici avec ma femme – et le bébé – à proximité d'un monstre capable de...

Soudain, je m'interrompis en songeant que Laszlo vivait au château depuis deux ans seulement; dès lors, une pensée irrépressible me vint à l'esprit : « Tous ces crânes... Tous ces crânes... Comment un seul homme aurait-il pu accomplir cela en deux ans? »

Puis ma réflexion fut paralysée par une douleur, désormais tout à fait familière, qui vint enserrer mes tempes – celle-là même que j'avais éprouvée quand Masika avait voulu me confier son secret, quand Mary m'avait parlé de V. et Zsuzsa. Je joignis mes mains et me demandai si ce supplice était simplement le résultat d'un épuisement nerveux, ou s'il avait une origine plus funeste.

– Arkady, fit V. d'un ton doux et grave – le plus sincère que j'aie jamais entendu. M'aimes-tu?

A présent, sa voix n'exprimait plus qu'une pure mélancolie. Il sembla se recroqueviller dans son fauteuil puis devenir un vieillard voûté et pathétique. Le prince impérieux avait disparu. Je ne vis plus que mon père, usé, courbé par des décennies de deuil et de chagrin. Il m'adressa un regard suppliant, avec des yeux d'une beauté sans apprêt, dépouillés de toute séduction et de tout pouvoir, emplis d'une demande simple et intense; c'étaient les yeux qui avaient pleuré devant le cercueil ouvert de mon père.

Je fus pris de court et, en dépit de mon extrême agitation, profondément touché,.

– Mais... mais oui, Oncle, balbutiai-je. Bien sûr que je t'aime. De tout mon cœur. J'espère que tu n'en doutes pas.

– Et me fais-tu confiance?

Il se redressa; sa voix se raffermit et gagna en assurance, au fur et à mesure que réapparaissait le princc. Il y avait quelque chose de si apaisant, si hypnotique, dans ses manières que je me calmai comme un chien sous la main de son maître bien-aimé.

Je compris qu'il me prenait pour un fou à lier – et, à ce moment précis, croyant qu'il avait raison, je désirai vivement son aide.

– Oui, bien sûr.

– Dans ce cas, compte sur moi pour résoudre ce problème, dit-il, son aplomb dorénavant entièrement revenu. Compte sur moi pour veiller à ce qu'il ne soit fait aucun mal à toi ou à ta famille. Tu dois me croire, Arkady : je préférerais mourir plutôt que de laisser quelqu'un te nuire. Je te protégerai – je le jure sur le nom de notre famille! Tu as suffisamment souffert avec la mort de ton père et ta propre maladie; de surcroît, tu vas bientôt être père toi-même. Tu es bouleversé, et un long repos t'est nécessaire; tu viens d'éprouver deux chocs atroces. Tu n'as pas besoin d'autres tracas. Je t'en prie. Laisse-moi te soulager de ce terrible fardeau.

Il effleura ma main; la sienne était froide, mais son contact me détendit.

« Reste avec moi, Arkady. Pour le bien de ton épouse, pour celui de l'enfant, pour le mien. Allons, mettons-nous au travail, et tu verras que c'est le meilleur remède à tes soucis. Ne parlons plus de voyage. »

Que faire? Que dire? J'ai travaillé avec lui.

Ensemble, nous avons écrit à un notaire londonien de ma connaissance pour lui demander s'il pourrait représenter les intérêts de V. en ce qui concernait la prospection d'une propriété sise à Londres (ainsi qu'un lieu de villégiature, le cas échéant); puis j'écrivis, toujours pour lui, une lettre à un couple de jeunes mariés qui passaient leur lune de miel à visiter l'Europe; V. me chargea de donner cette dernière missive à Laszlo en quittant le château, afin qu'il puisse la poster de Bistritz le lendemain.

Tout cela me sembla très raisonnable pendant que je rédigeais les deux lettres avec Oncle; mais dès que j'eus descendu le long escalier de pierre menant à l'office des domestiques, où seul Laszlo dormait, je revins à moi.

N'était-ce pas une idiotie de prier Laszlo de poster une lettre qui ne ferait qu'amener de nouvelles victimes? Oncle avait peut-être confiance en lui – moi pas. D'ailleurs, la simple idée de poser à nouveau les yeux sur lui m'était intolérable.

Soudain, une pensée limpide me vint à l'esprit, transmise, je ne sais pourquoi, par la voix d'Oncle; on eût dit qu'il la chuchotait à mon oreille :

C'est toi qui dois aller à Bistritz. Pour notre bien à tous...

Oui. C'était d'une clarté aveuglante. Peut-être étais-je accablé de chagrin; peut-être étais-je ému, choqué – mais le temps était venu, pour le salut de ma famille, de reprendre mes esprits et de faire ce qui était le mieux pour tout le monde.

Je glissai donc la lettre dans ma poche et, au lieu d'aller frapper à la porte de Laszlo, je continuai mon chemin, pris la calèche et m'empressai de rentrer.

Revenu sans encombre au manoir, j'écrivis une seconde lettre aux jeunes mariés, les informant d'un décès au château, et m'excusant auprès d'eux que leur visite dût être indéfiniment ajournée.

La première missive, je la jetterai au feu – si je puis m'y résoudre. Je posterai *ma* lettre, et celle destinée au notaire, quand j'irai demain à Bistritz – pour aviser les autorités des meurtres.

8

Le journal de Mary Windham Tsepesh

17 avril. – La grande horloge du vestibule vient de sonner deux heures du matin, mais je suis toujours incapable de dormir, bien qu'Arkady ait insisté pour que je prenne une petite dose de laudanum. Lui-même en a absorbé beaucoup; il était aussi agité que moi, quoiqu'il s'en soit caché, désireux de dissiper ma terreur. Cela s'est passé peu avant une heure du matin. Maintenant, il ronfle fort bruyamment, alors que je lutte contre les rêveries, désagréables et vaines, induites par la drogue. Celle-ci provoque, du moins chez moi, l'effet opposé à celui visé : je m'efforce de rester éveillée, préférant garder la tête froide dans les moments critiques.

J'ai très peur. Ces temps-ci, seul le fait d'écrire me calme. Mon espoir de quitter bientôt la Transylvanie fut éphémère. La nuit dernière, Arkady est rentré très tard du château où il s'est entretenu avec Vlad; et ce matin, sans détailler leur conversation, il s'est contenté de dire que nous devrions observer un « petit délai » avant de partir en vacances.

Je sais ce que cela signifie. Encore un « petit délai », et il me sera tout à fait impossible de voyager. Même maintenant, ce serait déjà assez risqué. L'attitude contenue d'Arkady m'a fait comprendre que Vlad avait repoussé notre demande, qu'ils s'étaient disputés, et que mon bon mari ne pouvait se résoudre à m'en parler. Après s'être rendu à Bistritz, il est allé directement au château, ce qui l'a fait rentrer ici très tard, après que je me fus retirée.

Au lieu de venir se coucher, il s'est attardé dans son bureau. Je m'en suis rendu compte car je ne dormais pas, d'une part parce que j'étais amèrement déçue de l'ajournement de nos vacances, d'autre part parce que je ressentais une inquiétude grandissante au sujet de Zsuzsanna. Elle semble tout à fait rétablie, et son teint s'est sensiblement ravivé depuis notre arrivée. Hier, elle s'est même levée. Quand je suis allée la voir dans sa chambre, elle était déjà habillée, assise sur la banquette près de la fenêtre ouverte, le regard fixé vers la forêt lointaine. A mon entrée, elle me lança un coup d'œil pardessus l'épaule, m'adressa un sourire enfantin, puis désigna d'un geste vif la masse confuse des sapins.

– Regardez! Là-bas! Le voyez-vous?

Traversant la pièce, je me plaçai derrière elle pour scruter le paysage; je ne vis que la forêt, si éloignée qu'on ne pouvait distinguer un arbre de l'autre.

– Que voyez-vous donc, Zsuzsanna? m'enquis-je d'un ton avenant, tout en posant distraitement une main sur son épaule.

– Un hibou! s'exclama-t-elle. Vous le voyez? Là, à droite – sur les plus hautes branches.

Ne distinguant rien, comme de juste, je la complimentai pour sa vue remarquable, ce qui parut lui faire plaisir; en réalité, je savais qu'elle se laissait emporter par son imagination. Il lui était impossible d'apercevoir quoi que ce soit à une telle distance.

Ce ne fut pas cette aberration oculaire qui me troubla, mais plutôt de m'être soudain rendu compte que ma main reposait sur une épaule normale, aussi parfaite et saine que sa semblable; en vérité, c'était toute sa colonne vertébrale qui s'était redressée.

Quand elle se tourna, je fis comme si de rien n'était et pris place à son côté sur la banquette. Nous devisâmes sur l'amélioration de son état. Elle se plaignit seulement de son manque d'appétit. Ensuite, je lui appris qu'Arkady avait été malade, mais qu'il était maintenant totalement remis; elle m'écouta poliment, sans paraître affectée outre mesure par ces nouvelles. Je lui annonçai également que l'une des chiennes des domestiques venait d'avoir des petits, voulant ainsi lui signifier que le plus beau chiot de la portée pouvait lui revenir, si elle le souhaitait, mais cela ne l'intéressa en rien. Visiblement préoccupée, elle continuait de regarder par la fenêtre comme pour guetter quelque chose.

Au terme de notre conversation, elle se leva pour m'accompagner à la porte. Je ne rêvais pas : elle avait réellement grandi, et sa démarche ne trahissait plus la moindre infirmité.

Tout cela me tourmenta. D'ailleurs, je sais que Dunya partage mon sentiment car, quand je lui eus raconté mon entrevue avec Zsuzsanna, ses lèvres se froncèrent, et elle secoua la tête en disant : « Je ne comprends pas, *doamna*. Ce n'est pas bon signe. »

Puis je lui ai demandé de m'expliquer le Pacte – le *Schwur* dont elle avait parlé – de façon plus exhaustive. Pour cela, il me fallut l'entraîner dans ma chambre, fermer la porte à double tour – et, même alors, elle ne cessa de surveiller anxieusement la fenêtre.

Son récit allia une telle simplicité à une élégance si énigmatique, que je la priai bientôt de reprendre depuis le début en adoptant un débit plus lent, afin de pouvoir consigner ses paroles dans mon journal :

LE TEMOIGNAGE DE DUNYA MOROZ

Ceci est l'histoire du Pacte avec le *strigoï*, que ma mère m'a racontée comme sa mère la lui avait racontée, et comme la mère de celle-ci avant elle.

Il y a plus de trois siècles, maintenant près de quatre, le *strigoï* était un mortel, Vlad III, connu de la plupart comme Vlad Tsepesh, l'Empaleur, *voievod* de la Valachie, au sud de la Transylvanie. Il était unanimement craint pour sa grande ambition et sa personnalité sanguinaire; et pour ses crimes, on vint à le connaître sous le nom de Dracula, le Fils du Diable.

Il existe de nombreuses histoires sur sa terrible cruauté, laquelle s'exerçait essentiellement à l'encontre des gens coupables de trahison et de félonie. Les femmes adultères voyaient leurs parties intimes découpées, puis on les écorchait comme des lapins; ensuite, les peaux et les corps étaient accrochés séparément à des poteaux devant tous les villageois. Parfois, on enfonçait un pieu entre leurs jambes jusqu'à ce qu'il ressortît par leur bouche. Ceux qui s'opposaient à la politique de Dracula mouraient aussi horriblement, écorchés vifs ou empalés. Parfois, il empalait des mères coupables par la poitrine et enfonçait dans leurs entrailles leur malheureuse progéniture. Il ne tolérait aucune atteinte à sa fierté. On raconte que des ambassadeurs venus d'Italie ôtèrent leurs chapeaux pour le saluer ; dessous, selon leur coutume, se trouvaient des calottes qu'ils n'ôtaient jamais, pas même devant l'empereur.

« Bien », fit Dracula, « dans ce cas, laissez-moi raffermir vos coutumes » ; et il ordonna que les calottes fussent clouées sur les crânes des hommes.

Malgré sa cruauté, Dracula était respecté de son peuple ; en effet, durant son règne, nul n'osait être malhonnête, ou voler, ou frauder autrui, car tous savaient que la récompense ne se ferait point attendre. On disait qu'une personne pouvait laisser tout son or sur la place du village sans jamais craindre qu'il fût dérobé. Dracula était également admiré pour son équité à l'égard des paysans et son combat courageux contre les Turcs. C'était un guerrier expérimenté et brave.

Mais vint le jour où, pendant une campagne, l'un de ses serviteurs particuliers, de fait un espion turc, le trahit et l'abattit. Ses hommes le crurent mort. Mais en vérité, Dracula avait vu sa défaite imminente, car la récente défection des forces hongroises et moldaves l'avait laissé vulnérable face aux Turcs. On dit qu'à cette époque sa soif de sang et de pouvoir était si grande qu'il fit un Pacte avec le Diable en vue d'obtenir l'immortalité par absorption de sang, de façon à régner pour toujours ; aussi avança-t-il l'heure de son trépas, sachant qu'il ressusciterait sous peu.

Une fois non-mort et immortel, le *strigoï* emmena sa famille au nord de la Valachie, vers la région sûre que constituait la Transylvanie, où la menace des Turcs était moindre, et où il était moins probable qu'on le reconnût. Il prétendit être son propre frère, mais son identité véritable vint à être murmurée parmi le peuple.

Peu après, il se proclama *domnul* d'un petit village. Il était effroyablement cruel envers les *rumini* qui désobéissaient, mais généreux à l'égard de ceux qui le servaient fidèlement. Néanmoins, les villageois ne tardèrent pas à connaître des temps difficiles. Nombre d'entre eux moururent de la morsure du *strigoï*, et la terreur vint frapper également les bourgades voisines. Bientôt, la population diminua, et les survivants découvrirent le moyen de se protéger du *strigoï*. Quelques âmes courageuses tentèrent même de le détruire, et il redouta qu'on tranchât le fil de son existence maléfique. De surcroît, il devint ardu de garder le secret sur ce qui se passait au château. Le *strigoï* peut contrôler l'esprit d'un homme, de deux, voire plus; mais il ne peut contrôler les actes et les pensées de toute une population. Aussi ne put-il dissimuler plus longtemps ce qui se passait au château. Des rumeurs se répandirent dans toute la Roumanie, et bientôt il fut en danger de mourir d'inanition.

Alors, il rendit visite aux anciens du village et fit le Pacte : Il ne prélèverait plus sa subsistance sur les villageois; au contraire, il subviendrait à leurs besoins plus généreusement que tout autre *domnul* de la région. En contrepartie, si les villageois le protégeaient, l'aidaient à prélever sa subsistance sur les étrangers, et gardaient le silence sur ce Pacte, il veillerait à ce que les loups n'attaquent point les bêtes.

Les anciens se déclarèrent d'accord, et le village prospéra; nul ne fut plus tué, à l'exception de quelques âmes simples qui désobéirent. Il y a de cela une génération, quand le monde était dévasté et affamé par les guerres napoléoniennes, nous fûmes préservés et ne manquâmes de rien. Grâce au *strigoï*, nous ne connûmes jamais la faim dans un pays en proie à la famine. Le bétail et les chevaux ne périrent plus quand les loups attaquèrent en hiver, et les *rumini* vécurent bien – si bien que cela devint une coutume d'offrir spontanément les nouveau-nés difformes ou trop maladifs pour survivre; ces derniers sont d'ailleurs fort nombreux à présent; en effet, rares sont les étrangers qui s'établissent au village, puisque des rumeurs sur le Pacte se sont propagées à travers la contrée.

Il avait aussi précisé : Nul *strigoï* autre que lui, pour le bien de tous. Il perçait les corps de ces victimes avec un pieu puis les décapitait, afin d'empêcher celles-ci de revenir en tant que non-mortes.

Malgré tout le bien qu'il nous a apporté, nous, les villageois, le craignons; car on raconte maintes histoires sur les terribles châtiments qu'il inflige à ceux qui rompent le Pacte, qui tentent de lui nuire ou de prévenir ses prochaines victimes. De tous ceux qui jamais essayèrent de détruire le *strigoï*, aucun n'a survécu. Nombre de villageois marmonnent dans leur barbe et lui souhaitent du mal; ils marmonnent – et vivent grassement des récoltes produites par les champs du *strigoï*.

On dit aussi qu'il a conclu un Pacte similaire avec sa propre famille, un arrangement selon lequel il ne nuira à aucun de ses proches – arrangement qui permet à ses parents éloignés de vivre dans une bienheureuse ignorance de la vérité.

A ce point du récit, nous fûmes interrompues par un coup à la porte; c'était Ilona qui venait changer les draps. Dunya sursauta, prit un air coupable et s'en alla sur-le-champ; j'eusse aimé en apprendre plus sur ce Pacte familial, mais il est clair qu'elle répugne à l'évoquer en présence des autres domestiques – ce qui n'est guère étonnant puisque, ce faisant, elle pense encourir un châtiment effroyable; aussi vais-je devoir attendre.

*
* *

La nuit dernière, j'ai songé au conte mystérieux de Dunya en attendant le sommeil, inquiète pour Zsuzsanna, pour mon mari – et pour mon enfant qui va bientôt naître dans cette demeure étrange et sinistre.

Au cours de cette pénible insomnie, je sombrai brusquement dans un état onirique, similaire à celui provoqué par le laudanum, quoique plus profond et plus absorbant. D'abord, je crus que le sommeil était enfin venu, et je l'accueillis avec soulagement – car c'était fort agréable.

Je flottai dans cet état béni pendant un temps indéterminé, jusqu'à l'instant où je me rendis compte qu'une image isolée et hypnotique prenait graduellement possession de ma conscience : les yeux vert sombre de Vlad.

M'éveillant par un effort de volonté, je me redressai sur le lit, encore cotonneuse, le cœur battant d'inquiétude. Je fus certaine – *certaine*, sans toutefois pouvoir retracer le cheminement de cette révélation – qu'il était de nouveau avec Zsuzsanna. Je me levai et, pieds nus, m'approchai des rideaux de velours. Derrière moi, au bas de la porte, filtrait un rai de lumière : Arkady se trouvait toujours dans le bureau, de l'autre côté du couloir.

J'esquissai le geste d'ouvrir les rideaux – puis j'hésitai, me disant que j'étais ridicule, que Dunya était à ce moment précis avec Zsuzsanna dans sa chambre, que sa petite présence vaillante – et l'ail! – préviendrait tout malheur.

Malgré tout, je ne pus me défaire d'une sensation de péril

imminent. Craintivement, j'entrebâillai les rideaux de deux centimètres et regardai par l'interstice.

La lune déclinait, et la nuit n'était plus aussi claire, mais mes yeux étaient accoutumés à l'obscurité. Ne décelant rien dans le pré séparant nos chambres, j'allais lâcher les rideaux et me reprocher mon anxiété sans objet quand je me rendis compte que les volets de Zsuzsanna étaient grands ouverts. En dépit de mes efforts, l'obscurité m'empêcha d'en voir plus. Impossible de savoir si le châssis de sa fenêtre avait été levé. Je m'approchai le plus possible, le nez quasiment collé au carreau.

Dans un grondement, une forme sombre surgit des ténèbres; elle frappa le verre avec une force telle qu'il se fêla juste devant mon visage.

Je hurlai d'épouvante. L'agresseur retomba en arrière, puis se ramassa pour charger de nouveau, avec un grognement hideux, écrasant contre la vitre son mufle ainsi qu'une gueule emplie de dents pointues et jaunes.

Lâchant les rideaux, je courus vers la porte, au moment précis où Arkady l'ouvrait. A ma grande surprise, il brandissait un revolver, comme s'il s'était tenu prêt à une telle éventualité. D'un bras, il m'écarta pour me soustraire au danger puis, suivant mon regard terrifié, il ouvrit les rideaux et mit en joue à l'instant où le loup bondissait pour la troisième fois, heurtant à nouveau le carreau et ébranlant la fenêtre dans son châssis.

Il fit feu vers les ténèbres, chancelant légèrement lorsque l'arme tressauta dans sa main; le verre se brisa dans un tintement aigu et cristallin. Je m'attendais à entendre un râle, une plainte stridente, mais au-dehors tout ne fut que silence. J'étais trop effrayée pour m'approcher, mais l'expression perplexe et incertaine d'Arkady montrait que l'animal avait tout simplement disparu. Avec précaution, il se pencha par la fenêtre; prenant soin de ne point blesser mes pieds nus avec les éclats de verre, je vins me placer derrière lui et allongeai le cou pour voir par-dessus son épaule.

Aucune trace de l'agresseur, si ce n'était la vitre brisée, souillée de salive.

Lorsque Arkady se tourna vers moi, j'avoue que mes nerfs flanchèrent, et je fis une chose que je n'avais jamais faite auparavant devant mon mari : je fondis en larmes comme une enfant prise de terreur et d'hystérie. Je sais qu'il s'inquiéta horriblement de me voir dans un pareil état et, d'ailleurs, je voulus m'arrêter aussitôt, car lui-même avait traversé suffisamment d'épreuves ces temps derniers – mais plusieurs minutes se passèrent avant que je fusse en mesure de me ressaisir. Entre deux sanglots, je le suppliai de nous emmener à Vienne. Il le promit, mais je me doute bien que c'était seulement pour me calmer, car il fut quelques instants sans oser me regarder en face.

Alarmés par la détonation, Ion et Ilona vinrent frapper à la porte; Arkady les chassa sans ménagement puis, désespérant de me calmer, il alla chercher le laudanum; mais il en prit plus que moi.

Comment dormir à présent? Quelle est la créature capable de franchir d'un seul bond une hauteur d'un étage pour se jeter contre une fenêtre? J'ai très peur. Peur de songer à ce que deviendra Zsuzsanna; peur de songer à ce qu'il adviendra de mon enfant.

Me voilà avertie.

Non, pire encore : me voilà ouvertement menacée. J'en suis sûre car, en ce terrible instant, lorsque seule l'épaisseur du verre séparait mon visage du loup grondant, j'ai vu au plus profond de ses yeux farouches et intelligents.

Des yeux avides, impérieux; des yeux du vert de la plus sombre forêt.

Il sait que je l'ai démasqué, que j'ai compris son manège avec Zsuzsanna. Il sait que je m'efforce de persuader Arkady de nous emmener loin d'ici. Mon Dieu, tout cela il le sait d'une façon ou d'une autre! Et moi, avec l'instinct d'une mère, je sais qu'il ne nous laissera jamais quitter cet endroit, mon mari, mon enfant et moi.

Journal de Zsuzsanna Tsepesh

17 avril. – Les volets sont grands ouverts.

J'étais trop faible pour les fermer, trop faible pour replacer l'ail, trop faible pour faire durer cette mascarade. C'est aussi bien comme ça; maintenant, de mon lit, je vois les premiers rayons du soleil qui se glissent à travers la fenêtre puis se coulent, comme du beurre fondu, dans la pièce grise et silencieuse, passant au-dessus de Dunya endormie, au-dessus des bosses que forment mes jambes sous la courtepointe.

Mes jambes robustes, parfaites.

La lumière est si radieuse, si dorée, d'une beauté si amère que j'ai mal à la gorge à force d'étouffer mes sanglots. C'est la dernière aube que je verrai jamais.

Par un singulier sursaut de volonté, j'ai trouvé la force d'écrire. Je suis déterminée à laisser derrière moi un témoignage de mon passage.

Mais pour qui?

Je me meurs. Je sais que mes poumons vont cesser de respirer, mon cœur de battre; cependant, je suis assurée que la fin vers laquelle je m'achemine n'est pas vraiment la mort, pas plus que l'existence qui m'attend n'est vraiment la vie. Car je sais tout ce qu'il sait, et ma mélancolie à l'idée de quitter cette existence brève, infortunée, mutilée, est tempérée par un émerveillement grandissant, une joie grandissante; mon suaire sera une chrysalide d'où je sortirai embellie, accomplie, immortelle.

Notre communion est complète. La nuit dernière, j'ai su le moment exact où ses sortilèges feraient succomber Dunya, j'ai su l'instant précis de sa venue. Je m'étais libérée de ma chemise de nuit et je l'attendais au cœur d'un rayon de lune, protégeant mes grands yeux magnifiques de mes bras, envoûtée par la radiance de cette lueur argentée sur ma peau nue : déjà je voyais des étincelles roses et dorées, prémices du feu resplendissant et opalescent qui allait embraser ma propre chair.

Surgi de cette somptueuse luminosité, il apparut à mon côté. Sans mot dire, je découvris mon cou en soulevant ma longue chevelure opulente, et m'offris à lui, sachant que ce serait son dernier souper ici. Il enroula mes cheveux autour de sa main et tira ma tête loin en arrière, tout en m'enlaçant de son autre main.

Ses dents trouvèrent à nouveau les tendres et minuscules plaies. Je frissonnai quand, d'un coup, elles s'enfoncèrent dans ma chair; je frissonnai encore quand sa langue commença de s'affairer, tout d'abord avec rapidité, précipitant ainsi l'écoulement, puis plus lentement, avec volupté, aspirant si fort que je gémis de douleur.

Malgré l'inconfort de ma position, je ne luttai point, mais me laissai aller à cette profonde et délicieuse pâmoison, mon cœur s'emballant d'excitation à l'idée (la sienne et, maintenant, la mienne) qu'il allait s'abreuver sans merci, au-delà de toute satiété, qu'il m'emmènerait à nouveau dans un précipice de sensualité pure, jusqu'au seuil de la mort... puis par-delà le grand abîme.

Je ressentis aussi son plaisir – le plaisir que j'avais connu moi-même deux nuits auparavant, l'extase de l'emprise complète sur la vie et la mort d'autrui, l'extase de l'ultime séduction, d'un assouvissement purement animal : la joie féroce et sanguinaire de la chasse et de la mise à mort.

Il comprit mon ravissement et devina même ma légère amertume à l'idée de devoir quitter cette vie sans en avoir pleinement savouré les délices.

Soudain, il s'arrêta, s'étant peu désaltéré (mais, comme je le sais à présent, suffisamment). Je geignis quand il se retira, mais gardai le silence lorsqu'il approcha de mon oreille ses lèvres pourpres et encore ruisselantes.

– Zsuzsa, chuchota-t-il.

Je distinguai la multiplicité des univers que contenait ce simple mot. Je perçus la question qui s'y trouvait voilée; je soupirai, et il entendit mon consentement.

Il libéra ma chevelure; elle retomba doucement et vint effleurer mon dos nu. Il desserra son étreinte, et je chancelai en arrière, m'efforçant de retrouver mon équilibre; cependant, je n'étais pas encore totalement affaiblie, pas encore vidée de mes forces.

Quant à lui, il avait bu assez pour acquérir un pouvoir surnaturel. De la main qui avait tenu mes cheveux, il déboutonna le vêtement qui le séparait de moi – sans toutefois se déshabiller entièrement – et révéla à nouveau son large torse, dénué de cicatrices, exempt de toute trace de la blessure qui nous avait unis.

Mais son geste me révéla bien d'autres choses.

Oh certes, j'ai vécu comme une oie blanche mais, au fil de mes lectures, il m'est arrivé de trouver l'expression *le petit mort* [1] – la petite mort – expression qui m'a toujours fort intriguée. J'ai ri en tendant la main vers l'instrument de mon exécution – blanchâtre, aussi froid, lisse et dur au toucher que du marbre. Tressaillant sous mes doigts arachnéens, il partagea bientôt ma légère hilarité, car notre conscience commune nous fit voir la même vision, celle que mes propres pensées avaient fait surgir de la profondeur de ses souvenirs les plus anciens :

La forêt des morts empalés, quatre siècles auparavant. Les épouses adultères et impénitentes qu'il avait condamnées à mort en sa qualité de *voievod*. Comme elles avaient crié ! Comme elles s'étaient débattues quand on les avait forcées à se coucher sur le dos dans le terrain fangeux devant le château, sous les yeux du prince souriant et appréciatif ! Il fallait cinq robustes *rumini* pour disposer les membres de chaque femme en forme d'étoile : deux pour maintenir au sol le torse et les bras; deux autres, empoignant chacun un mollet pour écarter les jambes.

Et un seul pour engager le pieu de pin (long de trois mètres, plus large que le bras d'un homme fort, lubrifié généreusement et taillé en pointe afin de permettre une introduction rapide, mais avec l'extrémité juste assez émoussée pour que la mort bénie ne survienne pas trop vite) entre ces cuisses de peu de vertu.

Il ne hait rien tant que l'infidélité; il n'aime rien tant que la loyauté.

---

1. En français dans le texte.

Oh, les hurlements, quand la justice pénétrait les félonnes ! Oh, les plaintes étranglées lorsque les poteaux étaient hissés, fichés dans le sol, et que le poids du corps faisait s'enfoncer à fond le châtiment ! Les hommes qui osaient trahir le *voievod* trouvaient la mort de façon également imagée, l'anus déchiqueté. Parfois, les offenseurs du prince restaient suspendus des jours durant, jusqu'au moment où les pieux ressortaient de leur ventre, de leur gorge ou, plus élégamment, de leur bouche réduite au silence par la mort.

Cette évocation l'emplit soudain d'un feu irrépressible, lequel m'engloutit et me consuma. A ce moment, je ne désirais rien tant que d'être transpercée de part en part ; de m'ouvrir et de le sentir émerger comme un calice épanoui entre les pétales écartés de mes lèvres.

Sa main était toujours posée sur la cambrure de mon dos nu, dans un geste tendre. Saisie d'anxiété et d'impatience, je me pressai contre lui, jetai mes bras autour de son cou, puis l'implorai, le suppliai de me prendre, maintenant, maintenant – *maintenant !*

Il demeura impassible. Ses lèvres, assombries par mon sang, se retroussèrent avec finesse ; ses paupières lourdes s'abaissèrent sur ses yeux brillants et attirants. Il me parut alors aussi jeune et beau que Kasha – non, plus jeune même, d'une beauté plus innocente, tel l'Archange, le porteur de lumière, avant la Chute. Il secoua la tête ; je compris.

Il refusait de me prendre. C'était moi qui, tout le temps, avais été la séductrice ; c'était moi qui l'avais appelé. S'il avait rompu le Pacte, c'était uniquement sur mon insistance, à cause de mes exigences ; et s'il devait enfreindre les tabous des hommes et de notre famille en consommant charnellement notre union, il aurait fallu aussi que ce fût à mon initiative. Il faudrait que ce soit *moi* qui le prenne, *lui.*

Il demeura immobile comme une statue de marbre, tandis que je refermais mes doigts sur son cou musculeux et me hissai moi-même, telle l'une de ces adultères damnées, plaçant d'abord mon buste trop haut, puis redescendant avec précaution, jusqu'à découvrir la position idoine.

Je refermai mes jambes sur lui, puis d'un mouvement violent et rapide, je m'empalai. M'empalai. Encore et encore.

Il agrippa mes hanches, ses ongles pointus comme des lames de couteau incisant ma chair, et poussa jusqu'à s'enfoncer le plus possible en moi. Avec une sauvagerie qui m'emplit à la fois de terreur et de ravissement, il mordit mon cou, transformant les piqûres d'épingles en deux larges blessures. Une chaude rivière de sang déborda de sa bouche avide et tomba en cascade sur mes seins, mon ventre, se coulant plus bas, là où nous étions unis.

Il but, et je me tordis contre lui jusqu'à ce que ma peau fût collante de sang; jusqu'à ce que je fusse repue et palpitante de plaisir; jusqu'à ce que je fusse éblouie, défaillante, et une fois de plus bouleversée par cette sensation singulièrement languissante et extatique de l'imminence de la mort. Mes bras retombèrent, trop faibles pour s'accrocher à son cou. Il me soutenait, une main déployée sur mes hanches, l'autre entre mes omoplates.

Enfin, il se retira de mon cou, d'entre mes jambes, et me reposa sur le sol, près de la fenêtre ouverte. Je fixai le ciel, la lune déclinante dont l'éclat aveuglant blessa mes yeux, et pourtant je ne pus détacher mon regard de sa beauté étincelante, aux couleurs irisées. Car des couleurs, j'en vis partout : dans la lune nacrée et vibrante, dans les étoiles, dans les sapins lointains que je n'avais jamais encore distingués à l'œil nu. Je pus voir les rouges chatoyants et les bleus vifs de ma courtepointe, je vis le vert dans les yeux de Vlad quand il s'agenouilla pour nettoyer le sang coagulé de mon corps avec sa langue rose. Ma capacité de vision dans l'obscurité devint acérée, plus perçante que celle d'un rapace.

Et j'entendis tout : chaque mouvement dans la forêt au-dehors, même le ronflement d'Arkady dans la chambre de l'autre côté du manoir. J'entendis le doux mouvement des draps quand Mary bougea dans son lit, et je sus qu'elle était éveillée. J'entendis les battements de mon propre cœur, aussi assourdissants que douloureusement agréables, et, tout près, le rythme cardiaque régulier de Dunya, et son souffle oppressé. Je pus sentir la chaleur de sa chair, sentir l'odeur du sang vivant mêlé au mien – au sang frais de la mourante, au sang de celle qui va changer.

Et puis Oncle...

Non, pas mon oncle. Mon époux se retira de mon corps dorénavant immaculé et passa sa langue sur ses lèvres ensanglantées. Me regardant dans les yeux, il dit : « Ce n'est pas encore fini. »

Je compris; dans un effort déchirant, je levai un bras vers sa tête et la guidai vers mon cou.

Etonnamment, les profondes blessures avaient déjà cicatrisé. Je ne sentis aucune douleur, aucune tendresse, seulement le contact de sa langue contre la peau douce et intacte. Puis je sentis ses lèvres se mouvoir contre ma peau tandis qu'il souriait. Je souris aussi, faiblement, car je savais que cela signifiait que la métamorphose était presque achevée.

Cependant, il hésita; puis, baissant la tête, il frotta ses lèvres sur le bord de ma clavicule et parvint à ma poitrine. Il entoura un mamelon de sa langue, puis s'arrêta, y enfonçant délicatement ses dents, jusqu'à ce que je sente la plus acérée d'entre elles entamer le centre de cette chair rose foncé.

Malgré ma faiblesse, je frissonnai soudain en comprenant son intention. J'agrippai fortement sa nuque et le pressai contre moi.

Il me perça une fois de plus, pour la dernière fois, et je suffoquai en sentant ses dents s'incruster vivement dans la peau tendre et brune, si proche de mon cœur. Il suça mon sein comme un bébé, et chaque succion de sa bouche et de sa langue causa un regain de plaisir entre mes jambes. Je berçai sa tête dans mes bras; à la façon d'une madone aimante, je fis don de la vitalité de mon sang à cet enfant infiniment vieux et sage, à mon sauveur – mon géniteur. Il but jusqu'à ce que les bras m'en tombent. Bientôt, incapable de continuer à le bercer, je me laissai glisser dans un enchantement ombreux et voilé, dans une sombre et insouciante extase.

Pendant des heures, je demeurai inconsciente. Je me rappelle le bruit lointain d'une détonation, mais ce ne fut qu'une petite ride argentée qui se dessina vaguement sur le fond velouté des ténèbres.

Juste avant l'aube, je sortis de ma transe pour découvrir son départ; il m'avait remis ma chemise de nuit et couchée dans mon lit. Dévorée par un besoin pressant d'écrire pour la dernière fois, je saisis mon journal caché sous l'oreiller, puis la plume et l'encrier sur la table de nuit.

Parfois, la crainte me saisit en comprenant que la mort est si proche; mais alors je ferme mes yeux et je m'imprègne de sa présence constante, de son intelligence insondable, et je sais que je ne suis pas seule. La certitude de ce que je vais devenir me réconforte. Victorieuse, je vais à la tombe, certaine de ma résurrection.

A toute personne qui lira ces mots : Ne me pleurez pas et ne jugez pas. La vie vers laquelle je m'achemine est de loin plus douce que celle que j'ai connue.

Le journal d'Arkady Tsepesh

17 avril. – Il est tard dans la matinée, presque dix heures. Mary s'est levée et est descendue. J'écris ces mots au lit, tout en observant les rayons du soleil qui filtrent par la fenêtre ouverte.

Dans l'espoir de dissiper ma tristesse, j'ai ouvert les rideaux; seulement, grâce à la position avantageuse et confortable que j'ai acquise en empilant les oreillers, il m'est possible de voir jouer la lumière sur le carreau fêlé et criblé de marques. Les horreurs de la nuit dernière – sans compter l'imbroglio des révélations d'hier, plus déroutantes les unes que les autres – semblent à présent lointaines, voilées par la brume mentale persistante qu'induit le laudanum.

Quand je pense que ce morceau de verre brisé était tout ce qui séparait ma femme et mon enfant de la mort...!

Cette nuit, Mary ne se tenait plus de terreur – et moi non plus, quoique, pour la rassurer, je n'en aie rien laissé paraître. Je lisais dans le bureau, quand un loup a bondi d'un coup sur la fenêtre alors qu'elle regardait par le carreau. S'il avait traversé la vitre...

Je suis incapable de finir cette phrase, car l'idée qu'on puisse faire le moindre mal à ma femme et à l'enfant m'est intolérable.

Ensuite, Mary a pleuré et m'a supplié à nouveau de l'emmener loin d'ici. De la voir ainsi m'a fendu le cœur, et je le lui ai promis.

Hélas, je ne vois pas très bien comment tenir cette promesse. Et pourtant je dois essayer. Jamais je n'avais vu Mary en proie à l'hystérie – il faut dire que, de ma vie, je n'ai jamais entendu dire qu'un loup isolé ait attaqué un être humain avec autant d'intrépidité. Dans ces précieux moments où je recouvre un esprit rationnel, je parviens à minimiser cet événement, à le considérer comme un incident étrange, fortuit, aussi insignifiant que fâcheux.

Mais Mary, prise de frénésie, ne cessait de répéter qu'il s'agissait d'un avertissement, que la créature l'aurait facilement tuée si elle l'avait voulu, qu'elle n'avait pas pris la peine de mettre sa menace à exécution. Elle a refusé de me dire qui ou quoi, à part le Malin Lui-même, avait voulu la prévenir ainsi.

Son discours m'a fait songer aux pattes du loup plaquées sur mes épaules, à son haleine brûlante sur mon cou. En vérité, les loups semblent n'être que des symboles, des admonitions de la folie qui se tient aux aguets, avide de m'engloutir.

Si je croyais en Dieu, je Le prierais de prendre ma vie et d'épargner ma famille. Je comprends ce besoin qu'ont les paysans d'avoir un Père omnipotent, un Cerbère suprême... Quel enfer de savoir qu'il n'existe aucune autre puissance que moi-même pour protéger ma femme et mon enfant – moi, qui suis faible, totalement instable, au bord de l'effondrement cérébral ! Tôt ce matin, dans la lueur grise de l'aurore, j'ai furtivement entrouvert mes yeux endormis – et j'ai vu, empalée à mes pieds, sur la colonne du lit, la tête de Jeffries. Les paupières baissées, il riait, arborant le même rictus méchant et moqueur que Stefan quand celui-ci est apparu dans le fauteuil d'Oncle.

Je pense que Zsuzsanna, Oncle, moi-même, et tous les Tsepesh, avons la folie dans le sang. Les événements d'hier m'en ont convaincu.

L'avant-veille au soir, je me suis enfin résolu à jeter au feu la lettre de V. Hier à l'aube, écartelé entre l'anxiété et l'espérance, j'ai quitté le manoir en calèche et me suis rendu directement à Bistritz. Quand j'atteignis la ville, peu avant 2 heures de l'après-midi, ma fébrilité diminua en proportion inverse de mon optimisme, et je me sentis extraordinairement soulagé en tendant à l'aubergiste la lettre cachetée, avisant les visiteurs d'annuler leur séjour, que j'avais écrite de mon propre chef.

L'aubergiste est un homme corpulent, au visage sympathique, mais dont les traits, comme taillés à coups de serpe, dénotent une parenté lointaine avec nous; il me reconnut tout de suite – en effet, Mary et moi avions passé une nuit dans son établissement (sans bourse délier, d'ailleurs) – et m'accueillit chaleureusement, bien qu'il fût curieux de savoir pourquoi c'était moi, et non Laszlo, qui étais venu. Tout en murmurant une réponse évasive – d'autres affaires m'appelaient à Bistritz –, je lui donnai la lettre. Il m'en remercia puis ajouta que les délais n'eussent pu être meilleurs, les invités étant supposés arriver en fin d'après-midi. J'esquissai un sourire : de toute évidence, il pensait que la lettre indiquait le lieu et l'heure du rendez-vous avec Laszlo.

L'aubergiste insista pour que je déjeune chez lui, « aux frais de l'établissement »; ensuite, je suis allé poster la lettre destinée au notaire. Tout s'étant bien passé, je fus immensément rasséréné de savoir les jeunes mariés hors de danger. Seule une tâche restait à accomplir.

Toutefois, quand j'entrai dans la gendarmerie et me dirigeai vers le premier bureau qui s'offrit à mes yeux, une longue table de bois derrière laquelle se tenait un grand gaillard en uniforme, j'éprouvai un regain de nervosité : en effet, quels étaient les indices concrets rattachant Laszlo aux crimes, hormis le fait qu'il eût dérobé des objets appartenant à Jeffries et menti à propos d'une poule? C'était ma parole contre la sienne. Et comment prouver que mon oncle n'avait rien à se reprocher? Comment prouver que je n'étais pas fou – et meurtrier? Après tout, je connaissais l'emplacement des crânes...

En proie au désarroi, je levai les yeux vers les affiches couvrant le mur à côté du fonctionnaire; c'étaient des portraits, assez soignés du reste, de prisonniers évadés, de criminels et d'aliénés. J'inspectai ces visages durs et renfrognés pour établir des similitudes, en quête d'une moue particulière ou d'une lueur dans l'œil caractéristique de l'assassin et du dément – d'un quelconque trait distinctif que j'eusse déjà repéré dans la physionomie de Laszlo.

– Oui, monsieur? demanda le jeune *jandarm*.

Il était blond, et ses yeux étonnamment bleus m'observaient à travers des lunettes rondes. Son intonation était glaciale, ouvertement dédaigneuse, cela en dépit de ma mise et mon allure qui marquaient ma noblesse, mon éducation et ma richesse. Il était peut-être d'un rang social inférieur au mien, pauvre, attifé comme l'as de pique, victime d'une piètre instruction et empli d'un ressentiment viscéral suscité par mon entregent et mon aisance, mais il était saxon, ce qui faisait de lui le dernier vainqueur – et de moi le dernier vaincu. C'était son unique avantage, mais il allait faire en sorte que je m'en aperçusse. Dans son intonation pointait aussi une certaine lassitude – *l'ennui* [1] de l'homme blasé qui ne croit plus aux surprises.

Au moment où je me détournai des affiches, deux officiers apparurent, encadrant une tzigane prise d'ébriété, une va-nu-pieds qui se serait effondrée s'ils ne l'eussent tenue chacun par un bras. Je rougis et baissai les yeux, car le corsage de la femme, déchiré au col, bâillait jusqu'à sa taille, révélant plusieurs colliers de perles bon marché – et l'absence de tout sous-vêtement. Son fichu, qui avait glissé, menaçait de tomber et laissait échapper sa chevelure brune. On eût dit qu'elle s'était battue dans la boue, car son visage était maculé de sang et de terre; bien qu'elle pût à peine marcher, elle ne cessait de grogner et de se tourner avec hargne sur chacun de ses gardiens, comme si elle avait voulu les mordre.

Les officiers esquivaient ses attaques en riant, pour montrer qu'ils n'avaient pas peur. Comme ils passaient devant moi et leur collègue assis, l'un d'eux dit en souriant : « Elle dit qu'elle est possédée par l'esprit d'un loup. Pour l'esprit, c'en est un : l'esprit-de-vin ! »

Les trois hommes s'esclaffèrent. Soudain, la femme se rebiffa de plus belle; elle força son escorte à s'arrêter puis, tendant un bras, me désigna.

– Il ne se moque pas, *lui*! siffla-t-elle. Il comprend! Il est des nôtres!

Confondu, je demeurai pétrifié.

Hilares, les deux officiers l'entraînèrent. Le jeune Saxon leva les yeux vers moi avec un petit sourire condescendant; cependant, il usa d'une intonation et d'une formule des plus déférentes pour me désigner une chaise d'aspect miteux faisant face à son bureau.

– Prenez place, je vous prie, *dumneavoastra*...?

– Tsepesh, complétai-je sèchement tout en posant un regard circonspect sur le siège immonde. On eût dit que quelqu'un venait de cracher dessus; et, quand je m'y assis enfin, j'eus l'impression qu'il était légèrement mouillé.

1. En français dans le texte.

– Et que souhaitez-vous nous signaler, *domnule* Tsepesh ?
Il prononça « Tzepezh ».

Des meurtres, faillis-je répondre. *Combien ? Je l'ignore. Plus que je n'en puis compter...* Mais en réalité je lui dis : « Je désire parler au brigadier en chef, s'il vous plaît. »

Son sourire s'élargit quelque peu, mais une nuance de dureté s'insinua dans son regard.

– Ah, mon bon monsieur, je suis sûr que le brigadier-chef aimerait s'entretenir avec vous ; hélas, une tâche des plus pressantes l'accapare en ce moment. Mais je puis certainement le remplacer pour...

– Sauf impossible, il faut que je lui parle

– Et moi je vous assure que c'est impossible.

– Je vois.

Je me levai, ajustai mon costume, puis tendis la main : « Eh bien, je vous souhaite une bonne journée. »

Un tantinet surpris par ma brusquerie, il se leva lui aussi, prit ma main – et empauma la couronne d'or. Puis, du geste le plus délié et le plus expert qu'il m'ait été donné de voir, il l'empocha.

Je me détournai et fis mine de me diriger vers la porte.

– Un instant, monsieur, dit-il. Après tout, il y a une petite chance que le brigadier ait fini sa tâche et soit maintenant disponible. Je vais aller vérifier, si vous le voulez bien.

Je lui fis face.

– Je vous en prie.

Une minute plus tard, il revint et, d'un ton considérablement plus amène, me dit : « Le brigadier-chef va vous recevoir. »

Je le suivis dans un couloir étroit qui aboutissait à une pièce où il me fit entrer en me tenant la porte avec cette raideur teutonne que nous autres Transylvaniens aimons tant tourner en dérision. Quand j'eus franchi le seuil, la porte se ferma sans bruit derrière moi.

L'homme debout derrière le bureau était un compatriote, plus petit et plus corpulent que son subalterne.

– *Domnule* Tsepesh, dit-il doucement.

Sa voix et son attitude étaient moins formelles, plus chaleureuses que celles du jeune Saxon ; en outre, son intonation dénotait une étrange familiarité, et je crus détecter une lueur de reconnaissance dans ses yeux. Après m'avoir bien regardé, il hocha légèrement la tête. Cependant, j'étais sûr de ne l'avoir jamais vu auparavant. Il devait avoir l'âge de Père ; ses cheveux ondulés étaient couleur d'argent, mais ses sourcils et sa moustache frisée étaient encore presque entièrement noirs, ce qui lui conférait une physionomie austère et théâtrale.

– Je suis le brigadier-chef Florescu. Approchez donc. Je vous attendais.

Cette déclaration incongrue me désarçonna momentanément – cela faisait moins d'une minute qu'on l'avait prévenu de ma visite –, mais je m'avançai et lui serrai la main. Sa poigne était chaude, ferme, et il me dévisagea avec, dans ses yeux sombres, une émotion que je devais déceler par intermittence tout au long de notre conversation, que ce fût dans son expression, sa voix ou son attitude. Tant que je fus en sa présence, j'essayai de définir cette émotion – en vain. Le mot adéquat m'échappa jusqu'à l'instant présent, alors que j'écris ceci.

Pitié. Il m'a considéré avec pitié.

Florescu me fit signe de m'asseoir (cette fois sur une chaise rembourrée, beaucoup plus propre que celle de la salle d'accueil), ce que je fis. Après s'être rassis lui-même, il posa ses mains sur son bureau, se pencha en avant et fixa sur moi un regard singulièrement peu professionnel – un regard bienveillant, presque paternel, mais également pensif, songeur, prudent.

« Bien, fit-il avec une réticence manifeste, tempérée par une certaine résignation. Peut-être devrais-je vous laisser m'indiquer l'objet de votre venue. »

Quoique j'eusse répété mon petit laïus le long du trajet, les mots que j'avais choisis me firent défaut en ce moment précis. Je balbutiai :

– C'est... c'est une affaire très délicate. Euh... Voyons... Il faudrait tout d'abord que je m'explique. Mon grand-oncle est Vlad Tsepesh...

Florescu hocha la tête avec gravité.

– Le prince. Oui, je vois de qui il s'agit.

– Je suis venu ici non pas tant pour me livrer à des accusations que pour... disons, faciliter discrètement une enquête. Le prince serait fâché de me savoir ici. Je ne veux pas que cela l'éclabousse en quelque façon. Mais je crois l'un de ses domestiques coupable d'un crime. De plusieurs, même...

– De quel crime s'agirait-il? s'enquit Florescu avec calme.
– D'un meurtre, répondis-je avant d'émettre un long soupir.

Sa réaction fut mesurée, pondérée, dénuée de toute précipitation – la réaction, pensai-je, d'un homme ayant entendu tant d'horribles confessions que nulle ne peut plus le choquer. Il n'eut aucun mouvement de recul, ne tressaillit point, mais resta parfaitement immobile, les mains croisées; puis, m'examinant avec la contenance d'un professeur faisant passer une épreuve orale, il me posa la question suivante :

– Et, selon vous, qui aurait commis ces meurtres?

J'eus la curieuse impression de me trouver devant un acteur jouant son rôle. A travers ses paroles transparaissaient ses émotions réelles : pitié, regret. Un désir d'être secourable.

– Le cocher de mon oncle, répondis-je. Laszlo Szegely. Quoiqu'il ait probablement bénéficié d'une complicité.

– Pourquoi porter semblable accusation? demanda-t-il sans se départir de son ton serein et modéré. L'avez-vous réellement vu commettre ces crimes? Avez-vous des preuves?

– Je l'ai vu portant des effets appartenant au mort; j'ai vu du sang frais sur la manche de son gilet, du sang qui n'était pas le sien, et cela quelques heures après la disparition de l'homme. Tôt ce matin-là, je l'ai vu sortir du château; dans sa voiture, il transportait un ballot assez grand pour avoir contenu un corps.

Je m'interrompis, frémissant au souvenir de la forme vaguement rectangulaire du ballot. Si le malheureux Jeffries s'y trouvait, c'était qu'on l'avait déjà démembré.

« Peut-être n'est-ce pas suffisant pour le pendre. Mais mon espoir serait que vous dépêchiez une enquête discrète, et que vous trouviez assez de preuves pour le confondre. Pour ma part, je n'ai rien d'autre, sauf mon intuition concernant sa personnalité. Il y a quelque chose de... criminel en lui. A tout le moins, vous pourriez ouvrir une information contre lui...

– Ce n'est pas nécessaire, fit le brigadier tout à trac. Je peux vous parler de Laszlo Szegely. Si vous êtes sûr de vouloir connaître le fond du problème... »

Il avait un peu enfoncé sa tête dans ses épaules, mais son ton et son regard étaient irrésistiblement persuasifs. Ma surprise fut telle que j'en vins presque à murmurer.

– Oui, bien sûr...

Ouvrant de grands yeux, je me penchai vers lui, prêt à l'entendre.

– Szegely, fit Florescu avec une petite moue d'écœurement qui dura une fraction de seconde. Boucher de son état. Jamais marié, pas d'enfants. Nous est venu de Buda-Pesth, dans l'espoir de se soustraire aux autorités hongroises.

– Affaire de meurtre? m'empressai-je de demander.

Le brigadier secoua sa tête argentée.

– Vol qualifié.

– Sans doute a-t-il continué à Bistritz. Vous l'avez coincé?

Il confirma.

« Dans ce cas, vous auriez dû le mettre derrière les barreaux et l'y laisser, fis-je d'une voix affreusement étranglée. Peut-être n'y a-t-il pas assez de cadavres à son goût dans les villages de montagne, car il a entrepris de créer ses propres morts. Moi-même les ai découverts. La forêt regorge de têtes ensevelies. »

Incapable de poursuivre, je fixai mes mains, horrifié, songeant à Jeffries – à tous ces tout petits crânes.

Florescu et moi gardâmes le silence une longue minute; je sentais son regard posé sur moi; un regard apitoyé, jaugeur, méditatif. Je l'entendis qui fouillait dans le tiroir de son bureau, en sortait quelque chose; j'entendis le crépitement d'une allumette, plusieurs inspirations profondes, puis je humai de la fumée et l'odeur entêtante d'un tabac pour pipe.

– *Domnule* Tsepesh! fit-il avec une grande aménité. Vous ressemblez tellement à votre père!

Etonné, je levai les yeux.

Le regard de Florescu s'était adouci, mais il ne parvenait pas à sourire.

« Il y a plus de vingt-cinq ans, votre père est venu ici, tout comme vous. Avant même que vous soyez né, si je puis me permettre. A cette époque, naturellement, je n'étais pas brigadier-chef. Cependant, je me souviens fort bien de lui – il était si bouleversé! Mais je me rappelle surtout que je suis l'un des deux hommes choisis pour retourner avec lui dans la forêt afin de voir les corps... »

J'ouvris de grands yeux, stupéfié, abasourdi, incapable d'assimiler ce que je venais d'entendre. Laszlo n'était employé au château que depuis deux ans. Comment était-ce possible...?

Le brigadier resta silencieux un moment afin de laisser ses paroles frayer leur chemin dans mon esprit.

« Et je fus le seul qui revint à Bistritz, ajouta-t-il enfin.

Domnule, pour votre bien, il serait préférable que vous oubliiez avoir vu de telles choses. Pour vous comme pour moi. »

Outré, j'esquissai le geste de me lever.

– Comment osez-vous dire une chose pareille, alors que ma femme, ma famille, vivent à proximité d'un assassin?

Florescu me regarda en tirant sur sa pipe; il plissa les yeux, et son visage devint un masque impénétrable.

« Que voulez-vous? repris-je d'un ton enflammé. De l'argent? Je suis riche! Je puis surpasser tous les corrupteurs ayant jamais eu affaire à vous!

– Nul ne m'a jamais suborné, répliqua Florescu d'un ton égal, sans prendre ombrage de mes propos. Du moins, pas avec quelque chose ayant aussi peu de valeur que l'argent. Toutefois, il est vrai que j'ai arrangé la libération de Szegely il y a seulement deux ans de cela, à la requête d'une tierce personne.

– Qui?

– Votre père. »

Laissant échapper un soupir, je retombai sur ma chaise, trop accablé et scandalisé pour protester. Florescu poursuivit calmement, dissimulé derrière un voile de fumée.

« Et un jour, *domnule* Tsepesh, ce sera vous qui viendrez ici me voir – moi ou plus probablement mon successeur – le jour où Laszlo sera mort et que vous devrez prendre vos propres dispositions. »

Son ton se faisait familier, confidentiel.

« Vous êtes jeune à présent, et il y a des choses que vous ne comprenez pas encore. Mais cela ne tardera guère. Il n'est pas bon de combattre l'inévitable. Plus vous lutterez, plus ce sera dur pour vous. Et pour votre famille. Un jour, votre fils viendra peut-être voir mon successeur, et celui-ci se rendra dans cette même forêt. Il emmènera des subalternes, des armes, mais le résultat sera le même : seul un homme en reviendra, et cet homme sera surpris d'être promu brigadier-chef aussi rapidement.

« Pour ma part, j'ai consacré l'essentiel de ma vie à l'administration de la justice; mais il se présente des situations où la loi – humaine ou divine – ne peut s'exercer. Je ne retournerai pas dans cette forêt. Je ne suis pas un sujet brillant, mais j'apprends vite quand ma vie est en jeu. »

Florescu observa une pause; je tentai alors de reprendre la parole, mais il eut tôt fait d'enchaîner :

« C'est ainsi, vous comprenez? Ni vous ni moi n'y pouvons rien. »

Il se leva et se dirigea vers la porte; son ton devint artificieux et sa voix se fit sonore, comme s'il s'adressait à d'éventuelles oreilles indiscrètes.

« Maintenant, je vous demande de partir. Ces histoires de meurtres dans la forêt ne sont que de sottes rumeurs. Les paysans racontent ces légendes extravagantes depuis des siècles. A la gendarmerie, chacun en est informé, et, si vous allez vous en ouvrir à d'autres personnes, elles vous riront au nez dès que vous leur aurez appris la raison de votre visite. Comprenez-vous, *domnule* Tsepesh? Tout cela a été arrangé bien avant votre naissance. Vous n'y pouvez rien. Rentrez chez vous et prenez soin de votre famille. »

Il tourna la poignée et ouvrit la porte d'un geste brusque.

Rouge de confusion, suffoquant, je me levai, sans oser chercher à comprendre ce qui venait de m'être dit.

– Non. Non, je ne comprends *absolument pas*. Et j'irai jusqu'à Vienne, s'il le faut...!

Florescu baissa la voix et adopta un ton quiet, dénué de toute colère, empreint de regret. Empreint de cette odieuse pitié.

– Dans ce cas, j'informerai mes supérieurs de Vienne que vous êtes un déséquilibré. *Domnule* , je puis vous assurer que votre plainte n'aboutira pas. Tout comme je vous assure que ce n'est point moi qui vous menace en vous disant : « Pour le salut de votre famille, ne faites rien. »

Tremblant de rage, je partis et pris aussitôt la direction des Carpathes. Tout d'abord, outragé et furieux comme je l'étais, je me dis que Laszlo avait de sinistres relations à la gendarmerie – un nid de criminels dont l'influence était si grande que le brigadier-chef lui-même les craignait et faisait des allusions voilées à leur propos. Ce Florescu était un menteur, un fieffé menteur, complice de chacun des meurtres par son obstruction à toute enquête. Je ne pouvais rien croire de ce qu'il avait dit – et certainement pas sa vile insinuation comme quoi Père connaissait tout des antécédents de Laszlo!

Je décidai que la seule action logique consistait à aviser V. du passé de Laszlo et de l'étrange réaction du brigadier quand je lui avais parlé des corps dans la forêt; cela, je le sentais, le convaincrait que nous devions tous aller chercher refuge à Vienne; dès notre arrivée là-bas, j'irais voir les autorités. Je ne pouvais croire que l'influence de Florescu s'étendît si loin.

Puis, tandis que passaient les heures sur le long chemin du retour, je me calmai et commençai à réfléchir.

La forêt dissimulait un trop grand nombre de crânes pour qu'un seul homme eût pu les y ensevelir en deux ans. J'en avais déterré au moins une cinquantaine – d'enfants, pour la plupart – et m'étais arrêté uniquement parce que je n'avais plus eu la force, ni physique ni mentale, de continuer. Et tous ceux que je n'avais pas trouvés, éparpillés dans l'immense forêt?

En me rappelant l'affirmation de Florescu, selon laquelle mon père avait demandé la mise en liberté de Laszlo, j'éclatai en sanglots de colère, heureux d'être à l'abri de tout regard sur cette route de montagne. Durant un moment, je me risquai à supposer que le *jandarm* avait dit la vérité. Mais pourquoi Père aurait-il « arrangé » la libération d'un tel homme – un homme rompu au recel de cadavres? Pourquoi, s'il n'était pas complice des meurtres?

Je pressai les chevaux et passai le col à un train d'enfer, l'esprit engourdi par un effroi sans nom. L'après-midi fit place au crépuscule. Le coucher de soleil dut être impressionnant, avec son éclat rose se reflétant sur les cimes neigeuses et enluminant le paysage printanier d'un rayonnement céleste, mais je n'en vis rien. La voix de Masika résonnait dans ma tête : *Venez chez moi, Arkady Petrovitch, pendant la journée, quand il dort. Ce n'est pas prudent pour nous de parler ainsi devant tout le monde. Venez vite me voir...*

Il ne faisait plus jour, mais je me sentis poussé à lui parler sur-le-champ, pour enfin connaître la vérité à laquelle je ne voulais pas même songer – et que mon cœur tourmenté savait pourtant être la vraie.

Quand j'atteignis le village, tout était enténébré; les rues étaient désertes; les petites cabanes alignées étaient sombres. J'ignorais où trouver Masika Ivanovna, mais mon désir éperdu de lui parler était trop impérieux pour que j'y renonce et rentre au manoir. J'allumai la lanterne, descendis de la calèche puis, profitant sans vergogne de ma position de neveu du prince, je frappai à la première porte dans l'intention de demander où demeurait Masika.

Il n'y eut pas de réponse; pensant que les occupants de la cabane dormaient, j'appelai. Toujours rien; je poussai la porte en tenant la lanterne haute et pénétrai à l'intérieur. La masure avait été abandonnée; il n'y avait même plus de meubles.

Curieusement, je retrouvai cette lugubre atmosphère d'abandon dans les trois habitations voisines. Toutefois, ma quatrième tentative fut couronnée de succès. Le paysan ensommeillé ne me fit point entrer, mais il me renseigna en parlant à travers la porte verrouillée.

Je me hâtai vers la demeure de Masika. C'était une maisonnette surmontée d'un toit de chaume infesté de rongeurs; la lumière jetée par ma lanterne fit briller leurs yeux minuscules. Une faible lueur éclairait l'unique fenêtre; cependant, j'eus beau cogner énergiquement à la porte, je n'obtins aucune réaction. Enhardi, je criai le nom de Masika tout en continuant de frapper. En vain; seul le silence me répondit.

En désespoir de cause, j'imprimai une poussée sur la porte. Le loquet n'étant pas abaissé, elle s'ouvrit toute grande; je m'avançai et vis Masika Ivanovna, toujours vêtue de deuil, assise devant une table rudimentaire. Elle était effondrée en avant, de sorte que son front et l'un de ses bras reposaient sur le plateau; à cinq centimètres du fichu coiffant sa tête se trouvait un cierge ayant fondu jusqu'à la base de son support, si bien que la cire avait filé sur le bois; de la mèche restante émanait une flamme bleutée et grésillante qui n'allait pas tarder à s'éteindre. Sous sa main, une feuille pliée; non loin, une petite icône représentant saint George. Tout autour d'elle, sur le sol de terre battue et paillée, était tracé un cercle de sel gemme quasi parfait. A l'évidence, elle s'était endormie en attendant quelqu'un qui n'était pas encore venu.

Non sans ressentir un léger frisson en entendant le sel crisser sous ma botte, je me portai auprès d'elle, touchai son épaule et, d'une voix étouffée, lui dis :

– Masika Ivanovna...! C'est Arkady Tsepesh...! N'ayez pas peur...

Elle ne bougea point. Je secouai son épaule, tout d'abord avec douceur, puis de manière plus insistante. Ensuite, je répétai son nom et le mien, haussant le ton jusqu'au moment où je me rendis compte qu'elle ne s'éveillerait plus jamais.

Je glissai mes mains sous ses aisselles et la redressai avec précaution sur sa chaise. Au cou, elle portait le crucifix que je lui avais rendu lors de l'enterrement de Radu; la croix se balança brièvement dans l'air.

Les mots ne peuvent décrire l'horreur qui figeait ce doux visage usé, ces yeux écarquillés, exorbités. C'était la même terreur paroxystique que j'avais vue sur la tête tranchée de Jeffries. Cependant, Masika semblait ne porter aucune marque sur sa personne.

Je tendis le bras vers la table, pris sa main désormais froide et l'étreignis. Puis, m'agenouillant à son côté, je fondis en larmes, éprouvant l'impression d'avoir perdu de nouveau ma mère – cette mère dont la présence affectueuse m'avait toujours fait défaut.

Quand je me levai, séchant mes yeux, j'avisai sur la table la feuille pliée qui se trouvait auparavant sous la main de Masika. J'y aperçus mon nom, rédigé d'une écriture inconnue. Intrigué, je saisis la lettre et la dépliai pour lire ce qui suit :

Au frère que je ne connaîtrai jamais

Je t'écris ceci au nom de notre père, Petru, qui fut incapable de te raconter lui-même la vérité avant sa mort. Il disait que ton innocence avait protégé ta vie, ainsi que celles de ta sœur et de ta femme; il craignait de t'en parler car, disait-il, Vlad était trop proche de toi; il aurait tout de suite compris que tu avais été prévenu, et il se serait vengé. Mais je me risque à t'apprendre maintenant la vérité, sous le sceau du secret, dans l'espoir que cela t'épargnera la vie infernale qu'a vécu notre père.

D'après ma mère, Vlad ne t'a pas encore entretenu du Pacte familial; mais le temps est proche. Quand il le fera, souviens-toi d'une chose : ne crois rien de ce qu'il te racontera, car il mentira chaque fois que cela l'arrangera. Il te dira qu'il reste fidèle au Pacte eu égard à son sens de l'honneur, ou par amour pour la famille, mais c'est faux. Ce que disent les paysans est vrai. Il est strigoï, *un monstre sans âme, un assassin, et le Pacte n'est rien de plus qu'un jeu pour lui; il s'y conformera tant que cela lui profitera, c'est tout. Ton père a trop longtemps cru que le cœur de Vlad contenait quelque bonté, mais en vérité, le prince ne connaît que le mal. Il ressemble au vieux loup qui a tant tué qu'il s'ennuie et doit trouver de nouveaux plaisirs; détruire l'innocence est l'un de ceux-là. Maintenant, c'est de toi qu'il se joue, tout comme il s'est joué de ton père quand celui-ci était jeune, et de ton grand-père avant lui. Ce divertissement reste charmant à ses yeux, puisqu'il ne peut s'y adonner qu'une fois par génération. Il te dira qu'il t'aime, mais en fait il ne désire que te corrompre; te briser comme il a brisé Père.*

De tout mon cœur, je t'en supplie: Fuis-le. Echappe-toi avant qu'il ne détruise ton âme.

Mais sois prudent, agis avec sagesse, et sache que l'échec peut entraîner la perte des êtres qui te sont chers. Père a tenté de fuir : en punition, il perdit ta mère et notre frère, Stefan. Cependant, pour toi, je crois qu'il est encore temps, si tu es malin, circonspect, et si tu comprends que Vlad est indigne de confiance. Pour ma part, je croirai jusqu'à ma mort, et au-delà, que l'amour peut vaincre le mal sous toutes ses formes.

Je dois conclure à l'instant, quoiqu'il y aurait encore beaucoup à dire. Mais, pour assurer la sécurité de ma mère, je ne puis rester dans sa maison une fois que le soleil s'est couché. Je dois partir.

Frère, je prie pour toi. Ne sois pas malin au point de négliger d'en faire autant.

Radu

Je m'agenouillai à nouveau sur la terre dure et froide, laissant la lettre retomber en voletant sur mes genoux. La double commotion occasionnée par la mort de Masika et le contenu de la lettre suscita en moi une clairvoyance prodigieuse; pour la première fois, je vis s'agencer les pièces du puzzle :

Tous ces crânes... l'insolence de Laszlo... les histoires des paysans selon lesquelles V. était un monstre assoiffé de sang (bien sûr, il n'y avait jamais eu de vampire, et je ne prenais pas au pied de la lettre le terme de *strigoï* employé par Radu, mais cela pouvait expliquer l'origine de la légende)... la fureur de V. quant à mon attitude envers ses invités... son insistance pour que je ne n'avise pas les autorités...

Une seule conclusion s'imposait. V. était un assassin, mon père était son complice, et tous deux souffraient d'une folie congénitale qui avait commencé de me gagner. Je poussai un cri en pensant que, moi aussi, j'étais voué à sombrer dans cette démence, que mes mains seraient un jour souillées de sang.

Etes-vous un Empaleur? Un des hommes-loups?

– Non, murmurai-je. Non...!

Je bondis sur pied, rangeai la lettre dans mon gilet et regagnai la calèche, impatient de m'éloigner de ce village si mystérieusement abandonné. J'arrivai à temps au château, bien qu'il fût minuit passé de peu. Fébrile, en sueur malgré la fraîcheur nocturne, je me dirigeai directement vers la porte du salon de V., le revolver caché sous mon gilet. Je frappai; de l'autre côté de la lourde porte, V. demanda « qui est là? » de sa façon coutumière, et je répondis de même.

– Arkady! s'exclama-t-il d'un ton jovial. Entre, mon neveu!

Je posai ma main sur le cuivre poli de la poignée et tournai.

Un éclair argenté. Mon père qui abaisse la dague, entaille ma chair tendre. Et, derrière lui, un trône...

Une douleur brouilla l'image. Je fermai les yeux jusqu'à sa disparition complète...

Puis, les rouvrant, je me trouvai face au spectacle familier de V. dans son salon – un spectacle qui ne serait – non, ne *pourrait* – plus jamais être le même. Comme à l'habitude, un feu flamboyait dans la cheminée, et la pièce me semblait étouffante, surchauffée. Je passai une main sur mon front, l'en retirai humide, et fermai la porte derrière moi.

V. était assis dans son fauteuil, ses mains sur les accoudoirs, mais, cette fois, il ne m'adressa aucun signe de bienvenue. De fait, il ne leva même pas les yeux. Son attention était concentrée sur le foyer pétillant. Près de son coude, sur la table basse, les miroitements du carafon de slivovitz. A regret, je le quittai du regard et dévisageai V. qui, l'expression pétrifiée et indéchiffrable, continuait de contempler les flammes crépitantes.

Il était encore aussi jeune que lors de notre dernière rencontre – c'était désormais plus un quinquagénaire qu'un octogénaire. Cependant, je ne pouvais me permettre de réagir, d'être consterné ou effrayé par cet indice manifeste de ma folie naissante; le problème qui m'avait amené était bien trop pressant.

– Oncle, fis-je avec douceur.

La situation m'eût poussé à adopter un ton véhément, strident, mais le silence oppressant qui régnait dans la pièce m'emplit d'une soudaine répugnance à le rompre.

« Je suis navré de t'importuner, mais nous devons discuter d'un problème de la plus extrême urgence. »

V. ne parut point m'entendre; ses yeux ne se détournèrent

pas une seule seconde de l'objet de leur attention. Cette attitude lui ressemblait si peu que c'en était horripilant, mais je m'appliquai à poursuivre : « Cela concerne la terrible découverte que j'ai faite dans la forêt. »

Alors, il parla, sans cesser de contempler les flammes. Sa voix fut basse et faible, mais d'une faiblesse de mauvais aloi – la faiblesse doucereuse qu'on distingue dans le grondement hostile du chien qui s'apprête à attaquer.

– Tu voulais me trahir...

Prenant ces paroles pour un aveu de culpabilité, je frissonnai; les battement de mon cœur s'accélérèrent.

– Comment?

Il se tourna avec la vivacité d'un serpent et me fit face, ses yeux embrasés par le reflet des flammes. Son expression glacée dénotait à présent une rage meurtrière.

– Tu voulais me trahir! Où sont les lettres?

Je le regardai, ébahi, réduit au silence par cette explosion de fureur, stupéfié par sa perspicacité.

« Menteur! » hurla-t-il avec une force telle que ce cri dut retentir dans tout le château. Les mots semblaient surgir du plus intime de son être, d'une source de haine si profonde qu'il paraissait littéralement bouillonner de rage. « Fourbe! vociféra-t-il. Je sais que tu ne les as pas données à Laszlo comme je te l'avais demandé! »

Le feu étincelait, scintillant dans le filet de salive qui accompagnait ses mots tel un venin.

Sa colère était terrifiante, mais, pour son bien, pour le bien de Mary, pour notre bien de tous, je ne pouvais plus me permettre de trembler comme un enfant en sa présence. Impossible d'ignorer plus longtemps les morts de la forêt. Si c'était V. qui les avait tués, cher oncle ou non, dément ou non, il fallait mettre un terme à ses agissements.

Je me redressai, haussai le menton et m'empêchai de chevroter :

– J'ai emporté moi-même les lettres à Bistritz.

– Et tu as posté les deux? Ne me mens pas, Arkady! Je ne suis pas tendre avec les parjures! Tu es prévenu!

Un moment, je me demandai s'il ne serait pas plus simple, en effet, de mentir, de l'induire en erreur. Cependant, n'apprendrait-il pas la vérité quand les jeunes mariés manqueraient d'apparaître à l'heure prévue?

– J'ai posté la lettre au notaire, concédai-je. Mais la lettre aux invités...

– Tu l'as détruite!

Sans me troubler, je soutins son regard.

– Oui.

Il émit un long sifflement et replongea son regard frémissant de fureur dans le feu.

« Oncle, dis-je d'un ton ferme et doux. J'en ai fait ainsi car je me tourmente immensément pour toi. Pour Mary et Zsuzsanna. Pour le bébé. Je refuse que ma famille vive avec... avec de telles horreurs autour d'elle. »

Il pivota à nouveau vers moi, se leva à demi de son fauteuil et tonna :

– Et ne t'ai-je point juré qu'il ne te serait fait aucun mal? Ne l'ai-je point juré, sur le nom de notre famille?

Dracula, pensai-je, *ou Tsepesh?* Mais je tins ma langue, car cela n'eût fait que prolonger l'affrontement. En outre, je comprenais à présent pourquoi il était si certain de pouvoir garantir notre sécurité.

À mon désespoir, je perçus de la folie dans son œil; je sus alors qu'il était à tout le moins informé des meurtres – s'il n'en était pas l'auteur.

« Ne l'ai-je point juré? répéta V. Réponds!

– Tu l'as juré. Mais, Oncle...

– Comment as-tu pu ne pas me croire? Comment as-tu pu penser que je te mentirais, ou que je serais déloyal à ton égard? Je t'avais dit de ne pas aller à Bistritz, et pourtant tu as persisté à me désobéir! Je t'avais dit de ne jamais te mêler des affaires de mes invités! Une seule règle! Une règle *unique*! Et il a fallu que tu la transgresses encore! »

Il se leva, tendit le bras vers la table basse, s'empara du carafon puis, sous mon regard horrifié, fit mine de le lancer dans les flammes; au dernier moment, il se tourna et projeta l'objet au-dessus de ma tête. Le carafon heurta la porte derrière moi, se brisant en une explosion de cristal, parfumée d'alcool de prune.

Me courbant, je me protégeai d'un bras, évitant de peu d'être blessé. Eût-il visé un peu plus bas, j'aurais été atteint. Puis, avec un grand sang-froid, je relevai la tête, débarrassai mes épaules des morceaux de cristal, des gouttes de liqueur, et lui adressai un regard enfin dessillé.

Mon cœur battant d'horreur à l'idée de poser à un être aimé une question pareille, je dis, avec une lenteur délibérée : « Les morts dans la forêt, Oncle. Comment sont-ils arrivés là ? Comment sont-ils morts ? »

Sa rage s'apaisa quelque peu, mais sa poitrine se soulevait encore légèrement, et son visage restait empourpré. Il plissa les yeux, me scruta intensément puis, avec une douceur terrifiante, déclara :

– Parfois, tu tiens trop de ta mère, Arkady. Tu dois apprendre à ne pas être si entêté. Tu dois apprendre à ne pas te mêler des affaires d'autrui.

J'essayai de me lever. Mes genoux tremblèrent, comme si le sol se dérobait sous mes pieds. Si je parvins néanmoins à me mettre debout, je ne pus émettre qu'un murmure pitoyable : « Que dis-tu ?

– Qu'il est absurde de se tourmenter à propos de ce qui se trouve dans la forêt. Tu serais plus avisé de te concentrer sur tes propres affaires. Maintenant, pars ! Pars et médite ton erreur, afin d'éviter de commettre d'autres sottises à l'avenir. »

Je partis, abasourdi, horrifié, avec l'impression que le monde était sens dessus dessous, comme si j'étais environné de remous maléfiques, d'un tourbillon de folie qui n'allait pas tarder à m'engloutir...

Mais ce sentiment d'horreur n'égale en rien mon malheur actuel. Je viens juste de me lever, mû par une impulsion inexplicable, et voilà que, fouillant ma poche de gilet, je découvre la lettre de Radu *et* la lettre que j'ai écrite – où j'instruis les jeunes mariés de ne pas venir au château. Mon Dieu, ne suis-je plus maître de ma mémoire ? Ai-je seulement rêvé d'avoir réussi à jeter la lettre de V. au feu ? Et si oui, *quelle lettre ai-je donc laissée à l'aubergiste de Bistritz ?* Si les visiteurs viennent...

Je deviens fou. Aussi fou que mon cher père a dû l'être en mettant au jour de tels méfaits, aussi fou que mon oncle – mon oncle bienveillant, généreux, affectueux. J'aimerais pouvoir brouiller ma faculté de raisonner, contraindre mon esprit à interrompre son fonctionnement impitoyable, à l'empêcher de parvenir à cette inévitable conclusion : les meurtres ont été commis en au moins plusieurs décennies, de sorte que Laszlo ne peut en être tenu pour unique responsable. Pas plus d'ailleurs que mon père, puisque sa mort précède l'apparition de Jeffries.

Mon Dieu ! V. est un assassin, non pas l'immortel monstre de légende dont les paysans font des gorges chaudes, mais un monstre néanmoins – et j'ai été son complice involontaire en attirant Jeffries ici.

Que faire ? Malgré les affirmations de Radu (je songe surtout à celle, totalement absurde, concernant Stefan ; mon frère fut tué non par V., mais par *un chien*, tragédie dont j'ai été le témoin direct), il est difficile de croire que V. puisse nuire à quiconque de sa famille ; l'objet de sa folie semble être les étrangers...

... et les pauvres bébés difformes et non désirés, qui lui furent sans doute offerts en sacrifice par les paysans (en contrepartie de leur sécurité ?). Je suis déchiré entre l'envie de le protéger et celle de le livrer aux autorités de Vienne ; comment puis-je trahir mon cher bienfaiteur ? A tout le moins, je devrais essayer de lui procurer un docteur, un spécialiste qui pourrait l'aider. Mais je ne puis permettre...

Point le temps d'achever ! En jetant un coup d'œil par la fenêtre ouverte, je viens d'apercevoir Laszlo conduisant la voiture vers le château. A l'intérieur, les deux visiteurs... ! Pour m'assurer de leur sécurité, je vais les suivre sur-le-champ...

9

Le journal de Mary Windham Tsepesh

17 avril, fin d'après-midi. – Zsuzsanna dort. Sa peau est grise et cireuse. Si je ne voyais pas sa poitrine se soulever légèrement et rapidement sous sa chemise de nuit, je la croirais morte depuis des jours. Je suis à ses côtés, refoulant mes larmes, m'efforçant d'être forte par égard pour Arkady, lequel viendra bientôt prendre place dans ce tableau navrant. J'attends son arrivée avec un mélange d'impatience et d'appréhension.

Maintenant, je comprends pourquoi il a entrepris de tenir un journal après la mort de son père. Je ne puis supporter de rester simplement assise au chevet de Zsuzsanna, à guetter l'approche de l'inévitable. Aussi, Dunya ayant eu la gentillesse d'aller chercher ma plume et mon cahier, j'écris. Cela émousse la douleur et la crainte – quoique rien ne puisse plus les effacer désormais.

Dès que mon bon mari se sera remis de ses derniers chagrins, je le convaincrai de partir. Peu importe que ma délivrance survienne dans une diligence ou dans un train ; mon enfant ne naîtra pas dans ce maudit manoir ; jamais il ne saura l'enfer qu'a traversé son pauvre père à cause de l'amour de ce monstre.

Toutes les légendes sont vraies. Je l'ai su dès l'instant où Vlad pressa ses lèvres sur ma main ; je l'ai su, quoique ni mon instruction ni mon bon sens ne m'aient autorisée à l'admettre entièrement jusqu'à ce jour.

Hélas, l'instruction et le bon sens n'ont aucun pouvoir ici. Seul le Mal règne en ces parages ensorcelés. Je le combattrai avec l'aide de tout ce que je sais constituer le Bien suprême :

l'amour entre mon mari et moi, notre amour pour notre enfant.

Il ne les aura pas.

Mais Zsuzsanna est perdue pour nous.

Oh! si seulement je pouvais oublier la façon dont il a regardé mon ventre lors de la *pomana*...

Je ne puis écrire plus à ce sujet; la souffrance est trop vive. Essayons de trouver la paix en recensant de façon ordonnée les événements de la journée.

Malgré le laudanum, je me suis réveillée tôt ce matin, incapable de dormir longtemps à cause des frayeurs de la nuit, quoiqu'un faible espoir me poussât à croire que ce n'avait été qu'un cauchemar particulièrement horrible. Arkady était encore plongé dans un profond sommeil, avec son revolver à portée de main sur la table de nuit – premier et funeste indice à me faire comprendre que je n'avais point rêvé. A peine levée, je suis allée à la fenêtre pour entrebâiller les rideaux : le soleil luisait sur le carreau fêlé et criblé de marques.

C'est un avertissement. J'essaie de me convaincre qu'il en est autrement, mais je ne puis continuer de nier ce que je sais.

A ce spectacle, j'éprouvai une soudaine douleur dans mon ventre – pas aussi aiguë qu'une contraction, du moins d'après ce que je m'imagine; ce fut plutôt une sorte d'élancement diffus. L'attribuant à un problème de digestion et à mon sentiment de détresse, je me suis tenue le côté jusqu'au moment où la douleur s'estompa. Ensuite, je refermai les rideaux, m'habillai et quittai la chambre, laissant Arkady dormir.

Comme la porte de la pièce voisine était ouverte, j'eus l'idée d'y entrer pour voir le berceau. En début de semaine, Dunya est allée le chercher au grenier afin de le nettoyer. Il est en bois de cerisier massif et poli – de la belle ouvrage. Arkady et son père – et qui sait combien de générations de Tsepesh? – y ont dormi.

La vue du petit meuble, patiné sur les bords par tant de mains maternelles, me fit fondre en larmes. Une grande amertume m'envahit quand je me rendis compte que je ne pourrais probablement pas voyager dans l'immédiat (cela n'est plus vrai, puisque j'ai décidé de ne pas rester) et que l'enfant allait sans doute naître au manoir. Chaque jour, j'éprouve des difficultés supplémentaires à me mouvoir. Le bébé s'est déplacé, et un instinct de mère m'avertit que ma grossesse arrive à terme.

Attristée, je descendis malaisément l'escalier pour aller prendre mon petit déjeuner. J'avais une faim de loup et j'ai englouti tout ce que la cuisinière a posé devant moi, mais cela n'a fait qu'aggraver mes embarras gastriques. La cuisinière me fit gentiment une tisane de menthe que j'allai prendre au soleil, dans le petit jardin. Je m'enquis de Dunya, afin de lui demander de préparer draps et couvertures pour le petit berceau, mais aucun domestique ne l'avait encore vue.

Après quelques instants passés à écouter le chant des oiseaux, à sentir sur mon visage la chaleur du soleil et la fraîcheur de la brise, je me vis assez raffermie pour m'adresser une petite remontrance silencieuse, pour le bien du bébé. Je savais que le pauvre enfant ressentait l'anxiété de sa mère ; il ne serait pas bon pour lui, ni pour moi, d'approcher le moment de sa naissance avec un esprit tourmenté par des visions de loups et de vampires. Aussi fis-je un pacte avec moi-même en vue de bannir ces sombres pensées. Je décidai d'être dorénavant toujours de bonne humeur, de passer mes journées à penser, non pas à Zsuzsanna et Vlad (pour cela, je m'en remettais à Dunya), mais plutôt à la venue imminente du bébé. Toutes ces histoires de *strigoi*? Billevesées! Quant aux choses étranges que j'avais vues, elles résultaient manifestement de mon état, de mon abattement et de mes soucis au sujet de mon mari... Le loup qui s'était précipité sur ma fenêtre? Enragé, sans doute. Ses yeux verts? Un simple produit de mon imagination, laquelle était grandement troublée depuis que j'avais connaissance du commerce illégitime unissant Vlad et Zsuzsanna.

Je ne pouvais simplement pas me permettre de croire plus longtemps aux sornettes de Dunya. Par égard pour mon enfant.

Et s'il nous était impossible d'aller à Vienne, eh bien tant pis! Je trouverai malgré tout une façon d'être heureuse et tranquille ici, du moins jusqu'au jour où le bébé sera assez grand pour voyager. Inutile d'encourager Arkady à entrer dans un déplaisant conflit avec Vlad.

Une fois cette décision prise, je me sentis fort soulagée. Je remontai les marches, dans l'intention de réveiller Arkady et de lui présenter mes excuses pour m'être énervée la nuit dernière. En outre, je voulais le rassurer : après tout, même si Vlad voyait un réel inconvénient à ce que nous partions maintenant, pourquoi, au lieu de s'en irriter, ne nous concentrerions-nous pas sur l'imminence de l'heureux événement? Ne méritions-nous pas un peu de bonheur?

Mais Arkady était déjà parti, apparemment en hâte car son journal était encore ouvert près de l'oreiller.

Je le fermai avec soin, le posai sur sa table de nuit puis rebouchai l'encrier que j'y trouvai. J'eus envie de redescendre à la cuisine pour le chercher, mais la pensée d'affronter à nouveau l'escalier vertigineux m'en dissuada. Aussi empruntai-je l'aile est, en direction de la chambre de Zsuzsanna, guidée par l'agréable perspective de passer la journée avec Dunya et la future tante de mon enfant, afin de trier le trousseau du bébé et d'apprêter la nursery. Je me souvins du sourire radieux de Zsuzsanna, lorsqu'elle avait dit combien ce serait bon d'entendre à nouveau ce manoir retentir de rires enfantins.

Il était assez tard, presque midi, mais sa chambre était toujours close. Je frappai : pas de réponse. J'appelai : même chose. J'entrebâillai timidement la porte et jetai un coup d'œil à l'intérieur.

La pièce était ensoleillée, car les volets étaient tirés, et la fenêtre ouverte. Mon regard se posa tout d'abord sur la banquette, et je remarquai que Dunya avait déjà ôté les couronnes d'ail.

Puis mon cœur se figea quand j'entendis des respirations régulières. Les deux femmes dormaient-elles encore? J'entrai; dès que je vis Zsuzsanna, je portai une main à mes lèvres et m'écriai :

– Mon Dieu!

Elle avait sans doute voulu écrire au lit, mais son état de faiblesse lui avait fait lâcher la plume et renverser l'encrier; à présent, le liquide noir maculait de façon indélébile la courtepointe et les draps. Son petit cahier était en éventail.

Mais ce n'étaient pas les grandes taches noires sur le lit qui avaient provoqué mon exclamation. Zsuzsanna était plus pâle qu'un linge, plus pâle que l'oreiller où reposait sa tête. Elle suffoquait; sa respiration semblait oppressée; son visage blafard était contracté, sillonné de petites rides gris perle qu'on eût dites appliquées par le pinceau d'un aquarelliste. Ses lèvres ouvertes découvraient des gencives incolores qui avaient tant régressé que ses dents paraissaient épouvantablement longues.

« Zsuzsanna ! » fis-je enfin, me hâtant à son chevet. Je pris sa main ; elle était transie et inerte, comme celle d'une morte.

Cependant, la jeune femme était tout à fait éveillée. Ses yeux sombres, entourés d'un cerne lie-de-vin et écarquillés avec une innocence enfantine, m'adressèrent un regard effroyablement lucide ; elle essaya d'aspirer assez d'air pour parler – en vain.

« Ne bougez pas, chuchotai-je. Ne parlez pas... »

Je plaçai le cahier et l'encrier sur la table de nuit ; ce faisant, je vis le crucifix posé sur sa chaîne enroulée, brisée comme si Zsuzsanna (ou quelqu'un d'autre) l'avait ôtée de son cou dans un geste d'impatience. Je m'installai à son côté, évitant la large souillure encore humide sur la courtepointe, puis écartai délicatement ses cheveux de son front glacé.

Le petit monde heureux et abrité que j'avais entrepris de me créer le matin même s'effondra autour de moi. Je compris que Vlad était revenu la nuit dernière, pour voir Zsuzsanna – et pour me menacer.

Je le tuerai plutôt que de le laisser nuire à mon mari ou à mon enfant.

Me tournant vers Dunya qui était couchée par terre, sous une couverture, j'entrepris de la secouer. Sa stupeur était plus profonde que celle produite par le laudanum. En voyant sa tête ballotter sur ses épaules, je ne pus m'empêcher de songer à mon cauchemar éveillé, quand les yeux verts de Vlad m'étaient apparus. Pour qu'elle ouvrît les yeux, il fallut que je crie à son oreille :

« Il est revenu ! Il est revenu, et Zsuzsanna est à l'agonie ! »

Ces paroles semblèrent la ramener à la conscience. Elle battit des paupières et se frotta les yeux ; puis, voyant Zsuzsanna, elle couvrit son visage de ses mains et laissa échapper une plainte horrifiée qui me fendit le cœur.

Mais ce n'était pas le moment de s'apitoyer. Je la secouai derechef et dit : « Descendez tout de suite et envoyez l'un des hommes chercher le docteur ! »

Elle découvrit son visage, repoussa la couverture et se leva cahin-caha. Des larmes brillèrent dans ses yeux quand elle se pencha sur Zsuzsanna – qui nous observait toujours avec cette singulière intensité – et dénoua délicatement le ruban de son col. A peine eut-elle abaissé le tissu de quelques centimètres qu'elle recula en tressaillant.

Je m'approchai d'elle et suivis son regard, à l'endroit où, sur le cou laiteux de Zsuzsanna, juste au-dessus de sa clavicule, se trouvaient auparavant les terribles marques rouges. Inexplicablement, elles avaient disparu, sans laisser la moindre trace, pas même de minuscules cicatrices. Nous vîmes seulement sa peau nacrée et immaculée.

Dunya retira sa main tremblante, se redressa et désigna la porte d'un hochement de tête. Je compris qu'elle désirait me parler hors de portée de voix de Zsuzsanna.

Non sans appréhension, je la suivis dans le corridor.

– Il est trop tard pour appeler le docteur, chuchota-t-elle avec tristesse. Vous avez vu que les marques ont disparu. La transformation est complète; demain, elle sera morte.

A ces paroles, je sentis monter ma colère. N'était-il pas injuste que Zsuzsanna fût si durement frappée? N'était-il pas injuste que Vlad triomphât? La malheureuse avait connu une existence suffisamment difficile; et maintenant elle allait mourir au moment où elle aurait dû attendre joyeusement la naissance de son neveu! Ma résolution d'être insoucieuse par égard pour l'enfant eut tôt fait de s'écrouler; Vlad avait gagné de nouveau.

Aussitôt, j'épanchai ma colère sur Dunya :

– Je me moque de toutes ces superstitions! Envoyez chercher le docteur! Il faut absolument faire quelque chose pour l'aider!

Tremblotante, la pauvre jeune fille recula; puis, après une petite révérence, elle se tourna et dévala l'escalier. Je regagnai le chevet de Zsuzsanna et serrai ses mains froides et inanimées; elle leva vers moi de grands yeux étrangement euphoriques.

« Tout va s'arranger, fis-je d'un ton apaisant. Le docteur sera bientôt là. Nous allons vous soigner... »

Elle prit une respiration spasmodique et expulsa un mot à peine audible :

– Non...

– Ne dites pas cela, dis-je avec fermeté tout en éprouvant encore une fureur diffuse à l'encontre de Vlad, du destin, de Dieu, révoltée à l'idée qu'un sort aussi cruel pût échoir à une innocente aussi démunie. Il est certain que vous allez guérir...

Ses yeux scintillèrent d'excitation – et d'une joie radieuse, vibrante, qui contrasta fortement avec son apparence cadavéreuse. Zsuzsanna lutta pour prendre une autre respiration puis, dans un effort douloureux à observer, elle murmura :

– Non... Je veux... la mort...

Je me tus, le cœur transpercé. Que faire, si ce n'était rester à son côté en lui tenant les mains? Quand Dunya réapparut, essoufflée d'avoir monté l'escalier quatre à quatre, je la renvoyai chercher Arkady.

Son absence fut assez longue; pendant ce temps, Zsuzsanna ferma les yeux et sembla dormir. Alors – que Dieu me pardonne – je ne pus résister plus longtemps à l'attrait du petit cahier posé sur la table de nuit. Je sais que c'est un péché de violer l'intimité d'autrui, mais il fallait que je sache la vérité; il fallait que je sache si mon ennemi était le Mal incarné, la Folie ou la Superstition.

Je dégageai ma main des siennes, tendis le bras vers la table, pris son journal, l'ouvris et cherchai les derniers paragraphes.

Il n'existe aucun mot. Aucun mot pour décrire la répugnance, l'horreur, la fascination morbide que ces pages déclenchèrent en moi. Je ne peux pas... Je ne peux pas rapporter ici ce que j'ai lu. La décence me l'interdit.

Zsuzsanna avait pris le vampire pour amant.

Ma première pensée fut qu'il s'agissait d'une sorte de phantasme obscène et grotesque; mais un phantasme peut-il tuer une femme? Si elle est folle, alors nous le sommes tous avec elle – et vivons en un monde où le magique, l'impossible, le mal porté à un degré fantastique, sont indéniablement réels... et mortellement dangereux.

Après avoir dévoré les pages concernant les quatre derniers jours avec une rapidité due à un mélange d'émoustillement et de terreur, je repoussai l'ignoble petit cahier et portai mes mains tremblantes à mon visage.

Je me dis : *Nous devons fuir sur-le-champ.*

Je me dis : *Désormais, il est libre d'aller en Angleterre.*

Je me dis : *Nous devons le tuer au plus vite.*

Je contemplai Zsuzsanna qui dormait – qui mourait, plutôt – et j'entendis résonner dans ma tête la voix solennelle de Dunya : *... le tuer,* doamna, *avec le pieu et le coutelas. C'est la seule manière...*

Zsuzsanna bougea, souleva langoureusement ses paupières et leva ses yeux vers moi.

Je repris sa main et m'efforçai d'adopter une expression rassurante, souriante.

Que ces yeux étaient vastes! Comme ils semblaient infiniment sombres, infiniment profonds, infiniment affectueux! Ils brillaient comme ceux d'une sainte, habités d'une béatitude innocente et radieuse. Ils brillaient comme les eaux de la mer ondulant à minuit sous les rayons de la lune. Ils me caressèrent, attirants comme une marée océane.

Sans m'en rendre compte, je me penchai vers la mourante jusqu'au moment où son souffle court et tiède effleura mes joues. Bientôt, nos visages ne furent plus séparés que par la largeur d'une main; soudain, je fus frappé du fait que celui de Zsuzsanna, jusqu'ici plutôt ingrat, revêtait maintenant, dans la mort, la beauté classique d'une Vénus d'albâtre, sculptée par le plus raffiné des artistes romains. Sa bouche semblait plus douce, plus charnue, empreinte de la même sensualité débridée qui émanait désormais de ses yeux insondables – des yeux qui s'élargissaient au fur et à mesure de mon approche, jusqu'à emplir le monde entier.

– Mary, parut-elle articuler.

Peut-être ne dit-elle rien. Peut-être ne bougea-t-elle ni ses lèvres ni sa langue. Peut-être imaginai-je seulement qu'elle s'efforçait de prononcer mon nom.

« Embrasse-moi, ma douce sœur, sembla-t-elle ajouter. Embrasse-moi avant que je ne meure. »

Je succombai, m'abîmant dans le sombre océan de ces yeux, en ressentant la paix euphorique du nageur qui, se noyant, s'abandonne enfin à la mort. J'approchai ma bouche de ses lèvres pâles et entrouvertes, jusqu'au moment où j'eus l'impression de planer juste au-dessus d'elle. Elle sourit avec le même plaisir rêveur qui m'engloutissait à présent, et sa langue frétilla d'impatience, découvrant par intermittence ses dents d'une blancheur miroitante.

La porte s'ouvrit à toute volée. Je me redressai, rendue à la conscience ordinaire.

– *Doamna!* s'exclama Dunya d'une voix essoufflée.

Elle se tenait sur le seuil, une main posée sur le linteau de la porte; sa silhouette à la fois menue et robuste était tendue à l'extrême, figée de peur. Je compris aussitôt qu'elle avait fait du bruit à dessein. Zsuzsanna demeura immobile, mais ses yeux étaient maintenant dénués de toute tendresse; il ne s'y voyait plus qu'une indéniable lueur de convoitise – et de haine froide.

« *Doamna*, répéta Dunya avec une intonation singulièrement cérémonieuse. Si je pouvais m'entretenir une minute avec vous dans le corridor... »

Je me levai non sans raideur (j'eus l'impression d'être restée assise une éternité au lieu d'une simple demi-heure) et suivis la jeune fille dans le couloir.

Dès que nous fûmes hors de la chambre, Dunya ferma la porte pour empêcher Zsuzsanna de nous entendre. L'instant d'après, elle parut galvanisée et adopta le débit étouffé et précipité d'une conspiratrice fébrile :

« Vous ne devez pas l'embrasser, *doamna*, ni permettre à quiconque de le faire ! Elle est affamée et, à présent, le risque est grand que son baiser crée un nouveau *strigoï* ! »

En proie à une lassitude soudaine, je pris appui contre le mur et posai mes mains sur mon ventre, espérant vainement pouvoir couvrir les oreilles de mon pauvre enfant afin que toutes ces insanités lui fussent épargnées.

– C'est vrai, dis-je doucement, m'adressant plus à moi-même qu'à Dunya. Tout ce qu'on raconte sur Vlad. Je viens de lire le journal de Zsuzsanna.

La lèvre inférieure de Dunya commença de trembler. Sa voix se fit aiguë et irrésolue :

– C'est ma faute, *doamna*. Elle va mourir à cause de moi.

Puis elle couvrit ses yeux de ses mains et fut saisie d'un accès de sanglots amers, convulsifs, qui secouèrent son petit corps.

Je plaçai mes bras autour d'elle et lui tapotai le dos avec douceur et régularité, comme une mère le fait avec un bébé pris de spasmes ; elle s'accrocha désespérément à moi, telle une enfant, et poursuivit en hoquetant :

« Il m'a endormie... Si je n'avais pas été aussi faible... Mais je ne comprends pas pourquoi elle a pris autant de forces...

– Nous avons été leurrées l'une comme l'autre, fis-je d'un ton rassurant. Elle a tout écrit dans son journal. Il l'a fait boire son sang à notre insu, pour se l'attacher. Maintenant, prenons garde ; il sait tout ce qu'elle voit et entend. »

Dunya se ressaisit enfin. Après s'être redressée, elle se signa puis, de son index, écrasa une larme qui glissait sur sa joue. Je relâchai mon l'étreinte en lui donnant une tape réconfortante sur l'épaule.

« A présent, que faire pour l'aider? » demandai-je.
Elle secoua la tête.
– Désormais, plus rien n'entravera sa mort. Tout ce que nous pouvons faire, c'est l'empêcher de devenir *strigoï*.
– En tuant Vlad, chuchotai-je.
Elle hésita.
– Il est si vieux, si roué... Beaucoup ont essayé. Tous ont échoué. Il existe une autre manière, plus sûre.
J'entrevis une lueur d'espoir.
– Comment devons-nous procéder?
Incapable de croiser mon regard, elle baissa son visage vers le tapis, crispant ses lèvres pour réprimer d'autres sanglots.
– Après la mort de la *domnisoara*, mais avant qu'elle ressuscite comme *strigoï* – ce qui adviendra dans deux jours, trois peut-être –, un pieu doit être fiché dans son cœur. Ensuite, il faut lui trancher le cou et remplir sa bouche d'ail. Enfin, la tête doit être enterrée séparément du corps.
Epouvantée, j'eus un haut-le-cœur et, de peur que mes jambes ne me trahissent, je repris appui contre le mur. Mon imagination me représenta le miroitement d'une large lame d'acier qui entaillait la peau du cou svelte et tendre de Zsuzsanna. Je vis le gros pieu de bois qu'on plaçait entre ses seins, j'entendis le bruit du marteau qui retombait, enfonçant ce pieu à fond; j'entendis son hurlement d'angoisse, tandis que ses yeux s'ouvraient, écarquillés par une souffrance effroyable...
Jamais Arkady ne permettrait qu'une telle atrocité soit commise à l'encontre de sa sœur. S'il fallait agir ainsi, ce devrait être en secret; mais il semblait impossible qu'un acte aussi abominable passât inaperçu.
– Pourquoi? demandai-je quand je fus à nouveau capable de m'exprimer. Pourquoi est-ce aussi horrible? Pourquoi la... tête doit-elle être enterrée dans un autre endroit que le corps?
Dunya finit par lever les yeux. Faisant appel à toute sa résolution, elle redressa ses petites épaules.
– La faculté de régénération du *strigoï* est si grande que, si la tête n'est pas ensevelie à part, ses blessures, si terribles qu'elles soient, peuvent guérir. Dès lors, il est à même de ressusciter en tant que non-mort.
Elle se retourna et adressa un regard furtif à la porte close. « Vous l'avez vue, *doamna*. N'a-t-elle pas dorénavant un corps parfait? »

C'était vrai. J'avais été trop choquée pour y prêter attention, mais maintenant je me rappelai le corps de la femme gisant dans la chambre. Zsuzsanna était assise tout à fait droite, ses épaules parfaitement symétriques, sans que sa colonne vertébrale fût déviée le moins du monde. Et, au-dessous de la courtepointe, la forme de ses jambes était clairement visible – une paire harmonieuse, tout à fait saine.

Je portai mes mains à mon visage et pleurai amèrement en songeant qu'elle allait mourir – puis plus amèrement encore en pensant à ce que nous allions lui infliger une fois qu'elle serait morte. Vu mon état, je doutais d'être capable d'un tel acte, et Dunya était trop menue pour s'acquitter toute seule de cette macabre besogne. Aussi repris-je mes esprits, sans cesser d'estimer que nous étions complètement folles d'avoir une telle conversation, et demandai-je :

– Dunya... Pourrions-nous payer un homme pour accomplir cette tâche, quand Zsuzsanna sera morte?

Ce disant, quoique mes joues fussent ruisselantes de larmes, j'étais tout à fait calme. Néanmoins, ma voix ou mon expression invitait sans doute à la pitié, car Dunya toucha mon épaule d'une façon embarrassée – tout d'abord timidement, sachant qu'il était de la dernière hardiesse pour une servante de porter la main sur sa maîtresse sans y avoir été invitée; pourtant, si grande était sa compassion qu'elle ne put y résister.

– Bien sûr, *doamna*; quelqu'un s'en chargera, mais il refusera tout paiement. Veuillez ne point vous tourmenter à ce sujet. Je m'en occuperai pour vous.

Elle avait répondu avec tant d'obligeance, d'un ton si rassurant, que je fondis à nouveau en larmes, incapable de parler pendant un moment. Alors, elle m'entoura de ses bras, et nous pleurâmes comme deux sœurs.

– Dunya, lui dis-je enfin, je suis terrifiée. Je suis sur le point de donner naissance à un enfant, mais je ne veux pas que cela ait lieu ici. Je crains que l'endroit ne soit pas sûr. Cette nuit, un loup a voulu m'attaquer. Il a bondi sur la fenêtre et a fêlé le carreau. Il était si près que je l'ai vu distinctement. Il avait les yeux de Vlad. C'était lui. Je le sais. Auparavant, j'avais assisté à sa transformation.

Au lieu de paraître choquée par mes propos, Dunya hocha la tête et tapota mon épaule pour me rasséréner.

– Je vous protégerai, *doamna*. Avec la croix et l'ail. Nous ferons en sorte qu'il ne vous soit fait aucun mal.

– Est-ce que je deviens folle? Je l'ai vu se changer en loup, sous mes yeux...

– Vous n'êtes pas folle, affirma-t-elle avec tant de conviction que je sentis une pointe de réconfort – piètre réconfort au demeurant, que d'entendre confirmer l'existence d'une entité aussi maléfique.

« C'est vrai qu'il peut se changer en loup, poursuivit-elle. Et s'il tue quelqu'un sous cette forme, la victime devient *strigoï* – à moins qu'on n'y mette obstacle. Mais il commande également aux loups. Nous qui vivons près de la forêt savons que ces créatures sont peu téméraires par nature; elles ne s'attaquent pas aux villageois, mais au bétail, uniquement en hiver, lorsqu'elles sont affamées – et encore, seulement en meute. Un loup isolé n'attaque point, et nous n'en avons pas peur – sauf s'il agit sous *son* influence. Car *il* sait leur faire tuer qui il souhaite. Dans ce cas, la mort est naturelle, et l'âme de la victime retourne à Dieu.

Je fis jurer à Dunya qu'elle prendrait ses dispositions pour que Zsuzsanna soit secrètement délivrée de la malédiction du *strigoï*, et qu'elle ne dirait rien de tout cela, ni à Arkady ni à personne d'autre. Elle le promit, mais ajouta d'un ton lugubre que le teint livide de Zsuzsanna commençait d'éveiller les soupçons des domestiques; d'ailleurs, des rumeurs circulaient déjà dans le village.

Quant à Arkady, il semblerait qu'il ait pris la calèche en grande hâte ce matin, pour se rendre au château. Un des domestiques est allé le chercher, mais je ne comprends pas pourquoi il met tant de temps à revenir. Je redoute que Zsuzsanna ne meure avant son retour.

Depuis une heure, je suis assise à son chevet; de temps à autre, elle reprend conscience et demande Vlad d'une voix faible.

Je ne sais que lui dire. Je n'ai nul désir d'introduire le mal dans mon foyer. Et pourtant sa demande est formulée d'un ton si pitoyable que j'ignore combien de temps je vais pouvoir refuser.

Dunya reste avec moi, ce qui m'est d'un grand réconfort. Profitant d'un sommeil profond de Zsuzsanna, je l'ai priée d'achever de m'expliquer le Pacte entre Vlad et la famille.

– C'est comme je vous l'ai raconté, *doamna*, dit-elle. Il s'agit d'un arrangement similaire à celui conclu avec les villageois. Le *strigoï* ne doit nuire à aucun des siens.

– Oui, je me souviens. Mais en échange de quoi?

Elle baissa les yeux et soupira avant d'adopter à nouveau le ton de récitation dont elle avait usé tout à l'heure en me contant l'histoire du Pacte de Vlad avec le village.

– Il ne nuira à aucun de ses proches, et les autres membres de la famille peuvent ainsi vivre en paix, dans une bienheureuse ignorance de la vérité, libres de quitter le château pour toujours – en échange de l'assistance de l'aîné survivant de chaque génération.

Je lui lançai un regard horrifié, sachant d'avance ce qu'elle allait répondre à ma question :

– Que voulez-vous dire, par *assistance* du fils aîné?

Elle détourna son visage, incapable de croiser mon regard hébété.

– Son aide, *doamna*! Il doit veiller à la subsistance du *strigoï*. Pour le bien de la famille, du village, du pays!

Mon pauvre chéri...!

Le journal d'Arkady Tsepesh

17 avril – addendum rédigé sur une liasse distincte du journal. – Je me suis enfermé dans le bureau de Père; son revolver repose sur le secrétaire, à portée de ma main droite. Dans une demi-heure, je retournerai au rez-de-chaussée et j'escorterai *Herr* Mueller et son épouse jusqu'au havre de salut que constitue le manoir. En attendant, je dois me consacrer à quelque chose pour apaiser mes nerfs et délivrer mon esprit de certaines images: la tête coupée de Jeffries, la façon dont il a été tué... Fut-ce des mains de Laszlo ou de celles de V.?

Aussi, j'écris, en utilisant la papeterie d'Oncle.

Quand je vis Laszlo et les invités passer devant le manoir, je m'habillai en hâte, saisis le revolver puis me ruai à l'étable où j'attelai les chevaux à la calèche. Nous nous sommes dirigés à fond de train vers le château et, comme nous atteignions le sommet du tertre, à quelque quinze mètres de notre destination, je constatai qu'on avait déchargé la voiture, et que le palefrenier avait déjà rentré les chevaux.

Je fis entrer l'équipage dans la cour et attachai les chevaux au piquet central. Estimant que je n'en aurais pas pour longtemps, je jugeai inutile de les dételer.

La porte était verrouillée; je cognai et j'attendis, faisant les cent pas avec impatience jusqu'à l'arrivée d'Ana.

– Où sont les invités? demandai-je dès qu'elle ouvrit.

Elle haussa les sourcils et écarquilla les yeux en remarquant ma surexcitation.

– Mais à l'étage, Monsieur, comme d'habitude! Helga leur

a préparé un bain; ils sont plutôt fatigués et ont besoin de se changer.

Passant outre, je montai l'escalier quatre à quatre et me précipitai vers la chambre d'hôte, celle-là même occupée précédemment par le malheureux Jeffries. La porte était déjà fermée; je frappai, mais la réponse fut si tardive que je craignis que Helga n'eût emmené les invités ailleurs.

Puis j'entendis des clapotis suivis d'un rire de femme, étouffé et assourdi. Ensuite, une voix masculine se fit entendre, beaucoup plus proche. L'homme s'exprimait en allemand :

– La paix!

– Je suis un membre de la famille Tsepesh, fis-je dans la même langue. Il faut que je vous parle immédiatement.

– De la famille qui? demanda-t-il en haussant la voix, avec un certain agacement me révélant que ce nom ne lui disait rien.

Je rougis, me rappelant soudain la façon facétieuse dont V. signait ses lettres à ses futurs visiteurs.

– De la famille Dracul, répondis-je.

Puis, comme un silence expectant s'ensuivit, j'ajoutai : « Je suis navré de vous importuner, mais il s'agit d'une affaire urgente.

– Un instant. »

J'attendis patiemment l'instant requis – plusieurs instants, de fait. Au travers de la porte me parvinrent des bribes de conversation, un mouvement accompagné d'autres clapotis, puis un claquement de porte. Enfin, j'entendis des pas, et la porte s'ouvrit à moitié, découvrant un jeune homme à lunettes, rasé de frais, avec des cheveux châtain clair incontestablement humides et décoiffés. Il n'avait sans doute guère plus de dix-huit ans, avec un visage régulier, beau, doté d'un petit nez en trompette qui accentuait son air juvénile. Je fis de mon mieux pour paraître ne pas remarquer qu'il se penchait excessivement afin de dissimuler le bas de son corps; le haut était couvert d'une veste d'intérieur en soie qui lui collait à la peau.

– *Herr* Mueller? m'enquis-je poliment, me souvenant du nom que V. m'avait dicté.

– *Ja?*

Il s'efforçait d'observer une certaine civilité, sans réussir à cacher qu'il avait hâte d'être débarrassé de moi; il gardait une main sur la poignée de la porte dans l'espoir de me congédier rapidement.

– Je suis Arkady...

J'hésitai.

« ... Dracul, neveu du prince Vlad. Je suis désolé de troubler votre intimité... »

A cela, le jeune homme rougit violemment.

« ... mais il y a eu méprise. Notre cocher aurait dû vous emmener, non pas au château, mais au manoir, où l'on a préparé une chambre pour vous. Je vais vous y accompagner dès maintenant. »

Je n'avais nullement le désir d'effrayer ces bonnes gens. Si je pouvais les entraîner hors du château sans qu'ils eussent conscience du danger, ce serait pour le mieux.

– Mais nous sommes parfaitement bien ici! protesta *Herr* Mueller. La chambre est adorable! D'ailleurs...

Il me dévisagea avec suspicion.

« ... votre oncle y a laissé un mot de bienvenue à notre intention. Pourquoi devrions-nous partir? »

Je m'efforçai d'alléguer un cas de force majeure qui parût plausible.

– Oui, mais... Et *ma* lettre, l'avez-vous trouvée à Bistritz? Celle vous avertissant qu'une épidémie s'était déclarée dans le château?

Ses yeux marquèrent un léger étonnement. Il recula d'un pas.

– Ma foi, non... Il n'y avait que la lettre de votre oncle, nous indiquant le rendez-vous avec son cocher.

Celle que je croyais avoir jetée au feu. Je luttai pour ne point blêmir à cette révélation.

– Ah! fis-je d'un ton grave. Sans doute se serait-elle égarée... Cela dit, rassurez-vous, la situation n'est pas encore *trop* préoccupante.

Il plissa les yeux et recula derechef, d'un demi-pas cette fois.

« Mais nous pensons qu'il serait plus prudent que vous séjourniez au manoir jusqu'à ce que l'épidémie soit enrayée au château.

– De quel genre d'épidémie s'agit-il? » insista *Herr* Mueller, ce à quoi je répondis aussitôt que le manoir constituerait un cadre plus approprié pour évoquer ces détails.

Herr Mueller devint alors éminemment raisonnable. Cependant, il me demanda un peu de temps – « trente minutes, pas plus » – en invoquant l'état de sa femme, laquelle était « lasse, indisposée, et en plein dans son bain ». Avec intransigeance, je lui enjoignis de ne point dépasser ce délai, de verrouiller la porte et de ne la rouvrir à nul autre que moi-même.

Ensuite, je regagnai directement le bureau de Père pour y rédiger un mot très bref, destiné à V., lui expliquant que je transgressais une nouvelle fois ses lois de l'hospitalité, mais que je le jugeais de la plus haute nécessité, aussi bien pour lui que pour ses invités. Tout d'abord, j'eus l'idée de laisser le mot dans son salon, sur la table basse où il le trouverait à coup sûr – puis je craignis qu'un des domestiques ne le subtilisât. Aussi décidai-je d'aller le glisser sous la porte de ses appartements privés.

Cette perspective suscita à nouveau cette image étrange et fugace qui semblait enfouie au plus profond de mes souvenirs d'enfance :

L'éclair argenté de la dague ; la douleur quand elle entaille la chair délicate de mon poignet. Mon père, tenant mon bras au-dessus de... quelque chose en or, luisant d'un éclat terne. Je ne puis le voir à présent. Mais je me souvins une fois encore de l'ancien trône, et, cette fois, des mots JUSTUS ET PIUS, juste et fidèle...

D'invisibles griffes s'enfoncèrent dans mon crâne avec une brutalité telle que je fus submergé de douleur. Je poussai un cri et m'effondrai en avant, mes coudes et mon visage retombant sur la tache d'encre, mes mains agrippées à ma nuque... Puis je m'abandonnai aux ténèbres...

Je reprends conscience à l'instant ; mon regard est fixé sur la lettre que je tiens entre mes mains. Il est temps de la glisser sous la porte de V., puis d'aller récupérer les invités.

Des pas dans l'escalier ! Quelqu'un vient ; le revolver... !

Le journal de Mary Windham Tsepesh

18 avril. – L'aube va bientôt venir, et je n'arrive pas à dormir. Ce manoir respire le malheur et le désespérance; comment pourrons-nous jamais retrouver un sommeil paisible?

Mon mari fut si affolé d'apprendre l'état de Zsuzsanna qu'il pointa une arme sur le pauvre Mihaï, lequel dut ensuite lui faire descendre l'escalier du château, l'aider à monter dans la voiture et le ramener au manoir; plus tard, un autre domestique est allé récupérer la calèche. Maintenant, Arkady se trouve au chevet de sa regrettée sœur, qu'il ne veut quitter à aucun prix. J'ai peur pour mon mari, bien que, selon Dunya, il soit peu probable que Vlad s'en prenne à Arkady, surtout si l'on considère sa qualité de fils aîné. D'après elle, une telle chose ne s'est jamais produite depuis l'entrée en effet du Pacte, il y a quatre siècles de cela.

Tout comme il n'a jamais mordu quelqu'un de sa propre famille, ai-je failli lui rétorquer. Cependant, j'ai tenu ma langue. Je sais que Dunya voulait simplement me réconforter. Mais quel réconfort pourrait-il survenir? En vérité, nul d'entre nous n'est à l'abri du danger.

Jusqu'à l'arrivée de son frère, je suis restée au chevet de Zsuzsanna, lui tenant la main. Atteinte d'une extrême agitation, elle s'est mise à délirer et à supplier qu'on appelle Vlad. Au début, je n'avais pas la moindre intention d'accéder à sa requête, mais elle est devenue si larmoyante, si désespérée que j'ai senti fléchir ma résolution. Aussi ai-je pris Dunya à part pour lui demander si c'était prudent.

– Il ne peut pas lui faire plus de mal, chuchota Dunya d'un ton grave. Quant à nous, il ne peut nous nuire, à moins que nous ne le lui permettions. Tant que nous porterons nos crucifix et déjouerons ses sortilèges, nous serons en sûreté. Mais il doit savoir que c'est Zsuzsanna, et Zsuzsanna seule, qui l'invite à venir ici.

J'ai donc envoyé un autre domestique au château, pour informer V. que Zsuzsanna se trouvait à l'agonie et demandait sa présence.

Peu après, le pauvre Arkady arriva. Bien que j'eusse réussi à reprendre une certaine contenance, souhaitant me montrer forte par égard pour lui, la seule vue de son visage décomposé par le chagrin me fit fondre en pleurs.

Il se précipita vers la mourante; je lui laissai la place, et il s'assit sur le lit, pressant sa sœur contre sa poitrine. Quand il entreprit de lui hausser la tête et les épaules, la chevelure sombre de Zsuzsanna retomba sur son bras et se déploya sur l'oreiller.

– Zsuzsa, soupira-t-il, tandis que des larmes coulaient sur ses joues.

Il caressa tendrement le visage de sa sœur.

« Zsuzsa, comment est-ce possible? »

Sa présence sortit Zsuzsanna de sa torpeur et parut même la revigorer. Elle lui sourit avec la douceur d'une sainte, et, quoique sa respiration fut douloureusement saccadée, ses yeux brillants reflétèrent à nouveau une mystérieuse sérénité.

– Tu ne dois pas pleurer, Kasha. Je suis heureuse maintenant...

Il émit un sanglot amer et répondit :

– Ne t'en va pas, Zsuzsanna. Je suis si seul maintenant, depuis que Stefan et Père ne sont plus là. Ne disparais pas à ton tour.

Zsuzsanna sourit de plus belle, découvrant de longues dents étincelantes.

– Mais je ne t'abandonne pas, Kasha, chuchota-t-elle. Tu me reverras. Nous irons tous ensemble en Angleterre.

A ces paroles, je me raidis et réprimai un frémissement. Le doux visage d'Arkady fut contracté par un spasme de chagrin qu'il dissimula rapidement sous un masque de courage.

– Oui, bien sûr, dit-il d'un ton conciliant. Il faut que tu ailles mieux, comme ça nous pourrons aller tous ensemble en Angleterre. Toi, moi, Mary, Oncle, et le bébé...

– Oui, le bébé! fit Zsuzsanna d'une voix rêveuse, tout en

m'adressant un regard luisant d'une telle convoitise que je crus défaillir. Comme nous allons être heureux à la naissance du bébé... Comme nous allons l'aimer...

Accablé, Arkady baissa la tête.

Zsuzsanna resta silencieuse quelque temps. Dans la chambre triste et ensoleillée, on n'entendit plus que son souffle oppressé. Je me détournai, incapable de contempler ce tableau poignant, jusqu'au moment où elle hoqueta :

« Arkady... Embrasse-moi. Embrasse-moi une dernière fois... »

Je la vis regarder son frère avec ses yeux immenses, sensuels, des yeux aussi irrésistibles, aussi attirants que les yeux verts qui m'avaient hantée l'autre nuit, entre la veille et le sommeil. Aussitôt, je plaçai mon bras sur l'épaule de mon mari, pour le retenir. Consciente elle aussi du danger, Dunya s'était déjà précipitée vers lui, telle une mère poule voulant protéger sa couvée.

Mais il était trop tard : Arkady s'était penché pour l'embrasser. Zsuzsanna entrouvrit ses lèvres, prête à rencontrer les siennes, mais, au dernier instant, il tourna son visage et lui donna un baiser chaste, fraternel, sur la joue. Elle avança faiblement une main vers le menton de son frère, comme pour lui imposer l'étreinte désirée, mais ses forces la trahirent. Quand mon mari leva la tête, je pus voir une vive déception envahir les yeux de sa sœur.

Dès lors, toute lucidité la déserta, et elle recommença à implorer la présence de Vlad, lequel n'allait pourtant pas venir dans l'immédiat puisque le soleil était encore haut dans le ciel. Elle passa par des phases successives d'agitation et de sommeil, puis, en fin d'après-midi, le docteur arriva ; cependant, la seule chose qu'il put faire fut de prescrire un remède au goût infect qu'elle refusa de boire.

A l'approche du crépuscule, elle s'éveilla et devint folle de nervosité, criant pitoyablement le nom de Vlad – car elle ne l'appelait plus « Oncle ». Sa faiblesse s'accrut terriblement. Lorsque la nuit tomba enfin, nous fûmes tous stupéfaits de la voir encore en vie.

Vlad arriva peu après. Je redoutais de poser à nouveau les yeux sur lui. Toutefois, quand il entra dans la chambre, je n'éprouvai aucun frisson de crainte ou de haine, car son apparence me prit totalement au dépourvu.

Oh, oui, c'était un homme de vingt ans – trente ans, même! – plus jeune que celui que j'avais rencontré lors de la *pomana* – aussi beau que mon propre mari, avec les mêmes sourcils noirs et épais. Désormais brune, sa chevelure était constellée de fils d'argent.

Je m'attendais à déceler une moue carnassière et jubilante sur ses lèvres, une lueur narquoise et triomphatrice dans ses yeux. Mais non – je ne vis qu'un tourment sombre et sincère, que ce fût dans son allure, sa démarche ou son expression. Nous ignorant tous, il alla droit vers Zsuzsanna qui gisait encore dans les bras de son frère; il empoigna la main de sa nièce avec une force telle que les tendons de son poignet pâle firent saillie. Aveuglé par le chagrin, Arkady cligna ses yeux de crainte – crainte qui fut bientôt noyée sous les larmes.

– Zsuzsa, fit Vlad.

Aussitôt, je fus émerveillée d'entendre provenir des lèvres du monstre une voix indéniablement noble, emplie d'amour et de compassion. Ainsi, le diable en personne conservait encore les vestiges d'un cœur humain! Il lui parla en roumain, et je ne compris pas chaque mot; mais ses inflexions me révélèrent parfaitement la teneur de son propos. Je sais qu'il lui a dit qu'il l'aimait, qu'elle ne devait pas avoir peur. Je sais qu'il lui a dit qu'il serait toujours à son côté.

Sa voix était si charmeuse, si persuasive... On eût dit qu'il croyait en chacune de ses paroles de toute son âme, aussi vile fût-elle.

Puis il se pencha et l'embrassa sur les lèvres.

Arkady continuait de sangloter; il avait couvert ses yeux d'une main, laissant l'autre posée sur l'épaule de sa sœur. Mais moi j'observais et, avec la même fascination mêlée de répugnance qui m'avait fait lire le journal de Zsuzsanna, je notai la sensualité profonde, la passion à peine contenue, que dissimulait cette brève étreinte.

A regret, Vlad détacha sa bouche de celle de Zsuzsanna. Je vis alors le soudain embrasement de son regard, tandis que celui de la jeune femme exprimait une vénération totale. A cet instant, elle sembla s'épanouir : un rougissement éloquent colora ses joues, et ses yeux brillèrent avec une joie dont l'intensité confinait à la folie.

Aussitôt après, elle se détendit complètement et renonça à toute lutte, se laissant aller dans les bras de son frère, tandis que Vlad s'asseyait près d'eux, serrant cette main frêle, fragile, entre ses paumes immenses. Elle mourut les yeux grands ouverts, fixant avec ravissement ceux de son tueur. Il fallut que Dunya remarquât que Zsuzsanna n'avait pas respiré depuis un certain temps pour que nous comprenions qu'elle avait trépassé.

Submergé de chagrin, Arkady s'effondra, étreignant la dépouille de sa sœur et se lamentant en roumain. Vlad pleura également – oui, il versa de vraies larmes! – et plaça une main sur l'épaule de son neveu pour le réconforter, mais la douleur d'Arkady n'était pas de celles qu'on apaise facilement; d'un geste courroucé, il repoussa la main de son oncle puis, se tournant vers moi, il ordonna :

– Partez! Laissez-moi seul avec elle!

Le cœur brisé, je lui obéis et rejoignis les autres au-dehors. Dunya m'avisa qu'elle devait préparer la toilette du corps – non sans m'avertir par un coup d'œil de me méfier de Vlad.

Elle s'en alla, et je me retrouvai seule dans le corridor avec le vampire.

Il avait fait montre d'une peine et d'une angoisse si authentiques dans la chambre de Zsuzsanna que je me surpris à éprouver une réelle sympathie à son égard; toutefois, ce sentiment fut éphémère car, dès qu'il se tourna pour voir Dunya partir, j'aperçus une lueur victorieuse dans ses yeux. En outre, son expression dénotait une intelligence si froide, si calculatrice, que toute crainte m'abandonna, pour céder la place à une haine si intense que je fus incapable de parler pendant un moment.

Quoiqu'il eût fait étalage de dévouement à l'égard de Zsuzsanna, il n'en était pas moins un monstre – il n'en était pas moins son assassin.

Cependant, dès qu'il me fit face, sa physionomie redevint celle d'un parent affligé.

– C'en est trop pour votre mari, me dit-il en allemand. Vous devriez tâcher de le réconforter.

Pour toute réponse, je glissai un doigt sous le col de ma robe, saisis la chaîne en or et sortis la croix, de façon à ce qu'il ne pût manquer de la voir.

Ses yeux flamboyèrent, tels ceux d'un animal pris la nuit dans le faisceau d'une lampe. Il recula d'un pas, mais je vis passer fugitivement sur son visage une expression de fureur.

D'une façon fort déplacée en ce moment de profond chagrin, ses lèvres esquissèrent un sourire amer. Ses dents apparurent.

« Tiens donc ! fit-il. On deviendrait superstitieuse, comme les paysannes ?

– J'ai simplement lu le journal de Zsuzsanna, répliquai-je, mes propres lèvres crispées par une moue méprisante. Maintenant, je sais ce qui l'a tuée. Ou plutôt je sais *qui* l'a tuée. Je sais aussi que vous avez rompu le Pacte. »

Son sourire s'estompa, mais ses redoutables dents restèrent visibles. Un instant, il me toisa avec une rage si infinie que je me sentis traversée par une onde de terreur.

– Vous savez plus de choses que n'en contient son journal, fit-il avec nonchalance, en fixant sur moi son regard magnétique. Qui vous a parlé ? *Qui ?*

Subitement inquiète pour Dunya, je ne dis mot.

Il poursuivit, avec la lenteur meurtrière du serpent qui se love avant de frapper :

« Seuls les ignorants croient tout savoir. Vous n'êtes pas en mesure de comprendre. Comment osez-vous me parler du Pacte, d'une chose que je révère, d'une chose dont vous ne connaissez rien ? *J'aime* Zsuzsanna... ! »

La chambre étant restée ouverte, je me rendis compte qu'Arkady continuait de sangloter. Aussi jugeai-je bon d'adopter un chuchotement véhément :

– Il ne s'agit point d'amour. Il s'agit de vilenie. D'orgueil. De monstruosité. D'ignominie...

Sa voix prit les accents sifflants d'une vipère furieuse.

– Ce n'est pas à vous de juger – de comprendre !

Soudain, sa fureur s'apaisa, ses yeux arborèrent un charme impérieux, et il sourit avec la même douceur dont Zsuzsanna avait usé lorsqu'elle m'avait suppliée de l'embrasser.

« Jadis, je n'eusse point été embarrassé pour trancher le sort d'une femme ayant osé m'insulter, dit-il d'un ton insinuant, tout en parcourant ma silhouette d'un regard résolu et enveloppant. Mais vous êtes une si belle... Ah ! ces yeux ! Des saphirs dans un écrin d'or... Peut-être un jour serez-vous *amenée* à comprendre... J'ai connu une telle solitude ; je me suis privé de compagnie trop longtemps. Trop longtemps... »

Puis il tendit son bras vers moi – avec prévenance, me présentant l'extérieur de ses doigts incurvés, comme pour effleurer tendrement ma joue – mais la croix ornant ma gorge le retint. Instinctivement, je reculai – et me retrouvai dos au mur. Il s'avança, et sa main vint planer juste au-dessus de mon visage. Je tremblai, voyant qu'il l'abaissait langoureusement, lentement, comme s'il allait caresser ma joue, le contour de mon menton, la courbe de mon cou...

Horrible instant que celui où, tout chagrin et tout dégoût oubliés, je me perdis dans la contemplation de ses yeux, ne songeant plus qu'à leur sublime couleur émeraude, à l'émoustillement – Dieu me pardonne! – qu'avait suscité en moi la lecture du journal de Zsuzsanna, à l'intense plaisir qu'elle avait éprouvé, à la façon dont je pourrais l'éprouver, moi aussi... Il me suffisait d'ôter la croix de mon cou, de l'entraîner dans un recoin de ce sombre corridor, et je sentirais ses dents s'enfoncer profondément dans ma chair...

Je portai ma main à ma gorge et la refermai sur la croix. Ce faisant, je sentis l'enfant s'agiter en moi. Je me ressaisis puis, envahie d'une répugnance sans précédent, je m'écriai :

– Jamais je ne permettrai une telle chose! Plutôt mourir!

Il ébaucha un sourire vicieux et ouvrit la bouche pour dire quelque chose, mais je ne le lui en laissai pas le temps. Je poursuivis en tremblant – non plus d'appréhension, mais de rage. Car la haine et l'amour me donnèrent le courage de proférer la vérité.

« Je ne resterai pas ici, fis-je d'une voix basse et étranglée, me rappelant à nouveau la proximité de mon malheureux mari. Pas plus que je ne permettrai à Arkady de demeurer en ces lieux et d'être abusé. Vous l'avez hypnotisé, je ne sais comment, afin qu'il demeure ici et qu'il vous aime, mais vous n'avez aucun pouvoir sur moi!

– N'en soyez pas si sûre, ma belle Mary », sembla-t-il répliquer.

De fait, ce n'était que mon imagination, car ses lèvres n'avaient point bougé.

Il baissa sa main puis, au lieu de reculer, il se pencha en avant, de façon menaçante, jusqu'au moment où ses immenses yeux verts emplirent mon champ de vision. Alors, me décochant la même œillade hideuse que j'avais essuyée lors de la *pomana*, il chuchota :

« En ce cas, dans votre intérêt comme dans celui de votre enfant, je vous conseillerais de prendre garde aux loups. »

Et il partit. Ne sachant plus que faire ou que dire, je

m'affaissai contre le mur du corridor et écoutai les sanglots torturés d'Arkady.

Mon mari refuse d'abandonner la dépouille de sa sœur. D'après Dunya, il ne craint rien pour cette nuit; Zsuzsanna ne ressuscitera pas avant d'avoir été inhumée. Aussi ai-je enjoint aux domestiques de le laisser tranquille, comme il le demande.

Ce soir, Dunya et moi dormons dans la petite nursery; nous avons garni les fenêtres de guirlandes d'ail. La perspective de rester seule m'est intolérable, de même que celle de passer la nuit dans ma chambre, où je ne songerais qu'au carreau fêlé derrière les rideaux. Malgré tout cela, j'entretiens encore un faible espoir : peut-être ne me dénichera-t-il pas dans la nursery... En foi de quoi j'ai apporté mon oreiller et ma couverture, mon journal et ma plume. La présence de Dunya m'est d'un précieux réconfort.

Aussi terrifiée que je sois, j'éprouve un très singulier soulagement à ne plus douter des légendes paysannes sur le Pacte et le *strigoï*. La vérité est horrible, soit, mais, du moins, je suis assurée de l'existence de l'être maléfique que je dois combattre; et je sais que sa force ne peut surpasser celle de l'amour que je porte à mon mari et à mon enfant.

La mort de Zsuzsanna n'est pour lui qu'une victoire temporaire. Il ne l'emportera pas. *Il ne l'emportera pas.*

10

Le journal de Mary Windham Tsepesh

19 avril. – Arkady est devenu fou. Il refuse de se nourrir, de dormir – et de s'éloigner du cercueil de sa sœur, bien que nous l'ayons enterrée ce midi.

Avant-hier soir, après la mort de Zsuzsanna, il est resté auprès du corps. Je n'ai pas essayé de l'en dissuader, car Dunya m'a assurée qu'il ne courait aucun danger, et j'ai pensé qu'il se conformait à une coutume transylvanienne; n'est-il pas allé veiller la dépouille de son père la nuit de notre arrivée au manoir?

Mais hier matin, il se trouvait encore à son côté. Dunya est venue m'annoncer qu'Arkady n'avait pas voulu laisser Zsuzsanna seule avec les domestiques, et cela même quand les femmes s'étaient présentées pour laver le corps; ensuite, lorsque les hommes ont placé sa sœur dans le cercueil et ont transporté celui-ci dans le salon principal, il les a suivis comme une ombre. Cette attitude alarma Dunya; en effet, selon elle, toutes les dispositions étaient prises pour que Zsuzsanna soit délivrée de la malédiction du *strigoï* une fois qu'elle serait mise au tombeau et que chacun aurait quitté le caveau.

Après m'être entretenue avec Dunya, je suis allée dans le salon, mais la porte était fermée à double tour, et Arkady parut ne pas reconnaître ma voix. Sans même daigner s'approcher de la porte, il vociféra d'un ton menaçant qu'il userait du revolver si on ne le laissait pas tranquille. Découragée, je suis retournée dans la nursery et, quoique n'ayant pas été élevée dans la foi catholique, j'ai prié devant le petit autel dédié à saint George que Dunya venait d'y installer. Puis, singulièrement exténuée de chagrin, je finis par sombrer dans un mauvais sommeil.

En fin d'après-midi, je fus éveillée par un tumulte lointain. Plus tard, Dunya m'apprit que mon mari avait mis en joue les deux femmes engagées par Vlad pour chanter le *Bocete* devant la dépouille de Zsuzsanna; aussitôt après, il les avait chassées de la pièce.

Puis l'enfant a commencé à donner des coups de pied, avec une force telle que je n'ai pu me rendormir, ni même me reposer un peu.

Au coucher du soleil, Arkady n'avait toujours pas interrompu sa veille. Le venue du soir réveilla mes craintes et ma nervosité; il m'était insupportable de savoir mon mari seul dans le salon obscur, auprès de sa sœur non-morte. Aussi, après avoir adressé une dernière supplique silencieuse à saint George, ai-je voulu persuader Arkady de venir se réfugier avec moi dans le havre de salut que constitue la nursery.

La tête haute et le dos droit, je suis allée frapper à la porte du salon. Pour toute réponse, j'obtins une exclamation rêche :

– Allez-vous-en!

– Arkady, répondis-je aussitôt, prête à le raisonner pour qu'il ouvrît la porte. Mais dès que j'eus entendu sa voix, si étrange et si amère, je laissai échapper un sanglot puis, accablée par l'horreur de notre situation, je m'affaissai contre la porte.

Incapable de parler, je continuai de pleurer. Après quelques secondes de silence, je distinguai de l'autre côté du battant un bruit de pas étouffé, puis le grincement du verrou qu'on repoussait. Lentement, la porte s'ouvrit. Mon mari se tenait dans la pénombre, le revolver dans sa main droite.

Son apparence me serra le cœur. Il était hirsute, non rasé, et ses yeux dolents étaient rouges, gonflés, profondément cernés. J'eus la surprise d'apercevoir à sa tempe droite la présence d'une fine mèche argentée qui ressortait sur le noir de jais de son épaisse chevelure. La veille, elle ne s'y trouvait pas. A l'évidence, c'était là un autre tour de Vlad – lui qui, désormais, semblait rajeunir chaque jour.

– Mary? fit-il craintivement, d'une voix si enfantine, si faible et si altérée que je me repris à sangloter.

Il abaissa imperceptiblement le revolver et me dévisagea en fronçant les sourcils. Ses yeux ont toujours constitué, je le crois, le trait le plus remarquable de sa physionomie (à la réflexion, le mot « beau » me paraît mieux convenir). Comme son « oncle » et sa sœur, il a des yeux saisissants, impressionnants : ils sont couleur noisette, mouchetés de vert et auréolés de bistre.

Eh bien, ces yeux attristés et adorables étaient complètement hagards, aussi effarés que ceux d'un petit garçon égaré dans une immense forêt. Il les fixa sur moi, les plissa et cligna des paupières d'un air indécis, comme si, ayant inventorié ses souvenirs, il se demandait s'il s'agissait vraiment de moi – et si j'étais digne de confiance.

– Oui, mon chéri, c'est Mary, répondis-je avec douceur.

Puis j'avançai d'un pas sur le seuil. Il tressaillit, mais ne releva point le revolver. J'attendis un instant, sans bouger, et il abaissa l'arme jusqu'à ce que le canon fût enfin pointé vers le sol. Cependant, ses doigts agrippaient toujours la crosse.

J'entrai avec précaution et le suivis tandis qu'il se tournait pour revenir auprès de la bière se trouvant au milieu du salon. Aucune lampe n'ayant été allumée, les coins de la pièce étaient enténébrés. L'unique lumière provenait d'un grand chandelier à vingt branches, presque aussi haut que moi, qui se dressait à la tête du cercueil ouvert.

Les vingt cierges flamboyaient; leurs lueurs vacillantes nimbaient Zsuzsanna d'un halo doré si mirifique qu'elle semblait irréelle comme une statue – comme une somptueuse œuvre d'art représentant l'ultime quintessence de la Beauté. Aucun être vivant n'aurait pu paraître aussi majestueux. Le souffle coupé par cette vision, je joignis mes mains et les portai à mes lèvres. Cependant, à bien contempler Zsuzsanna, je me rendis compte que cet effet n'était pas seulement dû à l'éclat des bougies; une lumière semblait irradier de sa propre personne, et sa peau émettait la même singulière phosphorescence que j'avais remarquée sur celle de Vlad pendant la *pomana*. A un moment, je crus voir luire sur son corps de fugitives étincelles bleu pâle.

Elle offrait un spectacle si enchanteur qu'il me fallut cligner des yeux puis me forcer à regarder mon mari, lequel regagnait à présent un fauteuil placé près du cercueil, fauteuil où, à l'évidence, il avait passé les dernières heures. Arkady contemplait lui aussi Zsuzsanna, avec une intensité telle qu'on l'eût dit en transe; je l'appelai, à voix basse tout d'abord, puis plus fort, mais en vain; il garda les yeux fixés sur sa sœur, avec l'expression amorphe et détachée d'une personne hypnotisée.

J'effleurai son bras. Il se tourna brusquement, tenant toujours le revolver dans sa main droite, comme s'il avait déjà oublié qu'il m'avait laissée entrer. Je reculai; dans ses yeux, la crainte céda la place une fois de plus à un éclair de lucidité.

« Arkady », dis-je doucement.

Voyant qu'il semblait reprendre ses esprits, je m'enhardis et tendis à nouveau la main pour frôler son épaule. Quelques instants auparavant, quand j'étais entrée dans la pièce, je n'avais pas la moindre idée de ce que je devrais dire; une chose était sûre : tous deux étions parvenus au comble de la désespérance. Aussi décidai-je de lui parler du fond du cœur.

« Arkady, j'ai besoin que mon mari me revienne. J'ai besoin de votre aide. »

Mes paroles percèrent son voile de tristesse et l'atteignirent. D'un geste lent, il posa le revolver près de lui, sur le coussin du fauteuil, et leva les yeux vers moi; son regard exprima l'âpreté du combat qu'il livrait afin d'émerger de ses ténèbres intérieures.

Toutefois, dans ce regard, je vis un reflet de l'homme que j'avais connu, et cela me donna du courage.

« Venez au lit, chéri, murmurai-je. Venez au lit. Il est temps pour nous deux de prendre quelque repos. »

Il passa une main dans sa chevelure, enroula sa mèche argentée autour d'un doigt, et secoua la tête; son intonation me transmit un écho de l'angoisse qui l'avait amené aux portes de la folie.

– Je ne peux pas... Je n'ose pas la laisser...

– Il n'y a rien à craindre, fis-je pour le rassurer. Nous allons demander à un domestique de veiller sur elle.

– Non!

Il se tourna vers moi avec la rapidité d'un serpent.

« Ce sont bien les derniers en qui nous pouvons avoir confiance! »

Il baissa d'un ton et adopta un chuchotement de conspirateur, comme s'il avait peur qu'on nous espionnât. Cependant, son regard était curieusement lucide.

« Je leur ai fait confiance une fois... avec la dépouille de Père. Si je vous racontais ce qu'ils lui ont fait... »

Il frémit et secoua la tête.

« Non. Par égard pour elle, je ne puis me fier à aucun d'eux.

– Arkady, fis-je avec fermeté. Vous disiez avoir vu des choses terribles au château. Eh bien, moi j'en ai vu d'horribles ici même. Nous ne sommes plus en sûreté dans cette demeure, et j'ai besoin de vous. Et pas seulement moi... Votre enfant aussi... »

Puis je plaçai sa main sur mon ventre et lui laissai sentir l'agitation de l'enfant. Son expression s'adoucit ; un instant, je crus qu'il allait pleurer. Mais je me trompais : il se leva du fauteuil et m'enlaça, si fort que j'eus le souffle coupé.

Néanmoins, je lui sus gré de cet élan ; des larmes brûlantes ruisselèrent sur mes joues, et je me serrai contre lui avec un désespoir égal au sien, terrifiée à l'idée que notre petite famille ne serait peut-être plus jamais réunie si je lâchais prise.

– J'ai si peur, chuchota-t-il à mon oreille.

Nos joues humides se pressèrent l'une contre l'autre, et des larmes inondèrent nos visages, mais je n'aurais su dire lesquelles étaient les siennes ou les miennes.

« Si peur qu'il vous arrive quelque chose, à vous et au bébé...

– Et moi j'ai peur pour vous, à cause de ce qui vous est déjà arrivé. Arkady, vous n'êtes plus vous-même ; vous êtes malade de chagrin. Vous souvenez-vous que nous étions convenus d'aller à Vienne, parce que la tension était trop grande ici ? Nous devons partir sur-le-champ, avant qu'un autre malheur ne nous atteigne.

– Oui..., murmura-t-il d'un air absent. Nous devrions partir. »

A cet instant, je sentis son corps se tendre contre le mien ; sa mâchoire se crispa.

« Mais je ne puis l'abandonner ainsi. Pas tout de suite... »

Me raidissant, je me dégageai, sans toutefois rompre entièrement notre étreinte. Je décidai de lui dévoiler avec ménagement l'identité réelle de Vlad.

– Arkady... Vous voyez comme Zsuzsanna est belle ?

Dans un soupir, il s'éloigna de moi et se tourna vers le cercueil pour lui lancer un regard où le chagrin le disputa au ravissement.

– Oui... Oui, elle est belle...

Il s'étrangla en refoulant ses larmes.

Je m'avançai auprès de lui, posant une main sur son épaule pour le réconforter.

– Plus belle qu'elle l'a jamais été de son vivant, dis-je. Mais... auriez-vous oublié combien sa colonne vertébrale était déformée, combien sa jambe était atrophiée?

Ses yeux se perdirent soudain dans les ombres qui dansaient au plafond, comme s'il refusait de consulter ses souvenirs, comme s'il craignait ce que cette réflexion lui eût révélé. Sa respiration se précipita, et ses épaules furent agitées de légers soubresauts; on eût dit qu'il s'efforçait de refréner les conclusions auxquelles sa raison l'amenait.

– Non, dit-il avec amertume. Non, je n'ai pas oublié.

Je désignai le corps dans le cercueil.

– Regardez-la, Arkady. Regardez-la maintenant! Vous voyez bien qu'elle ne ressemble pas à une personne morte depuis vingt-quatre heures. Son dos est absolument droit; elle est plus grande. Et regardez ses jambes!

A contrecœur, il considéra la dépouille de sa sœur; son regard se posa sur les jambes dont la robe ne dissimulait point le galbe parfait.

« A présent, toutes deux sont faites au tour, poursuivis-je. A quoi est dû un tel miracle? »

Il porta une main à son front.

– Folie! La même folie qui m'a fait voir Stefan, voir les loups épargner ma vie, qui fait rajeunir Oncle chaque jour! Et je vous ai contaminée, Mary, vous, la personne que j'aime le plus au monde... Je ne puis supporter de vous voir atteinte également...

Je décelai une certaine frénésie dans sa voix, mais j'y perçus aussi le trouble occasionné par une révélation indésirable; je sentis que toute reculade m'était désormais interdite.

– Arkady, je suis parfaitement saine d'esprit, dis-je d'un ton bienveillant mais assuré. Je suis la même Mary que vous avez toujours connue et, je vous le dis tout net, vous n'êtes pas fou d'avoir vu de telles choses. Zsuzsanna a embelli à ce point parce qu'elle est *strigoï* – ou non-morte.

J'hésitai.

« N'avez-vous pas vu Vlad quand il est venu à son chevet? Dorénavant, sa chevelure est noire, alors qu'elle était naguère argentée. Il paraît avoir rajeuni de trente ans. Comment expliquez-vous ce fait?

Soudain, il vit la petite croix d'or, que j'avais étourdiment oublié de glisser sous le col de ma robe avant de venir lui parler. A cette vue, il plissa les yeux puis, rivant son regard au mien, il chuchota d'un ton horrifié :

– Seigneur, vous êtes exactement comme eux maintenant, n'est-ce pas? Vous êtes aussi dévoyée qu'eux! Vous ne souhaiteriez rien tant que j'aille dormir, afin de pouvoir les aider à profaner son corps, tout comme ils ont profané celui de Père...!

Il eut l'air si désappointé, si mortifié, que mon cœur se serra. Je refermai les doigts de ma main gauche sur le crucifix jusqu'au moment où le métal entailla ma chair, puis je poussai un cri en songeant que mon mari était si envoûté par le vampire qu'il était à jamais perdu pour moi. Ainsi, le sang qui coulait dans les veines d'Arkady – et dans celles de notre enfant – nous liait irrévocablement, éternellement, au monstre.

Jamais ces liens du sang ne pourraient être dénoués, et mon enfant était déjà voué à fouler le chemin de ses infortunés ancêtres.

Silencieusement, j'en appelai à saint George; je le priai d'abattre son épée miroitante et de briser d'un coup définitif ces chaînes sanglantes.

Mon désespoir fut sans doute manifeste car la voix d'Arkady s'étrangla, et toute sa colère parut se dissiper subitement. Ses épaules s'affaissèrent, et, dans un murmure chargé d'affliction, il demanda : « Savez-vous seulement ce que vous suggérez, en disant que ces choses sont vraies? Mary! Ma pauvre et douce chérie, vous que j'aime le plus, c'est ma faute si vous voilà corrompue par les maléfices de cet endroit. Je vous ai entraînés, vous et notre enfant, dans un nid de vipères. Tout est vrai... Oncle est un fou doublé d'un assassin, tout comme mon père, son complice, et je suis destiné à devenir comme eux... »

Il enfouit son visage dans ses mains, bouleversé par cette même vision de générations aux mains souillées de sang qui venait de m'accabler, puis il ajouta : « Mon enfant! Mon pauvre enfant! »

Son tourment était si poignant que, le ressentant également, je ne pus que lui adresser un regard consterné. Un moment, nous fûmes réduits au silence par la cruauté des vérités que nous venions d'échanger. J'attendis, dans l'espoir qu'il se ressaisît – dans l'espoir de le convaincre de fuir cet endroit avec moi.

– Vous n'êtes pas un assassin, dis-je d'une voix tremblante. Mais Vlad, lui, est *strigoï*, et il a barre sur vous. Laissez-moi vous apporter le journal de Zsuzsanna. Elle y décrit comment il a bu son sang...

Cependant, on ne m'avait point appris durant toute mon enfance à aimer Vlad, à le révérer, et le sang du vampire ne coulait pas dans mes veines. C'était plus facile pour moi, une étrangère au caractère bien trempé, de résister au magnétisme de Vlad et d'accepter la vérité, que pour mon pauvre mari. Celui-ci leva son visage vers moi.

– Oh, Mary, fit-il d'une voix rauque. Mary... Cela prouve seulement qu'elle était aussi folle que moi. Partez. Partez tout de suite ! Je suis à bout !

Quand, après un instant d'hésitation, j'ouvris la bouche dans l'intention de protester, il haussa le ton : « *Partez !* »

Puis il regagna le fauteuil près du cercueil, reprit le revolver et se remit à veiller la dépouille de Zsuzsanna – sans se rendre compte que, ce faisant, il ne servait ni la raison, ni la loyauté, ni l'amour, mais un dessein des plus maléfiques.

Je pense que son « oncle » – ou, plus probablement, son grand-père (dénomination qu'on pourrait préfixer deux bonnes douzaines de fois du mot « arrière ») – exerce plus d'influence sur lui que nous ne le saurons jamais. A ce moment-là, je vis les yeux de Vlad dans la pénombre mouvante, j'entendis résonner dans ma tête ses sarcasmes : *Ainsi, nous pensions qu'on pouvait facilement le duper, n'est-ce pas ? Ainsi, nous pensions disposer de Zsuzsanna à notre guise ?*

L'expression d'Arkady fut dure, rébarbative, quand il me présenta son profil et s'assit en adressant un regard atterré au corps voluptueux de sa sœur qui rayonnait à la lueur vacillante des bougies. Comprenant l'inutilité d'une discussion dans l'immédiat, je m'en fus, démoralisée, abattue, mais non sans me dire que l'épuisement aurait vraisemblablement raison de lui au cours de la nuit.

Il n'en fut rien. Arkady veilla Zsuzsanna durant toute la nuit du 18 au 19 ; et ce matin, quand j'appris par l'entremise de Dunya qu'il se trouvait toujours auprès sa sœur, les yeux hagards, frôlant le délire pour cause d'inanition, mon cœur se serra.

L'enterrement eut lieu à midi. Ce fut une cérémonie des plus piteuses. Seuls quatre domestiques se présentèrent, car les rumeurs prétendant que le décès de Zsuzsanna était dû à la morsure du *strigoï* avaient dissuadé les autres de venir. Ils allèrent d'abord dans le salon, ôtèrent leur couvre-chefs et observèrent un moment de silence respectueux devant le cercueil ouvert afin de rendre un dernier hommage à leur regrettée maîtresse. Ion pleura, et il me sembla détecter dans son chagrin un reflet du courroux indigné de Dunya, lorsque celle-ci avait appris la rupture du Pacte. Il tenta de glisser son propre crucifix dans les mains de la défunte, mais Arkady, qui épiait jalousement la scène, le lui arracha des mains. Un instant, je crus que mon mari allait le jeter par terre; au lieu de cela, il l'empocha, sans doute pour éviter qu'on pût le récupérer, puis il tança le vieux jardinier en roumain. Terriblement navrée pour le vieillard, j'eusse souhaité parler sa langue afin de lui exprimer ma sympathie. Sans mot dire, il adressa un regard éploré et affolé à mon mari.

Ilona et Dunya étaient également présentes. Elles contemplèrent la dépouille mortelle avec un respect embarrassé – et plus d'appréhension que de peine, puisqu'elles étaient mieux informées que quiconque des ahurissantes transformations qui avaient affecté le corps de la *domnisoara*. La crainte brillant dans les grands yeux d'Ilona signalait qu'elle comprenait, elle aussi, que sa maîtresse ne reposerait ni en paix, ni longtemps dans sa bière – véritable matrice de bois qui enfanterait une progéniture parfaite, belle et monstrueuse.

Mihaï et cette chère âme sensible de Ion aidèrent Arkady à transporter le cercueil dans le caveau, ce qui ne représentait pas un mince effort pour trois hommes. Etant donné que les autres domestiques s'étaient désistés, personne n'avait apprêté l'endroit pour la cérémonie. Ainsi, Zsuzsanna fut inhumée (pour savourer un éternel repos? non! sauf si je persuade en douceur Arkady de s'éloigner d'elle ce soir), sans fleurs ni cierges ni *Bocete*, dans un caveau lugubrement festonné de toiles d'araignées et de nids de poussière.

Echevelé, les yeux battus, non rasé, Arkady prit la parole. Je ne me rappelle pas ce qu'il dit; toute la cérémonie, je me sentis au bord de l'évanouissement, et je fus soulagée qu'elle n'excédât point quelques minutes. Ensuite, le petit groupe attristé que nous formions entreprit de sortir d'une démarche douloureuse – tout le monde sauf Arkady, qui s'assit devant le tombeau de sa sœur, à même la pierre froide. Puis il sortit son revolver, manifestant on ne pouvait plus clairement son intention de continuer à veiller.

Trop accablée pour l'implorer à nouveau, je n'avais plus qu'une hâte : me retrouver au-dehors afin d'être délivrée de l'atmosphère oppressante et confinée du caveau. Dunya s'attarda pour lui adresser quelques mots en roumain. Pour toute réponse, il pointa le revolver dans sa direction.

Nous le laissâmes ainsi. Qu'aurions-nous pu faire d'autre? Désormais, tous les mots du monde ne peuvent l'aider – ni lui ni sa sœur.

Au cours de l'après-midi, je demandai à Mihaï d'aller porter un message à Vlad, l'avisant qu'il n'y aurait pas de *pomana* ce soir en raison d'un malaise d'Arkady.

A l'instar des domestiques, je suis prête à fuir. J'ai rempli les malles et n'ai plus qu'à récupérer mon pauvre mari. Je suis déterminée à tenir ma promesse à Vlad : *Nous ne resterons pas ici.*

D'après Dunya, le vampire ne peut traverser les rivières, sauf s'il se trouve dans un cercueil empli de terre. Fort bien : Arkady et moi partirons dès l'aube, sans nous arrêter avant d'avoir franchi la Muresh, ce qui devrait être possible au crépuscule si nous pressons les chevaux. En attendant, nous nous réfugierons dans la nursery, dont Dunya a fait un havre de salut, en accrochant des couronnes d'ail à la fenêtre, à la porte et, partout ailleurs, des portraits de saints. Elle garde une bougie allumée devant l'icône de saint George, lequel brandit une épée, prêt à décapiter *dracul* – le Dragon.

Le Diable.

Je me souviens que M. Jeffries usait de ce mot pour désigner Vlad. Dunya m'a expliqué que les villageois appelaient ainsi les membres de la famille d'Arkady.

J'ai, moi aussi, prié saint George : je l'ai prié de protéger mon mari et mon enfant. Je tuerais volontiers le Dragon de mes propres mains, si c'était envisageable, mais Dunya m'objecte qu'il est trop dangereux de procéder en pleine nuit. Hélas, pendant la journée, alors qu'il serait en principe moins périlleux de procéder à sa destruction, la porte de son lieu de repos reste verrouillée à double tour, et elle est trop épaisse pour qu'on puisse l'enfoncer. Tous ceux qui ont essayé ont péri de mort violente.

Combien de siècles devrons-nous attendre avant que le Très-Saint Tueur de Dragon s'incarne sur cette terre et nous délivre de ce monstre?

Dunya et moi avons débattu des façons d'attirer Arkady hors du caveau – et d'empêcher Zsuzsanna de ressusciter cette nuit en tant que *strigoï*. Il semble impossible que mon mari puisse rester éveillé longtemps encore. Toutefois, dans le cas contraire, j'ai l'intention d'aller le voir puis, telle Dalila, d'endormir sa méfiance et de lui proposer d'étancher sa soif... avec une boisson contenant du laudanum. Si de douces paroles ne l'amadouent pas, le pavot s'en chargera.

Le soleil baisse dans le ciel; il est temps.

Saint George, délivre-nous.

Combien de siècles devrons-nous attendre avant que le Très-Saint Esprit de Dragon s'incarne sur cette terre et nous donne de ce démon ?

Dunya et moi avons défendu des façons d'attirer Arkady hors du caveau — et d'empêcher Zsuzsanna de ressusciter cette nuit en tant que strigoï. Il semble impossible que notre saint puisse rester enfoui longtemps encore. Toutefois, dans le cas contraire, j'ai l'intention d'aller le voir cette nuit, telle Dalila, d'envoûter sa maîtresse et de lui proposer d'étancher sa soif... avec une boisson contenant du laudanum. Si de délicats pétales ne l'endorment pas, le pavot s'en chargera.

Le soleil baisse dans le ciel ; il est temps.

Saint Georges, délivre-nous.

11

Le journal de Mary Windham Tsepesh

19 avril – addendum. – Mon Dieu, il s'est insinué dans notre petit port de salut ! Il dort parmi nous – et je ne puis aller avertir mon mari, lequel est à la merci d'un autre monstre, déjà né peut-être ! Vlad est informé de tous nos projets.

Mais l'innocente Dunya, pauvre jouet des événements, ne sait rien du tout. Maintenant encore, elle me sourit avec douceur tout en me servant une tasse de thé destiné à calmer la douleur, incapable de déchiffrer les mystérieux griffonnages dont je couvre les pages de mon journal – rapidement, avant que ne survienne la prochaine onde de souffrance. Je crains qu'il ne s'agisse de mon dernier écrit. Je le laisserai où mon cher mari pourra le trouver – s'il survit cette nuit.

Les contractions ont commencé peu après mon entrevue avec Arkady devant le tombeau de Zsuzsanna, alors que je rentrais au manoir en compagnie de Dunya ; au milieu du pré, je suis tombée à genoux, j'ai tendu les bras et, dans mon émoi, j'ai agrippé involontairement le col de sa robe.

Le tissu bâillant a dénudé une portion de chair tendre juste au-dessus de la clavicule, révélant deux petites marques rouges, toutes rondes, avec chacune un point blanc en son centre.

Je fus alors transpercée de chagrin, parcourue du même frisson glacé qu'à l'instant où j'appris, il y a déjà tant d'années, la mort de mes parents. Certes, Dunya est encore vivante – elle respire, elle parle, elle bouge – mais, pour moi, elle est aussi perdue que mes parents, depuis si longtemps ensevelis dans la terre froide.

A cette vue, une plainte horrifiée m'échappa ; Dunya me crut en proie aux douleurs de l'enfantement. Je voulus m'enfuir, disparaître dans la forêt. D'abord, je me débattis, refusant qu'elle posât la main sur moi. Cependant, je fus bientôt obligée de la laisser m'aider à regagner le manoir.

Une fois dans la nursery, je m'efforçai de ne point tressaillir à son contact, trop handicapée par mon état pour l'empêcher de s'occuper de moi. Mais elle a été aussi attentionnée, aussi dévouée qu'une sœur. A présent, devant son expression affectueuse et candide, je ne puis que pleurer.

Monstre ! Monstre ! Un jour, je vous ferai payer pour ce que vous lui avez fait – à elle ainsi qu'à la sœur d'Arkady !

Je peux voir dans les yeux de Dunya que, contrairement à Zsuzsanna, elle est entièrement inconsciente de ce qui lui est arrivé ; ma plus chère amie est devenue ma pire ennemie, et elle ne le sait même pas ! Depuis combien de temps manipule-t-il cette pauvre innocente ? Cela s'est-il produit récemment, ou se trouve-t-elle en son pouvoir depuis sa première nuit dans la chambre de Zsuzsanna ? Va-t-elle le rejoindre en tapinois la nuit, quand nous dormons ? A-t-elle toujours été son espionne ?

Ou bien l'ai-je trahie en révélant à V. que j'étais informée du Pacte ? L'aurais-je ainsi récompensée de sa fidélité à mon égard ?

Je ne puis me résoudre à lui dévoiler la vérité, laquelle briserait son cœur. Dunya, ma loyale Dunya ! Le *strigoï* a gagné. Vous et moi sommes perdues...

Encore une contraction. Je ne puis plus écrire. Que Dieu nous vienne en aide !

12

Le journal d'Arkady Tsepesh

21 avril – addendum sur une liasse distincte du journal. – Il est une heure du matin. Assis sur le seuil, je prête l'oreille aux plaintes déchirantes de ma femme tout en rédigeant cet avertissement destiné à l'enfant qui va naître d'un moment à l'autre. Des jours ont passé depuis mes dernières notations et, dans l'intervalle, j'ai enduré des souffrances et des horreurs inexprimables. Zsuzsanna est morte et a été inhumée dans le caveau de famille. De cette période, je me rappelle seulement l'instant où elle s'éteignit dans mes bras, ses beaux yeux sombres fixés sur ceux de son oncle.

Sinon, tout le reste est brouillé; ma volonté a été brisée, lentement, inexorablement, d'abord par la mort de mon père, puis par celle de Jeffries, enfin par celle de ma sœur. Aussi, quand les serres de la sujétion s'enfoncèrent à nouveau dans mon esprit, alors que j'étais assis dans le bureau de Père quatre jours auparavant, elles ne relâchèrent plus leur prise.

Oh, mais ce que j'ai vu ce soir surpasse toutes mes terreurs précédentes! Ce que j'ai vu m'a tant choqué que j'ai pour ainsi dire traversé la folie, et me suis retrouvé de l'autre côté – sain d'esprit.

Sain d'esprit, oui. Pour la première fois de ma vie, je ne suis pas un fantoche.

A présent, essayons de recenser ce que je me rappelle clairement. Je viens de noter tout ce que ma mémoire a retenu de la mort de ma sœur; ensuite, il semblerait que je sois resté trois jours auprès de Zsuzsa dans le caveau, sans manger ni dormir, mais, de tout cela, seuls des souvenirs fragmentaires subsistent.

Le jour de l'enterrement de Zsuzsanna, ma femme est venue me voir moins d'une heure avant le crépuscule. Je m'en souviens bien à cause des émotions provoquées par son arrivée – et des événements qui se sont ensuivis.

J'étais assis sur le sol de marbre froid du caveau, tenant le revolver de mes deux mains, adossé contre une paroi fraîche, tout près du cercueil scellé de ma sœur. J'étais plongé dans cet état second, entre la veille et le sommeil, où les rêves semblent libres de s'introduire dans la réalité puis de s'y mêler.

Je me trouvais dans l'édifice aveugle depuis midi, et j'avais laissé ouverte la lourde porte de pierre afin de mieux entendre et voir venir tout intrus éventuel. Cette porte donnait sur une antichambre renfermant des douzaines de cercueils ; un étroit corridor menait à une seconde pièce, plus spacieuse, au contenu identique en qualité mais supérieure en quantité, à laquelle avait été ajoutée l'alcôve où reposaient mes parents proches. Seul un petit rayon de soleil provenu de l'antichambre pénétrait dans l'alcôve, mais mes yeux s'étaient accoutumés au manque de clarté, et j'étais capable de déduire des ténèbres grandissantes que le jour déclinait.

Je sombrai dans une étrange rêverie où j'imaginai que mon père, ma mère et Stefan gisaient dans un état de préservation parfaite au-dessus de leurs cercueils respectifs. Sous mes yeux, ils se dressèrent avec la dignité lente et silencieuse des morts. Une fois assis, ils ouvrirent les yeux et me considérèrent avec une attention bienveillante.

Je fus surtout surpris de voir ma mère – très distinctement, d'ailleurs – car je ne me souvenais nullement d'elle, et n'avais pu m'en former une vague image que d'après un petit portrait à l'huile que possédait mon père, portrait datant de quelques années avant leur mariage. D'après cette peinture, je savais que sa chevelure était très claire mais, quand je la vis assise toute droite au-dessus de son cercueil, je fus stupéfait de sa ressemblance avec ma femme. Certes, son ossature était plus robuste, sa constitution plus vigoureuse, sa poitrine plus opulente, sa mâchoire plus carrée, son visage moins étroit, mais les similitudes étaient indéniables, particulièrement dans les yeux. Elle portait une robe décolletée, de soie blanche, avec de courtes manches bouffantes et un large ruban bleu au-dessous des seins, caractéristique de cette mode *Empire* [1], immodeste

1. En français dans le texte.

et osée, qui était populaire il y a plus de vingt ans, lorsque les femmes humidifiaient leurs toilettes afin qu'elles épousassent mieux leur anatomie. Un autre ruban bleu était noué dans sa longue chevelure blonde et bouclée qui retombait librement sur ses épaules comme celle d'une demoiselle.

Elle paraissait très jeune – plus jeune encore que Mary. Baissant vers moi ses yeux marron, tendres et confiants, elle me gratifia d'un sourire qui fit s'évanouir toute tristesse, toute folie et toute peine.

Auprès d'elle était assis Père; j'eus la gorge serrée de le voir si jeune, si fort – et encore invaincu par le chagrin.

Puis Stefan se leva à son tour; c'était un enfant mince, aux genoux pointus et aux yeux souriants. Dans ses brillantes orbites, je lus un amour, une tendresse absente des yeux du *moroï* m'ayant entraîné dans la forêt, *moroï* qui n'avait sans doute été qu'un imposteur malveillant.

A leur vue, je ressentis au crâne cette sensation d'écrasement qui m'était désormais coutumière. Poussant un cri, je me pris la tête dans les mains et la pressai de toutes mes forces comme pour annihiler ma conscience.

Chose étrange, la douleur ne fit pas disparaître les images. Ma famille demeura devant moi, m'adressant d'affectueux sourires. Désemparé par ma souffrance, je cherchai à reprendre mon souffle, mais ma crainte commença de décroître en leur présence; puis la douleur elle-même s'atténua, très légèrement, mais assez pour que je puisse rouvrir les yeux et les regarder.

Leur vision ne suscita nulle agitation en moi, contrairement à ce qui s'était passé naguère avec les apparitions de Stefan. De fait, il émanait d'eux une sollicitude et un amour si intenses – tout cela pour moi – que je me mis à sangloter d'émerveillement et de gratitude.

Au cours des semaines précédentes, j'avais vu peu de bonnes choses, et beaucoup trop de mauvaises, mais, quand ma famille vint m'entourer, j'y vis un augure : le Bien triompherait en dernier lieu; l'esprit maléfique qui avait parsemé la forêt de crânes serait vaincu, et justice serait faite. Je sentis – même maintenant, il m'est difficile d'évoquer cette scène sans émoi; la sensation était si forte – je sentis que, bien qu'ils fussent morts, les membres de ma famille m'enlacèrent et tentèrent de me redonner courage. Je sentis surtout ce que ma mère souhaitait me faire comprendre : il me suffirait d'écouter mon cœur pour que l'amour surmonte tout désespoir, pour que mon chagrin et mon désarroi disparaissent.

J'y crois maintenant encore, de tout mon être. Si le Mal existe ici-bas de façon absolue, pourquoi n'en irait-il pas de même pour le Bien? Un Bien assez puissant pour rompre les chaînes mentales qui m'asservissent. Ne s'est-Il pas révélé à moi par l'entremise de l'amour de ma très chère et regrettée famille?

Des larmes de joie inondèrent mon visage; soudain, au cœur de cette stupéfiante révélation, j'entendis des pas à l'entrée du caveau. Mais j'étais trop envahi par l'émotion – par l'amour – pour avoir peur ou lever le revolver.

Et quand j'entendis la voix de ma femme, à la fois craintive et déterminée, qui appelait doucement mon nom, je sus que c'était un autre augure. Je compris alors le message de ma famille : j'étais égaré, assujetti par le malheur et la confusion, mais l'amour de Mary pour moi – et le mien pour elle – pourrait anéantir l'ascendant du vampire sur ma famille et sauver notre enfant.

Empli d'espoir, je posai l'arme près du cercueil de Zsuzsanna, me levai à grand-peine puis me dirigeai vers la source de cette sonorité enchanteresse.

Mais j'étais trop affaibli pour tenir sur mes jambes. Pris de vertige, je m'effondrai en arrière sur le sol, au moment précis où la jolie silhouette de ma femme se découpa dans l'embrasure de l'alcôve. Un rayon de soleil éclaira son visage, révélant des yeux brillants de larmes.

– Arkady? fit-elle, d'une voix aiguë et mal assurée. Inaccoutumée à l'obscurité, elle tâtonna à moins d'un mètre de moi puis fit un pas hésitant dans ma direction. Un second rayon frappa sa poitrine et se refléta de façon aveuglante sur la petite croix d'or ainsi que sur le carafon de cristal taillé qu'elle tenait entre ses mains.

– Ici, répondis-je, en l'observant; elle scruta les ténèbres et m'aperçut.

Mon inflexion dut lui sembler faible et pathétique, car elle s'exclama « Oh, *Arkady*! » avec une intonation si apitoyée et angoissée, que je fus saisi d'adoration à son égard. Non sans peine eu égard à son embonpoint, elle posa le carafon sur le sol puis entreprit de s'asseoir. Me redressant un peu, je parvins à l'aider.

Mes défunts parents ayant disparu à cet instant (mais point cette terrible douleur dans ma tête), nous étions environnés uniquement de cercueils silencieux, mais je sentis que leur amour m'entourait toujours. Je pris ma femme dans mes bras puis me pressai contre elle – et contre l'enfant.

Elle sanglota doucement un certain temps, en silence, mais je sentis ses larmes chaudes sur mon cou. Puis elle leva la tête et, d'une voix calme mais aussi altérée que la mienne, me dit :

– Je me suis tellement tourmentée pour vous. Si vous continuez ainsi, vous allez vous rendre malade. Je vous en prie... Rentrez au manoir avec moi.

J'eus alors un élancement si violent que je gémis, à sa grande inquiétude. Mais autant je l'aimais à cet instant, autant j'eusse donné ma vie pour la rendre heureuse – autant il me fut impossible d'accéder à sa requête. Pourquoi? Sur le moment, je me dis que c'était à cause de mon chagrin. Je pensais ne pouvoir me fier à personne – pas plus à V. qu'à quiconque – pour protéger le corps de Zsuzsa. Je pensais que je ne pourrais jamais vivre avec mon remords s'il lui arrivait quelque chose. Et pourtant... En vérité, je demeurais dans le caveau parce qu'une force extérieure *l'exigeait*. Parce que les serres invisibles étaient encore agrippées à mon pauvre cerveau en capilotade.

Maintenant, je comprends.

Mais, sur le moment, j'étais peu soucieux de sonder ma motivation. Je me bornai à effleurer la chevelure dorée de Mary.

– Ma chérie, je ne puis partir, murmurai-je. Mais si vous le souhaitez, vous pouvez rester ici avec moi. Je veillerai sur notre sécurité.

Elle se raidit dans mes bras.

– Mais vous n'avez rien mangé ni bu depuis deux jours!

– Ilona m'a apporté du thé quand j'étais au salon, répliquai-je.

Toutefois, cela ne remontait-il pas à un jour? Ou même à deux? J'avais perdu toute la notion du temps. Je ne ressentais aucun appétit, mais ma soif était grande, et je regardai avec envie le carafon posé sur le sol.

Mary parut lire mes pensées. Elle saisit le récipient, ôta le verre placé à l'envers sur le goulot et entreprit de remplir celui-ci.

– Je me doutais que vous seriez terriblement assoiffé, dit-elle d'un ton caressant et enjôleur. Je vous ai apporté du thé avec un peu d'alcool de prune. C'est encore chaud... Pour combattre la froideur du soir...

Le parfum floral et piquant du thé et de la slivovitz me parut paradisiaque, tentateur, comme le fut la mélodie clairette du liquide emplissant le verre. Alors, je me rendis compte combien ma gorge parcheminée était endolorie, combien ma langue sèche adhérait péniblement à l'intérieur cotonneux de ma joue. D'un geste avide, je pris le verre de la main de ma femme et n'en fit que trois gorgées, sans me soucier du thé qui dégoulinait sur mon menton.

« Encore ? » demanda-t-elle.

Et elle remplit le verre avant que j'eusse le temps de répondre.

Je bus de nouveau, avec gourmandise, mais, alerté par quelque instinct, j'hésitai après la seconde gorgée. J'éloignai le verre de mes lèvres, le regardai puis regardai Mary.

Ma chère intrigante. Mon tendre Judas.

Je déglutis, puis, bouche close, plaquai ma langue contre mon palais et me livrai à une dégustation critique. Oui, je discernai bien le goût fleuri et légèrement terreux du thé, la saveur cuisante de l'eau-de-vie... mais il entrait aussi une autre composante, ténue peut-être, mais très familière.

Le goût amer de l'opium.

Normalement, j'aurais dû me fâcher contre elle ; j'aurais dû la morigéner d'importance, la houspiller ; projeter le verre contre la paroi de marbre et le voir se briser en mille morceaux. Mais le souvenir de mon amour pour ma regrettée famille et ma future famille retint ma main. Reposant le verre, je dis d'un ton triste : « Vous m'avez trahi. »

Le soleil couchant émit un dernier rayon rouge qui brilla derrière elle, laissant son visage dans l'ombre ; cependant, même dans l'obscurité, sa silhouette me parut empreinte de détermination.

– Au nom de l'amour, fit-elle. Pour vous sauver, vous et l'enfant. Arkady, venez avec moi.

– *Je ne peux pas*, répondis-je avant d'émettre un sanglot. Ne comprenez-vous pas ?

Elle se releva et abaissa ses yeux vers moi. Sa voix fut complètement lasse, complètement résolue.

– Oui. Oui, je comprends. Il vous tient en son pouvoir – mais cela ne va pas durer longtemps.

Et elle partit sans ajouter un mot, regagnant le demi-jour avec, dans l'expression, cette fixité caractéristique des personnes déterminées à vaincre. Je savais qu'elle allait attendre que le laudanum agisse, puis qu'elle reviendrait.

Cependant, dès son départ, je cédai à une fureur irraisonnée. Comment osait-elle laisser ainsi transparaître sa stratégie? Car, à l'évidence, elle comptait que le laudanum m'endormît, ce qui n'allait pas tarder vu mon état de faiblesse; puis, avec l'aide de ses complices, elle viendrait me chercher. Et que feraient-ils à la malheureuse Zsuzsanna une fois que je serai commodément transporté ailleurs?

Je me redressai, m'emparai du carafon et du verre, les jetai à l'aveuglette, me détournai pour éviter la grêle de tessons, tombai à genoux et me penchai jusqu'à ce que mon front entrât en contact avec le marbre froid. Puis je restai ainsi, en proie à la désespérance et à la confusion les plus totales, débordant à la fois de rage et d'amour envers ma femme.

Pendant ma prostration, le soleil se coucha, les ombres s'allongèrent puis se confondirent aux ténèbres du caveau. Bientôt, la douce grisaille de l'opium commença d'obscurcir mes facultés, et je fus saisi d'un irrépressible envie de dormir. Je m'efforçai d'y résister, tentant de fixer mon attention vagabonde sur les bruits extérieurs, dans l'espoir d'entendre les intrus qui n'allaient pas manquer de survenir. Hélas, je retombai dans cet état second, entre la veille et le rêve, mon visage toujours à terre, mes mains pressées sur mes yeux clos. Je sentis à nouveau les serres s'enfoncer dans mon crâne mais, cette fois, je m'y livrai paisiblement, sans essayer de lutter.

Les ténèbres environnantes s'emplirent d'une brillance surnaturelle. Ecartant les mains, je vis les yeux verts d'Oncle; ils resplendissaient d'une incandescence intérieure. Cependant, les contours de sa silhouette demeurèrent invisibles dans l'obscurité; seuls ses yeux apparurent, quoique ses paroles me fussent clairement audibles.

Sois fort, Arkady. Reste éveillé encore un peu plus longtemps, et tout ira bien.

Sa voix était mélodieuse, apaisante, agréable à l'ouïe, et je me calmai bientôt. Malgré son pressant conseil, je finis par sombrer dans un sommeil profond. Combien de temps ai-je dormi, je l'ignore; mais je m'éveillai lorsque le corridor fut éclairé par la lueur sourde et jaunâtre d'une lanterne. Dans l'entrée du caveau, des pas résonnèrent – suivis d'un grondement carnassier et des hurlements horrifiés d'un homme.

Hébété, je me levai tant bien que mal et tâtonnai dans la pénombre à la recherche du revolver; l'ayant trouvé sur le sol froid, je me précipitai vers l'endroit d'où provenait le tumulte.

La lanterne était tombée à l'entrée de l'antichambre, répandant son huile sur le marbre en une flaque qui venait de s'embraser. Ce faible flamboiement me permit de voir un grand loup gris qui écartait avec sa gueule des bras moulinant l'air, enfonçait ses crocs dans la gorge d'un homme, puis secouait celui-ci comme un chien terrier l'eût fait d'un rat.

Je levai le revolver, prêt à faire feu – mais la rapidité des mouvements, combinée avec mon épuisement et les effets du laudanum, brouilla toute distinction entre la victime et l'agresseur. Je poussai une exclamation de dépit, incapable de viser, craignant de tuer l'homme si je tirais.

La victime laissa échapper un gargouillement nauséeux; ses bras retombèrent inertes sur le marbre, tandis que le loup se penchait, engageant ses crocs plus profondément dans la chair, le muscle et l'os avant de donner une saccade décisive. Puis il souleva sa proie à plus de trente centimètres du sol.

Satisfaite d'avoir accompli sa tâche, la bête lâcha prise pour observer le résultat obtenu. Le crâne de l'homme heurta le marbre avec un affreux bruit de fêlure, et l'impact fit jaillir de grosses gouttes de sang sur les murs et le sol blancs.

Je frémis en reconnaissant Ion, le vieux jardinier. Sa moustache blanche était ensanglantée, ses yeux sombres écarquillés de terreur, tandis que sa bouche flasque expectorait la même écume pourpre qui jaillissait de sa trachée-artère dénudée.

Ses yeux luisant d'un épouvantable éclat doré, l'animal me regarda puis émit un faible grognement.

Je mis en joue. A ma surprise, il ne m'attaqua point; il se tourna, bondit hors du caveau et disparut dans la nuit. Au lieu de me lancer à sa poursuite, je m'agenouillai devant le malheureux Ion, lequel était déjà mort. A cet instant seulement, je remarquai à côté de lui un sac de toile, taché de sang.

L'ouvrant, j'y trouvai la massette, la scie, le pieu, les gousses d'ail. Cette découverte m'emplit d'une haine farouche et irréfléchie; je ne pouvais pardonner l'intention de Ion. Mû par une compulsion irrésistible, je saisis le sac et son contenu, les emmenai à l'endroit où l'huile s'était renversée, et livrai le tout aux flammes, en ravivant doucement le petit foyer afin que les maudits objets fussent carbonisés le plus possible. La scie métallique demeura intacte, et le manche de la massette fut seulement un peu noirci, mais l'odeur de l'ail monta au ciel, tel un encens des plus âcres, en produisant une fumée épaisse qui piquait les yeux. Je pris plaisir à observer la combustion du pieu; bientôt, il n'en resta plus que de menus morceaux.

Puis toute l'huile fut consumée et le feu s'éteignit, me laissant dans une pénombre embrumée. Je glissai le revolver dans ma ceinture, me levai, aveuglé par la fumée et l'opium, puis titubai vers la chambre intérieure.

Pénétrant dans l'étroit corridor, je distinguai à l'autre extrémité une fugitive lueur blanche et j'hésitai, tout d'abord apeuré; mais la lueur n'avait émis qu'un doux éclat, faible comme celui d'une bougie, avant de disparaître. Ce n'était pas un loup, mais une personne portant une lampe sourde – Mary, pensai-je, qui était revenue et, d'une façon ou d'une autre, s'était glissée dans la chambre intérieure à mon insu.

Je l'appelai.

Et j'entendis, comme en écho dans la seconde chambre, un doux soupir, presque un gémissement, une sonorité à la fois humaine, féminine, et cependant étrangement sauvage. Et avec cette sonorité – je ne sais comment ni pourquoi – mais avec cette sonorité...

Toutes mes incertitudes s'évanouirent. Certes, j'éprouvai encore de la crainte, plus profonde et plus grande que jamais auparavant – et du chagrin, aussi. Je puis seulement comparer mon expérience mentale à celle d'un homme qui, aveugle sans le savoir depuis des décennies, recouvre subitement la vûe. Les chaînes de l'assujettissement se détachèrent, les griffes invisibles qui agrippaient mon crâne se rétractèrent. Pour la première fois depuis mon enfance, je fus réellement en pleine possession de mes facultés.

La lueur augmenta; Zsuzsanna pénétra dans l'antichambre.

Mon Dieu! Elle était ravissante, aussi radieuse qu'un ange! C'était sa peau, brillante et pâle, qui avait scintillé dans le corridor, et je la vis dans l'obscurité aussi distinctement que si un millier de cierges allumés l'avaient entourée – non, comme s'ils avaient flamboyé en elle! Impossible pour tout homme de n'être point attiré tel un papillon de nuit vers cette flamme intérieure, vers ces lèvres de satin rouge, vers ces dents luisantes, vers ces yeux dont la douce couleur brune n'avait point varié, mais qui, à présent, semblaient se mordorer – des yeux vierges, farouches, qui me regardaient sans me reconnaître. Sa chevelure lustrée, noire, étincelait de reflets bleu électrique et retombait librement jusqu'à sa taille, épousant un corps dont les formes transparaissaient nettement sous le suaire diaphane : un corps ferme, renouvelé à la perfection, féminin au suprême degré.

Tout cela, je le perçus en une seconde, pas plus. En ce bref instant, je ressentis un besoin impérieux de m'avancer, de l'étreindre, d'embrasser ces lèvres pourpres, de pleurer de joie devant cette résurrection; mais mon esprit était libre, mes pensées claires. Aussi mon exaltation se changea-t-elle en sentiment d'horreur dès que j'eus compris avec une certitude aveuglante la vérité sur V. – et sur ma pauvre sœur morte.

Mon Dieu, je pensais pourtant savoir ce qu'était la peur! Mais ce que j'en avais éprouvé par le passé me parut un étang minuscule et cristallin, comparé à l'océan tempétueux et tourmenté qui m'environnait à présent.

Je me détournai, sortis du caveau et dévalai la pente accidentée en direction du manoir; je courus comme si le diable en personne me poursuivait, l'esprit tournoyant sous l'afflux des révélations :

Mon oncle était réellement le *strigoï* dont parlaient les légendes. J'avais été manipulé, entraîné un pas après l'autre par V., qui avait revêtu l'apparence du fantôme de mon frère; il avait dirigé les loups, lesquels devaient tuer tous les indiscrets qui se hasardaient dans les zones interdites de la forêt – tous sauf moi. C'était lui qui avait arrêté leurs attaques à temps... afin de m'amener à croire que j'étais fou.

Il joue avec toi... Ce n'est qu'un jeu.

Un jeu sadique pour me conduire dans la forêt, puis à Bistritz, puis au bord de la démence... mais pour quelle raison? Pour cette nuit où je ne fus qu'un pion employé à protéger Zsuzsanna? Pour briser ma volonté, afin que je puisse participer à des meurtres en procurant des victimes?

Mais V. n'a besoin de personne. Se pourrait-il qu'il me tourmente par pur plaisir? Non. Il doit y avoir autre chose; V. est trop roué, trop calculateur. Et quand bien même : pourquoi vient-il donc de m'être rendu le contrôle de mon propre esprit, de mes pensées, de mes émotions et de mon libre arbitre?

Je courus droit à l'étable, harnachai les chevaux puis les attelai à la calèche dans l'intention d'aller chercher immédiatement Mary et de m'enfuir avec elle à la faveur de la nuit. Mais avant que j'eusse le temps de monter dans la voiture pour l'amener devant l'entrée du manoir, j'entendis un cri soudain :

– *Domnule! Domnule!*

C'était Dunya, la petite femme de chambre. Surgie des ténèbres, elle accourait vers moi en gesticulant comme une folle. Son fichu s'était dénoué et avait glissé sur ses épaules; son visage était rouge, brillant de larmes.

« *Domnule*, vite! s'exclama-t-elle entre deux sanglots. L'enfant est sur le point de naître, et il l'a enlevée! Il l'a enlevée! »

Mon cœur se figea; je sus aussitôt de qui elle parlait. Toutefois, je saisis Dunya par les épaules et la secouai.

– Qui? Mary? Quelqu'un a-t-il enlevé Mary?

– Vlad!

– Où?

– Au château...

Je grimpai dans la calèche et pris les rênes.

– Ne me laissez pas! implora Dunya en tordant ses mains. Je vous en prie, permettez-moi de vous accompagner!

– Vous êtes plus en sûreté ici, répliquai-je en pressant les chevaux.

Mais elle parvint à s'agripper à la voiture et à monter dedans.

– C'est ma maîtresse! fit-elle avec une détermination qui me toucha. Je ne puis l'abandonner! Le bébé va naître, et elle aura besoin de moi!

Aussi me dirigeai-je vers le château avec, pour tout équipage, une lanterne, le revolver de Père et la femme de chambre.

Quand nous fûmes proches des murailles grises, elles m'apparurent particulièrement rébarbatives et mornes. Tout d'abord, je crus que c'était mon état d'esprit qui leur donnait cet aspect. Puis, en contemplant les formes noires et majestueuses des anciens remparts qui se détachaient sur un ciel plus noir encore, je me rendis compte qu'aucune fenêtre ne brillait.

Je fis entrer la calèche dans la cour et tendis les rênes à Dunya.

– Restez ici. Si je ne suis pas de retour avec Mary dans un quart d'heure, retournez en lieu sûr.

Bien que la frayeur agrandît ses yeux comme des soucoupes, elle répliqua vaillamment :

– Je resterai ici jusqu'à ce que vous soyez revenu avec la *doamna* !

Je voulus lui laisser la lanterne, mais elle insista pour que je la garde. Aussitôt, j'essayai d'ouvrir la grande porte, mais les verrous étaient poussés. Je me dirigeai donc vers la petite entrée du côté est, d'ordinaire utilisée par les domestiques. Tenant la lanterne d'une main et le revolver de l'autre, je suivis d'étroits corridors et montai l'escalier principal menant aux appartements des invités.

Je prêtai l'oreille, dans l'espoir d'entendre les gémissements d'une femme en train d'enfanter. A l'exception de l'éclat vacillant de ma lanterne et du bruit de mes pas empressés, le château était plongé dans l'obscurité et aussi silencieux qu'une tombe. Cependant, je ne pus me défaire de l'impression qu'un être maléfique rôdait dans l'ombre – une intelligence aux aguets, consciente de chacun de mes gestes. J'allai de pièce en pièce, d'étage en étage, de plus en plus vite, en appelant Mary, d'abord à voix basse puis, en désespoir de cause, par des cris.

Silence. Seulement le silence, et de lugubres chambres à coucher inhabitées et empoussiérées depuis des siècles.

Mon allure et mon agitation s'accrurent jusqu'au moment où seuls deux endroits eurent encore échappé à mon inspection : la chambre d'hôte et les appartements privés de V. Les hasards du trajet me firent d'abord parvenir à celle-ci, dont j'espérais le plus. La porte devant laquelle j'avais naguère discuté avec un *Herr* Mueller ébouriffé et sortant du bain était grande ouverte, révélant une pièce aussi assombrie que le reste de l'édifice.

La mort de ma sœur et ma terreur quant au sort de Mary m'avaient fait totalement oublier les malheureux visiteurs depuis au moins trois jours ; je m'en souvins alors avec un frisson d'appréhension. Lanterne haute, je traversai le vestibule menant à la chambre proprement dite, appelant désormais à la fois Mary et les Mueller.

A mon amère déception, l'endroit était également désert, quoique les signes d'une occupation récente ne fussent que trop apparents : une belle chemise de nuit de femme en dentelle et soie blanches, élégante comme celles portées par les jeunes mariées pour leur nuit de noces, pendait sur l'accoudoir d'un fauteuil, où on l'avait vraisemblablement jetée d'un geste joyeux et désinvolte; sur le grand lit à baldaquin, au milieu duquel j'aperçus une minuscule fleur de sang séché, les draps du dessus, les oreillers et la courtepointe avaient été repoussés et négligemment empilés.

Seul un oreiller parmi la demi-douzaine que comptait la couche demeurait à sa place, au coin gauche de la tête du lit. Calée dessus, comme si on l'y avait soigneusement placée pour qu'elle pût observer à loisir la marche des événements, il y avait une poupée d'enfant dans une robe de baptême en dentelle; ses mains et son visage étaient de porcelaine, son corps de chiffon. Elle s'était affaissée en avant, à partir de la taille, le visage pressé contre les draps; ses bras inertes, revêtus de dentelle bouffante, étaient tendus, de sorte que ses petites mains reposaient auprès des bouclettes laquées de sa perruque brune.

Dans un recoin de la chambre se trouvait une baignoire pleine d'eau grise. Près du lit, une malle ouverte et fouillée, comme si les propriétaires avaient voulu y retrouver certains vêtements. Mais tant d'effets jonchaient la pièce qu'ils correspondaient amplement à la capacité de la malle. Il semblait que, du moins pour une fois, les domestiques n'eussent rien raflé.

La lanterne ne révélant aucun indice de ce qu'était devenu le jeune couple, je quittai les lieux avec un sentiment de mauvais augure et de fatalité. Restaient les appartements secrets de V.; je savais que la réponse à mes interrogations sur le sort de ma femme, et celui des voyageurs, m'y attendait.

Je m'acheminai le long de corridors enténébrés; plus j'approchai du but, plus mon effroi augmentait.

La porte du salon de V. étant ouverte, j'entrai puis constatai que l'âtre et les chandeliers étaient éteints. Me détournant de la cheminée, je vis, dorant la porte entrebâillée menant aux appartements privés d'Oncle, un ruban de lumière.

Cette bande lumineuse exerça sur moi l'attirance d'un aimant. Je posai la lanterne sur la table basse, traversai le salon et parvins devant la porte.

La réalité vacilla. Je sus que moi, adulte, marié et bientôt père, je tendis la main et saisis la poignée. Au même instant, je fus Arkady, l'enfant que j'étais vingt ans auparavant; il s'accrochait craintivement à son père, Petru, qui tendait le bras vers la porte.

La main d'Arkady adulte tourna la poignée et poussa; la main fantomatique de mon père fit de même.

Alors, dans un grincement de gonds, la porte de la mémoire s'ouvrit, me laissant accéder à mon passé. L'adulte Arkady disparut, abandonnant mon père et moi enfant à la réalité refoulée depuis une vingtaine d'années – au cœur de la période lugubre ayant suivi la mort de Stefan.

Dans la seconde que mit la porte gémissante à s'ouvrir vers l'intérieur, je me souvins :

Franchissant le seuil avec, sa main serrée sur la mienne, mon père qui, de sa voix douce et apaisante, me disait : « On ne te fera pas de mal, Kasha. Aie simplement confiance en moi... Et en Oncle, aussi... »

La lumière d'une centaine de cierges scintilla dans ses yeux emplis de larmes.

Nous traversâmes l'étroit vestibule puis pénétrâmes dans une grande salle. Le côté où je me trouvais, le gauche, était dérobé à la vue par des rideaux de velours noir descendant du plafond au sol, assez larges pour dissimuler une petite estrade.

En face de nous, sur le mur du fond, se trouvait une autre porte close donnant sur une autre chambre secrète.

Sur notre droite, à l'opposé de ce mystérieux théâtre, se trouvait une plate-forme de bois sombre et poli, avec trois marches menant à un trône. La base de la plate-forme portait une inscription en lettres d'or où se lisait la devise JUSTUS ET PIUS.

Juste et fidèle.

De hauts chandeliers, chargés de cierges étincelants, flanquaient le trône où siégeait Oncle. Il agrippait les accoudoirs avec sa majesté coutumière.

Il exsudait une telle puissance, une telle assurance, une

telle virilité que je le regardai avec la même crainte admirative que j'eusse éprouvée devant un beau lion : terrifié de son courroux, le souffle court devant sa superbe. Sa tunique était écarlate; sur sa tête était placé un diadème d'or ancien émaillé de rubis. Derrière lui, accroché au mur, un bouclier de guerrier vétuste, datant d'une époque immémoriale. Je parvins à y distinguer un dragon ailé, presque estompé, et je compris qu'il s'agissait du bouclier représenté dans le portrait de l'Empaleur.

Sur la droite de V., une coupe dorée, incrustée d'un gros rubis, reposait dans un creux spécialement aménagé dans l'accoudoir du trône, de façon à ce que son contenu ne se renversât point.

Mais, parmi tous ces bijoux, les pierreries suprêmes étaient ses yeux qui, se détachant sur la blancheur de sa peau et l'argent de sa chevelure flottant sur ses épaules, me transpercèrent de leur impitoyable éclat émeraude, de leur effroyable intelligence. Sa beauté était semblable à celle de Zsuzsanna lorsqu'elle s'était avancée dans l'antichambre du caveau : elle était comme le soleil, insupportablement radieuse.

Saisis d'un silence révérencieux, nous parvînmes devant le prince qui trônait. Là, mon père fit une génuflexion puis s'accroupit pour m'entourer de ses bras et dire, d'un ton empreint d'une résignation indiciblement chagrinée : « Voici le garçon.

– Tu es triste, Petru », fit le prince pensivement, d'une voix belle et grave.

J'émis un hoquet de surprise, car il m'avait paru trop irréel, trop enchanteur, trop semblable à une œuvre d'art pour parler.

« Mais il n'y a pas de quoi, reprit-il. J'aime le garçon, et je le traiterai bien.

– Comme tu m'as traité? »

C'était là un grief; mais le prince demeura distant, impassible.

– S'il ne me trahit pas, aucun mal ne sera fait aux siens. Tout cela aurait pu lui être épargné; son frère Stefan eût occupé la charge incombant au fils aîné, et Arkady eût vécu sans souci. Ce sont tes actes qui l'ont amené ici, Petru. Toi seul es responsable du deuil qui a frappé ta famille. Je suis

dur, mais juste. Reste-moi fidèle, et je te resterai fidèle. C'est tout ce que je demande.

Il souleva un objet ; l'argent étincela quand il passa la dague sur son poignet qu'il maintint au-dessus du calice doré, placé sur l'accoudoir du trône. Il saigna peu et dut presser sa chair pour qu'apparussent quelques gouttes ; puis il tendit la dague à mon père.

« Il est temps. »

Après un instant d'hésitation, mon père s'avança vers le prince et saisit la dague. Il la tint un moment en l'air, et je vis à nouveau la lueur des cierges sur le métal aiguisé.

– Je ne peux pas ! s'écria mon père, pris d'angoisse ; sa voix tremblait.

– Tu le dois, répliqua le prince, d'un ton sévère et inflexible où, selon moi, affleura une étrange tendresse. Tu le dois. Je n'ose me fier à ma propre main. C'est ton fils ; tu sauras procéder en douceur.

Les doigts de mon père se refermèrent sur la dague. Il l'abaissa, lentement, puis, de son autre main, prit le calice offert par le prince.

N'éprouvant rien d'autre qu'une curiosité enfantine, je le vis revenir auprès de moi. J'eus confiance en mon père, même quand il porta le calice à mes lèvres et m'obligea d'avaler une minuscule gorgée. Un haut-le-cœur me parcourut quand je sentis un goût de sel, de métal et de pourriture ; mais l'effet de ces quelques gouttes de sang fut irrésistiblement enivrant. Un certain déséquilibre me gagna, car ce breuvage se révéla aussi échauffant que du vin et, somme toute, fort agréable. Ressentant de façon aussi soudaine qu'inexplicable un élan d'amour et de gratitude à l'égard d'Oncle, je défaillis et me retrouvai assis sur le sol ; mon père s'agenouilla à mon côté. Lorsqu'il posa le calice à terre, prit mon bras, en tourna l'intérieur vers lui et leva la dague, je n'éprouvai aucune peur, simplement une légère appréhension : si infime soit-elle, la coupure ne serait-elle pas douloureuse ?

Assurément, je ne craignis point pour ma vie quand, appliquant la lame effilée sur la chair tendre de mon poignet, il entailla une veine et chuchota :

– Je suis navré. Un jour, tu comprendras... C'est pour le bien de chacun.... Pour le bien de la famille, du village, de la région...

La douleur me tira de ma torpeur douillette. Je criai d'indignation – sans m'arrêter tant qu'il maintint mon poignet saignant d'abondance au-dessus du calice.

Je me débattis faiblement, mais Père ne relâcha point mon bras avant que le fond de la coupe dorée ne disparût sous mon sang jeune et sombre. Puis il sortit de sa poche un mouchoir propre et l'appliqua fermement sur la coupure, le temps d'endiguer l'écoulement.

Finalement, il se releva, tendit la coupe à Oncle, et revint vers moi. Je gisais, vaguement étourdi, ma tête sur ses genoux, tandis qu'il caressait mes cheveux en murmurant de douces paroles d'excuse et de réconfort; pendant ce temps, Oncle berçait le calice de ses deux mains placées en coupe et y penchait son visage, les yeux clos de joie pure, humant son parfum tel un connaisseur savourant les effluves d'un excellent cognac centenaire.

Puis il ouvrit ses yeux; ils brillaient d'un bonheur encore à venir.

– Arkady, fit-il. Te voilà ainsi lié à moi. Tu pourras quitter ton pays – pendant une période donnée – mais cela te ramènera toujours à moi, au moment voulu; et, au moment voulu, ta volonté te sera rendue, et tout te sera dévoilé. Cela, je le jure : toi et les tiens, je ne vous ferai jamais de mal, et je pourvoirai généreusement à votre entretien, aussi longtemps que tu m'appuieras et m'obéiras. J'aurai ton sang, et tu auras le mien. Tels sont les termes de l'alliance.

Eperdu d'amour, j'observai du giron de Père le reflet des cierges sur l'or quand V. leva la coupe et but.

Poussant un cri, je me pris la tête dans les mains tandis que des griffes de fer s'enfonçaient profondément dans mon crâne.

Soudain, je repris conscience et redevins Arkady adulte. Le souvenir de cet événement m'était entièrement revenu durant la simple seconde qu'avait duré l'ouverture de la porte.

Maintenant, c'était seul que je franchissais le seuil.

Je traversai le petit vestibule et entrai dans la pièce. A droite, le trône du prince – inoccupé pour l'instant, quoique l'un des chandeliers latéraux, haut comme moi, fût allumé. L'ancien bouclier se trouvait là, lui aussi, mais il manquait le calice qui jadis avait contenu mon sang. Au milieu du mur opposé, la porte menant à de plus profonds mystères et, sur la gauche...

Sur la gauche, les rideaux de velours noir avaient été écartés afin de révéler ce qui avait été autrefois caché :

Accrochés au mur, des fers noirs; appuyés non loin, quatre pieux lubrifiés et luisants, deux fois hauts comme un homme, chacun épointé à une extrémité; un chevalet; et, suspendues au plafond, de grosses chaînes métalliques, utilisées pour le supplice de l'estrapade. Au-dessous des fers et des chaînes, sur une estrade, étaient judicieusement placés des baquets de bois, dont l'intérieur était propre mais patiné d'une teinte brunâtre produite par d'innombrables années d'usage.

A côté de ce décor macabre, un étal de boucherie comprenant un assortiment de couperets et de coutelas, et une table d'aspect solide, de la longueur et de la forme d'un cercueil.

Sur cette table, *Herr* Mueller gisait nu et à plat ventre; la chair de son dos présentait la blancheur choquante d'une statue d'albâtre. Seuls son tronc et ses bras reposaient sur le meuble; ses jambes pendaient sur le sol, légèrement pliées vu leur longueur, de sorte que son corps formait un angle presque droit. Au-dessus de la crinière emmêlée de ses cheveux couleur sable, ses bras étaient en extension comme ceux d'un plongeur; tout d'abord, je le crus agrippé à l'extrémité de la table...

Mais non – ses mains étaient complètement détendues. Aussitôt, je songeai à la petite poupée de toile et de porcelaine, affaissée sur la couche nuptiale.

Car il était inerte, inanimé comme elle. Il était mort. Tout à fait mort.

Et il bougeait.

Oui, il bougeait. Son torse amorphe branlait d'avant en arrière, ses boucles dorées tressaillaient, sa tête dodelinait – si peu que ce fût; ses bras morts glissaient le long de la table, ses doigts insensibles polissaient le bois terne, mollement, horriblement, au rythme lancinant que leur imprimait un autre corps que le sien.

Levant la tête, je vis Laszlo au bout de la table, les yeux clos, les lèvres entrouvertes, comme absorbé dans un rêve extatique. Debout juste derrière le cadavre, il agrippait ses hanches. Son pantalon défait retombait sur ses chevilles, et les pans de sa longue chemise de paysan frôlaient les reins de l'homme mort à chacune de ses poussées.

Jetant un nouveau regard sur le corps, je devinai que le visage caché était figé en un rictus d'angoisse horrifiée identique à celui qu'avait arboré la tête coupée de Jeffries.

Sans réfléchir ni reculer, je levai l'arme de mon père, visai le milieu du crâne de l'homme vivant puis ouvris la bouche pour crier : *Arrêtez ! Au nom de Dieu, arrêtez, ou je fais feu !*

Avec une promptitude qui m'empêcha de prononcer ces paroles, Laszlo se dégagea du cadavre, s'empara d'un couperet sur l'étal et le projeta dans ma direction.

La poignée du couperet me fit sauter le revolver de la main ; il ricocha dans la pénombre tandis que Laszlo se propulsait par-dessus la table.

Même à la lumière vacillante des bougies, je pus voir la transformation de son visage. Ce n'était plus le cocher maussade et narquois, mais une furie aux yeux fous. Il bondit comme le second loup qui m'avait attaqué dans la forêt le jour où j'avais découvert le charnier. Je haussai les bras pour me défendre, croyant à moitié qu'il n'allait point me nuire – qu'à l'instar du loup, son rôle consistait simplement à me menacer, à me décourager, à me mettre à l'épreuve.

Nous titubâmes en arrière tels des danseurs endiablés, sa main droite agrippant mon poignet gauche, ma main gauche agrippant le poignet de la main qui se tendait vers ma gorge. Nous étions aussi proches que des amants, et je pus sentir son odeur : celle d'une sueur aigre, mêlée à de faibles remugles de matière fécale et de pourriture.

Nous poursuivîmes la lutte ; nos bras se bloquèrent mutuellement, agités de puissants tremblements, mais sa force décuplée d'homme fou me contraignit à reculer, loin du lugubre décor où Mueller et Jeffries avaient trouvé la mort, jusqu'au moment où les pierres cimentées devinrent inégales ; alors, je perdis l'équilibre et tombai.

Mon dos heurta le sol froid, et j'eus la respiration coupée. Aussitôt, je m'efforçai de me relever, cherchant la gorge de mon agresseur et tentant vainement de l'empoigner, mais mon épaule gauche fut vite clouée à terre, ce qui évoqua en mon esprit l'image du loup dans la forêt, lorsque celui-ci m'avait maintenu au sol avec ses pattes tout en réprimant son instinct meurtrier.

Hélas, le loup de forme humaine auquel j'avais affaire était dénué de tels scrupules. Moins d'une seconde, je consacrai toute mon énergie à tenter de me redresser, mais ce délai lui fut suffisant : toutes dents dehors, le visage déformé par un effort intense, il rompit ma prise et empoigna ma gorge.

Je poussai un cri – ou plutôt un bref glapissement d'indignation – et saisis ses poignets, tout en me débattant pour aspirer une bouffée d'air qui ne vint pas. Je craignis que mon combat ne fût perdu; ainsi, moi aussi, tout comme Jeffries et *Herr* Mueller, j'allais subir d'ignobles outrages posthumes sur cette funeste table.

Cependant, deux secondes plus tard – pas plus – mon cri fut suivi par une déflagration retentissante. Dans ma confusion, je crus que le revolver s'était déchargé tout seul, mais, quand mon regard se porta vers la droite, d'où était provenu le fracas, je compris que la porte de la chambre intérieure (dont, à présent, deux ou trois mètres nous séparaient) venait de s'ouvrir à toute volée.

V. se tenait dans l'embrasure, rayonnant – non pas de gloire mais de courroux. Ses sombres sourcils étaient froncés au point de se rejoindre, et une rage terrible à voir crispait ses traits. D'une certaine façon, il était beau, mais comme peut le sembler un soleil implacable et aveuglant – un ange vengeur. Ses cheveux étaient entièrement noirs, à l'exception de quelques mèches argentées, tandis que l'incarnat d'une éternelle et virile jeunesse illuminait sa peau. Je crus *me* voir, parvenu à un état de perfection et de rédemption. Nos regards se rencontrèrent, et la fureur habitant ses yeux se teinta d'une surprise indicible.

– Impudent! Quel sortilège est-ce là? chuchota-t-il avec véhémence. Trop tôt! Tu t'émancipes trop tôt! Crois-tu ruiner mes projets?

Je l'observai avec une perplexité totale. Il plissa les yeux et sembla juger que ma réaction était sincère. Alors, avec une célérité inconcevable, il se dirigea vers nous; ou plutôt, il *s'élargit* dans mon champ de vision, puis, sans paraître avoir bougé le moins du monde, il se retrouva soudain à nos côtés.

A sa vue, mon agresseur me lâcha, recula et s'agenouilla comme un pénitent. Pour ma part, je retombai à terre en suffoquant; puis je portai une main à mon cou palpitant et parvint enfin à me redresser un tant soit peu.

– Ne soyez point fâché, *Domnia tia!* fit Laszlo d'un ton larmoyant. Il essayait de me tuer...

V. reprit la parole, et sa voix, quoique douce, résonna dans la pièce silencieuse comme si mille tonnerres s'y étaient donnés rendez-vous, comme si des milliers de cymbales retentissaient en même temps – comme la voix de Dieu.

– En ce cas, tu aurais dû le laisser faire.

Le prince forma un V avec son pouce et son index puis il fondit sur Laszlo et le saisit par la peau du cou. De son bras musclé, il souleva le cocher tremblotant – haut, plus haut, jusqu'au moment où les jambes de celui-ci ballèrent dans le vide, à une dizaine de centimètres du sol.

Les yeux de Vlad scintillèrent comme d'éblouissantes étoiles vertes.

– Tu ne mérites que la mort! siffla V. à l'adresse de Laszlo, dont le visage congestionné et frissonnant surplombait maintenant celui de son maître d'une bonne trentaine de centimètres.

« La première fois que tu es venu à moi, ne t'ai-je point fait jurer avant toute chose que tu ne devrais jamais toucher à l'un de ses cheveux? Que tu ne devrais jamais jeter un regard – que dis-je? un simple coup d'œil insolent – aux membres de ma famille et, surtout, à *lui*? N'est-ce pas vrai? *N'est-ce pas vrai?* Je t'ai alloué chaque chose que tu désirais, et tu désobéis tout de même! Cela, je ne le pardonnerai jamais! »

Il agitait l'homme tel un pantin; Laszlo ruait dans le vide, s'efforçant vainement de respirer, de protester, tandis que V. refermait sa main sur son cou.

Dans la chambre d'écho que constituait la vaste pièce, j'entendis le sifflement d'un gosier se vidant de son air, puis un broiement d'os et de cartilage.

– Non, hurlai-je d'une voix rauque. Arrête!

J'esquissai un geste. V. me jeta un coup d'œil, leva sa main libre et – d'une chiquenaude, comme pour chasser une mouche – m'expédia de l'autre côté de la pièce.

Mes épaules et mon dos heurtèrent la table où gisait la dépouille de *Herr* Mueller, et tout l'air de mes poumons fut expulsé d'un coup. Durant quelques secondes, je restai étendu, foudroyé, incapable de reprendre mon souffle; j'entendis les râles et les gargouillements du mourant, pris dans l'étau de la main de V. qui écrasait les veines de sa gorge.

Je revins à moi et tâtonnai dans la pénombre à la recherche du revolver perdu, tout en sachant que cette arme serait inutilisable contre V.; cependant, je ne pouvais assister sans réagir à l'assassinat d'un homme, aussi pervers et maléfique fût-il.

Puis j'entendis une sonorité étranglée, un hoquet final, qui résonna de manière plus féline qu'humaine. Je vis Laszlo se balancer au bout du bras de V., reproduisant ce même mouvement sinistre que j'avais observé chez *Herr* Mueller; ses yeux blancs saillaient de son visage envahi d'un rougeur apoplectique, et sa bouche bée dardait une langue démesurée. Les doigts de V. étaient si enfoncés dans la chair de son cou que je m'étonnai qu'elle ne fût pas déchiquetée.

Je m'éloignai de cette vision en rampant, sans même me retourner quand j'entendis le corps choir sur le sol de pierre. En vérité, je désirais seulement *me* fuir, échapper à ma conscience, rejoindre Laszlo dans l'obscurité indifférente. Je continuai ma reptation jusqu'au moment où je m'effondrai sur le seuil de la chambre intérieure; là, j'appliquai ma joue contre le sol froid, épuisé par le combat, cédant au vertige des ténèbres. Cependant, comme je me tournai pour reposer ma nuque, je perçus, venant de l'intérieur, une blancheur rayonnante, partiellement éclipsée par l'éclat d'une flamme. Pris de curiosité, je me redressai, allongeai le cou, m'évertuant de voir au-delà de l'embrasure.

Il y eut une autre lueur blanche, accompagnée d'une douce plainte de femme. Aussitôt, je songeai à ma pauvre Mary, et mon cœur commença de battre à tout rompre. J'agrippai le linteau, me remis debout malgré mes jambes flageolantes, puis entrai, le cœur empli d'effroi. La chambre était sur ma gauche, où le mur faisait saillie, de sorte que, du seuil, on ne pouvait pas observer l'intérieur. Je m'avançai assez pour embrasser du regard la pièce entière puis m'immobilisai.

L'endroit avait peut-être trois fois la taille de la pièce précédente; sans fenêtre, confiné, il exhalait la même odeur de pierre, de terre et de pourriture que le caveau de famille. Les ténèbres y étaient plus épaisses, aussi distinguai-je seulement les formes de deux cercueils, côte à côte, juste devant moi. Tous deux étaient noirs, et le plus grand était drapé d'une bannière portant le même dragon emblématique que le bouclier de l'Empaleur. Tout près, à la tête du petit cercueil, m'attendait un autre – et non moins saisissant – tableau vivant que mes yeux allaient devoir déchiffrer.

Au premier plan se trouvait une créature doté d'un visage d'écolière et d'un corps de femme épanoui que je devinai être ceux de la jeune épouse de *Herr* Mueller. Elle était à demi nue, sa robe déboutonnée et roulée jusqu'à la taille, sa tête inclinée d'un côté, si bien que ses longues boucles brunes – qui ressemblaient beaucoup à celle de la poupée – retombaient en cascade sur une épaule et un sein de nacre. Cependant, même son irréprochable teint de porcelaine semblait terne en comparaison de la chair immaculée et radieuse de la femme debout à son côté.

C'était ma sœur, ravissante dans son suaire, exactement comme elle m'était apparue plus tôt dans le caveau de famille.

Zsuzsanna avait appliqué ses lèvres sur le cou incarnadin de *Frau* Mueller et le suçait doucement, une main enlaçant la taille de la mariée, la paume de l'autre postée sous son sein opulent. Une longue mèche de sa chevelure noire, aux reflets bleutés, avait glissé de l'endroit où elle se désaltérait, retombant en travers du buste de la jeune femme, jusqu'à sa taille, telle une traînée de sang bruni.

Derrière ma sœur, tout contre le mur, se trouvait un autel drapé de noir, où brûlait une chandelle noire éclairant les objets placés dessus : le calice d'or, la dague d'argent au manche noir et gravé, ainsi qu'un pentacle en pierre, de fort vil aspect.

L'expression de *Frau* Mueller était langoureuse, et ses lèvres veloutées frémissaient, comme sous l'effet d'une rêverie érotique ; cambrée, elle se pressait contre Zsuzsanna et émettait de petits soupirs qui semblaient devoir autant à l'extase qu'à la douleur.

J'émis moi-même un son : un hoquet retentissant, qui fit s'ouvrir brusquement les yeux de ma sœur. La jeune femme poussa un cri (cette fois indéniablement causé par l'effroi et la souffrance) et se débattit, encore que faiblement, toujours en transe, les yeux toujours clos. Zsuzsanna caressa sa poitrine et l'attira contre elle, comme pour prévenir toute résistance, avant de regarder dans ma direction.

Un liquide pourpre dégoulinait de ses lèvres, souillant aussi ses dents et sa langue. Du sang jaillissait de deux petites blessures au cou de *Frau* Mueller. L'un des ruisselets rouges se faufilait entre ses seins pour aboutir dans la main de sa séductrice ; l'autre paraissait se tresser dans la mèche vagabonde de Zsuzsanna.

Ma sœur m'observa en clignant des paupières, révélant des yeux mordorés, inexpressifs et sauvages, les yeux d'une lionne interrompue dans son festin. Elle ne me reconnut point – son regard ne trahit nulle émotion – mais elle me jugea sans doute inoffensif, car elle retourna presque aussitôt à sa proie. Je la vis découvrir des dents inhumainement pointues; je vis celles-ci s'enfoncer dans la chair tendre puis élargir les plaies. La jeune femme poussa une exclamation aiguë et recommença de se débattre, ce à quoi Zsuzsanna appliqua promptement ses lèvres sur les blessures et reprit sa succion.

Soudain, *Frau* Mueller cessa de bouger.

N'eussé-je déjà éprouvé la puissance du vampire, je me serais aussitôt jeté sur les deux femmes pour tenter de délivrer la jeune mariée. Je me tournai, pensant à aller chercher une arme dans l'autre pièce, mais une main s'abattit sur mon épaule.

– Arkady.

Levant les yeux, je vis V.; ce n'était plus l'ange radieux et vengeur qui se tenait devant moi, mais une créature tout à fait humaine, qui me parlait avec la voix de mon père, me fixait avec les yeux de mon père – et tenait le Colt de mon père dans sa main droite.

Sans réfléchir, je le lui arrachai et me précipitai vers ma sœur qui continuait d'étreindre *Frau* Mueller en pressant ses lèvres sur son cou. Je m'interposai entre elles, appliquai le canon froid sur le cou de Zsuzsanna, soucieux de ne point mettre en danger la vie de la jeune femme.

– Zsuzsa... Arrête! m'écriai-je d'un ton suppliant.

Ma sœur avait clos ses yeux pour mieux savourer son extase; loin de s'arrêter de boire en m'entendant, elle émit un grondement de gorge et souleva ses paupières, juste assez pour me jeter un coup d'œil oblique. Et nulle crainte ne se lut dans son regard rassasié, empreint d'une légère ébriété.

« Arrête! Pour l'amour de Dieu, arrête! » hurlai-je, mais je savais qu'elle n'en ferait rien, tout comme je soupçonnais l'inutilité de ce que j'allais faire; néanmoins, je le fis.

Je pressai la gâchette. Le coup partit; je trébuchai en arrière à cause du recul de l'arme puis toussai, la gorge, le nez et les yeux irrités par une bouffée de fumée sulfureuse.

Zsuzsa chancela, son visage sanglant se raidit, ses traits délicieux se crispèrent, ses dents nacrées et acérées grincèrent de rage. Mais elle ne lâcha point sa victime. Quand la fumée se dissipa, un trou bordé de noir apparut sur son cou; il en gicla un sang rouge vif – que je sus n'être pas le sien.

Puis elle reprit son équilibre ; alors, sous mon regard éberlué, la blessure cessa de saigner et commença de *se refermer*. En quelques secondes, elle fut entièrement cicatrisée, et l'unique preuve de mon coup de feu fut la trace noire de la poudre. Aucunement effrayée de ma présence, Zsuzsa baissa de nouveau la tête et pressa derechef ses lèvres sur la gorge de *Frau* Mueller.

En désespoir de cause, je me jetai sur elle et tentai de dégager la jeune femme. A cet instant, ma sœur – ma petite sœur fragile, naguère infirme et si faible qu'elle avait eu peine à descendre le perron du manoir pour venir à ma rencontre – ma sœur, dis-je, tout en soutenant sa victime d'un seul bras, me frappa de l'autre.

La force de ce coup me propulsa à travers la pièce, contre le mur ; l'arme cliqueta sur le sol. Je parvins à rester debout et m'affalai sur la paroi froide, en laissant échapper une plainte de vaincu.

Je ne pouvais plus rien faire pour sauver la vie de la malheureuse ; je ne pouvais plus rien faire du tout, si ce n'était sangloter silencieusement en regardant Zsuzsa boire. La mort imminente de *Frau* Mueller parut accroître l'excitation et l'impudeur de ma sœur, car elle commença de s'abreuver à longs traits, sonores, avides et frénétiques, jusqu'au moment où la jeune femme laissa échapper un faible gémissement et s'effondra. Zsuzsa la rattrapa par la taille, la souleva aussi aisément qu'une mère l'eût fait avec son nourrisson, la reprit dans ses bras puis continua de festoyer ; *Frau* Mueller émit un long soupir qui se changea bientôt en un râle d'agonie.

A ce moment, V., qui avait observé la scène avec une approbation solennelle, s'avança et dégagea la jeune femme de l'étreinte de Zsuzsa.

– Assez ! fit-il. C'est terminé. Point trop n'en faut. En outre, elle est morte.

Et Zsuzsa, pantelante, les lèvres ensanglantées, parut obéir de bon gré. Nonchalamment, telle une bête repue allant s'étirer au soleil, elle ferma les yeux de contentement et se laissa glisser sur le sol, juste devant l'autel.

Portant le corps laiteux de la jeune femme dans ses bras, V. se tourna vers moi.

– Viens, dit-il.

– Ma femme ! exigeai-je, effaré de penser que Mary eût pu

subir un sort similaire à celui de *Frau* Mueller. Qu'as-tu fait à ma femme?

– Viens, te dis-je, ordonna V. d'un ton laissant sous-entendre que je devais obtempérer sans délai si je souhaitais jamais revoir Mary.

Puis il franchit le seuil. Je ramassai le revolver de Père puis, passant devant la masse immobile qui subsistait de Laszlo, le suivis vers l'estrade macabre. Après avoir étendu la dépouille de *Frau* Mueller sur la table, à côté de celle de son mari, V. me fit face.

« Ma femme! m'empressai-je répéter. Où est Mary? Dis-le-moi tout de suite! »

Je brandis le revolver d'un air menaçant – en pure perte. Un petit sourire erra sur ses lèvres; avec une force qui ridiculisa la mienne, il tendit le bras et me prit l'arme de la main; néanmoins, il ne la pointa pas sur moi.

– Alors, fit-il, tu reprends tes esprits, on dirait.

– Ma femme...!

– Il me semblait tout bonnement convenable que l'enfant naquît ici. Elle est en travail, mais les choses se passent bien. Dunya l'assiste.

– Dunya...

Je m'interrompis avant de dire : *Dunya m'attend au-dehors, dans la calèche; c'est impossible!* Puis, quand je vis le regard amusé de V., je refermai la bouche en comprenant avec horreur que la petite femme de chambre et moi-mêmes avions été de simples jouets entre ses mains.

L'enjouement de ses yeux s'éteignit brusquement; il adopta le chuchotement d'une personne dévoilant un mystère sacré entre tous.

– Nous discuterons de ta femme sous peu. Mais d'abord... Ce soir, Arkady, tu as appris la vérité. C'est ainsi que je suis; accepte-le, et n'aie point peur de nous.

– Jamais je ne pourrai accepter de telles cruautés, murmurai-je, en désignant d'un mouvement de tête les victimes gisant sur la table; encore dus-je fermer les yeux, incapable de tolérer ce spectacle.

– C'est la nature elle-même qui est cruelle, répliqua-t-il. Nous sommes des prédateurs. Qui peut nous reprocher de lutter pour survivre? Qui peut dire au faucon de ne pas chasser, au lion de ne pas tuer? Qui ose appeler ces actes des péchés?

– Les faucons ne projettent pas froidement de supplicier et de tuer leurs semblables, ripostai-je d'une voix tremblante, mon visage crispé de dégoût. Même chose pour les lions. Et, quand ce sont des êtres humains qui agissent ainsi, cela s'appelle un meurtre.

– Arkady, répliqua-t-il avec douceur. Nous ne sommes pas des êtres humains.

Cela me laissa sans voix; je me détournai, voulant fuir la vision macabre qu'offrait la table.

V. poursuivit, du même ton sombre et révérencieux.

« Te rappelles-tu la cérémonie, et ce qui fut dit de l'alliance?

– Je m'en souviens.

Je fixai le sol d'un regard amer, me rappelant les yeux de mon père, transis d'un chagrin inconsolable.

– Le rituel est achevé. A l'époque, je t'avais ôté ton libre arbitre pour m'assurer que tu me reviendrais un jour. Et ce jour est arrivé. Tels sont les termes de l'alliance : tu nous aideras à obtenir notre subsistance; pour assurer la sécurité du village, tu entraveras la création de nouveaux *strigoï*. En échange, je ne nuirai jamais à toi et aux tiens; au contraire, je veillerai à ce que vous ne manquiez de rien...

– Mais tu as rompu l'alliance! Tu as nui à Zsuzsa!

V. haussa un menton majestueux.

– Je lui ai donné la vie. Elle n'en avait aucune auparavant. Par amour, j'ai fait d'elle une *strigoï*, afin qu'elle puisse connaître le bonheur avec moi. J'accepte la responsabilité de prendre soin d'elle pour l'éternité. Nous aideras-tu?

Puis il dressa la main tenant le revolver. Un instant, je crus qu'il allait le pointer sur moi; mais non, il tourna le canon vers lui et plaça la crosse dans ma paume. Je refermai mes doigts sur l'arme et le fixai.

« Je te rends ton libre arbitre, Arkady. Sachant ce que je suis et ce que je requiers, tu dois décider par toi-même de m'aimer en retour ou de me rejeter. »

V. observa une pause; puis, regardant les cadavres, il demanda :

« Tu sais comment s'y prennent les paysans superstitieux pour prévenir l'apparition de nouveaux *strigoï*, n'est-ce pas? »

Je contemplai les deux morts innocents.

– Je sais ce qu'ils ont fait au corps de Père, murmurai-je.

– C'est cela, dit Vlad avant de se tourner pour examiner l'attirail disposé sur l'étal. Suivant son regard, je vis la massette, les pieux raccourcis, les coutelas.

Comprenant immédiatement ce qu'il souhaitait, je me récriai :

– Non, je ne peux pas!

Eussé-je cru qu'il existât la moindre chance de vaincre V., je l'aurais anéanti sur-le-champ, avec les instruments qui nous entouraient – mais j'étais réduit à une totale impuissance.

L'expression de V. était parfaitement froide, parfaitement détachée, comme si nous évoquions un menu différend concernant le domaine familial.

– Ton père dénigrait cette tâche, lui aussi; aussi a-t-il embauché Laszlo. Si tu le souhaites, tu peux conclure un arrangement semblable. La façon d'opérer m'indiffère. Mais, en l'occurrence, il faut s'y mettre tout de suite! C'est urgent! Tu dois le faire, Arkady. Moi, je ne peux pas. *Tu dois le faire.*

– Non!

Je me tournai dans l'intention de quitter les lieux. Aussitôt, un coup de vent parcourut la pièce. La porte me claqua au nez, et le pêne s'engagea dans la gâche. Derrière moi, la voix de V. résonna :

– Si tu ne le fais pas, ils ressusciteront en tant que *strigoï*... Et ils ne sont liés par aucun pacte, eux, à la différence de ta sœur et de moi-même... Ils seront libres de nuire à n'importe qui : à ta femme, par exemple. A ton enfant qui va bientôt naître.

Je lui fis face.

– Et si je refuse de remplir mon rôle dans ce Pacte? Tu prétends que je jouis de mon libre arbitre, que je puis décider ce que je veux, mais peut-on dire que j'agis de mon propre gré si tu recours au chantage...?

Le visage de V. était un masque impassible.

– Tu es libre. Et moi, comme tout prédateur, je suis libre d'agir de manière à garantir ma survie. Je suis un *voievod*. Je ne traite pas à la légère les traîtres en puissance.

– Tu as tué Stefan, murmurai-je, un sentiment de haine supplantant soudain ma crainte. Tu as tué ma mère...

Je songeai au chien-loup qui avait tué mon frère, aux loups qui avaient tué mon demi-frère, à celui qui, bondissant sur la fenêtre, avait failli tuer ma femme. Sentant mes genoux se dérober, je pris appui sur le bord de la table.

– Cela m'a fait mal au cœur, bien sûr, fit V. sans émotion aucune. Mais il arrivait que ton père soit incroyablement entêté. Ce fut son choix de désobéir – et de causer semblable tragédie.

Il souleva un pieu, saisit la massette et me les présenta. « Et maintenant c'est *ton* choix. Peux-tu être fort, Arkady? Peux-tu mettre de côté ton intérêt personnel afin de faire ce qui est le mieux pour ta famille? Pour le village?

– Menaces-tu ma femme et mon enfant? »

A cette question, l'Empaleur sourit de façon presque imperceptible.

– Il serait inutile de *te* menacer, Arkady. Tu es trop imprégné de sentiments romantiques, tels l'héroïsme et l'esprit de sacrifice.

Je sondai ces yeux de jade, me sachant véritablement délivré de leur attrait hypnotique. L'Empaleur disait vrai en me déclarant à nouveau maître de mes facultés. Quant au retour de ma volonté, je n'en discernai point la raison, sauf à penser que V. l'avait permis, guidé par quelque notion pervertie de l'honneur.

– Si j'accepte... Me conduiras-tu à Mary? Jures-tu de ne pas lui nuire, ni à elle ni au bébé?

V. hocha la tête avec solennité.

– Aussi longtemps que tu respecteras le Pacte, je ferai de même...

Fort bien. Pour le salut de Mary, je décidai de jouer le jeu de V. assez longtemps pour libérer les Mueller de la malédiction du *strigoï*. D'ailleurs, si V. refusait de les en délivrer, j'étais bien obligé de veiller à ce qu'ils ne ressuscitassent point.

Aussi pris-je le pieu et la massette. V. tourna le corps de *Herr* Mueller sur le dos, de sorte que le visage flasque du mort fixa le sombre plafond de ses yeux aveugles. Ensuite, le monstre attacha son regard intense sur moi; une lueur impie embrasa ses yeux.

Les mains tremblantes, je posai le pieu sur la poitrine grisâtre de l'homme mort, juste au-dessus du cœur. Puis je soulevai la massette, la dressai et l'abattis; mon coup fut énergique et sonore.

Le corps de Mueller tressauta mollement, indolemment – puis se contorsionna, soudain revenu à la vie dans un hideux sursaut d'énergie. Au même instant, ses lèvres livides s'entrouvrirent pour émettre un cri si strident que je reculai d'effroi et laissai tomber la massette.

– Il est vivant ! m'écriai-je avec horreur.

– Pas pour longtemps !

V. ramassa la massette et désigna la misérable créature qui s'agitait sur la table. Mon premier coup avait percé le cœur de quelque cinq centimètres ; nul ne pouvait survivre à pareille blessure plus d'une poignée de secondes.

« Vois comme il souffre ! Vite... Mets un terme à ses douleurs ! »

J'émis un sanglot et restai pétrifié, incapable de supporter la vue de ce supplice – incapable de tuer.

Puis Mueller laissa échapper un gémissement si pitoyable qu'il eût ému tout cœur humain.

« Encore ! intima V. en me pressant de reprendre la massette. Plus fort ! Et vite ! »

Je saisis l'outil et frappai à nouveau. Mueller hurla et se débattit tel un grand poisson à l'agonie.

Grimaçant et pleurant à chaudes larmes, je frappai encore et encore, jusqu'au moment où le malheureux s'immobilisa enfin, le pieu profondément enfoncé dans sa poitrine – sans pour autant avoir répandu la moindre goutte de sang. Son visage crispé me rappela invinciblement celui de Jeffries. Passant en revue les instruments, je choisis la lame la plus large et la plus épaisse puis fis de macabres préparatifs en vue de séparer la tête du tronc.

Ce fut une besogne horrible, proprement révulsive, dont je ne puis ici décrire les détails. Mais le plus répugnant fut encore l'éclat anormalement luisant des yeux de V. quand il me regarda œuvrer.

Puis vint le moment d'opérer de même sur *Frau* Mueller. Par pudeur, je baissai les yeux et les détournai autant que possible en plaçant le pieu entre ses seins. Je priai pour qu'elle fût vraiment morte, à la différence de son pauvre mari. Après tout, V. n'avait-il pas enjoint à Zsuzsanna de cesser de boire en lui faisant remarquer que la jeune femme était passée de vie à trépas ?

Me rassurant ainsi, je frappai de nouveau – et fondis en sanglots lorsqu'elle revint également à la vie et hurla de façon aussi poignante que son mari. Je compris alors que V. m'avait trompé pour servir quelque terrible dessein.

– Quel dommage! susurra-t-il lorsque ce fut fini et que les deux corps eurent été décapités. On dirait qu'ils étaient vivants tous les deux. Qu'est-ce qui a bien pu se passer?

Je ne pus que lui darder un regard haineux. Croyait-il que le fait d'avoir commis l'irréparable me briserait et qu'il pourrait disposer de moi à sa guise?

– J'ai fait ce que tu as demandé, dis-je d'un ton intransigeant. Maintenant, conduis-moi à ma femme.

– Très bien, répondit-il.

Et il m'emmena derrière le trône, vers un passage dérobé. Nous suivîmes un corridor étroit et sombre, menant à une porte de bois massive d'où provenaient, quoique très faiblement, des plaintes – celles de ma femme. V. posa sa main sur le battant puis, hésitant, se tourna vers moi avec un petit sourire.

« Tu t'es admirablement comporté, Arkady. Encore une toute petite chose. J'ai un visiteur inattendu qui, selon sa lettre, attend à Bistritz que la calèche arrive – et ce depuis l'aube. Seulement, Laszlo était souffrant ce matin (le sourire de V. s'affirma), et on ne peut pas dire que son état se soit amélioré depuis. Pourrais-tu...

– Je ne puis plus quitter Mary! Et je n'ai pas dormi depuis des jours... »

V. hocha la tête avec grâce.

– Demain matin, alors? Quand tu auras pris quelque repos? Arkady, encore cette petite chose, et tu pourras rester avec ta femme aussi longtemps que tu le voudras...

Je perçus une certaine menace dans son intonation. A ce moment-là, je supportais à peine d'entendre les gémissements de ma femme; la sachant si proche, il m'était intolérable de penser qu'un obstacle quelconque m'empêcherait de la rejoindre; aussi acquiesçai-je avec lassitude.

– Oui, oui, bien sûr... J'irai demain matin.

– Excellent.

Le sourire de V. s'épanouit, découvrant ses dents. Il se tourna et poussa la porte.

La pièce était aveugle, petite et, à l'image de son propriétaire, revêtue d'un éclat menacé de décrépitude – magnifiquement parée de candélabres d'or et de cristal taillé, mais empoussiérée et festonnée de toiles d'araignée. Assise sur un tabouret rembourré de velours placé au chevet d'un grand lit à baldaquin drapé de brocart d'or se trouvait Dunya, la petite femme de chambre ; levant les yeux à notre entrée, elle fixa un regard atone sur Vlad.

Je tressaillis, incapable de déguiser mon dégoût et mon dépit. A l'évidence, V. s'était servi d'elle pour nous trahir ; celui-ci surprit mon expression, et ses lèvres formèrent un pli ironique.

– En ces circonstances exceptionnelles, je vais t'accorder un peu d'intimité, dit-il avant de partir en refermant la porte derrière lui.

Sur le lit, ma femme se débattait dans les affres de l'enfantement ; sa chevelure dorée était humide et assombrie de sueur, tandis que l'effort enfiévrait son visage. Me portant aussitôt vers elle, je lui pris la main, et nous sanglotâmes ensemble.

– Nous ne pouvons pas lui faire confiance, me dit Mary en anglais, d'une voix éplorée. Son cou... J'ai vu son cou.

Elle évitait de regarder Dunya qui, de l'autre côté du lit, arborait l'expression la plus innocente du monde, dans l'incapacité de suivre notre conversation.

– Il l'a mordue ? demandai-je doucement.

Ma femme opina puis baissa la tête, accablée de chagrin.

Bientôt, les douleurs reprirent de plus belle. Je voulus me rendre secourable, mais il sembla que ma consternation de voir Mary en proie à de telles souffrances accrut sa propre détresse. Alors, j'allai m'asseoir sur le seuil, là où elle pouvait me voir et être rassurée par ma présence, sans pour autant distinguer mon expression tourmentée.

Profitant d'un moment où la fréquence accrue des contractions absorba les deux femmes, je descendis au rez-de-chaussée et découvris que les portes du château avaient été verrouillées de l'extérieur.

Aussi suis-je revenu m'asseoir sur le seuil de l'élégante prison de ma femme, ayant écrit tout ce qui précède avec du papier parfumé que j'ai trouvé dans la chambre.

Que Dieu me vienne en aide ! J'ai tué par deux fois. Et nous sommes prisonniers, sans aucun espoir d'évasion.

13

Le journal d'Arkady Tsepesh

21 avril – midi – addendum sur une liasse distincte du journal. – Finalement, l'épuisement eut raison de moi, et je dormis dans le couloir, mon journal improvisé sur mes genoux, jusqu'au moment où la lueur grise de l'aube apparut dans l'entrebâillement de la porte. Me rappelant notre situation, je me levai en hâte puis, le cœur battant de crainte, je me précipitai dans la chambre où ma femme était alitée.

L'enfant n'était toujours pas né. Mary semblait si pâle et si lasse, ses lèvres si livides, que j'en fus effrayé. Le visage assombri, Dunya m'expliqua que Mary devait observer une immobilité absolue, sous peine d'être victime d'une hémorragie mortelle. En l'occurrence, je pensai qu'elle disait vrai, que ce n'était pas une suggestion de V. ; un simple coup d'œil à ma pauvre femme suffit à confirmer son propos.

Je demandai à Dunya combien de temps pourrait encore durer l'enfantement. Elle secoua la tête et ouvrit la bouche pour parler, mais je n'entendis pas sa réponse, car Mary poussa soudain un gémissement angoissé.

Cette plainte me mit les larmes aux yeux. En effet, ne souffrait-elle pas ainsi à cause de moi, qui l'avais amenée ici? Dunya devina mon désarroi (Malheureuse! Le comble de l'horreur est qu'elle soit toujours elle-même, avec son bon cœur ; je ne crois pas qu'elle soit même consciente d'être manipulée par V.) et me pria aussitôt d'aller à la cuisine chercher des herbes antalgiques.

J'hésitai à laisser Mary; mais j'avais surpris les paysans à raconter que le *strigoï* dormait pendant le jour. En tout cas, telle était bien l'habitude de V. ; aussi eus-je l'impression que Mary se trouvait en sécurité – du moins pour le moment.

Content de pouvoir être secourable, je me rendis au rez-de-chaussée et découvris en chemin que la porte principale avait été déverrouillée et laissée grande ouverte au cours de la nuit. Le ciel matinal était gris, empli de nuages menaçants ; l'air sentait la pluie imminente. Au bas du perron, les chevaux attendaient avec la calèche. Ce spectacle me causa simultanément de la joie et de l'effroi ; de la joie, car j'y vis un moyen d'évasion ; de l'effroi en me rappelant ma promesse d'aller chercher le nouveau visiteur à Bistritz.

Je descendis dans la cour. Les chevaux étaient reposés et pansés, quoique tous les domestiques du château eussent disparu. Tout en observant l'équipage avec étonnement, je me sentis écartelé entre quatre choix très différents.

Primo, je pouvais transporter ma femme souffrante jusqu'au rez-de-chaussée puis m'enfuir avec elle en calèche, à bride abattue, nonobstant le danger que le voyage pouvait représenter pour sa santé.

Secundo, je pouvais aller à Bistritz pour aviser le visiteur de retourner d'où il venait.

Tertio, je pouvais me rendre à Bistritz pour ramener le visiteur et le livrer aux mains de V. – sachant que cela me vaudrait la sécurité de ma femme et de mon enfant. Qu'était-ce qu'une mort supplémentaire, alors que j'avais déjà tué les Mueller à mon corps défendant ?

Mais en fin de compte, si la légende voulant que le vampire dormît pendant la journée correspondait à une quelconque réalité, je n'avais nul besoin d'opter pour aucune des solutions précédemment définies. Ne me suffisait-il pas d'assassiner V. dans son sommeil ? Je connaissais la méthode ; j'avais les instruments.

Je pris ma décision au moment où les doux rayons du soleil commencèrent de transpercer les nappes de brouillard qui effleuraient la terre. Lorsque de blanches volutes semblèrent se solidifier près de moi, j'estimai qu'il s'agissait d'un *trompe-l'œil* [1] né de mon épuisement, et je n'y prêtais nulle attention quand, soudain, j'entendis le chuchotement fébrile d'une voix familière :

---

1. En français dans le texte.

– Kasha... !

Les chevaux s'ébrouèrent nerveusement et trépignèrent.

Je levai les yeux. Zsuzsa était là, drapée dans son suaire d'un blanc aussi vaporeux qu'un mantelet de brume. Elle paraissait toute rajeunie ; on eût dit une femme d'à peine vingt ans. Son corps était toujours droit, toujours parfait, toujours doté d'une beauté céleste ; cependant, à la lumière du jour, son rayonnement surnaturel se trouvait amenuisé. Elle approcha avec des mouvements gracieux, mais si humains que j'eus le cœur serré de chagrin. Je plongeai mon regard dans des yeux magnifiques et fort attirants, qui n'étaient plus ceux d'une chasseresse hautaine ; une nuance de leur lustre doré subsistait, mais la teinte dominante était brun clair – la couleur des yeux de ma chère et regrettée sœur.

Ses joues étaient sillonnées de larmes.

– Oh, Zsuzsa, murmurai-je avant de fermer les yeux.

Quand je les rouvris, la vision demeura. Je vacillai, pris d'un soudain vertige.

– Kasha, répéta-t-elle d'un ton pressant en saisissant mon poignet.

Frissonnant à la froideur de son contact, je m'aperçus qu'elle tressaillait également – à la vue du crucifix du jardinier, que je venais d'extraire de ma poche avec ma main libre avant de l'exhiber dans ma paume ouverte. Elle recula aussitôt ; on eût dit que ma peau trompel'avait échaudée comme du vitriol.

« J'ai attendu que tu t'aventures là où *elle* ne peut pas écouter. Kasha, je dois te parler tout de suite ! Nous devons te sauver – tu ignores ce qu'il prépare ! Mais allons nous placer à l'ombre ; la lumière me blesse. »

Je me remis d'aplomb tant bien que mal ; elle esquissa un geste pour m'aider, mais le crucifix la maintint à distance. Ensemble, nous marchâmes vers l'ombre du château ; là, elle tendit les bras pour m'étreindre – puis renonça, toujours dissuadée par la présence de la croix. Néanmoins, je ne perçus nulle tentative de sa part pour me magnétiser.

« Kasha, reprit-elle, d'une voix basse qui tremblait de désespoir. Je sais que tu étais là cette nuit. Tu m'as vue me restaurer...

– Je t'ai vue tuer une femme. »

Ses paupières s'abaissèrent. Elle évita mon regard, mais il

n'y eut aucune trace de culpabilité ni dans son intonation ni dans son expression quand elle répliqua :

– Oui, mais je n'avais pas le choix. Tu ne peux te représenter cette faim, cette souffrance... Je n'étais plus moi-même ; plus du tout. Mais maintenant, je suis ce que je suis, et je n'ai pas le pouvoir d'y changer quoi que ce soit. Je ne dis pas cela pour te leurrer, mais parce que je veux t'aider. Kasha, tu dois me laisser te mordre. Tu dois me laisser te transformer en ce que je suis ! C'est le seul moyen ; autrement, il t'arrivera la même chose qu'à notre pauvre père !

Je brandis le crucifix et le tins devant son visage, émerveillé de son efficacité (décidément, les légendes des paysans sont toutes vraies !), regrettant de n'avoir pas songé à l'employer la nuit dernière, ce qui eût sauvé *Frau* Mueller des griffes de la créature me faisant face. Zsuzsa fit une grimace et recula, levant les mains comme si elle craignait que je ne lui assène un coup ; cependant, elle ne laissa percer aucun courroux.

– Va-t-en, ordonnai-je. Va le retrouver, monstre ! Ma sœur est bel et bien morte.

Elle versa un sanglot amer, mais ne bougea point, quoique la proximité de la croix la tourmentât manifestement. Lorsqu'elle se fut quelque peu ressaisie et eut essuyé ses yeux avec un pan de son suaire, elle adopta un ton résolu dont, à ma connaissance, elle n'avait jamais usé de son vivant :

– Je *suis* ta sœur, Kasha. Oui, je suis non-morte – mais je suis toujours Zsuzsa. Tu dois comprendre ; Vlad a toujours été ce qu'il est, un tyran cruel. Certes, la mort puis l'immortalité l'ont changé – tout comme moi – mais assez peu. Ne te demandes-tu pas pourquoi je suis venue maintenant, de bon matin, heure à laquelle tu ne l'as jamais vu ?

A cela, je n'avais pas de réponse ; en vérité, j'étais stupéfait. Mon silence sembla lui procurer une faible satisfaction.

« Il peut se déplacer pendant le jour, en cas de nécessité, mais la lumière l'incommode beaucoup, et il ne l'apprécie guère, car ses pouvoirs s'en trouvent notablement amenuisés. Il *doit* prendre un certain temps de repos toutes les vingt-quatre heures, d'autant plus quand il s'est sustenté ; aussi choisit-il en général de se reposer durant la journée. Pour ma part, je me suis restaurée et ai pris du repos la nuit dernière ; et, en gage de confiance, je me présente à toi à l'heure où je suis la plus vulnérable. Oh, je suis toujours plus forte que toi, et je pourrais essayer de te manipuler – mais je n'en ferai rien. Arkady, tu dois écouter et croire! »

Ses inflexions dénotaient une angoisse sincère; en outre, il était indéniable qu'elle ne tentait point de m'hypnotiser, comme elle l'avait fait lors de sa première résurrection. Aussi lui demandai-je :

– Que dois-je écouter et que dois-je croire?

– La vérité.

Son visage se crispa de douleur.

« Il ne nous aime pas. Oh, Kasha, il ne nous a jamais aimés! Quand il vint me visiter, je pensai que des sentiments l'y poussaient – mais tout n'a été que mensonge. Ensuite, il se joua de moi, il me fit éprouver certaines choses, croire d'autres, et quand je bus son sang... »

Là, elle perdit sa contenance, enfouit son visage dans ses mains et fondit en larmes; sa chevelure sombre, désormais dénuée de toute mèche argentée, se défit sous son voile blanc. Puis elle se redressa et, d'une voix altérée, poursuivit :

« Quand je bus son sang, je sus tout ce qu'il savait. Ce fut alors que j'appris les termes du Pacte... »

– De l'alliance, fis-je.

– Oui. J'en appris chaque détail; seulement, comme il exerçait toujours son ascendant sur moi, il me contraignit d'oublier ce qu'il ne voulait pas que je comprenne. Il croyait – son arrogance ne connaît aucune limite! – il croyait que ma reconnaissance serait telle (ne m'avait-il pas conféré l'immortalité?) que je continuerais à être sa petite Zsuzsa, son adoratrice servile; il croyait que, une fois changée en *strigoï* et me souvenant de tout, je l'aimerais toujours. Peut-être même pensait-il que je deviendrais aussi insensible que lui! Mais tu es toujours mon frère et, en dépit de ma métamorphose, je suis toujours Zsuzsa. Je t'aime toujours, Kasha, et ne puis souffrir de le voir t'utiliser ainsi.

« Il fit de moi une *strigoï* parce que ma vénération à son égard flattait son amour-propre. Puis, dans son orgueil délirant, il décida d'assouvir ses appétits, d'étouffer mon opposition à son désir d'aller en Angleterre, et d'avoir une partenaire immortelle qui verrait toujours en lui l'illustre *voievod*. Vois-tu, il a renoncé à me contrôler – actuellement, il ne connaît pas mes pensées, il ignore où je me trouve. Cela fait partie du marché qu'il a conclu, afin de rompre le Pacte et de pouvoir transformer un membre de sa famille en *strigoï*. Ce projet, il ne pouvait le réaliser sans payer un prix considérable, car le fait de changer l'un des siens en vampire impliquait que l'âme du parent en question séjournât éternellement entre le ciel et l'enfer, de façon à ce que le diable ne pût s'en emparer. Son choix fut donc le suivant : une fois que je ressusciterais en tant que non-morte, il délaisserait sa capacité de pénétrer dans mon esprit et de contrôler mes pensées. Eh oui, il était assuré à ce point de ma loyauté!

– Un marché conclu avec qui? » l'interrompis-je.

Zsuzsa plissa les yeux et parut incapable de se résoudre à me répondre; elle enchaîna rapidement.

– Aussi ne me suis-je rien souvenu des termes réels du Pacte pendant ma transformation et avant ma mort; en effet, à ce moment-là, il dirigeait encore mes pensées. Puis, quand je me suis extraite de mon cercueil, je fus obsédée par cette faim horrible. Il me fallut boire le sang de la femme et me reposer, avant que mes idées fussent assez claires. Dès lors, je fus horrifiée pour toi. A présent, notre pauvre père souffre en enfer, à *sa* place! Vlad aurait pu le sauver; il aurait pu faire pour lui ce qu'il a fait pour moi – retenir mon âme sur terre; mais non, il l'a voué à un tourment aussi certain qu'éternel! Ne va pas croire qu'il se soit abstenu de mordre le cou de Père par bonté d'âme! Et il procédera de même avec toi – il te prendra au piège, il te forcera à commettre des crimes comme si tu agissais de ton propre gré. Si tu avais entendu son rire cruel quand il a parlé de t'envoyer voir le *jandarm* de Bistritz! Il se délecte de tes tourments; tout cela ne fut qu'un jeu pour lui : observer ton effroi grandissant au fur et à mesure que la vérité t'était découverte; t'amener au bord de la folie dans l'espoir de broyer ton esprit...

Je fermai les yeux, songeant à la lettre de Radu : *Il ressemble au vieux loup qui a tant tué qu'il s'ennuie et doit trouver de nouveaux plaisirs; détruire l'innocence est l'un de ceux-là... Ce divertissement reste charmant à ses yeux, puisqu'il ne peut s'y adonner qu'une fois par génération.*

– Les Mueller! fis-je brusquement en ouvrant les yeux, comprenant que V. avait tué Laszlo dans le but de forcer ma complicité.

Puis, remarquant la perplexité de Zsuzsa, j'expliquai : « Les visiteurs. Il m'a convaincu d'enfoncer des pieux dans leur cœur avant qu'ils ne fussent morts; il m'a poussé au meurtre, alors que je pensais seulement les empêcher de ressusciter en tant que non-morts.

– Tu ne les a pas tués, affirma-t-elle avec un tel accent de certitude que je la crus. J'ai senti moi-même que la jeune femme mourait.

– Mais elle a hurlé...

– Comme tous les non-morts, quand on les anéantit. »

J'éprouvai un soulagement si profond que mes yeux s'emplirent de larmes; cependant, ma sœur parut en proie à un doute subit.

« As-tu nui à une autre personne? s'empressa-t-elle d'ajouter. As-tu amené quelqu'un au château, sachant qui était Vlad, et ce qu'il lui ferait?

– Non. »

Ma sœur applaudit ma réponse dans un geste d'allégresse enfantine.

– Alors, peut-être n'est-il pas trop tard! Peut-être n'est-il pas nécessaire de faire de toi l'un d'entre nous! Tu n'as encore commis aucun péché mortel. Il a tenté de te persuader du contraire dans le but de te faire accroire que de futurs crimes importeraient peu.

Je secouai la tête et pris un ton ironique :

– Que ce soit un péché ou non importera peu aux autorités de Vienne. On se contentera de savoir que j'ai manié le pieu et le coutelas...

– Mais Kasha, je ne te parle pas de quelque chose d'aussi négligeable que le *jandarm* de Vienne! Je te parle du Pacte, de l'alliance! De ton destin éternel!

Nous échangeâmes un long regard, chacun se rendant compte de l'incompréhension de l'autre.

Je décidai de rompre le silence.

– Je suis informé de l'alliance, fis-je d'un ton posé. Dunya a parlé à Mary de celle que V. avait scellée avec les villageois, concernant leur protection. Et lui-même m'a expliqué l'arrangement qu'il a conclu avec notre famille : l'assistance du fils aîné en échange de la protection et de l'entretien de la famille.

– Oh non! se récria-t-elle avec une inflexion si stridente qu'elle transperça mon cœur aussi facilement que la dague de V. eût entaillé la chair tendre d'un enfant. Alors, tu ne connais donc rien de son vrai Pacte – avec le Diable... Ton âme,

Kasha! La tienne, celle de ton père, et celle de son père avant lui... L'âme de l'aîné survivant de chaque génération de la famille Tsepesh : telle est la monnaie avec laquelle il acquiert son immortalité!

*
* *

Elle m'en dit davantage, d'une voix basse qui tremblait d'horreur alors que nous nous tenions à l'ombre du château. Après que V. m'eut escorté auprès de ma femme, il avait regagné son sanctuaire puis s'était mis en rage contre Zsuzsa, lui hurlant qu'elle l'avait trahi.

– Il prétend que je t'ai ensorcelé, fit-elle en sanglotant; il m'accuse d'avoir établi un pacte individuel pour te soustraire à son influence.

– C'est vrai qu'il ne contrôle plus mon esprit. Et ce depuis le moment où tu es sortie du tombeau...

Elle hocha tristement la tête.

– Vlad avait l'intention de t'empêtrer dans une situation inextricable. Il voulait s'attacher ton enfant par le rituel du sang avant de te rendre ton libre arbitre. C'est pourquoi il fut contraint au dernier moment d'enlever Mary – afin de t'attirer au château, puisqu'il ne pouvait plus t'y convoquer par la pensée. Néanmoins, je soupçonne qu'il aurait été dupé par un être le surpassant en méchanceté et en sournoiserie. Peut-être que mon libre arbitre n'était pas assez cher payé pour rompre le Pacte et me transformer en *strigoï*; peut-être le tien était-il également nécessaire... car il m'a expulsée de la chambre du fond, et son courroux était si effrayant que je n'y suis pas encore retournée. Mais je me suis attardée près de la porte de ses appartements, et j'ai pu l'entendre crier à l'adresse de quelqu'un – ou de quelque chose.

Songeant à l'autel drapé de noir à la tête du cercueil de V., je frémis. Mon esprit se refusait toujours à croire, à assimiler les paroles de Zsuzsa, mais mon cœur les acceptait. Car si un être aussi odieusement maléfique que V. existait, il en allait certainement de même pour le Diable.

– Zsuzsa, murmurai-je tandis que la vérité commençait à se faire jour en mon esprit. Il m'a demandé de me rendre à Bistritz pour aller chercher un autre visiteur...

– N'y va pas, Kasha! Si tu lui livres une victime, il aura gagné – et tu y perdras ton âme.

– Eh bien, aide-moi à le tuer ! Il dort à présent, il est vulnérable...

Ma sœur sursauta, me fit face, et ses yeux s'emplirent, non point d'étincelles d'or, mais plutôt d'un rougeoiement terne, maussade presque, semblable à celui de braises mourantes.

– Ne me reparle plus jamais de cela, tu entends ! Comment oses-tu me demander...

– Enfin, Zsuzsa ! Il a déjà tué un millier – que dis-je ? – un million de fois ! Tu disais toi-même ne plus l'aimer.

Ma sœur parut hésiter.

– Non, répondit-elle enfin. Non... Je ne l'aime pas. Je le méprise pour ce qu'il vous a fait, à toi et à Père, pour la façon dont il m'a abusée. Toutefois, si je suis venue te voir, c'est parce que je ne veux pas que quiconque pâtisse de la situation. Pas même lui.

– Mais il pourrait nuire à Mary !

Elle baissa son beau visage rosissant, empreint d'un incarnat dérobé aux joues de *Frau* Mueller, puis soupira, comme pour exprimer un assentiment réticent.

– Oui... Il ferait tout pour corrompre ton âme... Il tuerait ta femme, ton enfant – à condition que ta faculté de procréation soit intacte. Mais toi, il ne te nuira pas, aussi longtemps que tu resteras innocent.

Je relevai la tête ; les battements de mon cœur s'accélérèrent alors qu'une intuition impérieuse s'insinuait dans mes pensées.

– Et si je mourais en état d'incorruptibilité ?

– Il serait anéanti.

– Zsuzsa !

Oublieux du crucifix, je lui saisis la main ; elle recula en poussant un petit cri de douleur.

« Zsuzsa, en ce cas tu dois me promettre d'expliquer tout à Mary et de veiller sur elle et l'enfant... »

Je fouillai mon gilet et sortis le revolver de Père.

Elle tendit le bras pour m'arrêter – et tressaillit lorsque nos chairs se touchèrent.

– Non, Kasha ! Il doit s'agir d'une mort innocente. Si tu meurs de ta propre main, ou à ton instigation, ton âme sera damnée, et le Pacte maintenu.

Je m'agenouillai devant elle.

– Alors, tue-moi !

Elle détourna son visage et resta un moment à regarder le soleil qui diaprait la forêt.

– Cette vie est grotesque, murmura-t-elle. Mais elle est dotée d'une étrangeté trop magnifique pour que je la délaisse, mon frère. A présent, je détiens des pouvoirs, des aptitudes, une beauté dont je n'avais jamais rêvé au cours de ma minuscule et pathétique existence humaine. Ne me demande pas d'y renoncer aussi vite...

– Zsuzsa, je ne comprends pas...

Elle prit une respiration et se tourna vers moi ; ses traits parfaits parurent soudain déformés par un tumulte intérieur.

– Si tu anéantis Vlad, tu m'anéantis.

Scrutant ses yeux, je compris qu'elle aimait encore V., autant qu'elle le haïssait ; je sus qu'elle ne m'aiderait pas au-delà de ce qu'elle avait déjà proposé. Je vis même poindre un certain regret dans son regard.

Tout à trac, elle ajouta :

« Fuis, Kasha, fuis ! Reste en vie, pour le salut du bébé, et veille à ce qu'on l'emmène loin d'ici. Autrement, dès sa naissance, Vlad se l'attachera par le rituel du sang... A moins que tu ne l'en empêches... »

Sur ces mots, elle disparut. Non pas de façon subtile ou graduelle, en reculant dans l'ombre du château, mais aussi brusquement que le petit fantôme de mon frère, quand celui-ci s'était évanoui sous mes yeux au milieu de la forêt. Un moment, je fixai l'image de ma sœur irradiant de charme ; le moment d'après, j'eus devant moi le matin gris et les formes distantes des grands arbres.

Peu soucieux de m'attarder, je regagnai le château et dénichai les herbes calmantes que Dunya avait requises avant de retourner dans la chambre.

A présent, les douleurs de Mary sont constantes ; l'enfant va certainement naître très bientôt. Je ne supporte plus d'attendre ainsi – en écrivant et en prêtant l'oreille à ses souffrances.

Je dois passer à l'action.

14

Le journal d'Arkady Dracul

Date inconnue – nuit. – Une éternité a passé depuis mes dernières notations; mais revenons au moment où je me suis interrompu.

Les plaintes de Mary devinrent si désespérées que j'accourus dans la pièce pour la réconforter, jetant mes feuillets sur la table de chevet. Voyant que ses douleurs s'atténuaient, je repris ma place sur le seuil et attendis que les deux femmes fussent trop occupées pour remarquer mon départ; au moment propice, je parcourus en tapinois le corridor, si sombre qu'il m'inspira une impression de claustrophobie, puis revins dans les appartements de V. où se trouvaient le trône et l'estrade macabre.

Ce matin-là, j'avais déjà traversé la pièce à deux reprises, chaque fois en hâte et les yeux baissés. Cette fois, je m'attardai et examinai le décor avec minutie.

L'atmosphère du lieu semblait viciée, morne, funèbre, comme chargée des tourments qu'on y avait endurés. Sur ma gauche, le grand trône vacant; devant moi, les rideaux de velours étaient toujours ouverts, découvrant les chaînes et autres instruments de torture. Sur l'étal de boucherie, parmi les outils, on avait soigneusement replacé le couperet que Laszlo m'avait lancé.

Je contournai la table où gisait auparavant *Herr* Mueller, choisis le coutelas muni de la lame la plus large et la plus épaisse, un pieu court et aiguisé, puis m'emparai de la pesante massette. Ainsi armé, je me dirigeai vers le saint des saints. La porte en était entrebâillée; je poussai le battant du bout de ma botte, et elle s'ouvrit avec un gémissement d'agonisant.

Je fus surpris que V. eût assez confiance en moi pour laisser la porte débarrée. Je songeai à l'indignation de Zsuzsa, quand elle avait parlé de l'arrogance de V. Le dernier lui avait laissé entrevoir son insensibilité. Et pourtant son égocentrisme l'avait amené à croire qu'elle continuerait de l'adorer... Etait-il aussi follement assuré de mon affection, pour ne redouter aucune trahison de ma part?

J'entrai. De nouveau, la poussière et une faible odeur de pourriture. Je me dirigeai d'emblée vers le plus grand des deux cercueils, posai sans bruit le coutelas de Laszlo sur le sol puis, tenant le pieu et la massette d'une main, je soulevai de l'autre le couvercle du cercueil.

Il céda facilement, sans résistance aucune; à l'instant où il s'ouvrit, mon cœur cessa momentanément de battre, transi par l'onde de peur la plus pure et la plus glacée qu'il m'ait été jamais donné d'éprouver. En même temps, ce fut singulièrement vivifiant, comme de se tenir debout sur un brisant des mers arctiques; dès lors, je sus que je ne me déroberai pas à ma tâche.

Après avoir repoussé complètement le couvercle, je vis apparaître, malgré la pénombre, la couleur écarlate du revêtement intérieur; il était usé et creusé en certaines parties, surtout à l'endroit où, durant d'innombrables années, avaient pesé la tête et les épaules.

Le cercueil était vide.

Soudain, une voix d'homme, éloignée, inconnue et à l'accent curieux, rompit le silence.

– Hallo-o-o!

Cette exclamation me fit sursauter si fort que la massette et le pieu m'échappèrent de la main et tombèrent lourdement sur le sol de pierre. Mon cœur battit furieusement; Zsuzsanna avait-elle regretté sa confession? Ensuite, comprenant qu'elle-même et V. pourraient bientôt être anéantis, était-elle partie l'avertir?

Je me précipitai dans la première pièce, jetant à peine un regard sur l'estrade macabre.

« Hallo-o-o! »

L'appel se faisait plus sonore, plus insistant; tout à coup, je compris qu'il résonnait dans l'enceinte même de l'édifice, au rez-de-chaussée. Un étranger s'était introduit dans le château.

Je lançai un coup d'œil angoissé à l'entrée du passage

menant à la prison dorée de ma femme, d'où ses plaintes se faisaient entendre incessamment. Je n'avais guère envie de l'abandonner entre les mains peu sûres de Dunya – et d'autant moins maintenant que j'ignorais où V. se trouvait. Mais je ne pouvais pas non plus laisser sans réponse l'appel de l'étranger – car je savais, avec une triste certitude, quelle était la personne qui s'exclamait ainsi.

Je me ruai hors de la pièce et dévalai l'escalier en colimaçon. Juste avant d'arriver dans le vestibule, je tombai sur l'étranger; il venait à peine de commencer à monter les marches. Nous nous arrêtâmes à quelques marches d'intervalle, afin de nous dévisager mutuellement.

C'était un homme de grande taille, de forte constitution, portant lunettes, avec une chevelure blonde et clairsemée, une barbiche, une moustache, un teint fleuri et des yeux clairs. D'après sa mise, je jugeai qu'il s'agissait d'un grand-bourgeois. D'après sa prestance, j'estimai qu'il devait être réfléchi et assuré. A ma vue, il recula et faillit perdre l'équilibre; il se rétablit, eut un sourire crispé puis, employant un allemand à l'accent étrange, me dit : « Pardonnez-moi d'arriver sans m'être fait annoncer, mais j'avais mon propre équipage, et je souhaitais venir ici le plus tôt possible. »

Un moment, ma présence d'esprit me fit défaut. Je restai muet. Mon expression dut l'alarmer, car il demanda d'un ton hésitant : « Je suis bien dans le château du prince Vlad Dracula, n'est-ce pas?

– Oui, répondis-je quand je me fus enfin ressaisi. Oui, en effet, mais vous devez partir sans délai, monsieur. Immédiatement! »

Ses sourcils pâles se froncèrent au-dessus de ses lunettes; il m'adressa un regard légèrement teinté d'indignation et rectifia sa position.

– Mais je suis Edwin Kohl, son invité! Le prince n'a pu manquer d'aviser quelqu'un de mon arrivée...

– Certes, monsieur, répliquai-je plus cordialement, tandis que je regagnais mon aplomb. D'ailleurs, nous sommes navrés que personne n'ait été en mesure d'aller vous trouver à Bistritz, mais le motif de cette omission est le même qui rend à présent votre départ hautement souhaitable. Une maladie règne dans le château. Une maladie redoutable...

Toujours sourcilleux, Kohl plissa les yeux et inclina la tête sans cesser de scruter mon visage. Percevant l'intelligence de bon aloi qui empreignait son regard et son expression, je compris avoir affaire à un homme sagace.

Je compris aussi qu'il avait l'impression que je mentais. Il leva un sourcil; une certaine préoccupation se surimposa à son air d'incrédulité.

– Qui est malade? Peut-être puis-je faire quelque chose...

– Tout le monde, répondis-je en descendant une marche. Sauf moi.

– Cela expliquerait l'absence de domestiques, fit-il à mi-voix; puis, montant d'un ton : « Et le prince... Malade, lui aussi?

– Le prince est le plus atteint de tous. »

Je descendis un autre degré; mon intonation se fit stridente :

« Monsieur, nous comptons de nombreux morts! Pour votre sécurité, je me vois dans l'obligation de vous demander de partir sur l'heure! »

Je prononçai ces paroles avec une panique et une contrariété réelles, car mon propos était sincère, et je crois qu'il s'en rendit compte. Il aurait dû réagir avec crainte et partir sur-le-champ mais, à mon grand dépit, il se redressa encore un peu plus, maintint sa position, contracta la mâchoire puis haussa insensiblement le menton. Cette série de gestes discrets mais marquant une certaine opiniâtreté me firent pressentir ma défaite.

Il était résolu à rester – pour une raison qui m'échappait.

– Peu importe tout cela, dit-il. Laissez-moi voir le prince.

Sa voix était comme du velours enrobant de la pierre : douce en surface, d'une dureté de silex au-dessous.

– Non. Vous devez partir *maintenant*.

Je franchis prestement les quelques marches nous séparant encore et le saisis par les épaules, dans l'intention de le conduire au bas de l'escalier puis hors du château. Mais il était plus robuste que moi et résista. Nous nous colletâmes gauchement, sans enthousiasme – à l'évidence, ni l'un ni l'autre n'avions un tempérament violent –, et qu'en résulta-t-il? Kohl se retrouva deux marches au-dessus de moi, tenant un pistolet d'une main ferme.

– Menez-moi au prince, fit-il en pointant son arme sur mon front.

Je regardai ses yeux. Ils étaient bleu pâle, calmes, les yeux d'un homme compatissant. Je ne le crus point capable de cruauté; toutefois, il semblait avoir atteint un degré de désespoir équivalant au mien.

Je m'assis sur les marches, posai mes coudes sur mes genoux, plaçai mes mains sur mes yeux puis ris aux larmes, en songeant : *Maintenant, il va m'abattre; alors, le Pacte sera rompu, et ma famille sauvée.*

Au lieu de faire feu, le présumé M. Kohl considéra silencieusement mon accès de joie hystérique, peut-être aussi surpris de ma réaction que je l'avais été de la sienne.

Je lui jetai un coup d'œil et, non sans quelque irritation, lui lançai :

« Eh bien, tuez-moi donc, qu'on en finisse! »

Puis je me tus, comprenant que le fait de hâter ma propre mort pourrait constituer un suicide et sceller le Pacte de Vlad.

– Qui êtes-vous? demanda l'étranger avec perplexité.

– Arkady Tsepesh, le petit-neveu du prince.

Mon hilarité me reprit; elle produisit une sorte de jappement aigu, assez déplaisant au demeurant.

« Ou plutôt son petit-petit-petit-petit-petit-fils... Et encore, je résume!

– Vous devez me mener à lui. »

J'essayai de rire à nouveau; seul un sanglot franchit mes lèvres.

– Si seulement je le pouvais! Mais il s'est caché je ne sais où...

Ma voix se changea en un chuchotement fiévreux :

« Il est un assassin – pire qu'un assassin. Voilà pourquoi vous devez partir sur-le-champ! Je vous en prie... Je vous en supplie! Partez! Vous n'êtes pas en sûreté ici! »

Derrièrc scs lunettes, les yeux de Kohl s'écarquillèrent de stupéfaction; cette émotion fut bientôt remplacée par un sentiment de confiance. Pourtant, il resta immobile sur les marches, obstiné et imperturbable, le revolver toujours pointé sur ma tête.

– Je vous crois, dit-il d'un ton calme. Et je n'ai pas l'intention de m'en prendre à *vous*. Mais je me vois obligé d'insister...

– *Domnule! Domnule!*

C'était Dunya qui dévalait l'escalier en hurlant, sa chevelure brune dépassant de son fichu, des taches rouge vif souillant son tablier blanc. Sa frénésie fit qu'elle demeura sans réaction face au curieux tableau s'offrant à ses yeux : Kohl debout, son pistolet pointé sur ma silhouette effondrée deux marches plus bas. En allemand, langue qu'elle employait avec sa maîtresse, et dont elle avait vraisemblablement usé toute la nuit dernière et la matinée, elle s'écria :

« A l'aide ! Au secours ! L'enfant s'est tourné, et je n'arrive plus à le déplacer ! Elle saigne...! J'ai peur qu'ils ne meurent tous les deux ! »

Les larmes d'affolement qui emplissaient ses yeux étaient réelles, sincères. Sans penser une seule seconde au canon dirigé vers mon front, je me levai et écartai Kohl de mon chemin. ; V. et tous les démons de l'enfer n'eussent pu me retenir. Dunya et moi montâmes les marches quatre à quatre, regagnâmes la coquette prison et nous précipitâmes au chevet de Mary.

Les draps étaient empourprés ; ma femme se trouvait sans connaissance – si pâle que je la crus morte, quand soudain elle remua et poussa un gémissement. Je m'agenouillai à son côté et pris sa main froide. Sa détresse fit qu'elle ne me reconnut pas. Quant à moi, j'étais si effaré en constatant la teinte cireuse de ses lèvres que je ne me rendis pas compte que l'étranger nous avait suivis, jusqu'au moment où, derrière moi, je l'entendis qui disait à Dunya : « Faites qu'elle ait chaud et appuyez *là*. Je reviens tout de suite. »

Même alors, j'eus beau prêter attention à ses paroles, je ne les compris pas réellement. Sanglotante, Dunya suivit aveuglément les conseils de l'étranger – et moi, pour la première fois de ma vie, je priai. Ai-je adressé ma prière à Mary, à mon père, à Dieu, ou à quelque notion abstraite du Bien, je l'ignore ; toujours est-il que l'outrance de mon désespoir déchira le voile séparant ici-bas de l'au-delà, puis me permit de passer à travers et de toucher la limite de quelque chose – une force, très concrète, très vive.

J'offris ma vie, mon âme, si seulement ma femme pouvait survivre à ces moments, si seulement mon enfant pouvait éviter de connaître le même sort que son père. Je priai que le Bien existât en ce monde, qu'Il fût assez fort pour subjuguer le Mal dominant ma famille. Je priai pour être l'ultime bénéficiaire de ce legs sanglant.

Mon âme était si absorbée par sa supplique que je ne remarquai ni le départ de l'étranger, ni son retour. Je sais seulement qu'une grande ombre s'étendit sur le visage blafard de Mary. Je levai les yeux, appréhendant que ce ne fût V., mais c'était l'étranger, désormais sans veste, les manches retroussées au-dessus des coudes, debout au pied du lit tel un grand ours blond. Dunya avait allumé des bougies dans la pièce aveugle; leurs minuscules flammes dansantes se reflétaient dans les lunettes de l'homme.

« Dans ma lettre, je n'ai pas fait mention de ma qualité de médecin, dit-il, en posant sur le lit une grosse sacoche noire, ressemblant à celle d'un docteur. Peut-être puis-je me rendre utile. »

Il se pencha, puis, après avoir adroitement arrangé les draps, examina ma femme en la palpant.

« Voyons. C'est exact, le bébé s'est tourné. Mais nous allons le remettre d'aplomb... »

Il se mit à l'œuvre. Dès lors, les choses se précipitèrent; il y eut un cri perçant, celui de Mary, puis tout de suite un autre, celui de l'enfant. Un instant plus tard, l'homme présenta dans ses mains immenses mon enfant – tout beau et tout ensanglanté.

« Un fils », annonça-t-il, et nous échangeâmes un sourire de contentement immodéré, comme si nous n'étions pas étrangers l'un à l'autre, mais des amis de longue date partageant un grand bonheur. Comme si, quelques minutes auparavant, il n'avait pas pointé un pistolet sur mon crâne.

Mon fils. Mon fils tout menu, tout colère, tout plaintif.

Ma femme s'endormit aussitôt, tandis que son médecin providentiel la bordait. Je m'effondrai dans le plus proche fauteuil et sanglotai en songeant à la beauté et à l'horreur de l'événement.

Quand l'étranger se fut lavé les mains dans une cuvette, il se tourna vers moi, tout en s'essuyant avec une serviette.

« L'enfant est petit, mais en bonne santé, dit-il à voix basse. Il est prématuré, n'est-ce pas? »

Je hochai la tête, puis portai une main tremblante devant mes yeux.

« La mère a sans doute éprouvé un choc récent. »

Je dardai un regard noir sur Dunya; elle avait fini de baigner l'enfant et l'emmitouflait à présent dans une couverture.

J'étais irrité, car je souhaitais parler librement avec l'étranger, mais la présence de la femme de chambre m'en dissuadait. Le docteur s'aperçut de ma réticence; il sourit à Dunya qui lui tendait l'enfant proprement langé.

A l'insu de Dunya, je m'empressai de hocher à nouveau la tête.

L'étranger plaça l'enfant dans les bras de ma femme ensommeillée.

« Elle est jeune et robuste, dit-il, mais elle a perdu du sang en dangereuse quantité. Beaucoup de soins lui seront nécessaires. »

Puis Mary s'éveilla pour trouver le bébé dans ses bras; et le sourire dont elle nous gratifia tous deux à cet instant restera mon plus doux souvenir.

– Son prénom, me chuchota-t-elle. Quel sera son prénom?

– Stefan, répondis-je. En mémoire de mon frère.

– Stefan George, dit-elle avec lenteur, comme pour mieux savourer ces sonorités.

– De beaux prénoms, intervint le docteur qui rayonnait de satisfaction.

Mary sursauta faiblement à la vue de l'étranger; pour ma part, je sursautai à ces dernières paroles : le trio que nous formions venait de converser en employant la langue maternelle de ma femme.

– Vous parlez anglais, fis-je.

– Oui. Voulez-vous me dire quelque chose sans que la jeune fille le comprenne?

Toujours souriant, il hocha la tête devant l'enfant comme s'il avait simplement félicité ses fiers parents.

Je baissai les yeux vers mon beau fils, tout rougeaud et tout fripé.

– Elle est d'intelligence avec le prince. Maintenant, il va savoir que vous êtes là. Votre vie est en grand danger. Vous devez partir sur l'heure...

– Et vous? Et votre famille?

L'étranger se pencha sur l'enfant et lui présenta un doigt large, que le petit Stefan agrippa impétueusement.

« Il serait déraisonnable pour votre femme de voyager. Mais cet endroit... J'ai vu quelles horreurs recèle la pièce voisine. Vous me semblez être de bonnes gens. Dois-je vous abandonner ici? »

A ce moment, je sus que l'apparition de cet homme avait exaucé ma prière; il avait sauvé ma femme et, maintenant, il pouvait sauver mon fils.

Je lui adressai un regard empli d'espoir.

– Vous pouvez peut-être nous aider.

Je me levai et me dirigeai vers le seuil, laissant Mary avec l'enfant. A cet instant, je n'avais nul désir de gâcher son bonheur.

Kohl parut comprendre; il sourit à ma femme et s'exprima en allemand :

– Madame, le petit garçon a sans doute faim. Vous avez besoin de quelques moments d'intimité pour le nourrir.

Il ferma la porte derrière lui et me suivit dans le couloir. D'une vois basse, je lui dis en anglais :

– Quelle est la raison de votre présence en ces lieux?

L'étranger hésita; son expression dénota un conflit entre confiance et suspicion.

– Tout d'abord, je dois connaître la raison de *votre* présence ici. Qu'est-ce qui amène un homme dans la demeure d'un assassin, même si ce dernier est son parent?

– Nous sommes ses prisonniers, répondis-je sans tenter de cacher mon désarroi. Comme vous ne tarderez point à le devenir, si vous ne partez pas. Il a menacé ma femme et mon enfant, dans l'espoir de briser ma volonté et d'obtenir mon assistance pour ses œuvres maléfiques.

Je portai une main tremblante à mes yeux, effaçant la vue de l'étranger, souhaitant effacer du même geste le souvenir de ce que je venais de révéler.

L'étranger soupira profondément.

– Mon père a visité ce château il y a vingt-cinq ans.

Je baissai ma main et croisai son regard.

– Et il a disparu, fis-je.

Une lueur chagrine passa dans ses yeux avant qu'il ne détournât son visage.

– Sans laisser de trace, dit-il d'un ton accablé. Bien sûr, je n'étais qu'un petit garçon à cette époque. La dernière lettre que nous avons reçue de lui portait le cachet de la poste de Bistritz, la veille de sa visite à votre grand-oncle. Durant des années, ma famille s'est évertuée à reconstituer ce qui lui était arrivé – mais nos démarches furent entravées à chaque échelon. Personne n'a voulu nous aider; ni la police de Bistritz, ni les autorités régionales. Nous avons dépensé énormément d'argent en frais de justice – nous avons même dépêché un détective privé – pour tenter de le retrouver. Les hommes de loi échouèrent ; quant au détective, il disparut à son tour, et nul n'en entendit plus jamais parler. Finalement, ma pauvre mère renonça, abandonnant tout espoir, car il était clair que mon père avait été la victime d'un guet-apens, et qu'une sorte de conspiration du silence entourait les circonstances de sa disparition. Moi-même renonçai aux recherches – jusqu'au moment où des rêves montrant mon père en train d'appeler à l'aide me perturbèrent au point qu'il me fut impossible de les ignorer plus longtemps. J'ai juré de le venger. Aussi, en désespoir de cause, ai-je fait le voyage jusqu'ici ; j'ai appris beaucoup de choses grâce à la bienveillance des habitants. J'ai entendu d'innombrables histoires, certaines complètement fantaisistes, mais toutes concordent sur un point : votre oncle est un assassin multirécidiviste. Je ne doute pas que mon pauvre père fût l'une de ses victimes.

– Toutes les histoires sont vraies, dis-je d'un ton lugubre. Même les plus fantaisistes...

Kohl fut pris d'un rire sceptique.

– Sûrement pas ! On raconte...

Il baissa d'un ton.

« On raconte que c'est un vampire. Qu'il boit le sang des hommes. Vous me paraissez être un homme instruit, intelligent. Vous ne croyez tout de même pas que...

– Son cou, dis-je. Allez examiner le cou de la jeune fille.

Il me dévisagea, et son sourire s'estompa lentement.

– Vous plaisantez, rétorqua-t-il avec une conviction moindre. C'est impossible.

– Oui, c'est impossible... mais vrai !

Puis je me tus ; Kohl se tourna, frappa à la porte et attendit. Un instant plus tard, Dunya répondit qu'il pouvait entrer.

Restant dans l'embrasure, je le vis examiner derechef ma femme et mon enfant, s'adressant d'un ton joyeux à tous deux en allemand ; son regard se posa sur les feuillets couverts de mon écriture qui encombraient la table de chevet. Peut-être y vit-il quelque chose de troublant, car son visage se rembrunit un instant. Puis, souriant à nouveau, il se tourna vers Dunya et lui dit : « Mademoiselle, que votre visage est hagard ! Etes-vous sûre de n'être pas souffrante ? »

Elle rougit puis balbutia :

– Non-non. Je... je suis simplement un peu fatiguée.

Faisant fi de cette réponse; il insista pour qu'elle ouvrît la bouche, car, prétendit-il, « il règne une épidémie de diphtérie dans le pays ». D'une main exercée, il palpa les glandes du cou de Dunya, parvenant à abaisser suffisamment son col pour voir les marques accusatrices.

– Bien, bien, murmura-t-il avec une expression tranquille, mais je notai que son échine s'était légèrement raidie.

Je m'avançai sur le seuil.

– *Herr* Kohl, fis-je en allemand afin d'être compris de Dunya, laissez-moi vous montrer la chambre d'hôte, et vous aider à porter vos bagages. Vous souhaitez sans doute vous reposer, non?

– Euh... oui.

Il se tourna, ses yeux clairs encore frappés d'étonnement, et me suivit dans le corridor. Une fois hors de portée de voix, il me dit :

– Ce n'est pas probant. Les marques ont pu être occasionnées par un animal...

Je tins ma langue et le conduisis dans la chambre des tortures. Il contempla le décor avec attention, tout en secouant la tête d'un air incrédule.

« J'ai vu tout cela auparavant, quand nous nous sommes rendus auprès de votre femme, chuchota-t-il. Eh bien, j'ai eu peine à en croire mes yeux. Quel type de monstre est-ce...? »

Il désigna l'estrade macabre.

« Et sans doute est-ce là que... »

Il s'interrompit, incapable de poursuivre. Je posai ma main sur son épaule, ne comprenant que trop son sentiment d'horreur et d'abandon.

– Venez, fis-jc après un moment de silence.

Je le menai dans le sanctuaire où se trouvaient les cercueils, dont les couvercles toujours ouverts révélaient les empreintes des corps sur la soie pourpre. A côté d'eux, sur le sol, le pieu, la massette et le coutelas que j'avais laissés tomber. Kohl regarda l'autel drapé de noir avec un ébahissement mêlé d'horreur; il s'abstint de tout commentaire.

« Il dort la journée, exactement comme le dit la légende. Ici même, en temps normal, mais aujourd'hui il est allé se cacher, quelque part dans les soubassements du château, j'en suis sûr.

Je suis résolu à l'anéantir. Votre arrivée a interrompu mes recherches. M'aiderez-vous ? »

Le regard singulièrement intense de Kohl rencontra aussitôt le mien.

– Oui.

Je souris avec tristesse.

– Peu importe à mon orgueil que vous teniez mon grand-oncle pour un vampire, ou pour un monstre intégralement humain. Mais, eu égard à votre propre sécurité, j'insiste pour que vous portiez ceci. Votre arme ne vous offrira aucune protection dans cette demeure.

Je lui tendis le crucifix de Ion ; il le passa autour de son cou sans hésitation.

– Et vous ? s'enquit-il.

– Je lui suis précieux, répondis-je. Il ne me fera pas de mal.

Kohl me jeta un coup d'œil interrogateur, mais je ne lui fournis aucune explication. Equipés du pieu, de la massette, du coutelas et d'une lampe, nous commençâmes la traque.

Pendant les quelques heures qui suivirent, nous parcourûmes avec minutie et lenteur les quarante ou cinquante pièces du château, en regardant sous les lits, dans les armoires, les resserres, les soupentes, les étables, la cave à vin, fouillant chaque endroit susceptible d'offrir un lieu de repos à V. et à Zsuzsa.

Au-dehors, les nuages s'assombrirent et grondèrent ; enfin, la tempête survint, avec des bourrasques de pluie qui cinglèrent les fenêtres, créant une atmosphère en parfaite harmonie avec notre traque. Après une inspection complète des étages et du rez-de-chaussée, nous descendîmes dans la cave à vin où nous découvrîmes, sous une couche de crasse si épaisse que nous faillîmes ne point l'apercevoir, une porte donnant sur un escalier. Ces marches menaient elles-mêmes à une enfilade de catacombes creusées dans la terre humide et entièrement recouvertes de toiles d'araignées. Je m'attendais vaguement à y trouver les squelettes de chrétiens martyrisés, mais les premières niches étaient vides, à l'exception de rats qui déguerpirent à notre approche, et d'une population de scarabées apparemment prospères : les contours de l'éclat jeté par ma lampe semblaient grouiller de menues créatures, noires et rampantes.

Toutefois, je pressentis que nous touchions au but de nos

recherches ; et je crois qu'il en fut de même pour Kohl, car son expression se tendait de plus en plus. Lampe haute, nous passâmes les cavités en revue. Le sol s'inclina un peu, l'air devint plus humide à chaque pas, et j'eus l'impression que nous nous enfoncions dans les entrailles de la terre.

Puis nous nous engageâmes dans un corridor long et étroit qui s'étirait dans une obscurité infinie. Soudain, Kohl toucha mon épaule et souffla :

– Voyez !

Suivant son regard, je vis, sur ma gauche, à la limite de la lueur vacillante de ma lampe, des cellules de la taille d'une grande soupente. A l'intérieur, des couvertures de laine pourrissantes, des écuelles en fer blanc, des bols, des chaînes, parfois un tabouret de bois...

Et chacune était close par des barreaux de fer et des cadenas rouillés.

Une cellule après l'autre ; douze en tout, peut-être. Une prison.

– *Gott im Himmel*[1] *!* chuchota Kohl.

– Eh oui, murmurai-je. Quand les neiges obstruent le col de Borgo, aucun visiteur ne peut venir. Mais il doit bien se nourrir...

Cela aussi devait-il constituer ma tâche ? Peupler sa prison à l'automne, de façon à ce qu'il pût souper à loisir durant tout l'hiver ?

Nous détournâmes nos visages de ce spectacle horrible et parvînmes à reprendre notre route. Enfin, nous nous éloignâmes des cellules, et le tunnel lui-même se termina sur une abrupte paroi de terre, veinée de racines rabougries et de nids de petits animaux. Au pied de ce mur se trouvait une grande trappe de bois, bardée d'épaisses bandes de métal rouillé et constellée de clous de fer.

Après m'être empressé de poser la lampe sur le sol, je saisis à pleines mains la grosse poignée de métal. Kohl laissa tomber nos armes, me rejoignit, et nous tirâmes de concert.

Mais la trappe était verrouillée de l'intérieur, et le loquet extérieur se trouvait bloqué par une grosse chaîne liée à un long clou lui-même enfoncé dans le sol durci. Nulle créature ne pouvait emprunter cette entrée par un moyen autre que surnaturel.

---

1. « Dieu du ciel ! » *(N.d.T.)*

Prenant la massette, je l'abattis sur le bois, mais celui-ci était pétrifié, comme du roc concassé. Je ne réussis pas même à l'entamer. J'essayai de fracasser la chaîne, avec aussi peu de succès, puis je tentai de glisser le pieu entre la terre et le battant afin d'en faire un levier; cela aussi échoua. Quand je fus épuisé, Kohl fit de son mieux pour forcer la trappe. Las! après une demi-heure de vains efforts, nous renonçâmes et reprîmes le long et tortueux chemin par où nous étions venus.

« Il se lèvera au coucher du soleil, dis-je à mon compagnon. Si vous ne partez pas avant, vous le paierez de votre vie.

– En ce cas, vous et votre famille devez m'accompagner, fit Kohl d'un ton impératif. Tout déplacement serait périlleux pour votre femme, mais il me paraît beaucoup plus dangereux qu'elle reste là. »

J'opinai – uniquement pour éviter toute discussion, car j'entendais rester moi-même au château et de retarder la poursuite de V. aussi longtemps que possible. L'après-midi touchait déjà à sa fin; j'expliquai à nouveau que V. se lèverait dès le crépuscule, de sorte que nous pourrions prendre seulement deux heures d'avance sur lui. Une certaine promptitude s'imposait.

– En outre se pose le problème de Dunya, la femme de chambre, ajoutai-je. Vlad sait tout ce qu'elle sait; et si elle est éveillée et libre de ses mouvements lorsque nous fuirons, il saura par son entremise quand et où nous partirons. S'il existait un moyen de la neutraliser...

– Je m'en charge, fit Kohl avec fermeté.

Nous regagnâmes la prison de ma femme; le bébé était toujours niché dans ses bras, et des feuillets se trouvaient sur son giron. Dunya était à son chevet. Ma femme leva les yeux, et nos regards se rencontrèrent; je vis qu'elle se retenait de pleurer. Quand je vins à son côté, faisant face à Dunya, je reconnus mon écriture sur les feuillets. Ainsi, Mary avait lu le passage de mon journal concernant les révélations de Zsuzsa.

Je baissai les yeux devant ce regard lucide et accablé, le cœur brisé à la pensée d'avoir causé un tort supplémentaire à ma femme. Aucun d'entre nous ne disait mot à cause de Dunya. D'ailleurs, c'eût été superflu : toute l'histoire se lisait dans le regard attendri et horrifié de Mary.

Kohl s'avança auprès de moi et s'adressa à Dunya d'un ton jovial : « Mademoiselle, vous me paraissez décidément très pâle et très fatiguée. Allez donc dormir. Je puis veiller sur votre maîtresse. »

Dunya baissa les yeux avec timidité, embarrassée de s'être fait remarquer; néanmoins, sa voix fut déterminée quand elle répondit :

– Non, monsieur. Vous êtes l'invité de la maison. Il est de mon devoir de veiller pour assister ma maîtresse et le bébé.

Kohl médita ces propos puis hocha la tête avec indulgence.

– Bien. En ce cas, laissez-moi vous donner un tonique pour réparer vos forces.

Un instant, le visage de Dunya s'éclaira, et elle parut sur le point d'accepter avec joie. Puis ses yeux se brouillèrent affreusement comme si elle avait vu V., et son expression se fit soupçonneuse.

– Je vous remercie, monsieur, mais je me sens suffisamment vaillante.

Kohl haussa les épaules et ne se formalisa point : « Comme vous voudrez. En tout cas, je vais préparer un cordial pour votre maîtresse. »

Il posa sa sacoche sur la crédence opposée au lit. Comme il nous tournait le dos, personne ne put voir ce qu'il faisait. Puis, souriant, il se dirigea rapidement vers le côté du lit où se tenait Dunya.

Celle-ci ne se méfiait pas, occupée à surveiller d'un œil soucieux sa maîtresse éplorée. Kohl se pencha sur le lit comme pour administrer quelque remède à Mary mais, au dernier instant, il se tourna et plaqua un mouchoir sur le nez et la bouche de Dunya.

Aussitôt, elle se leva en émettant un cri étouffé, les yeux écarquillés d'indignation et de surprise; mais, quelques secondes plus tard, ceux-ci se fermèrent et elle s'affaissa, inconsciente, dans les bras robustes de Kohl.

– Ne lui faites pas de mal! s'exclama Mary. Elle n'est pas responsable de ce qui s'est passé.

Dans sa détresse, elle agrippa ma main et, enfin, laissa couler ses larmes; je me mis à pleurer, moi aussi, et nous sanglotâmes un instant, pendant que Kohl étendait avec précaution la jeune fille endormie sur le plancher.

Puis il retourna au côté de Mary et adopta un ton rassurant : « C'est indolore; elle va simplement dormir quelques heures. »

– Mary, dis-je, toi et le bébé, vous devez partir sur-le-champ avec le docteur. C'est le seul espoir que j'ai de vous voir saufs.

– Vous n'allez pas rester ici !

Effarée, elle s'efforça de se redresser sur ses oreillers. Dans ses bras, l'enfant endormi remua. Gentiment mais fermement, Kohl la maintint à sa place.

– Si vous avez lu cela, fis-je en désignant du menton les feuillets entassés sur son giron, vous savez qu'il ne me fera aucun mal. Je peux détourner son attention jusqu'à ce que vous soyez à l'abri. Au moment voulu, je vous rejoindrai.

Malgré sa faiblesse, elle s'exprima avec véhémence :

– Le fait de savoir que votre vie n'est plus en danger m'est d'un piètre réconfort ! Il ne reculera devant rien pour vous corrompre, et cela vous coûtera plus que la vie !

Je passai une main sur son front brûlant et lissai ses cheveux humides.

– Mary... Vous n'êtes plus en sécurité avec moi.

– Peut-être pas. Peut-être qu'il me tuera... Je ne me soucie pas de ce que je deviendrai, tant que je serai avec vous... Mais il est hors de question que je perde à la fois mon mari et mon fils ! Vlad sait qu'il n'a aucun pouvoir sur vous, si ce n'est à travers moi et le bébé. Vous ne serez pas capable de le retenir ici ; il se mettra sur-le-champ à notre poursuite – car aussi longtemps que nous serons vivants et à sa portée, il pourra exercer des pressions sur vous. Je ne puis le laisser vous anéantir à cause de nous. Vous devez accepter ce fait ; vous devez être courageux. Vous êtes mon mari et je ne vous abandonnerai pas. Je resterai avec vous tant que vous ne serez pas délivré de la malédiction.

Je me détournai d'elle, ne voulant pas lui laisser voir mon chagrin, car je savais qu'elle disait vrai. Si je la persuadais de partir avec l'enfant, V. les poursuivrait – ce qui, je le craignais, aurait de terribles conséquences. Peu importerait que je sois avec eux ou non.

Mais ils subiraient les mêmes horreurs en restant ici.

Il semblait n'y avoir aucune façon de sortir notre petite famille de cette situation fâcheuse. Et pourtant ce fut alors que vint la révélation : je vis avec une clarté magique ce qu'il fallait faire – quoique je ne pusse me résoudre à l'énoncer, sachant la peine indicible que cela causerait à l'être le plus cher à mon cœur.

Que Mary était forte, cependant ! Je me tournai vers elle.

« Mais tous deux désirons que notre fils soit libre, déclara-t-elle avec une douceur poignante. Je crois que Dieu a envoyé cet homme pour délivrer notre fils du Mal. J'ai confiance en Lui. »

Tout en parlant, elle désigna l'étranger ; une telle sérénité et une telle grâce émanaient de son visage livide qu'il en fut manifestement ému, car il s'agenouilla aussitôt à son côté et la considéra avec une admiration non dissimulée.

– Madame, dit-il en posant sa large main sur celle qui, aussi petite et frêle fût-elle, était déjà accoutumée à tenir l'enfant. Puissé-je m'avérer digne de cette confiance. Votre courage est remarquable. Enoncez votre demande, et elle sera satisfaite.

– Nous aiderez-vous ? demanda-t-elle, répétant ainsi la question que j'avais posée à Kohl dans le sanctuaire du *strigoï*.

De nouveau, Kohl répondit avec alacrité, de sa voix de basse résolue.

– Oui.

Ainsi nos sorts respectifs furent-ils scellés. Je ne pus qu'embrasser la paume de la main de ma femme, puis la serrer étroitement alors que nous échafaudions des projets qui brisaient nos cœurs.

***

Une heure plus tard, nous avions abandonné le château, n'emportant que le strict nécessaire dans l'éventualité de notre survie. J'indiquai la direction du nord à l'étranger, puis Mary et moi prîmes la fuite par le trajet le plus vraisemblable, à savoir le sud-ouest, vers Bistritz. L'après-midi finissait ; il avait cessé de pleuvoir, mais l'air était humide et frais. Des nuages noirs emplissaient toujours le ciel, faisant du jour restant un crépuscule prématuré. Les grands arbres ployant sous les gouttes de pluie rappelaient une autre époque – un autre Stefan. Trois semaines auparavant, j'avais rêvé de mon frère en retrouvant cette sombre forêt ; maintenant, je songeais à lui alors que nous nous en échappions. Sans oublier Shepherd, en qui nous avions eu confiance, mais qui s'était révélé avoir un cœur de loup.

Je conduisais la calèche, le Colt de Père glissé dans ma

ceinture, en guise de protection contre les loups. Mary était couchée juste derrière moi, sur le siège du passager, appuyée sur des oreillers et abritée sous des couvertures de laine, un petit ballot tenu tendrement contre son sein.

Il nous restait une heure avant le coucher du soleil. A ce moment, l'étranger aurait traversé la rivière, ce qui rendrait le vampire incapable de le suivre ; en effet, selon Mary, il devait être enfermé dans son cercueil ou porté par une marée pour franchir toute étendue d'eau.

Néanmoins, étant donné la route choisie, nous-mêmes n'allions pas atteindre le prochain cours d'eau avant environ deux heures. C'était un danger que nous avions accepté en connaissance de cause, afin que l'autre équipage fût en sûreté.

Soudain, je fus saisi du même effroi que j'avais éprouvé une vingtaine d'années auparavant, quand, à l'âge de cinq ans, j'avais couru à travers les bois détrempés à la recherche de mon frère. Je me calmais en hélant Mary de temps à autre. Je craignais qu'elle n'eût une hémorragie – risque dont nous avait averti l'étranger, mais au sujet duquel il nous avait laissé certaines instructions.

Ses réponses étaient faiblement prononcées, mais encourageantes : tout allait bien. Aussi conduisis-je, pressant les chevaux autant que possible, grimaçant à chaque bosse de la route cahoteuse, et jetant des coups d'œil par-dessus mon épaule vers Mary – Mary qui supportait tout cela en silence, blafarde, les lèvres crispées de douleur, serrant toujours plus fort le ballot contre son sein.

Après un certain temps, la forêt s'éclaircit, et le village apparut ; j'adressai un dernier regard à la maisonnette de Masika Ivanovna, au cimetière et à l'église. Puis ce fut à nouveau la forêt ; maintenant, nous nous dirigions droit vers le col de Borgo. Bientôt, le soleil se coucha, et la route sinueuse se rétrécit jusqu'au moment où nous fûmes entourés par l'obscurité, les silhouettes noires des arbres et les montagnes lointaines. La lune se leva, nimbant les branches chargées de pluie d'une lueur argentée.

Avec la nuit s'accrut notre anxiété ; je cédai à la même panique suffocante que j'avais éprouvée au cœur de la forêt et de la nuit, avec les chevaux et les loups hargneux.

Silence. Tout était silence, exception faite des souffles oppressés des chevaux et du grondement des roues. Nous allâmes ainsi une heure durant, et je me pris à croire que nous allions réussir notre évasion.

Et puis : un hurlement. Lointain, tout d'abord, puis plus proche, et rejoint par un autre. Et un autre. Et encore un autre.

J'agrippai les rênes et encourageai les chevaux effrayés à forcer leur allure, sachant néanmoins la vanité de mes efforts : la rivière salvatrice se trouvait encore à une demi-heure de chemin vers l'ouest.

Cependant, je continuai, priant que l'autre équipage eût déjà atteint l'eau libératrice, priant que notre sacrifice ne fût pas inutile.

Les hurlements approchaient. Je sortis le revolver de Père. Comme si cet acte les avait invoqués, les loups surgirent des ténèbres, de toutes les directions. Une meute de six se précipita sur la calèche et assaillit avec une férocité implacable les chevaux qui hennirent de terreur; Mary et moi ne poussâmes qu'un seul cri.

Pourtant, j'eus pitié d'eux, sachant qu'ils étaient simplement les satellites de V., comme je l'avais été moi-même – mais ce sentiment ne put supplanter l'instinct de conservation. Je fis feu d'une main aussi ferme que possible, certain que les loups seraient plus nombreux que mes munitions. D'ailleurs, à peine en eus-je tué un, tout net, qui s'était attaqué à la jambe d'un cheval, que deux autres créatures grondantes bondirent de l'obscurité pour remplacer leur compagnon tombé au combat.

Puis les loups délaissèrent les chevaux frémissants pour nous assaillir. J'en abattis un deuxième, qui s'effondra en glapissant, mais un troisième jaillit de l'ombre et sauta sur le siège du passager – où était étendue ma femme.

La peur et l'instinct me rendirent indifférent au danger. Je me tournai avec une célérité surnaturelle et pressai la gâchette une fraction de seconde avant que l'animal n'enfonçât ses dents dans le cou de Mary; il mourut avec un râle étouffé, ses mâchoires écumantes encore grandes ouvertes, prêtes à tuer, puis s'écroula à ses pieds tandis qu'elle se redressait muette de stupeur, le ballot pressé contre elle. Non sans répugnance, nous éjectâmes la créature inerte de la voiture.

Soudain, les loups cessèrent leur assaut. Pendant quelques instants, ils tournèrent en gémissant puis, nous encerclant, ils se tapirent au clair de lune tels des sphinx gris et silencieux, leurs oreilles tendues dans une curieuse attitude d'attente. Les chevaux – tous étaient tremblants et ensanglantés, mais aucun n'était sérieusement blessé – trépignèrent et hennirent d'impatience. Je reposai le revolver sur le siège, à côté de moi, sachant que l'unique balle restant dans le barillet s'avérerait inutile contre le mal à venir.

Issue de la nuit noire, une mince colonne de brume sillonna le ciel d'Orient; elle survola nos têtes puis s'immobilisa devant la calèche, à l'intérieur du cercle formé par les loups. Sous nos yeux, la brume, irisée de reflets d'un bleu et d'un rose célestes, commença de se solidifier et revêtit lentement la forme d'un homme, jusqu'au moment où V. se tint debout devant nous.

Il était jeune, en possession de cette même beauté éblouissante et léonine que j'avais observée chez l'Empaleur lorsque mon père m'avait conduit à son trône; sa chevelure était d'un noir de jais, et un mépris moqueur empreignait le vert impérissable de ses yeux scrutateurs. A la vue de leur maître, les animaux geignirent et rentrèrent leur mufle entre leurs pattes dans une attitude de soumission attristée.

– Arkady, dit-il – doucement, mais sa voix emplit la forêt entière. Je ne te croyais pas si stupide. Pensais-tu vraiment m'échapper?

Il se dirigea vers la calèche – non pas en marchant, mais en s'élargissant dans mon champ de vision – puis tendit sa main en direction de Mary qui, assise, pressait le ballot de laine blanche contre son sein.

« Donnez-le-moi. Et vite! Ma patience est épuisée depuis longtemps. »

Aussitôt, je me tournai vers Mary et, malgré notre crainte, nous échangeâmes un regard secrètement triomphal. Elle se leva et, avec une expression de mépris que je ne lui avais jamais vue auparavant, jeta le ballot aux loups.

– Monstre! s'écria-t-elle. Jamais vous n'aurez mon enfant! Jamais!

V. laissa échapper un hoquet de surprise. Avant qu'il eût pu se ressaisir, le loup le plus proche, tressaillant et s'abandonnant à son instinct, referma ses mâchoires sur la douce couverture de l'enfant et la secoua comme s'il tordait le cou d'un lapin. Cette action révéla que la couverture était vide de contenu; après un reniflement perplexe, la créature se tapit, la couverture entre ses pattes antérieures.

V. se tourna vers nous, son visage luisant au clair de lune comme un charbon ardent, ses yeux embrasés d'une fureur inextinguible.

– Catin! Traîtresse! hurla-t-il, tandis que la crispation de ses lèvres révélait ses dents pointues. Vous croyez-vous indispensable? Si ce n'est pas votre enfant, ce sera celui d'une autre femme! Engendré par votre mari!

Puis sa rage devint froide; un sourire cruel et sensuel erra sur ses lèvres rouges.

« Mary, ma jolie Mary », chantonna-t-il comme s'il récitait une comptine.

L'instant d'après, il fut sur le marchepied.

« Des saphirs à la place des yeux; des fils d'or en guise de cheveux... Vous pensiez pouvoir me tromper, me cacher votre enfant, mais votre sang charrie la vérité. Il me suffit d'y goûter... »

Et il tendit un doigt vers Mary, comme pour caresser sa peau juste au-dessous du menton. Elle recula, s'effondrant sur le siège.

– Non! suppliai-je. Je ferai tout – *tout* ce que tu demanderas. Je vais aller tout de suite à Bistritz, je te ramènerai une victime et je t'aiderai à en disposer comme il se doit; j'aurai d'autres enfants avec d'autres femmes – je ferai tout ce que tu exigeras. Mais laisse-lui la vie!

Je prononçai ces paroles avec une sincérité totale, car je ne me souciais plus de ce qu'il adviendrait de mon âme éternelle, du moment que mon enfant et ma femme seraient à l'abri. Maintenant que je savais que l'évasion du petit Stefan avait réussi, j'étais prêt à accomplir les quatre volontés de V. pour sauver la vie de Mary. Cela, je m'y étais préparé depuis notre départ du château – mais je n'avais pu m'en ouvrir à Mary, car elle ne l'eût jamais accepté.

V. recula et sourit de plaisir; mais Mary se tourna vers moi.

– N'agissez pas ainsi, Arkady! s'exclama-t-elle. Vous y perdrez votre âme, et cela n'en finira jamais! Il pourchassera Stefan!

Puis, d'un mouvement preste, elle tendit la main et saisit le revolver de mon père.

V. rejeta sa tête en arrière, s'esclaffa avec arrogance et écarta ses bras, s'offrant lui-même pour cible.

– Allez-y, ma chère! Tirez! Mais tirez donc! Et voyons ce que cela donnera!

Et ma courageuse femme fit feu. Mary, mon âme, ma salvatrice, ma meurtrière bien-aimée...

Moins d'une seconde passa avant que la balle restante m'atteignît à la poitrine, mais cet instant fugitif me permit néanmoins de voir ma femme mettre en joue, et de la regarder droit dans les yeux : ils recelaient tant d'amour que le mal environnant parut se fondre dans l'insignifiance. Je lui adressai un sourire adorateur et empreint d'une joie sans mélange. Ainsi, ma vie n'avait pas été maudite mais bénie; car c'était une bénédiction d'avoir aimé une personne capable de maculer son âme pour sauver la mienne.

Je n'avais pu lui demander d'annuler le Pacte en m'ôtant la vie, car le caractère délibérément suicidaire de cette initiative eût donné la victoire au *strigoï*. Je m'étais contenté de lui laisser les feuillets de mon journal dans l'espoir qu'elle les lût. Puis j'avais prié qu'elle eût la force de faire le nécessaire.

Elle ne me déçut point.

L'impact me projeta hors de la calèche; je heurtai les chevaux puis tombai au milieu des loups. La douleur se développa avec rapidité, dévorant mon cœur et mes poumons telle une traînée de feu rageur, mais peu importait, puisque mon bonheur et mon triomphe s'en trouvaient décuplés. Levant les yeux vers le ciel de velours noir, je m'aperçus que les étoiles avaient disparu... et compris qu'il ne s'agissait plus de la nuit, mais des douces ténèbres de la mort approchante.

Le silence m'enveloppa. Le monde s'estompa au fur et à mesure que, m'assoupissant, je m'abîmai avec reconnaissance dans la félicité. Une éternité – ou peut-être un simple instant – passa.

Cette agréable quiétude fut troublée par les hurlements des loups, le tonnerre des sabots, le grondement des roues. Et, parmi tous ces bruits, je distinguai un cri horrifié – assourdi, apparemment éloigné; cependant, quand j'ouvris les yeux, je vis V. s'agenouiller auprès de moi, se lamentant de terreur.

Il se pencha pour m'étreindre, me prit dans ses bras et appliqua ses lèvres sur mon cou, avec la douceur – la tendresse – d'un amant.

Je gémis, tentai de me débattre, mais ma blessure mortelle ne me permit pas même de détourner la tête. Je priai (non pas avec des mots; j'étais trop faible pour supplier autrement qu'avec mon cœur) que la mort me prît sans délai; alors même qu'il s'attardait sur mon cou, la vision me fit défaut, et tout ne fut plus que ténèbres. J'abordai la mort avec un sentiment joyeux et victorieux, car je savais que les chevaux avaient détalé, emmenant Mary avec eux. Dieu avait entendu ma supplique : mon fils et ma femme étaient saufs.

Cependant, du sein de l'obscurité survint une petite douleur aiguë, moins intense que le feu ayant empli ma poitrine, mais incisive, diffuse – et distincte comme le reflet de la lune sur l'eau. Je sentis une vague d'angoisse – mais cette onde émotionnelle, avant qu'elle ne fût passée, devint suave et sensuelle. Ma plainte d'épouvante se changea en un gémissement de plaisir; la souffrance envahissant ma poitrine s'atténua, se laissa oublier, et je m'abandonnai à l'enivrante sensation de mon sang vital affluant à la rencontre du sien.

Je sentis l'intensité de sa jouissance; puis je sentis mes propres pensées divaguer vers lui, portées par le flot pourpre :

Le souvenir de Kohl; chaque détail de son visage large au teint fleuri, son nez arrondi, sa chevelure blonde et clairsemée, la lueur de son regard bleu pâle derrière ses lunettes.

Les larmes de Mary et les miennes, quand Kohl avait solennellement juré qu'il élèverait notre enfant comme si c'était le sien, au cas où nous ne survivrions pas.

Ces réminiscences s'évanouirent, et je ne fus plus conscient que de mon propre plaisir. Rassemblant mes dernières forces, je levai le bras, agrippai la nuque de V. et l'attirai à moi afin qu'il s'enfonçât plus profondément dans ma chair.

Puis mon bras retomba, et les ténèbres furent complètes. Ce fut l'instant le plus extatique que j'eus jamais connu; même à présent, je ne puis écrire au sujet de ma propre mort, ni même m'en souvenir, sans un frisson de plaisir, sans le désir de retourner une fois encore à ce moment infini.

***

A mon réveil, il faisait nuit, quoique je pusse voir comme en plein jour. J'étais seul à l'intérieur du caveau de famille, gisant dans le cercueil ouvert où ma sœur avait ressuscité.

Je me rendis au château, constatant que je n'avais nul besoin de marcher; dorénavant, il m'était possible de projeter mon essence à travers l'espace, et de me mouvoir à la façon du vent.

V. et Zsuzsa avaient disparu; sans doute le pleutre sait-il que je suis maintenant aussi fort que lui – et que je me ferais une joie de l'anéantir. Quant à ma chère Mary, je n'en vis nulle trace.

A présent, je suis à la recherche d'un mortel qui, me délivrant au moyen d'un pieu et d'un coutelas, frappera ainsi le Pacte d'annulation. Si seulement je pouvais mourir innocent, sans avoir goûté le sang humain, sans avoir ôté une vie...

Mais la faim! La faim...! Au début de ma résurrection, j'ai cru devenir fou. Je suis allé dans la forêt et j'ai traqué un loup; j'ai tété son cou avec l'avidité d'un nouveau-né.

Il avait un goût infect, mais cela m'a calmé un moment, me permettant de consigner la fin – et l'étrange nouveau commencement – de ma vie. Mais ce n'est pas assez! Pas assez...

*
* *

Dieu, en qui je n'ai pas foi, viens à mon secours! Je ne crois pas – ni n'ai jamais cru – en Toi, mais si je dois accepter un Mal aussi infini que celui que j'incarne actuellement, alors je prie que le Bien infini existe Lui aussi, et qu'Il ait pitié de ce qui subsiste de mon âme.

Je suis le loup. Je suis Dracul. Le sang des innocents souille mes mains, et maintenant j'attends de le *tuer...*

*
* *

J'ai tué un homme. J'étais parti en quête de ma propre destruction, mais la faim a eu raison de moi, et j'ai bu – oui, bu – ce qui s'est trouvé être le plus divin nectar.

Je suis corrompu. J'ai goûté le sang et le referai, avec délectation. A présent, je n'ose plus chercher ma propre fin, car la flétrissure de mon âme scellerait le Pacte et renouvellerait l'immortalité de V.

V. apprendra tout cela, et il cherchera à m'anéantir.

Et mon fils! Il pourchassera mon fils...

Je suis peut-être un *strigoï*, une créature du Diable – mais je jure que le crime affectueux de Mary ne sera pas vain. Je veillerai à ce que ce Mal immense se transforme en Bien – pour l'amour de l'Amour. Je détiens les pouvoirs du vampire, et je les emploierai en leur totalité pour anéantir V. Il a créé un ennemi aussi puissant que lui.

Et je n'aurai pas de repos avant d'avoir retrouvé ma chère Mary, et mon fils, afin de les protéger des artifices de V. Mon fils... Je prie qu'il n'apprenne jamais ce qu'est devenu son père.

Va vite, mon petit Stefan. Puisse ton cœur rester pur, puisses-tu trouver consolation dans l'amour des étrangers, ainsi qu'un nom qui ne soit pas le tien...

Achevé d'imprimer en janvier 1997
sur les presses de l'Imprimerie Bussière
à Saint-Amand (Cher)

POCKET - 12, avenue d'Italie - 75627 Paris Cedex 13
Tél. : 01-44-16-05-00

— N° d'imp. 2750. —
Dépôt légal : janvier 1997.

Imprimé en France